Marie Weis

To my Sunflower

Marie Weis

To my Sun flower

LAGO

Bibliografische Information der Deutschen Nationalbibliothek
Die Deutsche Nationalbibliothek verzeichnet diese Publikation in der Deutschen Nationalbibliografie. Detaillierte bibliografische Daten sind im Internet über http://d-nb.de abrufbar.

Für Fragen und Anregungen
info@m-vg.de

Wichtiger Hinweis
Ausschließlich zum Zweck der besseren Lesbarkeit wurde auf eine genderspezifische Schreibweise sowie eine Mehrfachbezeichnung verzichtet. Alle personenbezogenen Bezeichnungen sind somit geschlechtsneutral zu verstehen.

Originalausgabe
2. Auflage 2024
© 2024 by LAGO Verlag, ein Imprint der Münchner Verlagsgruppe GmbH
Türkenstraße 89
80799 München
Tel.: 089 651285-0

Redaktion: Marieke Kühne
Umschlaggestaltung: Manuela Amode
Umschlagabbildung: @heytheredevana
Satz: Christiane Schuster | www.kapazunder.de
Druck: CPI books GmbH, Leck
Printed in the EU

ISBN Print 978-3-95761-238-0
ISBN E-Book (PDF) 978-3-95762-368-3
ISBN E-Book (EPUB, Mobi) 978-3-95762-369-0

Wir produzieren
nachhaltig
www.m-vg.de

Weitere Informationen zum Verlag finden Sie unter

www.lago-verlag.de

Beachten Sie auch unsere weiteren Verlage unter www.m-vg.de

LIEBE LESER*INNEN,

ich wünsche euch viel Freude mit Ophelia und Leo! ♥ Damit ihr mein Buch uneingeschränkt genießen könnt, möchte ich noch auf einige Themen hinweisen, die behandelt werden. Neben mentaler Gesundheit allgemein werden auch Probleme mit dem eigenen Körperbild, Hypochondrie, Mobbing und toxische Beziehungen thematisiert. Wenn ihr merkt, dass ihr von manchen Szenen getriggert werdet, gönnt euch eine Pause und sprecht mit jemandem darüber. Mir ist am wichtigsten, dass es euch beim Lesen meines Buches gut geht.

Genießt die Zeit in Blumstedt!

Für Leandra und Sophia.

Weil es dieses Buch ohne euch, eure Freundschaft, eure Unterstützung, eure Liebe, eure motivierenden Worte und euren unerschütterlichen Glauben an mich nicht geben würde. Ich hab euch so lieb.

»I have been bent and broken,
but – I hope – into a better shape.«

Charles Dickens, »Great Expectations«

PLAYLIST

1. *Can't Wait To Be Pretty* – Cate
2. *Dear Body* – Bow Anderson
3. *pretty isn't pretty* – Olivia Rodrigo
4. *lacy* – Olivia Rodrigo
5. *jealousy, jealousy* – Olivia Rodrigo
6. *House With No Mirrors* – Sasha Alex Sloan
7. *Treacherous (Taylor's Version)* – Taylor Swift
8. *this is me trying* – Taylor Swift
9. *Enchanted (Taylor's Version)* – Taylor Swift
10. *Lover* – Taylor Swift
11. *Fearless (Taylor's Version)* – Taylor Swift
12. *Hold Me Closer* – Cornelia Jakobs
13. *dying on the inside* – Nessa Barrett
14. *tired of california* – Nessa Barrett
15. *idontwannabeyouanymore* – Billie Eilish
16. *Little Me* – Little Mix
17. *Gaslight* – Derik Fein
18. *Kreise* – Johannes Oerding
19. *Ohne Dich (schlaf' ich heut Nacht nicht ein)* – Münchener Freiheit
20. *Envy The Leaves* – Madison Beer
21. *At Your Worst* – Madison Beer
22. *Stained Glass* – Madison Beer
23. *You're Just A Boy (And I'm Kinda The Man)* – Maisie Peters
24. *There It Goes* – Maisie Peters
25. *The List* – Maisie Peters

Kapitel 1

Sonnenlicht brach sich im Glas vor mir, verteilte schimmernde Punkte im ganzen Raum und alles, was ich denken konnte, war, wie viel einfacher das Leben doch wäre, gäbe es keine Spiegel. Vielleicht würde ich mir dann nicht so oft Gedanken darüber machen, was an meinem Körper alles falsch war.

Wie jeden Morgen stand ich im Flur, bereit, mich auf den Weg zur Arbeit zu machen, und gleichzeitig so gar nicht bereit, mich unter Menschen zu begeben. Es gab Tage, an denen es nicht ganz so schlimm war. Tage, an denen ich mich nicht komplett unwohl in meiner Haut fühlte. An denen ich das Kinn in die Höhe reckte, anstatt durchgehend auf den Boden zu schauen, in der Hoffnung, mich bei jedem Schritt ein wenig mehr in Luft aufzulösen. Tage, an denen ich aufrechter ging als sonst, an denen ich nicht die Schultern hängen ließ, weil meine Selbstzweifel mich wie Gewichte in Richtung Boden zogen.

Heute war keiner dieser Tage.

Die Mitesser um meine Nase herum vermehrten sich schneller, als ich gucken konnte, der Pickel auf meiner Stirn war natürlich größer statt kleiner geworden und meine Augenringe leisteten beachtlichen Widerstand gegen den Concealer, den ich sorgfältig aufgetragen hatte. Meine türkisfarbenen Haare lagen platt und kraftlos auf den Schultern, während sich einzelne Strähnen rebellisch in die Luft reckten, als hätte ich in eine Steckdose gefasst. Meine Hose spannte über die

Speckröllchen meines Bauches, ich fühlte mich aufgebläht, und war mein Doppelkinn eigentlich schon immer so auffällig gewesen? Es gab absolut gar nichts, was sich heute richtig anfühlte, ich konnte mich selbst nicht leiden und am liebsten wollte ich zurück ins Bett kriechen, mir die Decke über den Kopf ziehen und innerhalb meiner vier Wände in Frieden hässlich sein. An jedem anderen Tag hätte ich das vielleicht auch getan, hätte wie so oft aufgegeben und meinen Selbstzweifeln den Vortritt gelassen. Doch heute war das nicht möglich. Heute war der Tag, auf den ich so verdammt lange gewartet hatte, für den ich so hart gearbeitet hatte. Heute durften mein größter Feind, mein härtester Gegner und mein schärfster Kritiker nicht gewinnen. Nur leider war das leichter gesagt als getan, denn all das war ich selbst.

Ich betrachtete die kleinen schwarzen minimalistischen Tattoos, die meine Arme und Beine zierten und über die Jahre wie eine Rüstung für mich geworden waren. Anfangs hatte ich sie einfach schön gefunden, doch irgendwann hatte ich gemerkt, dass sie mich stärker wirken ließen, selbst wenn ich mich alles andere als stark fühlte. Ich holte tief Luft und versuchte, mein wie wild schlagendes Herz zu beruhigen, bevor ich mich endlich dazu aufraffte, die Sicherheit meiner vier Wände hinter mir zu lassen.

»Guten Morgen, mein Herzblatt«, ertönte die gut gelaunte Stimme meiner besten Freundin, als ich die Tür öffnete, und automatisch wanderten meine Mundwinkel nach oben. Ida wartete mit zwei dampfenden Bechern in den Händen auf mich. Ihre langen blonden Locken hatte sie zu einem Knoten hochgesteckt, ein paar Strähnen umrandeten ihr Gesicht. Sie trug dunkelroten Lippenstift, vermutlich Mac Matte Sin, und ihren braunen Lieblingsmantel, den sie bei einem unserer gemeinsamen Flohmarktnachmittage erstanden hatte. Er war etwas zu groß für ihre zierliche Statur, doch Ida füllte ihn mit ihrem Selbstbewusstsein.

»Hast du heute nicht frei?«, fragte ich, nachdem ich sie in eine kurze Umarmung geschlossen hatte, bedacht darauf, nichts zu verschütten.

»Habe ich, aber ich konnte deine nervösen Gedanken bis durch meine Wohnungstür hören.« Sie deutete zu ihrer Wohnung, die direkt gegenüber meiner lag. »Also habe ich beschlossen, eine vorbildliche beste Freundin zu sein und dich mit einem Kaffee zur Straßenbahn zu begleiten.« Sie drückte mir einen der Becher in die Hand.

»Du bist die Beste.« Wärme breitete sich in meinem Brustkorb aus.

»Weiß ich.« Grinsend hakte sie sich bei mir unter, bevor wir gemeinsam das Haus verließen. »Wie aufgeregt bist du auf einer Skala von eins bis zehn?«

»Fünfzehn, mindestens«, murmelte ich.

»Keine Sorge, du hast dich so gut auf das Meeting vorbereitet, wahrscheinlich kennst du Leo Bergers Bücher mittlerweile besser als er selbst«, bestärkte Ida mich.

Ich seufzte. »Ich weiß, ich weiß, und trotzdem mache ich mir Gedanken. Jeder in der Agentur weiß, dass eigentlich Nadja das Cover gestalten sollte, und ich habe einfach Angst, dass ich nicht gut genug bin.«

»Du bist eine der talentiertesten Illustratorinnen, die ich kenne, und wenn es jemand verdient hat, dieses Cover zu gestalten, dann bist du das. Deine Arbeit ist nicht weniger wert als die deiner Chefin und ich weiß, dass du das genauso gut, wenn nicht sogar besser machen wirst.« Sie sagte das in einem Ton, der absolut keine Widerrede erlaubte. »So, und bevor du gleich in diese Bahn steigst, sprichst du mir nach: Ich bin wertvoll, ich bin klug, ich bin stark, ich bin schön und ich schaffe das.«

Ich rümpfte die Nase und suchte bereits nach Gegenargumenten, doch Ida hob warnend den Zeigefinger und versuchte sich an einem bedrohlichen Blick. Ich seufzte leise und wiederholte ihre Worte: »Ich bin wertvoll, ich bin klug, ich bin stark, ich bin schön und ich schaffe das. Zufrieden?«

Sie lächelte und klopfte mir auf die Schulter. »An der Überzeugungskraft arbeiten wir noch, aber fürs Erste bin ich zufrieden. Ich zwinge dich einfach so lange dazu, das zu sagen, bis du selbst daran glaubst.« Sie drückte mich an sich und nun schlich sich auch auf mein Gesicht ein Lächeln. Meine beste Freundin war eine Naturgewalt, die einen mit sich riss, ob man wollte oder nicht. Sie fühlte so intensiv, dass ihre Gefühle auf einen überschwappten wie Wasserfarben, die ineinanderliefen. Und sie gab die besten, wirklich die allerbesten Umarmungen.

»Ich wüsste nicht, was ich ohne dich machen würde«, murmelte ich und hatte das Gefühl, meine Worte drückten nicht annähernd die Dankbarkeit aus, die ich fühlte.

Doch Ida verstand. So war das nämlich mit uns. Wir fühlten gleich, wir dachten gleich, wir verstanden einander und wir gaben uns gegenseitig die Ratschläge, die wir selbst nicht befolgten. »Du weißt, dass ich ohne dich genauso aufgeschmissen wäre«, erwiderte Ida, als die Straßenbahn dröhnend neben uns zum Stehen kam.

»Ich hab dich lieb«, kam es gleichzeitig aus unseren Mündern. Wir grinsten uns an und ich hoffte, dass Idas Glauben an mich ein wenig abfärben würde.

Nachdem ich mir einen Platz in der Bahn erkämpft und mich darauf niedergelassen hatte, kramte ich mein Skizzenbuch und die Kopfhörer aus meiner Tasche. *Tired of california* von Nessa Barrett spielte und ich drehte die Lautstärke noch etwas höher, genoss das Gefühl, in der Musik zu schwimmen und alles um mich herum auszublenden. Ich griff nach einem Bleistift und musterte die Menschen um mich herum. Einen nach dem anderen, auf der Suche nach Inspiration, nach dem Funken, der dafür sorgte, dass meine Hände wie von selbst über das Papier flogen. Fast täglich zeichnete ich in der Bahn, auch wenn die Zeichnungen stets ein bisschen verwackelt und verschmiert waren, ein bisschen fehlerhaft und unsauber, so wie wir Menschen auch. Und ich liebte es, die Personen um mich herum zu beobachten und mir zu überlegen, was wohl ihre Geschichten waren. So wie die Frau, die neben mir saß, vor ihr ein leerer Kinderwagen und in ihren Armen ein kleines Kind, das fröhlich vor sich hin brabbelte. Sie sah müde aus, hatte tiefe Augenringe und bunte Flecken auf der Bluse. Und trotzdem schien das Glück aus jeder ihrer Poren zu strömen, der Blick, mit dem sie das Kind musterte, war voller Liebe und Zuneigung.

Mir gegenüber saß ein Mann im Anzug, in der einen Hand hielt er einen schwarzen Aktenkoffer, in der anderen sein Handy, in das er laut schimpfte. Seine Haare waren nach hinten gegelt, alles an ihm wirkte glattpoliert, vom Scheitel bis zu den fast schon lächerlich sauberen Schuhen. Er strahlte Rücksichtslosigkeit und Selbstgefälligkeit aus, mit den ausgebreiteten Beinen demonstrierte er seine Macht, markierte sein Revier und ließ der jungen Frau auf dem Platz daneben kaum Luft zum Atmen. Sie erwiderte meinen Blick und rollte genervt mit den Augen. Ich schüttelte den Kopf und breitete demonstrativ meine Beine aus. Sie tat es mir gleich und stieß die des Mannes an, der sich mit einem abfälligen Seitenblick kleiner machte. Die Frau und ich grinsten uns an und auch wenn es nur ein Moment war und ich sie nie wiedersehen würde, so fühlte es sich ganz kurz an wie ein gemeinsamer Kampf gegen das Patriarchat. Und genau das war der Funke, den ich benötigte. Ich fing an zu skizzieren, verwischte die Linien immer und immer wieder. Der Stift schien sich selbstständig zu machen und kurz bevor ich aussteigen musste, hatte ich meine Zeichnung fertiggestellt: die junge Frau mit einem Superheldenumhang und einem Blick, der Welten erschüttern konnte. An meiner Haltestelle angekommen, verstaute ich das Skizzenbuch schnell in meiner Tasche und reichte der Fremden die Zeichnung. Überrascht flog ihr Blick über das Papier, bevor sich ein strahlendes Lächeln auf ihrem Gesicht ausbreitete. Sie rief mir ein »Dankeschön« zu, ich winkte kurz und schon schlossen sich die Türen hinter mir.

Nachdem ich die Bahn verlassen hatte, beschloss ich, vor der Arbeit noch in meinem Lieblingscafé zu frühstücken und ein wenig weiter zu zeichnen. Ich hatte zu Hause nichts runtergekriegt und wusste, dass Nervosität und ein leerer Magen nicht unbedingt die beste Kombination waren. Da ich vor lauter Angst, zu spät zu kommen, sowieso viel zu früh dran war, machte ich mich direkt auf den Weg zum *Kaffeebohne & Keks*. Das Café war erst im letzten Jahr eröffnet worden und direkt zu meinem liebsten Ort in der ganzen Stadt geworden. Blumstedt war zwar kein Dorf, aber auch keine Großstadt wie das nahegelegene Köln, also gab es hier nicht ganz so viel Auswahl. Das *Kaffeebohne & Keks* hatte eine Lücke gefüllt.

Ich öffnete die Glastür und wurde direkt von dem Geruch nach frischem Kaffee und Keksteig begrüßt. Melanie, die Besitzerin, stand hinter dem Tresen und winkte mir lächelnd zu, während sie die Bestellungen abarbeitete – und das waren einige, denn das Café war immer gut gefüllt. Hier gab es nämlich nicht nur den besten Kaffee, Kuchen, frisch belegte Brote und Bowls, sondern auch selbst gemachten Keksteig zum Löffeln. Allein beim Gedanken daran lief mir das Wasser im Mund zusammen und ich musste mich daran erinnern, dass Keksteig zum Frühstück vielleicht keine gute Idee war. Die Wände waren in warmen Farben gehalten, überall standen und hingen Pflanzen und an der Decke funkelte ein Meer aus Glühbirnen, die gemütliches Licht spendeten. In jeder Ecke standen kleine Tische mit bequemen Sesseln, die dazu einluden, es sich mit einem Buch oder dem Laptop bequem zu machen. Oder in meinem Fall: dem Skizzenblock.

Schnell sicherte ich mir einen der letzten Plätze am Fenster, direkt neben dem Tresen, und bestellte mir bei Melanie einen großen Latte Macchiato sowie einen Bagel mit Frischkäse und Rucola.

»Ich bringe dir gleich alles an den Tisch«, rief mir eine Kellnerin zu und ich lächelte sie dankbar an, bevor ich mich in das weiche Polster des Sessels fallen ließ.

Die Geräuschkulisse, bestehend aus Stimmengewirr, Gelächter, Geschirrklappern sowie dem Brummen der Kaffeemaschine, beruhigte mich und sorgte dafür, dass meine Nervosität ein wenig nachließ. Das würde sich in der Agentur sofort wieder ändern, doch für einen kurzen Moment erlaubte ich mir, durchzuatmen. Ich griff nach meinem Handy, um ein schnelles Foto für Instagram zu machen, und sah nach, ob ich neue Anfragen erhalten hatte. Auf meinem Blog @opheliaungeschoent, den ich mittlerweile seit zwei Jahren führte, teilte ich mit meinen knapp 80.000 Abonnenten nicht nur meine Illustrationen, sondern auch meine Gefühlswelt. Ich sprach dort über meine Selbstzweifel, Mental Health, Body Positivity und all die Themen, über die niemand gern redete. Und da ich meine Zeichnungen hatte, musste ich auch keine Fotos von mir hochladen, was mir sehr entgegenkam. Denn wenn ich mich schon kaum im Spiegel anschauen konnte, wie sollte das dann erst bei Fotos funktionieren?

Nachdem ich meinen Bagel verputzt hatte, mein Kaffee halb leer war, ich ein paar Nachrichten auf Instagram beantwortet hatte und mein Skizzenblock um zwei Zeichnungen reicher war, riss mich das Vibrieren meines Handyweckers aus der Konzentration. Es war halb neun, in dreißig Minuten musste ich auf der Arbeit sein. Mein Herz fing an zu rasen und die Aufregung war sofort wieder da, sogar stärker als vorhin.

Mit schwitzigen Händen sammelte ich die losen Blätter auf dem Tisch zusammen und wollte sie in meiner Mappe verstauen, doch ich zitterte so sehr, dass sie mir aus der Hand rutschten und sich Dutzende meiner Zeichnungen auf dem Boden des Cafés verteilten. Ich unterdrückte ein Seufzen. Es war einer dieser Momente, in denen ich mir sehnlichst wünschte, kurzzeitig wieder ein Kleinkind zu sein, damit ich mich weinend und schreiend auf den Boden werfen konnte. Hastig bückte ich mich, um das Papier einzusammeln, da berührte ich eine warme Hand. Ich zuckte zusammen und blickte hoch, in Augen so warm und braun wie Herbstlaub getunkt in Sonnenlicht. Fünf Sommersprossen verteilten sich über der Nase und formten ihr ganz eigenes Sternbild. Für einen Moment war ich sicher, mein Herz würde stehen bleiben.

@opheliaungeschoent: Hallo, meine Kämpferherzen! ❤

Mit dieser Illustration möchte ich euch ermutigen, euch den Platz zu nehmen, der euch zusteht. Wir neigen dazu, uns klein machen zu lassen, sowohl von anderen Menschen als auch von uns selbst. Wir denken, wir wären schwach und alle anderen so viel wichtiger, klüger, schöner und erfolgreicher als wir. Wir lassen uns zur Seite drängen, manchmal von den eigenen zweifelnden Gedanken, manchmal von zwei ausgebreiteten Männerbeinen, deren Besitzer glaubt, ihm stünde mehr Platz auf dieser Welt zu. Vor allem wir Frauen sind es gewohnt, uns herabzusetzen, nachzugeben, Platz zu machen. Genau dadurch geben wir allen anderen das Gefühl, es wäre okay, wenn sie sich breitmachen, während wir kaum Luft bekommen.

Deshalb: Nehmt Raum ein, verschafft euch Platz, erhebt die Stimme und seid laut, denn es gibt nichts, wofür ihr euch schämen müsst, nichts, was ihr verstecken müsst. Lasst niemanden seinen Schatten über euer Licht werfen!

Und falls euch das einmal schwerfällt, beschwört eure eigene kleine Superheldin oder euren eigenen kleinen Superhelden. Wo ihr die oder den findet? Na, in euch!

Kapitel 2

Bisher hatte ich immer die Augen verdreht, wenn in Büchern erzählt worden war, dass die Zeit stehen bleibe und alles um einen herum verschwinde, sobald man dieser einen Person in die Augen blicke. Aber verdammt, die Bücher hatten recht.

Ich musterte den Mann, dessen Hand noch immer meine berührte, und eine Gänsehaut überzog meine Arme. Hastig stieß ich die Luft aus, die ich offenbar angehalten hatte. Seine Haare waren dunkelbraun, an den Seiten kurz, oben etwas länger und in seiner Stirn hing eine wilde Locke, die das Verlangen in mir weckte, sie nach hinten zu streichen. Sein Gesicht war markant und ausdrucksstark, ein Kunstwerkgesicht, das man anstarren wollte und in dem man mit Sicherheit bei jedem Blick ein neues Detail entdeckte. Wie die Sternenbildsommersprossen oder seine geschwungenen Lippen, bei deren Anblick mir warm wurde – in etwa so warm wie die Hand, die ich mit meiner eigenen schwitzigen fest umklammert hielt. Das wurde mir in genau dieser Sekunde peinlich bewusst.

»O Gott, bitte entschuldige das Chaos und das Festhalten«, stammelte ich und spürte regelrecht, wie mein Gesicht die Farbe einer überreifen Tomate annahm.

Mein Gegenüber lächelte und hui, es war ein Lächeln, das einen in die Knie zwang. »Kein Problem«, erwiderte er mit dunkler Samtstimme und fuhr damit fort, das Papier auf dem Boden aufzusammeln.

Das Papier, das ich runtergeworfen hatte, wie mir wieder in den Sinn kam. Hastig begann ich damit, ihm zu helfen, bis wir alle Blätter beisammenhatten. Er hielt mir einen kleinen Stapel hin, den ich dankbar entgegennahm. »Danke schön, das ist wirklich lieb von dir«, sagte ich mit rauer Stimme und spürte, wie mir Schweißtropfen die Arme hinunterrannen. Schnell presste ich die Arme an meinen Körper, um den Blick auf potenzielle Schweißflecken zu verhindern. Ich wusste, dass ich das nicht tun sollte, weil es komplett menschlich und normal war zu schwitzen. Auf Instagram würde ich dafür plädieren, dass wir dazu stehen sollten, doch meine Unsicherheit war mal wieder stärker.

»Sind die von dir?«, fragte der Mann mit dem Kunstwerkgesicht. Für eine Millisekunde war ich mir sicher, dass er die Schweißflecken meinte, bis mir auffiel, dass sein Blick auf meinen Illustrationen lag.

»Ja, sind sie«, antwortete ich schnell und er lächelte schon wieder dieses verflixte Lächeln.

»Die sind richtig, richtig gut, wow. Ich liebe deinen Stil und die Farben, die du verwendest, um kleine Details hervorzuheben.« Da lag aufrichtige Anerkennung in seiner Stimme und mein Herz raste. »Krass, wie unterschiedlich die Illustrationen aussehen und dass man trotzdem ganz deutlich deine Handschrift erkennen kann.«

Mein Herz kriegte sich gar nicht mehr ein. »Danke, das bedeutet mir richtig viel. Wirklich. Es ist schön, wenn andere Menschen erkennen, was man versucht mit seiner Kunst auszudrücken.« Hoffentlich fiel ihm nicht auf, wie nervös ich war. Bei Männern, die ich auch nur ansatzweise interessant oder attraktiv fand, verwandelte ich mich immer in eine Statue aus Selbstzweifeln und bekam kaum ein vernünftiges Wort heraus.

»Das kenne ich«, sagte er schlicht.

»Zeichnest du auch?«, fragte ich und konnte nicht aufhören, jeden Winkel seines Gesichts zu studieren.

»Nein, ich schreibe«, sagte er und automatisch schaute ich auf seine Hände: Schreiberhände, lange Finger, die weich aussahen und gleichzeitig ein bisschen schwielig.

»Also malst du mit Worten«, stellte ich fest.

Er schmunzelte. »Kann man so sagen, ja.«

Ich hatte noch nicht ein Wort von ihm gelesen und trotzdem war ich fest davon überzeugt, dass er verdammt gut mit Worten zeichnen konnte. Für einen Augenblick sagten wir beide nichts, er musterte mich nur und ich fühlte mich seltsam entblößt. Sein Blick glitt über meine türkisfarbenen schulterlangen Haare, über meine nackten Arme und die minimalistischen Tattoos, über meine ausgefransten Mom-Jeans bis hin zu meinen schwarzen Boots und dann wieder hoch zu meinen Lippen. Dort hielt er inne, während ich die Luft anhielt.

»Man sieht, dass du Künstlerin bist«, sagte er plötzlich und ich hob verwundert eine Augenbraue.

»Wie meinst du das?« Ich umklammerte mein Skizzenbuch mit beiden Händen, damit er nicht sah, wie sehr sie zitterten.

»Alles an dir ist so bunt und strahlt. Wie ein Gemälde, das man einfach gern ansieht.«

Überrascht öffnete ich den Mund, wollte etwas erwidern, doch da kam nichts. Ich fand einfach keine Worte, versuchte zu verarbeiten, was er da gerade zu mir gesagt hatte. Alles in mir prickelte, als hätte ich ein ganzes Tütchen *Ahoi Brause* auf einmal verschluckt.

»Ich hoffe, das kam nicht creepy rüber«, sagte er plötzlich und runzelte die Stirn. »Tut mir leid, wenn ich dir irgendwie zu nahe getreten bin.«

Endlich gab ich mir einen Ruck. »Nein, nein, ich glaube, das ist das schönste Kompliment, das mir je gemacht wurde.« Ich stolperte über jedes Wort, als hätte ich das Sprechen verlernt.

Seine Mundwinkel hoben sich langsam und ich wollte, dass er nie wieder aufhörte zu lächeln. »Bist du häufiger hier?«, fragte er.

»Ja, das hier ist mein absolutes Lieblingscafé. Ich komme oft zum Zeichnen her. Und du?«

Er nickte und ich konnte meine Augen nicht von seinem Gesicht lösen. »Ich war früher auch häufiger hier, aber … irgendwann nicht mehr. Und jetzt wollte ich mal wieder herkommen.« Er verzog das Gesicht bei seiner konfusen Antwort. »Sorry, normalerweise kann ich besser mit Worten umgehen.« Sein Blick hielt meinen fest und ein warmes Gefühl breitete sich in meinem Bauch aus.

»Ich kann das gut verstehen«, sagte ich und wir lächelten uns eine gefühlte Ewigkeit an. In Wahrheit war es vermutlich nur so lange, wie der Flügelschlag eines Schmetterlings dauerte, aber dieser war ja bekanntlich in der Lage, alles auf den Kopf zu stellen.

Ein lautes Klirren durchbrach die Magie des Moments und es war, als hätte mir jemand einen Eimer Eiswasser über den Kopf geschüttet. Plötzlich wurde mir bewusst, dass wir immer noch auf dem Boden hockten. Die Geräuschkulisse, die ich komplett ausgeblendet hatte, war auf einmal viel zu laut. In dem Moment fiel mir siedend heiß ein, dass ich ja eigentlich zur Arbeit musste und ausgerechnet heute nicht zu spät kommen durfte. Abrupt stand ich auf, räumte die Blätter in meine Mappe und griff nach meiner Hemdjacke über der Stuhllehne.

»Ich muss leider zur Arbeit«, stammelte ich und scannte sein Gesicht ein letztes Mal, versuchte es mir einzuprägen, jede Sommersprosse, jede Wimper, jede Kontur und allen voran die Herbstlaubaugen.

»Ja, ich auch«, sagte er und lag da etwa Enttäuschung in seiner Stimme?

»Also dann … hat mich gefreut«, sagte ich leise und mein Herz zog sich zusammen. Ich wollte, dass er etwas sagte, mich zurückhielt, mich nach meiner Nummer fragte, und gleichzeitig wusste ich, dass mich ein Mann wie er niemals interessant finden würde. Und selbst wenn … Es war besser, wenn er es nicht tat, ich konnte das alles nicht, dieses Jemanden-Kennenlernen, Jemandem-Näherkommen.

»Mich hat es auch gefreut«, entgegnete er eben so leise und ich hätte jeden Penny der Welt dafür gegeben, um zu wissen, was er in diesem Moment dachte. Ich lächelte und hob unbeholfen die Hand, bevor ich mich schließlich umdrehte, um das Café zu verlassen. Es fühlte sich falsch an, ihn zurückzulassen, ihn nie mehr wiederzusehen, ja, nicht mal seinen Namen zu wissen. Einfach falsch.

Alles an dir ist so bunt und strahlt. Wie ein Gemälde, das man einfach gern ansieht, hallte es durch meinen Kopf.

Kapitel 3

»Guten Morgen, Sonnenschein!«, begrüßte mich Benny, als ich im Büro angehastet kam und meine Sachen auf dem Schreibtisch ablud.

»Guten Morgen«, erwiderte ich und sah mich hektisch um. »Ist Nadja schon da?« Meine Chefin hasste es, wenn man auch nur eine Minute zu spät kam, und dass, obwohl sie sich selbst regelmäßig verspätete. Doch was für Nadja galt, galt nun mal nicht für den Rest von uns.

»Ja, aber sie ist seit kurz vor neun in einem wichtigen Zoom-Meeting und hat dementsprechend nicht mitbekommen, dass du jetzt erst kommst«, antwortete Benny grinsend und ich atmete erleichtert auf.

»Gott sei Dank. Ich habe mich so beeilt, mein Deo hat bestimmt völlig versagt.« Seufzend schaltete ich den Rechner ein. »Ich muss mich erst mal auf der Toilette frisch machen.«

Benny stand von seinem Platz auf und sah mich verschwörerisch an. »Ich finde, danach sollten wir die neue Woche mit einem Kaffeetreffen einläuten, meinst du nicht? Gibst du auf dem Rückweg Raúl Bescheid, während ich schon mal die Kaffeemaschine starte?«

»Das klingt nach einem wunderbaren Plan.« Schnell machte ich mich mit meiner Tasche auf den Weg zur Toilette.

Dort angekommen, stellte ich meine Sachen neben dem Waschbecken ab und musterte mich im Spiegel. Meine Wangen waren rot und unter den Augen war die Wimperntusche ein wenig verschmiert, aber sonst deutete glücklicherweise nichts auf meinen kleinen Sprint zur Arbeit hin. Sofort musste ich zurück an den Grund für meine Verspätung denken und hatte das Kunstwerkgesicht des Mannes vor Augen. Als ich mich daran erinnerte, wie unsere Hände sich berührt hatten und wie er mich gemustert hatte, verspürte ich wieder dieses aufgeregte Kribbeln im Magen. Was er wohl jetzt gerade machte? Ob er auch noch an unsere Begegnung dachte? Oder hatte er sie schon längst vergessen und ging seinem Leben nach, als wäre nichts weiter passiert?

Ich machte mir über solche Situationen *immer* Gedanken, war die Art Mensch, die nachts schweißgebadet aufwachte und sich an eine peinliche Situation erinnerte, die vor fünf Jahren passiert war. Wie gern ich ihn nach seinem Namen gefragt oder mehr über ihn erfahren hätte, aber so etwas konnte ich einfach nicht. Dass ich mich die meiste Zeit über unwohl in meinem Körper fühlte, sorgte dafür, dass ich keine intimen Beziehungen aufbauen konnte. Für mich war es absolut unvorstellbar, dass mich jemand auch nur ansatzweise attraktiv oder interessant finden, geschweige denn lieben könnte. Ich war vierundzwanzig Jahre alt, ungeküsst und Jungfrau und ich war mir erschreckend sicher, dass das für immer so bleiben würde. Es war nicht so, dass ich mich nicht danach sehnte, mir nicht wünschte, von einem Mann begehrt, geliebt und berührt zu werden. Das tat ich. Bei jedem Liebesroman, jeder Romanze auf Netflix, jedem Paar, dem ich in der Stadt begegnete, wurde ich daran erinnert. Aber Liebesgeschichten passierten anderen, nicht mir.

Seufzend setzte ich mich auf den Klodeckel und betrachtet die Wölbung meines Bauches, die gegen meine Hose drückte, als würde sie sie gleich zum Platzen bringen. Wer würde mich schon lieben können?

Nachdem ich ein wenig in Selbstmitleid gebadet hatte und mein Gesicht wieder einigermaßen vorzeigbar war, standen meine beiden Lieblingskollegen und ich schließlich neben der Kaffeemaschine, dampfende Tassen in den Händen und neben uns ein Teller mit Raúls frisch

gebackenen Zimtschnecken. Seit ich vor zwei Jahren hier in der Grafik-
designagentur *AtheneSolene* angefangen hatte, erst noch als Praktikantin,
dann als Assistentin der Geschäftsleitung und mittlerweile als Grafikdesignerin, waren die Treffen an der Kaffeemaschine unser tägliches Ritual geworden. Wir tauschten uns über die Arbeit, das Leben und vor
allem den neuesten Tratsch aus, der in der Agentur die Runde machte.

»Ihr werdet nicht glauben, was ich heute für Neuigkeiten für euch
habe«, sagte Benny und wackelte mit den Augenbrauen, während er ein
wenig Hafermilch in seinen Kaffee schüttete. Seine dunkelblonden Haare
standen wirr vom Kopf ab und er grinste so breit, dass man die Zahnlücke
zwischen seinen Schneidezähnen sehen konnte. Er überragte mich mindestens einen Kopf und das, obwohl ich relativ groß war. Wie immer war
seine Haut sonnengebräunt, so als hätte er zwei Wochen Urlaub hinter
sich. Um seinen Hals hing eine Muschelkette, die er nie ablegte.

»Hast du endlich den Keller aufgeräumt?«, fragte Raúl trocken,
woraufhin ich laut auflachte und Benny mir einen gespielt bösen Blick
zuwarf. Seit Wochen beschwerte er sich darüber, dass seine Frau Sabrina von ihm verlangte, den Keller aufzuräumen, und seit Wochen
drückte er sich erfolgreich davor.

»So tolle Neuigkeiten sind es nun auch wieder nicht«, erwiderte er
und nahm einen Schluck von seinem Kaffee. »Nein, ich habe vorhin
von Jonas aus der IT etwas gehört, das euch umhauen wird. Es geht
um unsere Lieblingschefin.« Genüsslich biss er in seine Zimtschnecke,
wohl um uns noch ein wenig auf die Folter zu spannen.

»Jetzt mach es nicht so spannend«, sagte Raúl. Er war das komplette Gegenteil von Benny. Im Gegensatz zu ihm war er eher der pragma-
tische, ruhige Typ. Er war etwas kleiner als ich, hatte kurzgeschorene
dunkelbraune Haare, durch die er sich gerade ungeduldig fuhr, und
war immer so schick gekleidet, dass man ihn in einen 50er-Jahre Film
hätte stecken können.

Benny grinste triumphierend. »Als der Vertrag für das Coverdesign mit unserer Agentur unterschrieben wurde, war Nadja, haltet euch fest, mit Leo Berger zusammen. Kurz danach ist die Beziehung angeblich sehr unschön in die Brüche gegangen, der Vertrag war allerdings schon unterschrieben.«

»Hör auf!«, rief Raúl.

»Unsere Chefin war mit Leo Berger zusammen?«, keuchte ich.

Benny nickte. »Ganze vier Jahre lang. Warum sie sich getrennt haben, weiß niemand, aber die beiden sind anscheinend nicht sonderlich gut aufeinander zu sprechen.«

Enttäuschung machte sich in mir breit und ich stellte meine Tasse auf der Spüle ab. »Glaubst du, ich habe den Job nur bekommen, weil der Kunde Nadjas Ex ist?«

Benny legte mir eine Hand auf die Schulter und sah mich eindringlich an. »Du arbeitest hart und bist unglaublich talentiert. Letztendlich ist es egal, wie du an den Job gekommen bist. Hauptsache, du hast ihn und somit die Möglichkeit, alle umzuhauen. Und wer weiß, vielleicht ist Nadja wirklich etwas dazwischengekommen.«

Raúl deutete mit dem Finger auf Benny und nickte zustimmend. »Ganz genau, hör auf den weisen alten Mann.«

Benny schnaubte und schmiss das Handtuch in Raúls Richtung. »Alter Mann? Ich glaub es ja nicht!«

Ich musste lachen und eine Welle der Dankbarkeit durchspülte mich, für diese beiden Menschen, dank denen jeder Arbeitstag leichter und bunter war.

Als wir wieder auf dem Weg zurück zu unseren Arbeitsplätzen waren, hielt Benny mich kurz zurück. »Sag mal, Ophelia, kannst du Freitag nach der Arbeit vielleicht auf Peppa aufpassen?«, fragte er. »Sabrina und ich sind auf einem Geburtstag eingeladen.«

»Da fragst du noch? Natürlich!« Mein Herz hüpfte beim Gedanken an Bennys kleinen, zuckersüßen Rauhaardackel. Nach diesem turbulenten Morgen brauchte ich etwas, auf das ich mich freuen konnte. Wir machten uns wieder an die Arbeit und ich verbrachte den ganzen Morgen und Mittag damit, Homepage und Logo für das Rebranding eines Buchverlags zu entwerfen. Als ich nach dem Mittagessen noch immer nichts von meiner Chefin gehört oder gesehen hatte, beschloss ich, sie in ihrem Büro aufzusuchen. Am Freitag hatte sie angekündigt, dass Leo Berger heute in die Agentur kommen würde, damit wir uns kennenlernen und das Projekt besprechen konnten. Die Warterei sorgte nicht gerade dafür, dass meine Nervosität besser wurde. Ich atmete also tief durch und klopfte an Nadjas verschlossene Bürotür. Ein dumpfes »Herein« ertönte und ich drückte die Klinke herunter.

Meine Chefin saß auf einem schwarzen Lederstuhl und starrte konzentriert auf den Computer vor sich. Wie immer strahlte sie Autorität und Selbstsicherheit aus, aber auch etwas, das ich nicht beschreiben konnte, das aber jedes Mal dafür sorgte, dass sich mein Bauch zusammenzog. Sie trug immer Schwarz, entweder Blazer, Bluse oder Jumpsuit, ihr schwarzer Bob umrundete ihr schmales Gesicht, ohne dass je auch nur eine Strähne abstand, und ihre Lippen waren stets dunkelrot geschminkt. Nadja Grimm war nicht nur eine großartige Illustratorin, sondern auch eine absolute Businessfrau und ich hatte den allergrößten Respekt vor ihr und der Arbeit, die sie leistete. Sie hatte die Agentur vor fünf Jahren gegründet und sie in dieser Zeit zu einer der erfolgreichsten Grafikdesignagenturen in ganz Deutschland gemacht. Wir arbeiteten hauptsächlich mit namhaften Firmen, Verlagen und Persönlichkeiten zusammen und jedem in der Branche war der Name *AtheneSolene* ein Begriff. Nadja war außerdem die Einzige, die mir vor zwei Jahren nach meinem abgebrochenen Studium eine Chance gegeben und mich eingestellt hatte. Und das, obwohl ich nur eine Ausbildung als Hotelfachfrau und keinerlei Berufserfahrung in dem Job vorzuweisen gehabt hatte. Dafür würde ich ihr ewig dankbar sein.

»Nadja, hi«, sagte ich vorsichtig und betrat den Raum. »Ich wollte fragen, ob das Treffen mit Leo Berger heute noch stattfinden wird.«

Nadja sah auf und deutete mir mit einer Handgeste, mich zu setzen. Ich nahm auf einem der Stühle ihr gegenüber Platz und sah sie erwartungsvoll an. »Ich bin leider noch nicht dazu gekommen, mit dir zu sprechen, aber du wirst ihn erst morgen kennenlernen. Seine Agentin hat heute Morgen angerufen und mir mitgeteilt, dass etwas dazwischengekommen ist.«

Enttäuscht ließ ich die Schultern sinken und dachte daran, wie aufgeregt ich den ganzen Tag gewesen war. »Oh, schade«, erwiderte ich mit belegter Stimme und rieb meine schwitzigen Handflächen aneinander.

Nadja massierte sich die Schläfen und seufzte. »Ich weiß, du bist enttäuscht, aber ich hatte einen wirklich harten Tag und da ist es mein geringstes Problem, dass Herr Berger und seine Agentin unzuverlässig sind. Arbeite heute an deinen anderen aktuellen Projekten und dann kümmern wir uns morgen um das Coverdesign, in Ordnung?« Sie runzelte die Stirn und das Ziehen in meinem Bauch machte sich wieder bemerkbar.

»Ja, klar, überhaupt kein Problem«, sagte ich hastig und stand auf, um Nadja nicht länger zu stören. »Ich habe genug zu tun.«

»Prima, ich danke dir«, entgegnete meine Chefin mit einem Lächeln, bei dem ich mir nie sicher war, ob es ehrlich war oder nicht. »Mach dir keine Sorgen, du wirst das ganz wunderbar meistern.«

»Danke«, murmelte ich leise, doch sie hatte sich schon längst wieder dem Bildschirm zugewandt. Mit eiligen Schritten lief ich auf die Tür zu und verließ ohne einen Blick zurück das Büro. Als ich wieder auf dem Flur stand, atmete ich erleichtert aus und der Knoten in meinem Bauch löste sich langsam auf.

Kapitel 4

»Das macht dann 15,84«, sagte die Kassiererin und ich nestelte schnell einen Zwanzig-Euro-Schein aus meinem Geldbeutel heraus. Ich hatte die 84 Cent mit Sicherheit klein, doch die Blicke der anderen Kunden in meinem Rücken sorgten jedes Mal dafür, dass ich mich nicht traute, das Kleingeld zusammenzusuchen. Nachdem ich das Rückgeld verstaut hatte, tat ich dasselbe mit der Flasche Aperol, der Packung Nudeln und den Tampons. Natürlich hatte ich zusätzlich zu all dem Stress auch noch meine Tage bekommen und mein Unterleib beglückte mich mit einem schmerzhaften Krampf nach dem anderen. Ich dankte wie jeden Monat der Person, die Schmerzmittel erfunden hatte.

Als ich den Laden verließ, wehte mir eine warme Frühlingsbrise entgegen und ich schloss für einen Moment die Augen. Die Vögel zwitscherten und es würde nicht lange dauern, bis die Natur grün und am Blühen war. Abends war es wieder länger hell und alles fühlte sich etwas leichter und beschwingter an. Ich schulterte meinen Jutebeutel und beschloss, auf die Busfahrt zu verzichten und zu Fuß nach Hause zu laufen.

Blumstedt war eine schöne Stadt. Es gab viele Altbauten in den unterschiedlichsten Farben, an jeder Ecke standen Kirschbäume und Magnolien und es war wesentlich sauberer als in einer Großstadt. Man hatte zwar dieses lebendige, pulsierende Stadtgefühl, doch ohne, dass es einen erstickte. Man konnte immer noch frei atmen, den eigenen Herzschlag spüren und verlief sich nicht andauernd.

Ich passierte die Straße, die zu meinem Wohnhaus führte und die zugleich meine liebste in der ganzen Stadt war. Die Kirschblütenallee machte ihrem Namen alle Ehre und war im Frühling eine richtige kleine Attraktion in Blumstedt. Noch dazu war jedes Haus in der Straße in einer anderen Farbe bemalt, sodass man sich fühlte wie an einem Filmset. Ich liebte diese Straße und konnte an manchen Tagen selbst nicht glauben, dass ich so ein Glück gehabt und genau hier eine Wohnung gefunden hatte. Beim Haus angekommen, steckte ich den Schlüssel in das Schloss und schob die schwere quietschende Holztür auf. Drei Stockwerke musste ich erklimmen, dann betrat ich schnaufend meine Wohnung und streifte die Schuhe ab.

Meine Wohnung war mein sicherer Hafen und ein absoluter Wohlfühlort. Sie war nicht groß, aber für mich genau richtig. Es gab ein Schlafzimmer, ein Bad, eine kleine Küche und einen kleinen Wohnbereich – also alles, was ich brauchte. Überall standen bunt zusammengewürfelte Möbel, die ich hauptsächlich mit Ida auf Flohmärkten erstanden hatte. In den Ecken stapelten sich Bücher und Zeichnungen, zur Dekoration hatte ich Repliken von antiken Statuen, Lampen, Lichterketten und natürlich jede Menge Pflanzen besorgt. Mein größter Stolz galt der Decke in meinem Schlafzimmer. Sie war dunkelblau gestrichen und in der Mitte hing ein alter Kronleuchter. Drum herum hatte ich goldene Sterne gemalt, sodass ich jeden Abend auf meinen eigenen kleinen Sternenhimmel schauen konnte. In jedem Winkel meiner Wohnung war Kunst zu finden. Über die Lichtschalter hatte ich kleine Blumenwiesen gemalt und an den Wänden hingen eingerahmte Bilder von anderen Künstlern.

Mein Lieblingsort der Wohnung war mein kleiner Balkon. Gerade mal zwei Stühle, ein kleiner Tisch und ein paar Pflanzen fanden dort

Platz und dennoch hielt ich mich nirgendwo lieber auf. Auch hier hatte ich Lichterketten befestigt, genau wie hängende Blumentöpfe. Am Geländer hingen Blumenkästen, die ich immer mit bunten Blumen bepflanzte, und überall standen Kerzen. Ida und ich saßen abends gern bei einem Glas Aperol und gutem Essen hier und genossen die gemütliche Stimmung. Wenn man hinuntersah, blickte man direkt auf die Kirschblütenallee.

Ich hatte gerade das Nudelwasser aufgesetzt, mir bequeme Kleidung angezogen und eine Wärmflasche gemacht, als es an der Wohnungstür klopfte. Ein Lächeln schlich sich auf meine Lippen und ich öffnete schnell.

»Du glaubst nicht, was heute passiert ist«, stieß meine beste Freundin aus und fegte in meine Wohnung wie ein Wirbelwind. In der Hand hatte sie ein Glas Pesto und eine Flasche Sekt und nachdem sie beides auf dem Küchentisch abgestellt hatte, drückte sie mich fest an sich. »Aber erzähl erst mal von deinem Treffen mit dem berühmten Leo Berger.« Aus limettengrünen Augen sah sie mich erwartungsvoll an.

Seufzend lehnte ich mich gegen den Kühlschrank und presste die Wärmflasche gegen meinen schmerzenden Unterleib. »Es hat nicht stattgefunden. Nachdem ich den ganzen Tag ein nervöses Wrack war, bin ich zu Nadja gegangen. Leos Agentin hat das Treffen wohl schon heute früh auf morgen verschoben.«

Ida zog die Augenbrauen hoch und verschränkte die Arme. »Und das hätte sie dir nicht schon heute Morgen mitteilen können?«

Ich zuckte mit den Schultern und gab die Nudeln in das kochende Wasser. »Du weißt doch, wie sie ist. Wahrscheinlich hatte sie einfach viel zu tun.«

Meine beste Freundin schnaubte leise, erwiderte jedoch nichts, sondern machte sich daran, Sekt und Aperol in zwei Gläsern zu mischen. Ich wusste, dass sie nicht der größte Fan von meiner Chefin war, doch ich hatte Nadja so viel zu verdanken, dass ich gern mal über ihr Verhalten hinwegsah.

Nachdem die Nudeln fertig waren, trugen wir unsere Teller und Gläser raus und machten es uns mit Decken auf dem Balkon bequem. Seit Ida und ich uns angefreundet hatten, waren die gemeinsamen Abende hier draußen unser Ritual geworden. Wir hatten uns vor etwas mehr als einem Jahr so richtig kennengelernt, als Ida eines Abends panisch an meiner Tür geklingelt hatte, weil über ihrem Bett eine dicke schwarze Spinne gesessen hatte. Vorher waren wir uns zwar immer mal wieder über den Weg gelaufen und hatten uns gegrüßt, doch meine zurückhaltende Art hatte mich davon abgehalten, mehr daraus zu machen. Ich war zwar selbst der größte Angsthase, was Spinnen betraf, doch nachdem wir fast eine Stunde gebraucht hatten, das Tier aus Idas Wohnung zu befördern, hatten wir den Rest des Abends über Gott und die Welt geredet und noch viel mehr Gemeinsamkeiten als die Angst vor Spinnen entdeckt. Seitdem war eine tiefe Freundschaft entstanden und obwohl wir uns noch nicht so lange kannten, war Ida eine der wichtigsten Menschen in meinem Leben geworden.

»Also, was wolltest du vorhin erzählen?«, fragte ich, während ich großzügig Pesto auf meinen Nudeln verteilte.

Meine beste Freundin war gerade dabei, ihre langen blonden Locken in einem Pferdeschwanz zu bändigen, und fing an zu erzählen. »Heute bei der Morgenbesprechung sollten wir berichten, woran wir gerade arbeiten. Es fing schon damit an, dass Erik, der Neue, die ganze Zeit die Augen verdreht hat, als ich meine Rezeptideen und die Fragen der Kolumne vorgestellt habe.« Idas Augen funkelten vor Zorn und sie nahm einen Schluck Aperol. Sie arbeitete für unsere Lokalzeitung *Ein neuer Tag in Blumstedt* und war für die Bereiche Essen und Lifestyle zuständig. Da sie leidenschaftlich gern backte, teilte sie dort ihre neuen Rezepte und Kreationen. Außerdem betreute sie die Sorgenherz-Kolumne, in der sie mal witzige, mal bewegende Fragen der Leserinnen und Leser beantwortete. Insgeheim träumte sie jedoch davon, eines Tages ihr eigenes Café zu besitzen, in dem sie all ihre gebackenen Köstlichkeiten verkaufen könnte.

»Erst habe ich seine Blicke noch wohlwollend ignoriert«, fuhr sie fort, »aber dann ging es um das Thema Hypochondrie, zu dem eine Leserin eine Frage hatte.« Sie atmete kurz durch. »Und dann hat er doch tatsächlich in die Runde geworfen, dass Hypochonder, Zitat, ›ja nur aufmerksamkeitsgeile Heulsusen sind, die versuchen, das Scheinwerferlicht auf sich zu ziehen, während es anderen Menschen wirklich schlecht geht‹.« Idas Stimme zitterte und ich sah, wie nah ihr die Aussage ihres Kollegen ging. »Und das Schlimmste war, dass mein Hirn einfach komplett leergefegt war. Ich wollte so viel sagen, aber ich konnte einfach nicht.«

Tröstend legte ich einen Arm um ihre Schulter und lehnte meinen Kopf an ihren. »Ich kann gut verstehen, dass das frustrierend war, aber jedes Wort an ihn hätte nur deine Zeit verschwendet.« Ida schwieg und ich strich ihr vorsichtig eine Haarsträhne hinters Ohr. Ich konnte regelrecht hören, wie ihre Gedanken ratterten. »Und du bist keine aufmerksamkeitsgeile Heulsuse, hörst du? Denk nicht mal daran, sonst muss ich nicht nur diesen Erik verhauen, sondern auch dich.« Sie stieß ein Schnauben aus, doch ihre Mundwinkel verzogen sich zu einem leichten Lächeln. »Hypochondrie ist eine Krankheit«, sagte ich abschließend. »Sie sollte genauso ernst genommen werden wie ein gebrochenes Bein. Menschen wie Erik sind Teil des Problems.«

Ida selbst hatte schon seit ihrer Kindheit mit Hypochondrie zu kämpfen. Mittlerweile hatte sie die Krankheit ganz gut im Griff und es fiel ihr im richtigen Umfeld leicht, darüber zu sprechen, doch das war nicht immer so gewesen.

»Ich weiß«, murmelte Ida und warf mir einen dankbaren Blick zu. »Trotzdem hätte ich nichts dagegen zu sehen, wie du Erik verhaust.« Ich stieß ein prustendes Lachen aus und zum Glück stimmte sie sofort mit ein.

Als wir unser Geschirr abgespült hatten und die Dunkelheit langsam anbrach, nahm ich all meinen Mut zusammen und berichtete ihr von meiner Begegnung mit dem Mann im Café heute Morgen.

»Und das erzählst du mir erst jetzt?«, quietschte Ida aufgeregt. »Habt ihr Nummern ausgetauscht? Werdet ihr euch wiedersehen?«

Ich sah betreten zu Boden. »Was denkst du denn?«

Ida seufzte und legte ihre Hand auf meine. »Ich weiß, Schatz. Ich weiß. Du glaubst nicht, was ich dafür geben würde, dass du dich mal aus meinen Augen sehen könntest.« Sie musterte mich eindringlich. »Ich sehen jeden Tag diese wunderschöne, kluge, starke Frau mit all ihren liebenswerten, besonderen Eigenschaften und diesem strahlenden Lächeln, das die Sonne vor Neid erblassen lässt. Du machst diese Welt zu einem so viel besseren Ort, und der Mann, der irgendwann an deiner Seite sein darf, kann sich wirklich glücklich schätzen.«

Meine Kehle wurde eng und ich wischte mir hastig über die nassen Augen. Ich war dankbar für meine beste Freundin, diese Sommersonnenperson, die mit ihren engelsgleichen Haaren und diesem Herzen aus Gold in mein Leben gestolpert war und es so viel erträglicher und schöner machte. »Danke, dass du mein Mensch bist«, krächzte ich mit zitternder Stimme und drückte Ida so fest es ging an mich.

»Immer«, erwiderte Ida und ich weiß nicht, wie lange wir dort saßen und sie mich festhielt. Ida war der Kleber, der mich zusammenhielt.

@opheliaungeschoent: Hallo, meine Kämpferherzen!
Gestern habe ich hier auf Instagram einen Beitrag gesehen, in dem es um das Thema Menstruation ging. Ich habe mich total über diese tolle, informative und sehr wertvolle Aufklärungsarbeit gefreut. Tja, und das genau so lange, bis ich in die Kommentarspalte geschaut habe. Dutzende empörte, wütende Kommentare sind mir ins Auge gefallen. Darunter auch einer, der in etwa lautete: »Wir hätten die Message des Beitrags auch sehr gut ohne die rote Ekelfarbe verstanden.«

Die Seite, die den Beitrag hochgeladen hat, besaß nämlich tatsächlich die Frechheit, einen Tampon mit rot gefärbter Spitze zu zeigen. Uhhh, igitt, wie furchtbar! Nein, jetzt mal ganz im Ernst. Wie kann es sein, dass Menstruationsblut noch immer als eklig angesehen wird, wo es doch eine der normalsten Sachen der Welt ist? Wie kann es sein, dass genau die Personen, die unter solchen Beiträgen kommentieren, wie abstoßend sie das alles finden, sich danach einen blutrünstigen Slasherfilm reinziehen oder ein Spiel zocken, bei dem das Blut nur so spritzt? Und das ist dann weniger eklig oder abstoßend? Merkt ihr selbst, oder?

Menstruation scheint leider noch immer ein Tabuthema zu sein, von dem ich dachte, wir wären mittlerweile weiter. Es ist so wichtig, dass darüber gesprochen und informiert wird, denn es gibt nun mal jede Menge menstruierender Personen auf diesem Planeten. Und das ist völlig normal, natürlich und vor allem auch gut so.

Menstruation is not a shame und deshalb gibt es heute diese Illustration für euch, mit ganz viel rot, rot, rot.

Kapitel 5

Mein Wecker klingelte zum vierten Mal und anstatt erneut die Schlummertaste zu drücken, richtete ich mich stöhnend auf und rieb mir die Augen. Die Sonne schien in mein Zimmer, traf auf die kleine Discokugel auf meinem Regal und hinterließ tanzende, funkelnde Schatten an der Wand. Ich blieb noch einen Moment sitzen und starrte gedankenverloren vor mich hin, als wartete ich darauf, dass irgendwas geschähe, damit ich mich doch wieder zurück aufs Bett fallen lassen könnte. Was natürlich nicht der Fall war, weshalb ich mich dann doch schwerfällig erhob und auf den Weg in die Küche machte.

Ich stellte meine geliebte mintgrüne Espressomaschine an und machte auf dem Herd Milch heiß. Anschließend füllte ich die Hälfte der Tasse mit Milch und den Rest mit Kaffee. Mein Vater, der seinen Kaffee komplett schwarz trank, machte sich jedes Mal über mich lustig und fragte, ob ich wieder »Milch mit Kaffee« wollte, aber so trank ich ihn nun mal am liebsten. Gedanklich machte ich mir eine Notiz, vor der Arbeit noch kurz meine Eltern anzurufen, doch vorher widmete ich mich meinem täglichen Morgenritual. Mit einer Decke und meinem Kaffee machte ich es mir auf dem Balkon gemütlich, schnappte mir mein iPad und ließ den Blick über die Kirschblütenallee schweifen. Jeden Morgen zeichnete ich etwas, das ich genau in dem Moment sehen konnte, und startete so entschleunigend in den Tag. Heute entschied ich mich für eine schwarze Katze, die im Wohnhaus gegenüber auf dem Balkon lag – auf einem Wäscheständer mit bunten Kleidungsstücken. Schmunzelnd öffnete ich meine Zeichenapp und begann zu zeichnen.

Anschließend lud ich die Illustration auf Instagram hoch und ließ meinen Abonnenten ein paar warme, aufmunternde Wort zum Start in den neuen Tag da. Auch das tat ich fast jeden Morgen in der Hoffnung, dem ein oder anderen Menschen das Aufstehen aus dem Bett ein wenig zu erleichtern. Kurz scrollte ich durch mein Newsfeed, likte ein paar Beiträge von anderen Illustratoren, denen ich folgte, und antwortete auf Kommentare unter meinem letzten Beitrag.

Ich hatte etwas zum Thema Hypochondrie hochgeladen und dafür Ida befragt. Der Beitrag war unfassbar gut angekommen, viele hatten in den Kommentaren ihre Geschichten erzählt und sich bedankt. Bei Ida für ihren Mut und ihre Offenheit und bei mir dafür, dass ich Betroffenen eine Plattform bot, um sich auszutauschen und weniger allein zu fühlen. Bei jeder dankbaren Nachricht wurde mir warm ums Herz und ich war stolz darauf, mir mit @opheliaungeschoent einen Ort aufgebaut zu haben, an dem ich nicht nur meine Illustrationen teilen, sondern auch Menschen erreichen und ihnen helfen konnte.

Ich schrieb dort auch offen über meine Selbstzweifel und die schwierige Beziehung zu meinem Körper – nur über das Thema Liebe und meine fehlenden Erfahrungen in dem Bereich schwieg ich. Zum einen aus Scham und Angst davor, dass mich die Menschen als komisch oder prüde bezeichneten oder plötzlich anders sähen, zum anderen, weil es in der heutigen Zeit, in der viele Jugendliche schon in jungen Jahren ihre ersten Erfahrungen im Bereich Liebe, Intimität und Sex machten, eher als seltsam angesehen wurde, wenn man mit Mitte zwanzig noch nicht soweit war. Ich fragte mich zwar oft, ob es anderen vielleicht ähnlich ging und es insgeheim viel mehr junge Menschen gab, die noch ungeküsst und unerfahren wären, aber irgendwie war ich trotzdem noch nicht bereit dafür, offen darüber zu sprechen. Vielleicht irgendwann.

Ich wollte Instagram gerade schließen, als mir ein Beitrag angezeigt wurde, der wie ein Pfeil mitten ins Herz traf.

@julesjulimomente: hey loves, was macht das leben? ich begrüße den frühling mit meinem neuen bikini von novamore (mit meinem rabattcode juli15 bekommt ihr 15 % rabatt!) und lasse mir die sonne in mein ungeschminktes gesicht scheinen. wer braucht schon make-up? #livingthenofilterlife ich wünsche euch einen zauberhaften tag und vergesst nicht: you are glowing! <3

Ein glatter, straffer Bauch, selbst im Sitzen. Glänzende, schlanke Beine, auf denen nicht ein einziges Haar, nicht ein blauer Fleck und erst recht kein Dehnungsstreifen zu sehen waren. Runde, volle Brüste, die natürlich nicht schlaff runterhingen, sondern perfekt das knappe Bikinioberteil ausfüllten. Ein makelloses Gesicht, das wahrhaftig kein Make-up brauchte, bei dieser Haut ohne Mitesser und Pickel, bei diesen vollen Lippen und den himmelblauen Augen.

Ich schaute an mir herunter, empfand nichts als Selbstekel und wurde zurück in die Vergangenheit katapultiert. Da waren sie wieder, die giftgetränkten Worte, in denen ich ertrank.

Ich war wieder in der achten Klasse und es war der 14. Februar – Valentinstag. Wie jedes Jahr gab es an meiner Schule eine Aktion, bei der man jemandem eine Rose mit einem Brief schicken konnte. Und wie jedes Jahr hatte ich für all meine Freundinnen ein paar liebe Worte verschickt und war gespannt auf ihre Reaktionen. Ich selbst hatte noch nie eine Rose zum Valentinstag oder einen Schokonikolaus zu Weihnachten bekommen, höchstens von meinen Eltern, aber vielleicht war es ja dieses Mal soweit.

Als es in der zweiten Stunde plötzlich an der Tür unseres Klassenzimmers klopfte, setzte ich mich aufrechter hin. Mein Bauch kribbelte und ich strich mir aufgeregt die damals noch dunkelbraunen Strähnen aus dem Gesicht. Zwei der Oberstufenschüler, die sich jedes Jahr um die Aktion kümmerten, betraten den Raum und riefen die Namen der beschenkten Schüler und Schülerinnen auf. All meine Freundinnen wurden aufgerufen und ich lächelte in mich hinein. Ich liebte es, anderen etwas zu schenken und ihnen eine Freude zu machen, und war meistens noch viel aufgeregter als die beschenkten Personen selbst.

»Ophelia Küpper«, las plötzlich einer der Oberstufenschüler vor und mein Herz begann wie wild zu pochen. Jemand hatte an mich gedacht! Ich wusste, es war absurd, aber insgeheim hoffte ich, dass es Chris aus der Parallelklasse wäre. Ich fand ihn schon seit der fünften Klasse toll, hatte mich aber bisher nicht getraut, viel mit ihm zu sprechen. Vielleicht war ich ihm ja trotzdem aufgefallen? Ich sprang auf und lief schnell nach vorne, um mir meine Rose abzuholen. Zurück auf meinem Platz angekommen, öffnete ich mit zittrigen Händen den Briefumschlag, der daran hing, und las die Worte, die jemand mit krakeliger Handschrift auf einen roten Zettel geschrieben hatte:

Liebe Ophelia, du bist so hübsch (vor allem, wenn du rot wirst) und ich bin verknallt in dich. Das bin ich schon seit langer Zeit, aber jetzt traue ich mich endlich, es dir zu sagen. Ich hoffe, die Rose gefällt dir. Frohen Valentinstag!

Ich drückte den Brief fest an mich und spürte, wie meine Wangen rot anliefen. Jemand war in mich verliebt. Ausgerechnet in mich, die schüchterne und unscheinbare Ophelia, die sich im Unterricht nie meldete und auch sonst selten etwas sagte. Ich, die im Vergleich zu den anderen Mädchen in meiner Klasse nicht sonderlich hübsch und für die Jungs eher unsichtbar war. Doch anscheinend hatte mich jemand gesehen.

Mit rasendem Herzen drehte ich mich zu meinen Freundinnen um und hielt ihnen den Brief hin. »Ich habe einen Liebesbrief bekommen«, flüsterte ich und strahlte sie an. »Was meint ihr, wer ihn geschrieben hat? Denkt ihr, es könnte vielleicht Chris sein?« Meine Stimme überschlug sich fast vor Aufregung.

Meine Freundinnen sahen sich verschwörerisch an und lachten plötzlich laut los. Verwirrt von ihrer Reaktion beobachtete ich sie, versuchte zu verstehen, was hier vor sich ging.

Jule kriegte sich zuerst wieder ein, während Anna und Olga noch lachend nach Luft japsten. »Den haben wir geschrieben, du Dummerchen. Wir wollten dich verarschen. O mein Gott, du hättest dein Gesicht sehen sollen!«

Ich spürte regelrecht, wie mir die Farbe aus dem Gesicht wich, und starrte meine Freundinnen sprachlos an.

»Denkst du wirklich, jemand würde *dir* einen Liebesbrief schreiben? Und dann auch noch Chris?« Olga musterte mich, als hätte sie in ihrem ganzen Leben noch nie etwas Absurderes gehört.

»Sorry, Süße, aber ich glaube, Chris steht nicht auf Mädchen mit flacher Brust und dicken Oberschenkeln«, fügte Jule hinzu und alle lachten wieder.

Ich zwang mich zu einem Lächeln, so falsch, dass mir richtig schlecht wurde, während mir ein kalter Schauer über den Rücken lief. Enttäuschung machte sich in meinem Bauch breit und ich musste mich zusammenreißen, um nicht augenblicklich in Tränen auszubrechen. »Haha, erwischt«, krächzte ich nur und hoffte, sie merkten mir nicht an, wie sehr mich diese Aktion und vor allem ihre Worte verletzten. Während ich ihnen allen von meinem Taschengeld eine Rose geschickt hatte, hatten sie keine bessere Idee gehabt, als mich so hinters Licht zu führen. Ich war Kommentare gewohnt, die oberflächlich nicht fies klangen und mich trotzdem tief trafen, doch das hier war ein komplett neues Level. Das waren doch meine Freundinnen ... oder?

Ich zerriss den Zettel und stopfte ihn in meinen Schulranzen. Selbst die Schönheit der roten Rose konnte ich nicht mehr genießen, sie schien mich nur zu verhöhnen. *»Mädchen mit flacher Brust und dicken Oberschenkeln«* schallte durch meinen Kopf, laut und bitterböse, immer und immer wieder und mein Herz zerbrach, zerbrach, zerbrach. Wie immer bemerkte es niemand außer mir.

Das war nicht die letzte Situation dieser Art gewesen, doch die erste, die etwas in mir nachhaltig kaputt gemacht hatte. Etwas, von dem ich bis heute nicht wusste, wie ich es reparieren sollte.

@opheliaungeschoent: Hallo, meine Kämpferherzen! ♥

Hypochondrie [hypoxɔn'dʁi]: übertriebene Neigung, seinen eigenen Gesundheitszustand zu beobachten, zwanghafte Angst vor Erkrankungen, Einbildung des Erkranktseins [begleitet von Trübsinn oder Schwermut]

Sagt euch das was? Ich wusste nichts darüber, bis ich meine beste Freundin kennengelernt habe, die seit Jahren damit zu kämpfen hat. Für diesen Beitrag habe ich sie gefragt, ob sie mir etwas zu dem Thema schreiben würde, um mehr Menschen darauf aufmerksam zu machen und zu sensibilisieren. Die folgenden Worte sind also von meiner wundervollen, starken, mutigen besten Freundin an euch:

Diesen Text möchte ich allen Menschen widmen, die unter Hypochondrie leiden, um sie daran zu erinnern, was für unglaubliche starke Menschen sie sind, weil sie jeden Tag mit dieser Krankheit leben und gegen sie ankämpfen müssen.

Aber was ist Hypochondrie eigentlich?

Menschen, die unter Hypochondrie leiden, haben große Angst vor schlimmen Erkrankungen, bilden sich diese ein, beobachten ihren Körper fast schon zwanghaft, reagieren auf jede kleine Veränderung, auf jeden Schmerz und gehen häufig zum Arzt.

Hypochondrie ist, seit ich klein bin, ein Teil meiner Angststörung und ich kann euch sagen: It sucks, tut es wirklich. Zum einen, weil es unfassbar anstrengend, stressig und angsteinflößend ist, und zum anderen, weil die Menschen um einen herum und sogar Ärzte häufig kein Verständnis dafür haben oder genervt sind.

Eine Sache, die mir sehr hilft: nicht mehr googlen. Ganz ehrlich? Google ist das Allerschlimmste bei Hypochondrie, weil man laut Google immer todkrank ist. Ich würde euch gern aus eigener Erfahrung berichten, dass Therapie hilft, aber leider warte ich seit Monaten auf einen Therapieplatz, wie so viele Menschen. Aber ich bin mir sicher: Mit einer Therapie kann euch geholfen werden. Ihr seid nicht dazu verdammt, allein und ewig mit eurer Krankheit zu leben.

Und an alle, die jemanden mit Hypochondrie in ihrem Umfeld haben: Bitte, bitte habt Verständnis, seid einfühlsam und nicht genervt. Nichts ist in der Situation schlimmer, als jemand, der die Augen verdreht und einem das Gefühl gibt, verrückt zu sein, denn Leute, das Gefühl hat man eh schon. Man fühlt sich so oft schlecht und schämt sich, dazu müsst ihr nicht auch noch beitragen.

Hypochonder haben wirklich große Ängste und auch echte (!) Schmerzen. Also zeigt einfach ein bisschen Verständnis und Unterstützung, anstatt zu urteilen. Das gilt natürlich für alle psychischen Erkrankungen, nicht nur für Hypochondrie.

Zum Schluss noch eine Botschaft an alle Hypochonder: Ich sehe euch, ihr seid nicht allein. Ihr seid so, so, so stark. Ihr könnt gesund werden. Ihr verdient es, gesund zu werden. Ihr werdet gesund werden. Ihr seid stärker als eure Hypochondrie. Ihr schafft das!

Kapitel 6

»Guten Morgen, ich wollte dich gerade anrufen«, begrüßte ich meine Mutter am Telefon und beim Klang ihrer Stimme schlich sich automatisch ein Lächeln auf meine Lippen. Ich war gerade in den Bus gestiegen und kuschelte mich enger in meinen weiten dunkelbraunen Schal. Wir hatten zwar Frühling, aber heute war es wieder deutlich kühler als gestern.

»Wie geht es dir, mein Schatz? Was gibt es Neues?« Im Hintergrund konnte man Geschirrklappern hören und ich war mir ziemlich sicher, dass sie gerade dabei war, sich ein schnelles Frühstück zu machen, da sie mal wieder viel zu spät dran war.

»Mir geht's gut, ich bin nur ein bisschen aufgeregt, weil ich heute ein wichtiges Treffen habe. Ich habe dir doch von dem bekannten Kinderbuchautor erzählt, dessen neues Cover ich illustrieren darf? Heute werde ich ihn zum ersten Mal treffen und mit ihm über das Projekt sprechen.«

»Oh, wie aufregend!«, rief meine Mutter, während der Bus nach einer holprigen Vollbremsung an meiner Haltestelle hielt. Ich war kaum ausgestiegen, da raste der Busfahrer, der wohl für die Teilnahme bei der Formel 1 übte, auch schon wieder los. »Ich drücke dir fest die Daumen, aber du wirst das fantastisch meistern, da bin ich mir ganz sicher. Du musst mir dann unbedingt erzählen, wie es gelaufen ist, ja?«

Ich wich einer Frau mit Kinderwagen aus und nickte, obwohl Mama das am Telefon natürlich nicht sehen konnte. »Das mache ich auf jeden Fall. Bei dir und Papa ist alles gut?«

»O ja, bei uns ist alles wie immer. Ich habe viel Stress in der Praxis, aber das ist ja nichts Neues. Deinem Vater geht es großartig, immerhin hat der FC Bayern gestern gewonnen.« Sie lachte und ich musste mitlachen. Papas Stimmung war immer abhängig vom Erfolg seines Lieblingsfußballvereins.

»Das freut mich. Du, Mama, ich bin jetzt da, ich schreibe dir später, ja?«

»Mach das, mein Spatz. Viel Glück für das Treffen, ich hab dich lieb!«

»Ich dich auch, Mama, hab einen schönen Tag, tschüss«, sagte ich, legte auf und stopfte das Handy in die Manteltasche.

Ich war bereits in der Nebenstraße der Agentur und mein Herz startete einen Sprint, als ich am *Kaffeebohne & Keks* vorbeilief. So gewollt unauffällig, dass es wahrscheinlich schon wieder auffällig war, blickte ich durch die Scheibe und suchte nach einem ganz bestimmten Gesicht. Natürlich konnte ich es nicht sehen, aber die Wahrscheinlichkeit, dass der schöne Fremde ausgerechnet am nächsten Tag zur selben Zeit das Café besuchte, war auch sehr gering. Trotzdem hatte ich darauf gehofft. Nicht, dass ich mich plötzlich getraut hätte, ihn anzusprechen, aber sein Kunstwerkgesicht hätte ich schon noch mal gern gemustert. Seufzend löste ich meinen Blick vom Café und versprach mir eine Portion Keksteig, wenn ich den Arbeitstag und das Meeting mit Leo Berger hinter mich gebracht hatte.

»Ophelia, er ist schon da«, zischte Benny mir zu, kaum war ich an meinem Schreibtisch angelangt.

»Wer?«, fragte ich verwirrt und noch ehe er antworten konnte, kam ich mir sehr dumm vor. Ja, wer wohl?

»Und er sieht gut aus«, warf Raúl im Vorbeigehen ein, was meine Aufregung nicht unbedingt milderte.

Ich beugte mich zu Benny vor und flüsterte:»Ist er bei Nadja im Büro?«

Benny nickte. »Ja, sie meinte, du sollst mit deinem Portfolio reinkommen, sobald du da bist.«

Ich atmete tief durch, dann nahm ich die Mappe mit meinen Projekten und einigen Illustrationen in die Hand und ging auf Nadjas Büro zu. Die Jalousien waren zu, sodass ich nicht sehen konnte, was sich im Inneren abspielte. Nadja war die Einzige in der Agentur, die ein eigenes Büro hatte. Während unsere Schreibtische in einem offenen Großraum standen, konnte sie alles vor uns verbergen.

Als ich vor der Bürotür angekommen war, warf ich einen letzten nervösen Blick zurück und Benny reckte beide Daumen in die Luft. »Du schaffst das!«

Ich lächelte ihm dankbar zu, dann drehte ich mich um und betrachtete mich für einen Moment in der Glasscheibe der Tür. Meine Haare lagen wie immer wellig auf den Schultern auf und ich hatte ein dunkelgrünes Strickkleid mit meinen schwarzen Boots kombiniert. Nervös glättete ich ein paar abstehende Haarsträhnen und zupfte an dem Kleid herum. Ich hatte es bewusst gewählt, weil ich heute selbstbewusst wirken wollte, doch gerade sehnte ich mich nach einer bequemen Hose. Schnell überprüfte ich noch, ob meine Wimperntusche verschmiert war, damit ich nicht aussah wie ein Waschbär, dann sprach ich mir innerlich Mut zu: *Du kannst das, Ophelia!*

Ich holte ein letztes Mal tief Luft und klopfte an die Bürotür. Im Nachhinein wünschte ich, ich hätte wie üblich auf ein »Herein« gewartet, doch ich war zu aufgeregt und trat gleich ein.

Zuerst sah ich meine Chefin. Wie immer ganz in Schwarz stand sie so nah vor einer männlichen Person, dass kaum ein Blatt Papier zwischen sie gepasst hätte. Sie hatte sich vorgebeugt und flüsterte ihrem Gegenüber mit dunkelroten Lippen etwas ins Ohr. Es sah fast so aus, als küsste sie seine Schläfe. Einer ihrer Arme ruhte auf seiner Schulter und das ganze Szenario wirkte so vertraut, dass ich mich wie ein Eindringling fühlte. Mir entwich ein kurzes »Oh, shit«, woraufhin sich beide ertappt zu mir drehten.

Und zum zweiten Mal in dieser Woche blickte ich in herbstlaubbraune Augen.

»Ophelia, schön, dass du da bist«, begrüßte mich Nadja mit einem honigsüßen Lächeln, als wäre das eine völlig normale Situation. »Darf ich vorstellen? Das ist Leo Berger, der Kinderbuchautor, dessen Cover du illustrieren wirst. Und Leo, das ist Ophelia Küpper, die Illustratorin, von der ich dir erzählt habe.«

Wie ferngesteuert lief ich auf den Mann mit dem Kunstwerkgesicht zu, der, wie ich jetzt wusste, fucking Leo Berger war und nicht einfach irgendein atemberaubend attraktiver Mann, den ich gestern in meinem Lieblingscafé getroffen hatte. Und nicht nur das, es war zugleich auch noch der Leo Berger, der vier Jahre lang mit meiner Chefin Nadja Grimm, der Frau, der ich so gut wie alles verdankte, in einer Beziehung gewesen war. In einer, die angeblich nicht gut geendet hatte, auch wenn das gerade ganz anders aussah.

Enttäuschung durchflutete meinen Körper und ich hasste mich dafür. Natürlich hatte ich nicht damit gerechnet, dass sich aus der Situation gestern etwas ergeben würde, und trotzdem war da diese naive Hoffnung in mir gewesen. Noch mehr hasste ich mich allerdings dafür, dass ich mich automatisch mit Nadja verglich, denn eigentlich wollte ich nicht so sein, wollte andere Frauen nicht als Konkurrenz sehen. Und trotzdem schoss mir der Gedanke durch den Kopf, dass jemand wie Leo Berger offensichtlich auf eine Nadja Grimm stand, eine selbstbewusste, dominante, sexy Femme fatale mit Kussmundlippen.

Ich hingegen war unsicher, definitiv nicht sexy und trug Lippenstifte in langweiligen Nude-Tönen.

Ich hielt Leo meine Hand hin und Erkenntnis blitzte in seinen Augen auf. Er erinnerte sich also an mich. Ich wusste, dass ich mich nicht darüber freuen sollte, aber mein verräterisches Herz machte einen Hüpfer. *Alles an dir ist so bunt und strahlt. Wie ein Gemälde, das man einfach gern ansieht.*

»Freut mich, hallo«, sagte ich lahm, da ich meine Chefin nicht an unserem gestrigen Moment teilhaben lassen wollte. Er schluckte kurz, was meinen Blick auf seinen Hals lenkte. Da war sie wieder, die *Ahoi Brause* in meinem Bauch.

»Mich auch.«

Seine Hand legte sich in meine, Wärme an Wärme, genau wie gestern, und ich suchte in seinem Gesicht nach einer Erklärung für das, was das mit Nadja eben gewesen war – obwohl er mir offensichtlich rein gar nichts schuldig war. Doch natürlich fand ich keine Erklärung. Viel zu schnell lösten sich unsere Hände wieder voneinander.

Ein lautes Klatschen brachte mich zum Zusammenzucken und ich sah zu meiner Chefin, die zwischen ihrem Ex-Freund und mir hin und her sah. »So, dann wollen wir mal«, sagte sie übertrieben fröhlich. »Setzt euch doch.«

Ungelenk nahmen wir beide nebeneinander vor ihrem Schreibtisch Platz und ich musste an Benny denken. Er kannte die ungewöhnlichsten Wörter und nannte Nadja oft *katzenfreundlich*, womit er auf ihre falsche Freundlichkeit anspielte.

»Wie ich ja schon erzählt habe, wirst du, Ophelia, das Coverdesign von Leos neuem Kinderbuchprojekt übernehmen, da ich zeitlich momentan leider zu eingespannt bin, um mich selbst darum zu kümmern.«

Aus dem Augenwinkel nahm ich wahr, wie Leos Augenbrauen nach oben wanderten, und tausend Fragen schossen mir durch den

Kopf. Doch ich kam nicht dazu, mich ihnen zu widmen, da Nadja ununterbrochen weiterredete.

»Ophelia ist meine beste Illustratorin und ich bin fest davon überzeugt, dass sie die Richtige für den Auftrag ist.«

Obwohl die Situation alles andere als angenehm war, erfüllte mich ein Gefühl von Stolz. Ich atmete tief durch und warf meiner Chefin ein Lächeln zu. »Danke, dass du an mich glaubst. Das bedeutet mir viel.«

Nadja nickte und fuhr fort: »Leos neues Buch wird für eine jüngere Zielgruppe sein als seine bisherigen Geschichten, das heißt, das Cover sollte kindlicher sein. Welche genauen Vorstellungen Leo hat, wird er dir selbst erklären. Normalerweise ist er gesprächiger, versprochen.«

Ich wagte einen vorsichtigen Blick zu Leo, der mit versteinerter Miene neben mir saß. Wie sollte er gesprächiger sein, wenn Nadja ihn nicht zu Wort kommen ließ? Doch das ging mich nichts an. Ich kritzelte ein paar Stichwörter zu dem Projekt auf den Skizzenblock vor mir.

»Leo und seiner Agentur ist eine enge Zusammenarbeit wichtig, da es sich um ein Herzensprojekt handelt, von daher sprecht ihr euch am besten ab, wie ihr vorgehen wollt. Noch irgendwelche Fragen?«

Ich schüttelte den Kopf und sah erneut zu Leo, dessen Seitenprofil umwerfend war. Er öffnete den Mund, um etwas zu sagen, doch Nadja fuhr schamlos dazwischen.

»Prima, dann ist ja alles klar. Ich habe noch einiges zu tun, also wenn es euch nicht stört, unterhaltet euch doch gern draußen weiter, ja?«

Leo presste die Lippen zusammen und musterte Nadja auf eine Art und Weise, die ich nicht deuten konnte. In den Blicken der beiden waberten so viele unausgesprochene Worte und Emotionen, dass ich eine Gänsehaut bekam. Die Spannung im Raum hätte man selbst mit der unschärfsten Schere der Welt zerschneiden können. Himmel, ich musste hier raus. Hastig stand ich auf und verließ den Raum ohne ein weiteres Wort, ohne einen Blick zurück.

Kapitel 7

»Ophelia?«, rief Raúl, doch ich ignorierte ihn und lief direkt in die Mitarbeiterküche. Dort angekommen, riss ich das Fenster auf, hielt mein Gesicht in die kühle Morgenluft und nahm einen tiefen Atemzug. Natürlich musste Leo Berger ausgerechnet der Mann aus dem Café sein. Und natürlich war er der Ex-Freund meiner Chefin, mit dem ich jetzt für längere Zeit *eng* zusammenarbeiten musste. Wie hoch war die Wahrscheinlichkeit für so etwas? Und trotzdem stand ich jetzt hier und musste das durchziehen, völlig egal, was für ein Gefühlschaos in mir herrschte. Ich hatte so lange auf eine Chance wie diese gewartet. Ein Cover für so einen bekannten Autor zu illustrieren, würde sich unfassbar gut in meinem Portfolio machen und mir völlig neue Berufsperspektiven bieten. Davon würde mich nichts und niemand abhalten. Nicht die komische Stimmung zwischen Nadja und Leo und auch nicht diese seltsame Anziehung, die ich ihm gegenüber verspürte.

Na dann, viel Glück dabei, flüsterte mir mein Herz höhnisch zu und ich straffte die Schultern.

Als ich die Küche verließ, wartete Leo bereits im Flur auf mich und ich nutzte den Augenblick, in dem er mich noch nicht bemerkt hatte, um ihn noch mal zu mustern. Er trug ein schwarzes Hemd, das ihm verboten gut stand, eine dunkelgrau karierte Stoffhose und diese rebellische dunkelbraune Locke, auf die ich ständig starren musste, hing ihm wieder in die Stirn. Den Kopf gesenkt lehnte er an der Wand und schaute auf sein Handy. Ich fragte mich, was er wohl gerade dachte, wie seltsam er meinen Abgang gefunden hatte und der giftige, unsichere Teil in mir fragte sich erneut, wie unattraktiv er mich wohl fand, wenn er mit einer Frau wie Nadja zusammen gewesen war. Doch ehe ich zu sehr in der selbstzerstörerischen Gedankenspirale versinken konnte, hob er den Kopf und sah mich. Schnell steckte er das Handy in die Hosentasche und kam langsam auf mich zu.

»Hey, alles gut?«, fragte er.

Mein verräterisches Herz schlug bei seinem besorgten Tonfall schneller. Nervös knetete ich meine Hände und versuchte vergeblich, es unter Kontrolle zu bekommen. »Ja, tut mir leid, ich musste nur mal kurz ein bisschen frische Luft schnappen.«

Er nickte langsam und ließ seinen Blick zögerlich über mein Gesicht schweifen, als suchte er nach Anzeichen dafür, ob wirklich alles gut war.

»Also, wollen wir über das Projekt sprechen?«, wechselte ich schnell das Thema.

Er lächelte und nickte, sah sich jedoch gleich darauf unsicher über die Schulter. Erst jetzt fiel mir auf, dass die neugierigen Blicke von sämtlichen Kolleginnen und Kollegen auf ihn gerichtet waren und an einigen Schreibtischen sogar getuschelt wurde.

Ich wollte gerade zum Reden ansetzen, doch Leo kam mir zuvor. »Würde es dir vielleicht etwas ausmachen, wenn wir in ein Café oder so gehen?«

Ohne auch nur eine Sekunde zu zögern, nickte ich hastig. »Lass mich eben meine Jacke und Tasche holen und dann können wir direkt los. Von wo aus wir arbeiten, ist ja egal.«

Draußen angekommen, nahm Leo, genau wie ich vorhin, einen tiefen Atemzug und schloss kurz die Augen. Seine braunen Locken wirbelten durch die Luft und ich konnte meinen Blick nicht von ihm abwenden – egal, wie sehr ich es auch versuchte. »Geht's dir gut?«, stellte ich ihm nun dieselbe Frage, die er mir vorhin gestellt hatte.

Als er schließlich antwortete, wirkte er wesentlich entspannter als eben noch in der Agentur. »Ja, jetzt schon.« Seine Stimme klang kratzig und er räusperte sich kurz, bevor er fortfuhr. »Ich schätze, auf mich trifft das Klischee des Autors, der die Zeit lieber mit seinen Figuren als mit anderen Menschen verbringt, zu. Außerhalb der Buchbranche kennt man mich zum Glück nicht wirklich und wenn ich dann mal wo bin, wo die Menschen mich erkennen, dann wird mir das oft zu viel.«

Verständnis durchzuckte mich. Ich war auch ein Mensch, der definitiv nicht gern im Mittelpunkt stand. »Ich kann das gut verstehen. Wirklich. Und ich finde, es ist auch nichts verwerflich daran, lieber für sich zu sein.«

Leo schenkte mir ein dankbares Lächeln und fuhr sich verlegen durch die Haare. »Also, wollen wir in unser Café von gestern gehen?«

Ein warmes Gefühl stieg in mir auf. *Unser Café von gestern.* Schnell nickte ich und wir machten uns schweigend auf den Weg.

Im *Kaffeebohne & Keks* angekommen, wehten uns warme Luft und ein köstlicher Duft entgegen. Augenblicklich war ich entspannter. Die Atmosphäre des Cafés hatte einfach diese Wirkung auf mich.

»Soll ich für dich mitbestellen?«, fragte ich an Leo gewandt, und sah ihn erwartungsvoll an.

»Ja, gern, ich nehme einfach einen schwarzen Kaffee, bitte.« Damit drückte er mir einen zerknitterten Geldschein in die Hand.

»Keinen Keksteig?«

Leo verzog das Gesicht. »Ich glaube, das ist nicht so meins.«

Ungläubig sah ich ihn an. »Hast du ihn denn schon mal probiert?« Er schüttelte den Kopf und ich schnaubte. »Dann wird es höchste Zeit – keine Widerrede. Es gibt nichts Besseres als Melanies Keksteig.«

Er lachte auf und hob entschuldigend die Hände. »Okay, okay. Ich suche uns schon mal einen Platz.« Er nahm meine Jacke und Tasche und lief auf eine der gemütlichen Sitzecken im hinteren Bereich des Cafés zu, während ich zu Melanie an den Tresen trat und unsere Bestellung aufgab.

Mit einem Tablett in der Hand, beladen mit zwei Portionen Keksteig, einem schwarzen Kaffee für Leo und einem Latte Macchiato für mich, kehrte ich schließlich an unseren Tisch zurück und ließ mich auf dem Sessel ihm gegenüber nieder.

»Danke dir«, sagte er und nippte an seinem heißen Kaffee. Als er anschließend seine Tasse wieder auf dem Tisch abstellte und sich mit der Zunge über die Oberlippe fuhr, wo ein Tropfen hängen geblieben war, wurde mir warm. »Also«, setzte Leo an und kramte einen Ordner aus seiner Tasche. »Nachdem ich gestern schon so begeistert von deinen Illustrationen war, freue ich mich umso mehr, dass du das Cover für mein neues Buch designen wirst.«

Meine Wangen wurden mal wieder warm und ich strich verlegen meine Haare hinters Ohr. »Ich freue mich auch und bin sehr dankbar für die Chance. Magst du mir ein bisschen mehr von deinem neuen Projekt erzählen?« Als ich einen vorsichtigen Schluck von meinem Latte Macchiato nahm, hatte ich für einen Moment den Eindruck, sein Blick würde auch an meinen Lippen hängenbleiben, aber dann erinnerte mich die giftige Stimme in meinem Kopf daran, wie absurd und unwahrscheinlich das war. Verlegen rutschte ich auf meinem Sessel herum und schlug mein offenes Hemd über dem Schoß zusammen, damit man die Wölbung meines Bauches und meine Oberschenkel nicht so gut sehen konnte.

Leo legte ein abgenutztes braunes Notizbuch auf den Tisch und lenkte meine Aufmerksamkeit damit wieder auf sich. »Bist du bereit für den Titel?«, wollte er wissen und wackelte verschmitzt mit den Augenbrauen.

»Au ja!« Ich klopfte mit den Fingerspitzen auf die Tischplatte, um einen imaginären Trommelwirbel darzustellen.

Er grinste und der Anblick seiner hinreißenden Grübchen sandte kleine Stromschläge durch meinen Körper. »Das Buch wird heißen: *Die Gans, die zum Zirkus wollte*.«

Ich stieß einen verzückten Laut aus und hielt mir die Hände vor den Mund. »Allein der Titel ist schon so süß! Erzähl mir mehr!«

»Freut mich, dass er dir gefällt.« Er strahlte mich an und ich war wie geblendet. Dieser Mann schien heller als die Sonne. »Es geht um eine Gans, deren größter Traum es ist, eines Tages im Zirkus aufzutreten und damit durch die Welt zu reisen. Alle um sie herum raten ihr davon ab und wollen ihr diesen Traum ausreden, weil eine Gans nichts Besonderes kann und damit nichts im Zirkus zu suchen hat. Einzig ihr bester Freund, der Frosch, glaubt an sie und ermutigt sie, weiter dafür zu kämpfen. Und eines Tages landet die Gans dann tatsächlich im Zirkus und sieht die ganze Welt. Sie zeigt es allen, die an ihr gezweifelt haben und ihr ihren Traum ausreden wollten. Die Geschichte soll Kindern zeigen, wie wichtig ihre Träume sind und dass sie alles erreichen können, was sie möchten, wenn sie nur dafür kämpfen. Völlig unabhängig davon, was die Menschen um sie herum dazu sagen.«

Fasziniert hing ich an seinen Lippen und mir entging nicht, wie seine Stimme beim letzten Satz brach. Er räusperte sich schnell und setzte ein fröhliches Gesicht auf, doch ich merkte, dass ihm die Geschichte viel bedeutete und vielleicht auch einen persönlicheren Hintergrund hatte. Ich beugte mich vor und lächelte ihn aufrichtig an. Der Tisch war klein und unsere Gesichter waren sich plötzlich ganz nah. Mein Herz pochte, pochte, pochte und ich wich ein Stück zurück, verbarg meine zitternden Hände unter der Tischplatte.

»Das ist wirklich eine wunderschöne Geschichte, Leo. Ich glaube du wirst ganz vielen Kindern damit Mut machen und ich fühle mich sehr geehrt, dass ich Gans und Frosch gestalten darf.«

Sein Blick schweifte über mein Gesicht und ich traute mich kaum zu atmen. In mir kämpften zwei Seiten gegeneinander. Die eine fühlte sich unfassbar angezogen von ihm, war ganz kribbelig und hibbelig und wollte nichts mehr, als ihm näherzukommen, ihn besser kennenzulernen. Die andere Seite schrillte so laut wie ein Feueralarm, wollte sofort die Flucht ergreifen, sich verstecken und am besten eine Papiertüte über den Kopf ziehen, damit er sie nicht länger anschauen konnte. Die andere Seite war leider in neun von zehn Fällen die Seite, die gewann, und so senkte ich den Blick auf meinen Kaffee.

»Die Geschichte bedeutet mir viel und umso mehr bedeutet es mir, deine Gedanken dazu zu hören. Ich bin wirklich froh, dass du das Cover gestalten wirst, Ophelia.«

Ich wusste nicht, ob schon mal jemand meinen Namen so schön ausgesprochen hatte wie er. »Soll ich gleich ein paar Skizzen anfertigen?«

»Sehr gern. Ich muss noch ein paar Mails beantworten, dann würde ich das parallel machen.«

Er holte seinen Laptop aus der Tasche, also tat ich das Gleiche mit meinem iPad und öffnete ProCreate. Als ich nach dem Stift griff, kribbelte meine Hand regelrecht – wie immer, wenn ich anfing zu zeichnen. Es war eins der schönsten Gefühle der Welt. Ich zeichnete die ersten Linien und versank in Farben, Strichen, Formen und meiner Fantasie.

Der Regen prasselte gegen die Fensterscheiben des Cafés und als ich auf die Uhr des Tablets sah, stellte ich erschrocken fest, dass es bereits fünf Uhr war. Wir hatten offenbar mehrere Stunden still nebeneinander gearbeitet. Ich hatte alles um mich herum ausgeblendet und auch Leo starrte immer noch konzentriert auf den Bildschirm seines Laptops. Seinen Keksteig hatte er noch immer nicht angerührt, während meiner schon längst leer war. Ich schmunzelte und schob seinen Becher näher an ihn heran. »Hey«, sagte ich leise und er zuckte zusammen.

Als er mich ansah, hoben sich seine Mundwinkel und er rieb sich die Augen. »Sorry, ich bin wohl etwas in der Arbeit versunken.«

»Der beste Keksteig der Welt wartet noch immer auf dich«, neckte ich ihn und wackelte mit den Augenbrauen.

Er lachte auf und griff nach dem Becher. »Okay, ich probiere ja schon.« Er musterte den Inhalt des Bechers skeptisch, bevor er sich einen großen Löffel Teig in den Mund schob. Einen Augenblick blieb seine Miene ausdruckslos und ich wartete gespannt auf seine Reaktion. Kurz darauf wurden seine Augen groß und fingen regelrecht an zu leuchten. »O mein Gott, ist das gut! Wie konnte ich das nie probieren?«

Er stöhnte auf und mein Unterleib tat seltsame Dinge. Wieder wurden meine Wangen heiß und ich hoffte, dass man die Röte in der dämmrigen Beleuchtung nicht sehen konnte. »Ich habe es dir doch gesagt«, erwiderte ich grinsend, während er sich einen weiteren Löffel in den Mund schob.

»If fulde dir meine ewige Dankbrkt«, nuschelte er mit vollem Mund und ich lachte auf.

Es überraschte mich, wie entspannt ich gerade in seiner Gegenwart sein konnte. Ich war zwar nervös und fühlte mich wie immer nicht wirklich wohl in meiner Haut, aber ich war zumindest nicht die ganze Zeit angespannt und so unsicher, dass ich kein Wort herausbekam.

Ich ließ ihn noch einen Moment lang in Ruhe seinen Keksteig genießen, bevor ich mein iPad wieder anschaltete und es ihm herüberschob. »Was meinst du?«, fragte ich und Nervosität stieg in mir auf.

Anderen meine Zeichnungen zu zeigen, war immer eine Herausforderung, vor allem, wenn es um die Arbeit ging. Doch bei Leo hoffte ich so sehr, dass ihm meine Illustrationen gefielen, dass ich kaum wagte zu atmen. Er nahm das iPad und scrollte langsam durch meine Skizzen. Dabei verzog er keine Miene und betrachtete hochkonzentriert den Bildschirm. Doch ich meinte, ein Funkeln in seinen Augen zu erkennen. Ich nahm einen Schluck von meinem Kaffee und sah aus dem Fenster, um ihn nicht die ganze Zeit anstarren zu müssen. Die Regentropfen strömten die Scheibe hinunter und mein Herz raste, als wollte es mithalten.

Leo räusperte sich und mein Blick schnellte zu ihm zurück. Er schob mir das iPad rüber und seine Mundwinkel verzogen sich zu diesem Lächeln, das die ganze Welt verblassen ließ. »Die sind unglaublich gut! Und es sind nur Skizzen, ich weiß gar nicht, wie großartig die Endergebnisse dann sein werden. Genau so habe ich mir die Gans, den Frosch und die Atmosphäre vorgestellt.«

Erleichterung und Stolz durchfluteten mich und ich konnte spüren, wie meine Hände zitterten. »Das freut mich so sehr. Ich bin schon gespannt auf die Geschichte.«

Leo musterte mich einen Moment lang und schien über etwas nachzudenken. Man konnte regelrecht sehen, wie es in seinem Kopf arbeitete. Nach einer gefühlten Ewigkeit räusperte er sich und legte seine Hände auf den Tisch. »Ophelia«, setzte er an und hörte ich da etwa Aufregung in seiner Stimme? »Hättest du Lust, nicht nur das Cover, sondern das komplette Buch zu illustrieren?«

Kapitel 8

Auf dem Weg nach Hause war es, als würde ich schweben. Es regnete noch immer und ich hatte keinen Regenschirm dabei, doch das war mir egal. Heute war das Leben schön. Noch immer konnte ich nicht glauben, dass mir Leo tatsächlich angeboten hatte, sein neues Kinderbuch zu illustrieren. Die Idee, das Buch mit Illustrationen zu schmücken, stand offenbar schon öfter im Raum und jetzt, wo Leo meine Bilder gesehen hatte, war er Feuer und Flamme dafür. Er wollte nur noch einmal alles mit seinem Team besprechen, meinte aber, das sollte kein Problem sein.

In diesem Moment war die Hoffnung, dass ich mich vielleicht doch eines Tages als Illustratorin selbstständig machen könnte, größer als je zuvor. Leos Bücher erreichten so viele Menschen und er war nicht der einzige Kinderbuchautor, den seine Agentur unter Vertrag hatte. Das würde mir ganz neue Türen öffnen und ich war so was von bereit dafür. Er hatte mir nur versprechen müssen, dass ich hinter den Kulissen bleiben durfte. Illustrationen spielten in Kinderbüchern eine wichtige Rolle und ich war noch lange nicht bereit, bei Lesungen oder anderen Veranstaltungen aufzutreten. Vielleicht irgendwann, aber ein Schritt nach dem anderen.

Nachdem wir Nummern ausgetauscht und uns verabschiedet hatten, war ich noch mal zurück ins Büro gegangen, um Benny und Raúl von meinem Erfolg zu berichten. Beide waren ganz aus dem Häuschen gewesen und wir hatten beschlossen, am Wochenende bei Raúl im

Garten darauf anzustoßen. Nadja war nicht mehr in der Agentur gewesen, weshalb ich ihr morgen davon erzählen musste. Heute Abend würde ich erst mal mit Ida feiern und ich war so gespannt darauf, was sie zu all dem sagen würde.

In meiner Wohnung angekommen, hängte ich die nassen Sachen im Badezimmer zum Trocknen auf und föhnte mir die klitschnassen Haare. Dann zog ich mir gemütliche Sachen über und entschied mich dazu, mir zur Feier des Tages eine Buchstabensuppe zu kochen. Tütensuppen gehörten zu meinen liebsten Guilty-Pleasures, ich gönnte sie mir regelmäßig.

Als ich die Suppe verputzt und meinen Eltern vom heutigen Tag berichtet hatte, kümmerte ich mich um den Abwasch und goss meine Pflanzen. Obwohl ich keine Lust hatte, stellte ich auch noch eine Maschine Wäsche an, damit mein Wäschekorb nicht irgendwann überquoll. Nachdem ich fertig mit allem war, blickte ich auf die Uhr und stellte überrascht fest, dass es schon kurz nach neun war und ich noch immer nichts von Ida gehört hatte. Normalerweise trafen wir uns jeden Abend um acht und wenn eine von uns es nicht schaffte oder mal keine Lust hatte, dann gaben wir einander Bescheid. Da ich heute noch gar nichts von ihr gehört hatte, machte ich mir langsam Sorgen und entschied mich dafür, nach meiner besten Freundin zu sehen. In meinen Hausschuhen und mit einer Packung *Ben & Jerrys* bewaffnet, überquerte ich den Flur und klingelte.

Nichts passierte.

»Ida, bist du da?«, rief ich. »Ich bin es. Ist alles in Ordnung?« Ich lehnte den Kopf an die Tür, in der Hoffnung, etwas zu hören. Ich konnte leise Musik in der Wohnung ausmachen und nach einer Weile hörte ich auch ein Schlurfen, das sich auf die Tür zubewegte. Als sich diese schließlich öffnete, atmete ich erleichtert auf. Doch als ich meine beste Freundin sah, blieb mir die Erleichterung im Hals stecken.

Ida war in eine Wolldecke eingewickelt, ihre blonden Locken hingen ihr in einem schlaffen Pferdeschwanz über die Schultern und ihr Gesicht war kreidebleich. Ihre Augen waren rot gerändert und leicht angeschwollen. Sie hatte eindeutig geweint.

»Ist etwas passiert?«, fragte ich und mein Herz raste vor Sorge.

Sie schniefte und wischte sie über die roten Augen. Ihr Anblick brach mir das Herz. »Heute ist kein guter Tag«, flüsterte sie und kaum hatte sie den Satz ausgesprochen, liefen ihr Tränen über die Wangen.

»Oh, Ida«, entgegnete ich leise. Schnell schob ich mich an ihr vorbei, schloss die Tür hinter uns, stellte die Packung Eis auf der Kommode ab und zog sie in meine Arme. Ida schluchzte so sehr, dass ihr ganzer Körper bebte, während ich sie einfach nur festhielt und ihr tröstend über den Kopf strich. Wir blieben eine ganze Weile so im Flur stehen, bis sich Ida langsam beruhigte.

»Komm, wir gehen ins Wohnzimmer«, schlug ich vor und schob sie langsam in Richtung ihrer gemütlichen Couch. Das Eis nahm ich mit und platzierte es vor uns auf dem Wohnzimmertisch. Nachdem ich zwei Löffel und eine große Flasche Wasser aus der Küche geholt hatte, setzte ich mich neben Ida auf die Couch und legte die Wolldecke, die ihr von den Schultern gerutscht war, über uns beide. Ich drückte Ida einen Löffel in die Hand und wir machten uns schweigend über das Cookie-Dough-Eis her. Zwischendurch zwang ich Ida dazu, etwas zu trinken, nicht jedoch dazu, zu sprechen – ich wusste, dass sie das tun würde, sobald sie soweit war. Insgeheim ahnte ich aber schon, was passiert war. Wir hatten schon einige dieser Tage hinter uns und dafür, dass es meiner besten Freundin so schlecht ging, war meist nur eine Sache verantwortlich: ihre Hypochondrie. Ida sprach nicht gern darüber, was sicher auch daran lag, dass ihre Eltern die Krankheit nicht ernst nahmen. Aber nachdem ich ihr von meinen Selbstzweifeln erzählt hatte, hatte sie mir auch ihre Probleme anvertraut. Seitdem waren wir füreinander da, an hellen und dunklen Tagen. Und heute schien definitiv ein dunkler Tag zu sein.

Als wir den halben Becher Eis geleert hatten, räusperte sich Ida und legte den Löffel beiseite. Sie griff nach einer Packung Taschentücher und schnäuzte sich die Nase, bevor sie anfing zu erzählen. »Ich war heute Morgen in der Bäckerei an der Hauptstraße, wollte dort frühstücken und die neue Kolumne schreiben. Du weißt ja, dass es sehr klein dort ist, und ich saß an einem Tisch neben einem Pärchen, allerhöchstens ein, zwei Jahre älter als wir. Anfangs war ich so in meine Notizen vertieft, dass ich die beiden völlig ausblenden konnte, aber dann war ich kurz abgelenkt und habe mitbekommen, worüber sie sich unterhalten haben. Es ging darum, dass irgendeine junge Kollegin der Frau wohl sehr schlimm erkrankt ist. Natürlich hat sie auch den Namen der Krankheit genannt und mit welchen Symptomen es anfing. Viel mehr habe ich nicht mitbekommen und ich bin direkt aufgestanden und gegangen, aber da war es schon zu spät.« Ida machte eine kurze Pause und ich griff nach ihrer Hand, um sie sanft zu drücken. »Zu Hause angekommen, taten meine Beine weh, später meine Arme und genau damit fing es bei der Frau auch an. Ich weiß, ich bin komplett bescheuert und steigere mich da wieder rein, aber ich habe solche Angst, ich kann einfach an nichts anderes denken.« Beim letzten Satz brach ihre Stimme und ich legte meine Hand auf ihre Schulter.

»Du bist nicht bescheuert, hör bloß auf damit. Du hast eine Krankheit, das macht dich nicht schwach, sondern menschlich. Und auch, wenn ich nicht darunter leide, kenne ich diese giftigen Stimmen im Kopf, die dir etwas einreden wollen, was gar nicht stimmt. Und obwohl man weiß, dass man ihnen keinen Glauben schenken sollte, kann man manchmal nicht anders.«

Ida nickte langsam und wischte sich erneut über die Wangen. »Ich wünschte einfach, ich würde endlich einen Therapieplatz bekommen«, flüsterte sie kraftlos.

Das Brechen meines Herzens über die Verzweiflung meiner besten Freundin vermischte sich mit lodernder Wut über unser Gesundheitssystem und die langen Wartezeiten für Therapieplätze. Ida war bereits seit vier Monaten auf unzähligen Wartelisten, doch bisher gab es keine positive Rückmeldung. Ich erinnerte mich an Tage, an denen sie völlig aufgelöst gewesen war und ich wütend bei sämtlichen Praxen in der Umgebung angerufen hatte, doch ich war von allen abgewimmelt worden. Es machte mich rasend, dass Menschen wie Ida, die all ihren Mut zusammennahmen, um sich Hilfe zu suchen, keine bekamen. An manchen Tagen hatte ich auch schon darüber nachgedacht, wegen meiner Selbstzweifel mal mit jemandem zu sprechen, aber die langen Wartezeiten und der Gedanke, dass andere die Plätze sicher mehr brauchten als ich, hatten mich bisher davon abgehalten.

»Ich weiß«, sagte ich leise und strich ihr eine Strähne aus dem Gesicht. »Du wirst bestimmt bald einen Therapieplatz bekommen. Und bis dahin schaffen wir das gemeinsam. Wir können morgen bei Dr. Winkler vorbeischauen und fragen, ob sie dir Blut abnimmt, um zu schauen, ob alles in Ordnung ist. Sie weiß doch von deiner Hypochondrie und war so nett beim letzten Mal. Was meinst du?«

Ida nickte schniefend und versuchte sich an einem Lächeln. »Das wäre toll. Danke, Ophelia. Für alles.«

Ich erwiderte ihr Lächeln und nahm sie erneut in den Arm. »Immer.«

Wir beschlossen morgen früh, noch bevor ich zur Arbeit musste, bei unserer Hausärztin vorbeizuschauen und ich schaltete einen Liebesfilm an, um Ida abzulenken. Dabei hielt ich sie fest im Arm und versicherte ihr immer wieder, dass alles gut sei und wir das irgendwie hinkriegen würden. Zusammen.

Ich schreckte aus einem Traum hoch und bereute meine schnelle Bewegung sofort. Mein Nacken war steif und schmerzte. Blinzelnd sah ich mich um und mir fiel wieder ein, dass ich nicht zu Hause war. Vor mir flimmerte längst ein anderer Film, Ida lag neben mir und schnarchte leise vor sich hin. Ich schaltete den Fernseher aus, räumte leise den Wohnzimmertisch ab und breitete die Decke ordentlich über Ida aus. Dann löschte ich das Licht und ging in meine eigene Wohnung.

Nachdem ich mich bettfertig gemacht und mich in mein warmes Bett gekuschelt hatte, war ich plötzlich wieder hellwach und die Müdigkeit war wie verflogen. Ich sah auf den Wecker und seufzte. 2:30 Uhr. Morgen würde ich mit Sicherheit hundemüde sein. Ich griff nach meinem Handy und wollte ein bisschen durch Instagram scrollen – was definitiv kontraproduktiv war, wenn man versuchte einzuschlafen –, als ich daran denken musste, dass Leo und ich heute Nachmittag Nummern ausgetauscht hatten. Eilig öffnete ich WhatsApp und suchte in meinen Kontakten nach seinem Namen. Als ich ihn gefunden hatte, machte mein Herz einen kleinen Hüpfer. Er hatte ein Profilbild drin. Ich klickte darauf und betrachtete es eingehend. Auf dem Bild sah man ihn von der Seite. Er hatte den Kopf gesenkt und eins seiner Bücher in der Hand, während er so breit lächelte, dass sich meine Mundwinkel automatisch hoben. Ich fragte mich, ob das Foto bei einer Lesung entstanden war und wer es wohl gemacht hatte. Meine Gedanken wanderten zu Nadja und ich spürte einen Knoten im Magen. Noch immer konnte ich nicht begreifen, dass Leo und sie ganze vier Jahre lang ein Paar gewesen waren. Ich kannte ihn zwar nicht gut, aber trotzdem erschienen mir die beiden wie zwei komplett verschiedene Menschen. Nadja war kühl, pragmatisch, distanziert und sehr bestimmt. Er dagegen strahlte Wärme, Offenheit und Liebenswürdigkeit aus. Wahrscheinlich zogen sich Gegensätze tatsächlich an, was wusste ich schon von der Liebe.

Ich atmete seufzend aus und wollte den Chat mit Leo gerade schließen, als es passierte: Ich rutschte mit dem Daumen ab und landete auf dem Anrufsymbol. Sofort begann WhatsApp zu wählen. Es war halb drei in der Nacht und ich rief einen bekannten Kinderbuchautor an.

O Gott, o Gott, o Gott! Hitze kroch mir den Körper hoch und ich brach den Anruf panisch ab. *Ein verpasster Anruf* stand nun in unserem Chat. Wie peinlich! Ihm war doch jetzt sofort klar, dass ich sein Profil angesehen hatte. Als unter seinem Namen *Online* stand, rutschte mir das Herz in die Hose. Als einige Sekunden später dann auch noch mein Handy vibrierte, weil ein Anruf von ihm einging, verließ es meinen Körper. Meine Hände zitterten und ich überlegte panisch, was ich machen sollte. Wenn ich jetzt nicht dranginge, würde das noch seltsamer wirken. Schweißperlen sammelten sich auf meiner Stirn und ich atmete tief durch. *Okay, Ophelia, du schaffst das. Es ist ein Telefonat, nur ein Telefonat.*

»Hallo?«

»Ophelia, hi«, ertönte seine dunkle Stimme und verursachte bei mir eine Gänsehaut. »Du hast angerufen?«

»Aber es ist halb drei in der Nacht«, rutschte es mir heraus und ich schlug mir mit der Hand auf die Stirn. »Also, ich wollte eigentlich sagen, dass es ein Versehen war. Tut mir total leid, ich wollte dich nicht mitten in der Nacht aus dem Bett klingeln.« Was ich eigentlich wollte, war, dass sich ein Loch im Boden auftat und mich verschlang.

»O nein, das hast du nicht, alles gut. Ich bin sowieso wach und spaziere gerade durch die Stadt.« Er sagte es, als wäre es völlig normal, um die Zeit spazieren zu gehen.

»Du gehst mitten in der Nacht spazieren?«

Leo lachte leise und die Härchen auf meinen Armen stellten sich auf. »Ja, ich weiß, es klingt wahrscheinlich seltsam, aber diese Nachtspaziergänge sind irgendwie mein Ding. Ich kann am besten nachdenken, wenn um mich herum alles ruhig ist. Dazu die frische Luft und der Sternenhimmel – ich bin nie kreativer als zu dieser Zeit. Außerdem sieht der Mond heute Nacht wirklich atemberaubend schön aus.«

Ich musste lächeln und dachte daran, dass ich mir ein Tattoo mit den Mondphasen stechen lassen wollte. Ich stand auf, wickelte mir meine Bettdecke um die Schultern und machte mich mit dem Handy in der Hand auf den Weg zum Balkon. Dort angekommen, öffnete ich die Glastür und trat ins Freie. Eine angenehm kühle Luft wehte mir entgegen und ich schauderte kurz. Ich musste den Mond nicht lange suchen, er schien wie ein Scheinwerfer auf mich herab. Er war kugelrund, leuchtete gelb und wie so oft meinte ich sogar, ein Gesicht erkennen zu können. »Wow«, flüsterte ich und konnte den Blick nicht abwenden. »Er ist wirklich wunderschön.« Langsam ließ ich mich auf einem meiner Balkonstühle nieder und kuschelte mich in die Decke wie in einen Kokon.

Als Leo antwortete, fühlte es sich fast so an, als könnte ich sein Lächeln durch das Telefon hören. »Ja, oder? Jedes Mal, wenn ich den Mond sehe, denke ich daran, in was für einer absurd schönen, magischen Welt wir doch leben – auch wenn sie oft so grausam ist.«

Es war, als lebte eine kleine Fee in meiner Brust, die wie wild mit den Flügeln schlug. Vielleicht war es aber auch mal wieder mein Herz, das kurz davor war abzuheben und das im Zusammenhang mit Leo sehr kuriose Dinge tat. »Ich beneide dich um deine Nachtspaziergänge«, gab ich leise zu, schloss die Augen und hielt mein Gesicht in den sanften Wind.

»Was meinst du?« Er klang verwundert.

Ich räusperte mich verlegen und dachte kurz nach. »Na ja, Frauen haben nicht diese Freiheit, sorglos durch die Nacht zu laufen. Versteh mich nicht falsch, ich möchte nicht für alle Frauen sprechen, aber ich denke mal, dass viele von uns nachts nur ungern allein rausgehen. Ich bin kein ängstlicher Mensch und trotzdem wird mir beim Gedanken daran, einen Nachtspaziergang zu machen, mulmig. Selbst in Blumstedt hätte ich Angst davor, was in der Dunkelheit auf mich lauert. Dabei liebe ich den Sternenhimmel und den Mond. Es ist nicht fair, dass die Nacht den Männern gehört.« Ich hielt kurz die Luft an und mein Sorgenherz raste vor sich hin. Ob er verstand, was ich meinte? Oder bekam er es in den falschen Hals? Interessierte ihn das überhaupt? Nervös kaute ich auf meiner Unterlippe herum, während ich auf seine Antwort wartete.

»So habe ich noch nie darüber nachgedacht. Wie du das beschreibst, das ist tatsächlich verdammt unfair. Du solltest genauso die Möglichkeit haben, dir nachts spontan eine Jacke überzuziehen und durch die Straßen zu laufen. Dass das für Frauen keine Selbstverständlichkeit ist, ist Scheiße.« Leo schnaubte frustriert auf und ich musste leise lachen.

»Ja, du hast Recht. Das ist wirklich Scheiße, wie so vieles auf der Welt.«

»Außer der Mond.«

Ich schmunzelte und hob den Blick wieder in Richtung Himmel.

»Weißt du, das klingt vielleicht etwas seltsam und ich hoffe, ich trete dir damit nicht zu nahe, aber falls du je mal das Bedürfnis haben solltest, einen Nachtspaziergang zu machen, dann gib mir gern Bescheid. Nicht, dass ich dich beschützen müsste oder du von mir abhängig wärst, aber ich bin sowieso fast jede Nacht draußen und ich würde mich über Gesellschaft freuen.«

Da war sie wieder, die prickelnde Brause in meinem Bauch. »Das fände ich schön«, hauchte ich und es zerriss mich innerlich. Natürlich würde ich mich nie trauen, mit Leo auf einen Nachtspaziergang zu gehen. Ich wusste das. Wenn mir ein Mann näherkam, ergriff ich die Flucht. Weil ich niemand war, in den man sich verliebte. Weil ich Ophelia war, vierundzwanzig, ungeküsst, unberührt und unerreichbar. Weil ich nichts so gut konnte, wie mir selbst im Weg zu stehen. Aber träumen konnte ich. »Ich werde mal versuchen, ein wenig zu schlafen. Wir sehen uns morgen.« Bevor ich die Balkontür hinter mir schloss, warf ich einen letzten sehnsüchtigen Blick auf den Mond.

»Ja, wir sehen uns. Gute Nacht, Ophelia.« Leos Stimme umhüllte mich wie eine warme Decke.

»Gute Nacht, Leo«, flüsterte ich und beendete das Gespräch.

Das Scheinwerferlicht des Mondes folgte mir bis ins Schlafzimmer und vielleicht war das mit der Liebe und mir ja wie mit dem Mond. Ich konnte mich danach sehnen, sie von außen betrachten und vielleicht auch mal den Arm nach ihr ausstrecken, aber ich würde immer zu weit von ihr entfernt sein. Mein Mut war nicht groß genug für die Schritte, die ich machen müsste, um sie zu erreichen.

Ich schloss mein Handy ans Ladekabel und ließ mich zum zweiten Mal in dieser Nacht in mein weiches Bett fallen. So langsam machten sich Müdigkeit und Erschöpfung bemerkbar, dennoch griff ich nach meinem iPad. Ich zeichnete eine Frau, die durch die Nacht spazierte, während über ihr die Sterne funkelten und sie den Schatten der Dunkelheit trotzte. Irgendwann fielen mir dann doch die Augen zu und ich träumte von dunkelbraunen Locken, Herbstlaubaugen und einem Mondgesicht, das mich aufmunternd anlächelte.

Kapitel 9

Mein Gesicht sah heute absolut grauenvoll aus. Nicht, dass es je besonders gut ausgesehen hätte, aber heute fühlte ich mich wirklich schlimm. Ich hatte überall trockene rote Stellen, sodass meine Haut fleckig aussah, meine Nase war ebenfalls gerötet, da ich mir wegen meiner Pollenallergie andauernd die Nase putzen musste und auch die Mitesser waren heute besonders präsent. Während ich im Wartezimmer unserer Hausärztin auf Ida wartete, schämte ich mich. Ich schämte mich dafür, wie ich aussah, und ich fühlte mich einfach nur ekelhaft. Um mich herum saßen andere Menschen, teilweise in Zeitschriften oder ihre Handys vertieft, nicht ein Einziger schenkte mir Aufmerksamkeit und trotzdem fühlte es sich so an, als würden sie mich alle anstarren und verurteilen. Nicht nur mir konnte auffallen, wie furchtbar ich heute aussah. Oder?

Zur Ablenkung griff ich ebenfalls nach einer der vielen Zeitschriften auf dem Tisch vor mir und verzog das Gesicht, als ich sah, dass es eine dieser typischen Frauenzeitschriften war. *Erreichen Sie Ihr Traumgewicht in nur 30 Tagen*, schrie mir die Schlagzeile entgegen, während direkt daneben ein Bild von einer bunt dekorierten Torte zu sehen war. Darunter die Worte: *Der Frühling kann beginnen – 20 Kuchenrezepte, um Ihnen die Wartezeit auf den Sommer zu versüßen.*

Verdammte Doppelmoral. Ich pfefferte die Zeitschrift direkt wieder zurück auf den Tisch und erntete dafür den entrüsteten Blick einer älteren Dame. Seufzend kramte ich mein iPad hervor und widmete mich einem weiteren Entwurf für die Gans und den Frosch. Leo hatte mir vorhin geschrieben, um mir zu sagen, dass der Verlag den Illustrationen zugestimmt hatte. Er hatte gefragt, ob wir uns zur Feier des Tages heute Nachmittag im Park treffen wollten, um gemeinsam zu arbeiten – er am Manuskript und ich an den Illustrationen. Ich hatte zugestimmt, bereute es allerdings mittlerweile. Wie sollte ich Leo so unter die Augen treten? Ich konnte mich doch heute selbst kaum ertragen. Aber es war letztendlich mein Job und deshalb würde ich mich zusammenreißen und trotzdem hingehen. Vorher musste ich jedoch unbedingt noch in die Agentur, um mit meiner Chefin zu sprechen. Mein Bauch grummelte und es fühlte sich an wie ein böses Omen. Schnell griff ich nach meinem Apple Pencil und fing an zu zeichnen. Ich malte eine grüne Wiese mit ein paar Gänseblümchen und eine Gans, die auf dem Rücken lag und ihre Füßchen in die Luft streckte. Sie hielt ihren Schnabel der Sonne entgegen und träumte davon, eines Tages eine berühmte Zirkusgans zu sein. Sofort musste ich lächeln. Ich liebte die Geschichte schon jetzt, dabei hatte ich sie noch nicht mal gelesen.

Die Tür zum Wartezimmer flog auf und ich hob den Kopf. Ida kam auf mich zu und beugte sich zu mir herunter. »Sie nehmen nur noch eben Blut ab, ich denke, es wird nicht mehr lange dauern.«

Ich nickte lächelnd und drückte ihre Hand. »In Ordnung. Und danach gönnen wir uns eine Zimtschnecke im Coffeeshop gegenüber.«

Ida erwiderte mein Lächeln und heute sah es schon wesentlich ehrlicher aus als gestern Abend. Ihre blonden Locken umrundeten ihr feines, wunderschönes Gesicht und das Funkeln in ihren Augen war zurückgekehrt. Ich sah ihr hinterher, während sie den Raum verließ, und wollte mich gerade wieder meinem iPad widmen, als ich zwei junge Frauen neben mir tuscheln hörte.

»Kannst du glauben, dass sie wirklich dachte, er würde auf sie stehen?«, sagte die eine. »Jeder um sie herum hat gesehen, dass sie eigentlich nicht sein Typ ist, und trotzdem hat sie nicht aufgehört, ihm zu schreiben. Armer Paul. Ich will gar nicht wissen, was er alles für mitleiderregende Nachrichten erhalten hat.«

Die andere der beiden kicherte und meine Hände ballten sich zu Fäusten. Und ich war wieder in der Schule.

Der Tag, an dem Tim meine Freundschaftsanfrage auf Schüler-CC angenommen hatte, war mir noch lebhaft in Erinnerung. Nachdem ich Monate gebraucht hatte, um mir Chris aus dem Kopf zu schlagen, da er mittlerweile mit einem Mädchen aus der Klasse über uns zusammen war, war mir irgendwann Tim aufgefallen. Er wohnte im Haus gegenüber und wir waren seit der Grundschule in derselben Klasse. Auch auf der weiterführenden Schule waren wir wieder in einer Klasse gelandet und sahen uns jeden Tag. So richtig Kontakt hatten wir eigentlich nie gehabt, doch seit einiger Zeit beachtete mich Tim immer öfter, lächelte mir an der Bushaltestelle oder auf dem Schulhof zu und wechselte auch ab und an mal ein Wort mit mir, obwohl die Jungs aus seiner Freundesclique sich gern über mich lustig machten. Nachdem er nun meine Freundschaftsanfrage angenommen hatte, nahm ich all meinen Mut zusammen und schrieb ihn an. Im Schreiben war ich sowieso besser als im Reden und zu Hause vor dem Bildschirm traute ich mich viel mehr, als wenn mir die Person gegenüberstand.

In den darauffolgenden Wochen schrieben wir immer regelmäßiger, tauschten irgendwann sogar Nummern aus und sendeten uns täglich SMS. In der Schule beachtete er mich zwar kaum, lächelte mir höchstens vereinzelt zu, aber er war auch eher zurückhaltend und es war mir sowieso lieber, wenn die anderen aus der Klasse nichts von unserer Freundschaft wussten.

Jeden Nachmittag freute ich mich auf Tims Nachrichten und als ich vor ein paar Tagen im Bus ein paar Sitzreihen hinter ihm saß und er lächelnd auf sein Handy blickte, während einige Sekunden später eine neue Nachricht bei mir eintrudelte, war ich mir sicher, dass auch er gern mit mir schrieb. Normalerweise mochte ich die Schule nicht sonderlich, weil ich mich vor den Gemeinheiten meiner Klassenkameraden fürchtete, aber seit ich mit Tim schrieb, hatte ich neuen Mut geschöpft. Meinen Freundinnen erzählte ich nichts davon und so blieben die Nachrichten vom Nachbarsjungen mein Geheimnis, das ich gut hütete und das mir nach jedem schlimmen Schultag Kraft schenkte.

Und doch war ich manchmal irritiert, wenn einer seiner Freunde einen fiesen Kommentar in meine Richtung abließ und er einfach mitlachte, ohne mit der Wimper zu zucken. Wenn Jonas mich beispielsweise wegen meiner hellen Haut »Weißkäse« nannte oder jemand »Dumm!« brüllte, wenn ich mich doch mal traute, mich im Unterricht zu melden. Wir schrieben mittlerweile seit Wochen täglich miteinander und er war immer so lieb, doch trotzdem verteidigte er mich in der Schule nicht ein einziges Mal.

Dass meine Freundinnen das nicht taten, war ich mittlerweile gewohnt. Sie ignorierten die Kommentare oder machten mit, als wüssten sie nicht, dass sie der Grund dafür waren, dass ich jeden Tag mit Bauchschmerzen zur Schule ging und viel zu viele Fehltage hatte. Als wüssten sie nicht, dass sie mein ohnehin schon kaum vorhandenes Selbstwertgefühl immer mehr niederschmetterten und dafür sorgten, dass meine Selbstzweifel wuchsen und wuchsen und wuchsen. Meine Therapeutin sollte viele Jahre später zu mir sagen, dass all das Mobbing, das ich in der Schulzeit erlebt habe, wahrscheinlich einer der Gründe für meinen Selbsthass sei. Doch noch war ich nicht in Therapie, noch versuchte ich, mich dem Schulalltag und meinen Ängsten ganz allein zu stellen – mit eher mäßigem Erfolg. Ich war keine schlechte Schülerin, doch die Angst vor Beleidigungen und die Tatsache, dass ich sehr oft fehlte, erschwerten es mir, dem Unterricht zu folgen und gute Noten zu schreiben. Und trotzdem trug ich ihn in mir, diesen unerschütterlichen Glauben daran, dass es irgendwann jemand gut mit mir meinen würde. Trotz all der Warnsignale war ich mir sicher, dass es bei Tim anders sein würde.

Als ich eines Tages im Schulbus stand, der mal wieder viel zu überfüllt war, und mich auf zu Hause freute, hörte ich plötzlich eine bekannte Stimme: Jule, die mal meine Freundin gewesen war. Jule, die von einem auf den anderen Tag nichts mehr mit mir zu tun hatte haben wollen und mir nie erklärt hatte, wieso. Jule mit den perfekten Noten, dem perfekten Aussehen, dem perfekten Selbstbewusstsein, dem perfekten Freundeskreis und dem hässlichsten Charakter überhaupt.

»Hast du letztens ihren Beitrag auf Facebook gesehen?«, fragte sie jemanden, doch ich konnte nicht sehen, wer es war.

»O mein Gott, *so* peinlich«, rief Jule. »Tut so, als würde sie sich mit Fußball auskennen und als würde es irgendjemanden interessieren, was sie dazu zu sagen hat.«

Redeten sie über mich? Ich schaute gern mit meinem Papa Fußball und hatte mich letztens auf Facebook über einen ungerechtfertigten Elfmeter aufgeregt, durch den unsere Mannschaft verloren hatte. Doch vielleicht gab es noch ein anderes Mädchen, das ebenfalls auf Facebook über Fußball gesprochen hatte, und sie meinte gar nicht mich.

»Aber Ophelia war ja schon immer ein bisschen seltsam«, sagte sie kichernd. »Ich weiß immer noch nicht, wieso ich mal mit ihr befreundet war. Wahrscheinlich aus Mitleid.«

Meine Hoffnung darauf, dass sie über jemand anderen sprach, verflüchtigte sich in rasender Geschwindigkeit. Aber es war ja nichts

Neues, dass sie hinter meinem Rücken über mich redete, und ich versuchte, es auszublenden, so gut ich nur konnte. Nur noch drei Stationen, dann konnte ich endlich aussteigen. Zu Hause erwartete mich Mama mit einem leckeren Mittagessen, da die Praxis heute geschlossen hatte. Vielleicht konnte ich noch eine Runde mit Bruno, dem Hund unserer Nachbarn, gehen. Und der zweite Teil der Edelstein-Trilogie von Kerstin Gier wartete auf meinem Nachttisch auf mich. Zusammen mit Gwen und Gideon würde ich durch die Zeit reisen und nicht mehr darüber nachdenken müssen, dass die wahren Bösewichte nicht in Büchern, sondern im echten Leben existierten.

In dem Moment ertönte ein tiefes Lachen, das mir gut bekannt war, und ich hielt die Luft an.

»Ist so«, sagte Tim. »Sie wohnt ja nebenan und hat mich ein paar Mal angeschrieben. Obwohl ich nie antworte, hört sie nicht auf damit, voll die Stalkerin.«

Seine gehässigen Worte wurden zu einem Dolch, der direkt in mein Herz stach.

»Ophelia? Ich bin fertig. Kommst du?«, riss mich Ida aus den Erinnerungen und vor Schreck ließ ich meinen Stift fallen.

Röte kroch mir die Wangen hoch, als ich mich hastig danach bückte und ihn zusammen mit dem iPad in meiner Tasche verschwinden ließ.

»Ich komme«, sagte ich und griff nach meiner Jacke an der Garderobe.

Ida lächelte zaghaft und hielt mir die Tür auf. Wir verließen die Praxis von Dr. Winkler und ich atmete gierig die milde Frühlingsluft ein.

»Wie war es?«, fragte ich schnell, damit Ida gar nicht erst auf die Idee kam, mich zu fragen, was eben los gewesen war.

Ida legte die Arme um ihren Oberkörper, als wollte sie sich selbst umarmen. »Es war gut, wirklich. Ich habe Dr. Winkler all meine Bedenken erzählt und sie hat mich komplett ernst genommen. Das hat sich so gut angefühlt.« Sie sah hoch und ihre Augen glitzerten im Sonnenlicht. Ich griff nach ihrer Hand und wir liefen händchen-haltend unter blühenden Magnolienbäumen entlang. »Sie hat sogar einen Ultraschall gemacht und in ein paar Tagen meldet sie sich wegen der Blutergebnisse. Aber sie meinte, dass zumindest von dem, was sie bisher sehen kann, alles gut aussieht. Danke, dass du mich begleitet hast. Und dass du gestern Abend für mich da warst.«

Sie drückte meine Hand und ich legte meinen Kopf kurz auf ihrer Schulter ab. Ich hatte mir immer eine Freundschaft wie diese ge-wünscht und war wirklich jeden Tag dankbar dafür.

Nachdem wir uns zwei große Becher Kaffee und zwei Zimt-schnecken geholt hatten, ließen wir uns auf einer Bank am Gehweg nieder und hielten unsere Gesichter in die Sonne. Die Vögel zwit-scherten munter vor sich hin und für einen Augenblick gelang es mir, alles um mich herum zu vergessen. Das war einer dieser kleinen All-tagsglück-Momente. »Ich habe gestern Nacht mit Leo telefoniert«, rutschte es mir heraus und Ida verschluckte sich so heftig, dass ihr ein bisschen Kaffee aus der Nase lief.

»Du hast *was*? Und das erzählst du mir erst *jetzt*? Hallo? Ich will alles wissen!« Ida sah mich mit aufgerissenen Augen an.

Ich wandte mich ihr zu und erzählte von dem Gespräch gestern Nacht. Während ich redete, stieß Ida manchmal einen Seufzer aus oder grinste mich breit an.

»Also, das ist die Leserin, die aus mir spricht, ich weiß, aber für mich klingt das wie der Anfang eines Liebesromans«, sagte Ida ent-zückt, nachdem ich fertig erzählt hatte.

Ich rollte mit den Augen, konnte mir ein Lächeln jedoch nicht ver-kneifen. »Ganz bestimmt nicht. Erstens ist er quasi mein Auftraggeber, zweitens ist er der Ex meiner Chefin und drittens ergreife ich sowieso irgendwann wieder die Flucht.«

Ida schmiss einen Krümel ihrer Zimtschnecke nach mir und ich wich aus. Mit erhobenem Zeigefinger musterte sie mich. »Erstens: Nur weil er dein Auftraggeber ist, heißt das nicht, dass nichts zwischen euch laufen darf. Zweitens ist er, wie du richtig sagst, der *Ex* deiner Chefin, nicht ihr aktueller Freund. Und drittens kette ich dich einfach an, damit du nicht die Flucht ergreifst.«

Ein Lachen entwich mir und zugleich spürte ich, wie meine Wangen nass wurden. Ich hatte gar nicht gemerkt, dass ich angefangen hatte zu weinen, bis die Tränen nasse Spuren auf meiner Jeans hinterließen. »Ida, glaub mir, ich möchte so gern jemanden kennenlernen, mich verlieben, berührt werden. Und ich bin es leid, mich im Selbstmitleid zu suhlen. Ich kann mich ja selbst nicht mehr hören, wenn ich dir mit den immer gleichen Sachen die Ohren vollheule. Aber ich fühle mich so verdammt hässlich. Ich hasse alles an mir. Mein Gesicht, diesen scheiß speckigen Bauch, meine hängenden Brüste und dicken Oberschenkel.« Laute Schluchzer entwichen mir und ich wischte mir mit der Hand über das Gesicht. »Ich erinnere meine Follower auf Instagram jeden Tag daran, wie wichtig es ist, sich selbst zu lieben, und komme mir dabei wie die größte Hochstaplerin vor, weil ich mich selbst kaum im Spiegel anschauen kann. Ich will mich endlich lieben, ich will mich schön finden und mich nicht die ganze Zeit vor mir selbst ekeln. Aber wie geht das? Wo ist der Schalter für die Selbstliebe, den ich umlegen kann?«

Ida öffnete den Mund, doch ich war noch nicht fertig. Mittlerweile schüttelte es mich am ganzen Körper und die Menschen, die an uns vorbeiliefen, musterten mich mitleidig. Doch es war, als wäre in mir ein Vulkan ausgebrochen und die ganze Lava musste erst raus, bevor ich mich wieder beruhigen konnte. »Und weißt du, was am schlimmsten daran ist? Dass es niemand versteht. Und das ist auch nachvollziehbar, weil niemand sieht, was ich sehe, und trotzdem tut es weh. Weil ich immer zu hören bekomme ›Was hast du denn, du bist doch hübsch?‹ oder ›Dein Bauch ist doch nicht dick, so ein Quatsch‹. Ich weiß das alles. Und trotzdem sehe ich, was ich sehe, und fühle, was ich fühle. Wenn ich den Menschen damit auf die Nerven gehe, dann wenden sie sich halt von mir ab, hören nicht mehr zu, verdrehen die Augen. Aber ich kann mich nicht von der Stimme in meinem Kopf und meinem eigenen Spiegelbild abwenden. Ich sitze da nämlich fest. Und ich bin es so leid, Ida. Ich bin es so verdammt leid.«

Der Schmerz stand Ida ins Gesicht geschrieben, als sie mich wortlos an sich zog. Sie sagte nichts, weil sie wusste, dass Worte manchmal nicht halfen, aber sie war da. Und das half mir in diesem Moment mehr als alle Worte der Welt.

@opheliaungeschoent: Hallo, meine Kämpferherzen!
Wünscht ihr euch auch manchmal, dass wir uns aus den Augen eines geliebten Menschen sehen könnten? Ich erwische mich jeden Tag dabei, wie ich so unglaublich hart zu mir bin, mich unentwegt kritisiere und runtermache – das sind alles Dinge, die ich bei einem geliebten Menschen nie tun würde. Und wir sollten doch selbst einer der Menschen sein, die wir am meisten lieben. Wieso sind wir dann die Ausnahme und behandeln uns selbst so schäbig? Wenn eine Freundin oder ein Freund von mir so über sich spricht, dann werde ich fuchsteufelswild, weil ich vor mir diesen wunderschönen, klugen, wertvollen, liebenswerten Menschen sehe, an dem ich nicht einen Makel finde. Aber meinem Spiegelbild werfe ich die schlimmsten Beleidigungen an den Kopf, ohne auch nur eine Sekunde darüber nachzudenken. Bei meiner besten Freundin wünsche ich mir immer, dass sie sich selbst mal aus meinen Augen sieht, damit sie lernt, sich genauso zu lieben, wie ich das tue. Aber heute wünsche ich mir, dass ich mich selbst auch mal aus ihren Augen betrachten könnte, um auch mal ein klein wenig Selbstliebe zu verspüren.

Verlinkt in den Kommentaren gern einen Menschen, bei dem ihr euch wünscht, dass er sich aus euren Augen sehen könnte, und verteilt ein bisschen Liebe.

Kapitel 10

»Nadja ist heute *nicht* gut drauf«, verkündete Raúl, als ich für unser tägliches Kaffeedate in der Küche eintraf. Er trug heute wieder eine schicke dunkelbraune Chinohose und ein kariertes Hemd.

Ich füllte meine bunt gefleckte Lieblingstasse zur Hälfte mit Milch und stellte sie anschließend unter die brummende Kaffeemaschine, bevor ich mich meinen beiden Kollegen zuwandte.

Benny hob eine Augenbraue und strich sich durch die wuscheligen dunkelblonden Haare. »Ich würde sagen, das ist noch eine Untertreibung.«

Seufzend lehnte ich mich an die Küchentheke und nahm einen Schluck aus der dampfenden Tasse. »Meint ihr, mein Angebot von Leo Berger wird sie etwas milde stimmen oder eher dafür sorgen, dass sich der Zustand noch verschlechtert?« Ich konnte meine Chefin schlecht einschätzen. Manchmal, wenn ich erwartete, dass sie auf etwas nicht gut reagieren würde, war sie auf einmal Verständnis und Ruhe pur. Wenn ich dagegen erwartete, dass sie etwas gut aufnahm, bekam ich oft ihre schlechte Laune ab. Nadja Grimm war wahrlich wie eine Schachtel Pralinen – man wusste nie, ob die nächste mit scharfem Schnaps oder süßer Nougatcreme gefüllt war.

»Na ja, sagen wir mal so«, setzte Raúl an. »Eine angemessene Reaktion für eine gute Chefin wäre, sich zu freuen und stolz auf ihre Mitarbeiterin zu sein. Aber da wir hier von Nadja reden und er auch noch ihr Ex-Freund ist, ist das schwer zu sagen.«

»Ach, kommt, seid nicht zu hart zu ihr. Sie ist zwar manchmal ein bisschen streng und nicht leicht zu durchschauen, aber ich glaube, letztendlich meint sie es gut mit uns.«

Benny und Raúl warfen sich einen vielsagenden Blick zu. Die beiden waren schon wesentlich länger in der Agentur als ich und behaupteten immer felsenfest, dass Nadja noch vor ein paar Jahren eine viel angenehmere Chefin gewesen war. Mittlerweile standen sie ihr kritisch gegenüber und waren der Meinung, dass ich mir zu viel von ihr gefallen ließ. In mir kämpften stets zwei Seiten, wenn es um Nadja ging. Die eine Seite sagte, dass meine Kollegen recht hatten, dass ich ihr öfter mal Kontra geben und für mich einstehen sollte. Doch die andere Seite erinnerte mich daran, was Nadja für mich getan hatte. Dass sie mich vor zwei Jahren eingestellt hatte, obwohl ich nur mit einer Ausbildung zur Hotelfachfrau und einem abgebrochenen Studium in der Tasche auf ihrer Matte gestanden hatte. Allen anderen Grafikdesignagenturen, bei denen ich mich beworben hatte, war ich nicht mal eine Absage wert gewesen. Ohne Studium und Berufserfahrung in dem Bereich? Keine Chance, ganz egal, wie lange man schon zeichnete, egal, wie viel Leidenschaft oder Talent man mitbrachte. Doch Nadja hatte nicht eine Minute gezögert. Sie hatte sich mein Portfolio und @opheliaungeschoent angeschaut und am Tag darauf war ich als Praktikantin angestellt gewesen. Ich wusste nicht, ob ich ohne sie heute überhaupt in dem Bereich arbeiten, geschweige denn Kinderbücher für Autoren wie Leo Berger illustrieren würde.

»Na gut, ihr Lieben, ich mach mich mal wieder an die Arbeit«, sagte Benny und stellte seine leere Tasse in die Spülmaschine.

»Immer noch die Flyer für das Autohaus?«, wollte ich wissen und tat es ihm gleich.

Er nickte und verdrehte die Augen, während er an seiner Muschelkette spielte. »Die Herren sind anspruchsvoll.«

Raúl verschwand auch wieder an seinen Arbeitsplatz und ich machte mich auf den Weg in die, Zitat Raúl, »Höhle der Löwin«. Ich strich meine weiße ärmellose Bluse glatt, ebenso meine dunkelblaue Jeans. Irgendwie hatte ich immer den Drang zu prüfen, ob alles saß, wenn ich Nadja gegenübertrat. Dann klopfte ich in an ihre Tür.

»Herein« ertönte es dumpf aus dem Inneren des Raumes und ich atmetet tief durch, bevor ich das Büro betrat.

»Hallo, Nadja«, sagte ich vorsichtig und setzte mein professionellstes Lächeln auf.

»Ophelia, hallo. Was gibt es?« Nadja sah von ihrem Computer auf und erwiderte mein Lächeln, was mich darauf hoffen ließ, dass sie meine Neuigkeiten gut aufnehmen würde. Ich schloss die Tür hinter mir und setzte mich auf den Stuhl meiner Chefin gegenüber. »Wie lief das Gespräch mit Leo Berger gestern?«

Sofort hatte ich die Szene im Büro vor Augen, Nadjas Hand auf seiner Schulter, ihre roten Lippen an seinem Ohr, der Knoten in meinem Bauch. Ich räusperte mich. »Es lief gut. Sehr gut sogar. Er hat mir angeboten, nicht nur das Cover, sondern das ganze Buch zu illustrieren.« Während ich meine schwitzigen Handflächen an der Hose abrieb, beobachtete ich ihr Gesicht und wartete angespannt auf eine Reaktion. Als sich ihre Mundwinkel nach oben zogen, breitete sich Erleichterung in mir aus.

»Wie schön. Das ist ein tolles Angebot und freut mich sehr für dich. So ein Auftrag wird sich sehr gut in deiner Vita machen.«

Mein Herz klopfte und ich atmete aus, die Anspannung entwich meinem Körper. »Danke, ich bin auch überglücklich. Das ist eine großartige Chance.« Ich erzählte ihr noch ein wenig über das Projekt, bis wir durch Nadjas Assistentin Sophia unterbrochen wurden, die meine Chefin an ihren nächsten Termin erinnerte. Ich stand auf, strich meine Bluse erneut glatt und machte mich auf den Weg zur Bürotür.

»Noch mal danke und ich werde dir selbstverständlich weiterhin berichten.«

Nadja setzte ihre Brille auf, die sie nur bei der Arbeit trug, und wandte sich dem Bildschirm vor sich zu. »Mach das, Ophelia. Hach, siehst du – wie gut, dass du die einzige freie Illustratorin in der Agentur warst und ich abspringen musste. Man muss auch mal Glück haben, nicht wahr?«

Zack. Getroffen. Treffer versenkt. Ich schloss die Tür lautlos hinter mir.

Da Leo mir geschrieben hatte, dass er sich ein paar Minuten verspäten würde, hatte ich mir noch einen überteuerten Karamell-Macchiato geholt und spazierte durch den Park. Sattes Grün erstreckte sich über eine große Fläche und die Seiten waren gesäumt mit Bäumen. In der Mitte des Parks stand ein kleiner Springbrunnen, in dem vor allem im Sommer die Kinder vergnügt tobten. Der Park war mitten in Blumstedt eine kleine Oase der Ruhe und der perfekte Ort, um die Seele baumeln zu lassen, ein gutes Buch zu lesen, sich zu sonnen oder ein Picknick zu machen. Ich legte meine Jacke auf das Gras und streifte mir die Schuhe von den Füßen. Es war zwar noch lange nicht Sommer, doch die Sonne wärmte den Boden angenehm und ich liebte es, die Grashalme unter meinen Fußsohlen zu spüren. Es war etwas, das mich stets erdete und dazu bewegte, das Hier und Jetzt zu genießen. Etwas, was ich viel zu selten tat.

Ich leckte mir ein wenig Karamellsoße von der Oberlippe und beobachtete die Menschen um mich herum. Ein hochgewachsener Mann in schwarzem Anzug und mit loser Krawatte hastete eilig an mir vorbei, in der einen Hand einen Rollkoffer und einen Strauß roter Rosen, in der anderen ein Handy, auf das er in rasender Geschwindigkeit einredete. Ob er wohl gerade von einer Geschäftsreise zurückgekehrt war und seine Partnerin oder seinen Partner nun mit Blumen überraschen wollte? Oder wollte er damit sein schlechtes Gewissen beruhigen? Vielleicht besuchte er auch jemanden und kam direkt von der Arbeit, froh darüber, endlich seinem stressigen Arbeitsalltag entfliehen zu können. Es gab unzählige Möglichkeiten und ich würde nie erfahren, welche davon der Realität entsprach. Der Mann war ein Sekundenbruchteil meines Lebens, ein winziger Moment, wie ein Windhauch. Ich schloss die Augen und streckte den Kopf der Sonne entgegen, sodass die warmen Sonnenstrahlen mein Gesicht küssten.

»Hallo«, ertönte plötzlich eine ebenso warme, samtige Stimme über mir und ich öffnete die Augen. Vor mir stand Leo, umgeben von gleißendem Frühlingssonnenlicht, und sah auf mich herab. Seine Haare waren leicht verwuschelt, er trug eine schwarze Stoffhose und ein weißes Hemd. Über einer Schulter hielt er ein schwarzes Jackett und in der anderen Hand eine dunkelbraune Aktentasche. Die oberen Knöpfe seines Hemdes waren geöffnet, sodass ich einen kleinen Blick auf seinen Oberkörper erhaschen konnte. Mein Mund wurde trocken.

»Hallo«, krächzte ich und erschrak über meine eigene Stimme. Schnell räusperte ich mich und trank einen Schluck von meinem Kaffee. »Wollen wir uns auf eine Bank setzen?«, fragte ich mit festerer Stimme und dachte dabei an seine schicke Kleidung.

Leo überlegte kurz, nur um daraufhin den Kopf zu schütteln. Er warf das Jackett neben mich auf den Boden und ließ sich dann mit einem Seufzen darauf nieder.

»Hast du keine Angst, dass es schmutzig wird?«

Er blickte kurz auf das Jackett und schüttelte den Kopf. »Ich kann das Teil sowieso nicht leiden.« Die Abneigung war seiner Stimme zu entnehmen und ich fragte mich, ob mehr dahintersteckte oder ob er einfach nicht der Typ für Hemd und Jackett war – obwohl ihm beides wirklich verflucht gut stand. Leos Blick fiel auf meine nackten Füße im Gras und ein Lächeln schlich sich auf seine geschwungenen Lippen. Ohne zu zögern, streifte er seine dunklen Lackschuhe und die weißen Socken ab und grub seine Füße ebenfalls in das weiche Grün. Erleichtert stützte er sich auf seine Arme, lehnte sich leicht nach hinten und hielt sein Kunstwerkgesicht in die Sonne. Es war, als fiele eine Last von ihm ab.

»Möchtest du darüber reden?«, fragte ich vorsichtig und er sah mich überrascht an. Ich räusperte mich und spielte nervös mit den Ringen an meinen Fingern. »Du wirkst ein bisschen gestresst und so, als hättest du einen anstrengenden Termin hinter dir. Also, du musst natürlich nicht darüber reden, ich will dir nicht zu nahetreten.« Wie so häufig glühten meine Wangen und ich musste an die Augenringe und Mitesser denken. Beschämt stütze ich mein Kinn auf die Hände, um so ein wenig von meinem Gesicht zu verdecken.

Leo blinzelte erneut der Sonne entgegen und schwieg so lange, dass ich dachte, er würde nichts mehr sagen – bis er es eben doch tat. »Ich habe mich zum Mittagessen mit meinen Eltern getroffen.« Auf seiner Stirn erschien eine steile Sorgenfalte.

Ich würde am liebsten sanft darüber streichen. »Und das ist nicht gut?«

Zögerlich setzte er sich aufrecht hin und rupfte ein, zwei Grashalme aus. »Meine Eltern sind … sagen wir, schwierig. Meinem Vater gehört eine renommierte Rechtsanwaltskanzlei und meine Mutter ist im Vorstand einer ziemlich großen Firma. Wir hatten eigentlich immer ein ganz gutes Verhältnis. Es war zwar nicht liebevoll und eng, aber in Ordnung. Allerdings waren sie noch nie sonderlich begeistert von meinem Traum, Kinderbücher zu schreiben. Ich glaube, sie haben immer gedacht, dass das nur eine Träumerei sei und ich mich doch irgendwann dazu entscheiden würde, Jura zu studieren. Als ich dann allerdings vor ein paar Jahren gesagt habe, dass ich mich auf das Schreiben konzentrieren möchte, ist ihnen klar geworden, dass ich nicht mehr der Traumsohn werde, der die Kanzlei seines Vaters übernimmt. Seitdem ist das Verhältnis zwischen uns angespannt und sie lassen mich bei jeder Gelegenheit wissen, dass sie nichts von meinem Job halten.« Damit warf er die Grashalme zurück auf die Wiese.

Zu meiner eigenen Überraschung legte ich meine zitternde Hand kurz auf seinen Arm. Sein Blick schnellte zu mir und ich ließ die Hand wieder sinken. »Danke, dass du mir das anvertraut hast«, sagte ich leise und lächelte ihn mitfühlend an.

Sein rechter Mundwinkel hob sich und zauberte ein hinreißend schiefes Lächeln auf sein Gesicht. »Du hast etwas an dir, das einen dazu bringt, dir Dinge anzuvertrauen.« Seine Stimme war warm, sein Blick fest.

Alles in meinem Körper vibrierte und pulsierte bei seinen Worten – mein Herz, mein Bauch, meine Brust. Ich war wie eine Großstadt, die durch ihn zum Leben erwachte. Die Luft knisterte und ich fing wieder an zu zittern. Ich kannte so etwas nicht. Ich *konnte* so etwas nicht. Immer wieder musste ich an mein Gesicht denken, an meinen Körper, an all meine Fehler. Daran, wie attraktiv Leo war und ich nicht. Und daran, dass ich mir das Knistern zwischen uns nur einbildete. Es konnte gar nicht anders sein.

»Deshalb bedeutet dir die Geschichte von der Zirkusgans so viel«, stellte ich plötzlich fest und aus seinem schiefen Lächeln wurde ein trauriges.

Er sah auf den Boden und nickte. »Ja, weißt du, ich möchte Kindern einfach von Anfang an vermitteln, dass sie alles werden können, was sie möchten, und dass sie sich niemals einreden lassen sollten, dass der Weg, von dem sie träumen, der falsche ist.« Beschämt lachte er auf und fuhr sich mit der Hand durch die dunklen Haare. »O Gott, tut mir leid, dass ich dich damit zutexte.«

Verwirrt sah ich ihn an. Man konnte ihm regelrecht ansehen, wie unangenehm es ihm war, dass er so viel geredet hatte, und ich fragte mich, ob ihm je jemand das Gefühl gegeben hatte, er dürfe nicht über seine Gefühle sprechen. Meine Gedanken schossen zurück zu dem Meeting mit Nadja und ich erinnerte mich daran, wie sie ihn regelrecht abgewürgt hatte. »Du musst dich für gar nichts entschuldigen«, beeilte ich mich zu sagen und hoffte, er hörte die Aufrichtigkeit in meiner Stimme. »Ich bin froh, dass du mir das erzählt hast, und es lässt mich die Geschichte noch mal ganz anders fühlen. Das wird mir beim Zeichnen mit Sicherheit helfen. Außerdem kann ich dich sehr gut verstehen.« Ich blickte in den Himmel und spürte seinen wachen, aufmerksamen Blick auf mir. »Ich träume schon ewig davon, eines Tages selbstständig als Illustratorin zu arbeiten, aber dieser Traum fühlt sich sehr weit weg an.«

»Wieso das?«, fragte er und klang dabei ehrlich interessiert.

»Ich habe eine Ausbildung in einem komplett anderen Bereich gemacht und nicht studiert. Genau genommen habe ich angefangen zu studieren, dann aber abgebrochen, weil ich gemerkt habe, dass ein Studium überhaupt nichts für mich ist. Aber ich habe das Gefühl, dass man heutzutage ohne Studium nichts wert ist. Du glaubst nicht, wie viele Bewerbungen ich damals rausgeschickt habe, an Agenturen, Verlage, kleine Firmen, und sie alle haben mich abgelehnt, weil ich nicht studiert habe. Nicht mal für ein unbezahltes Praktikum wurde ich angenommen. Ich zeichne schon mein ganzes Leben, habe an unzähligen Kursen und Workshops teilgenommen und statt Blut fließt quasi Farbe durch meinen Körper. Aber das interessiert niemanden, ohne ein Studium bist du nicht gut genug. Es grenzt an ein Wunder, dass ich bei *AtheneSolene* angestellt wurde, und ich weiß einfach nicht, ob ich je gut genug sein werde, um mich als selbstständige Illustratorin durchzuschlagen.« Ich atmete tief durch und stellte fest, wie gut es tat, diese Worte mit Leo zu teilen. Er strahlte etwas aus, das dafür sorgte, dass ich mich in seiner Gegenwart sicher und wohl fühlte. Die verurteilenden Stimmen in meinem Kopf randalierten zwar immer noch, aber wenn ich mit ihm sprach, waren sie nicht ganz so laut. Und das war wirklich außergewöhnlich.

Er legte seine Hand neben meine, sodass sich unsere kleinen Finger berührten, und es war, als bliebe die Zeit stehen. »Ich habe bisher noch nicht so viel von deinen Zeichnungen gesehen, aber das, was ich gesehen habe, ist mehr als genug, Ophelia. Dass du bei *AtheneSolene* gelandet bist, hast du nicht einem Wunder zu verdanken, sondern deiner harten Arbeit. Ich kenne das, dieses Sich-selbst-klein-Machen, aber du kannst wirklich stolz auf dich und deine Kunst sein.«

Seine Worte waren wie eine warme Umarmung und ich konnte meinen Blick nicht von seinen haselnussbraunen Augen abwenden, ich versank regelrecht darin.

»Nadja«, setzte er an und rang kurz nach Luft, während sich der Knoten in meinem Bauch wieder zu Wort meldete, »mag manchmal schwierig sein, aber sie hat ein verdammt gutes Auge für Menschen, die wirklich etwas können. Und deshalb hat sie dich auch eingestellt. Sie ist kein Mensch, der etwas aus Mitleid oder Mitgefühl tut. Dafür ist ihr die Agentur zu wichtig. Du hast sie mit deiner Leistung überzeugt. Du hast *mich* mit deiner Leistung überzeugt. Und ich wüsste nicht, was dagegenspricht, dass du dich eines Tages als Illustratorin selbstständig machen kannst, Studium hin oder her.«

Der Kloß in meinem Hals raubte mir für einen Moment den Atem. Um uns herum war ein bunter Geräuschcocktail zu hören, bestehend aus Kindergeschrei, Vogelgezwitscher, Stimmengewirr und Gelächter, doch für mich gab es in dem Moment nur Leo Berger. Wie konnte es sein, dass er erst seit Anfang der Woche in meinem Leben war und mich schon jetzt so gut zu verstehen schien? Er sagte genau die Dinge, die ich hören musste, und ich fragte mich, wie seine Lippen schmeckten. Verdammt, ich fragte mich *wirklich*, wie seine Lippen schmeckten. Was war nur mit mir los?

»Danke«, murmelte ich. »Wirklich. Danke.«

Er lächelte wieder dieses schiefe Lächeln, das einen Bienenschwarm durch meinen Bauch jagte. »Wollen wir uns an die Arbeit machen?«

Ich nickte und so versanken wir mitten im Park in Worten, Farben und Schweigen. Ich wollte nirgendwo lieber sein.

Kapitel 11

»Wie fühlt es sich an, sein eigenes Buch in den Händen zu halten?«, fragte ich Leo und strich über die bunten Buchrücken im Regal vor mir. Nachdem wir den ganzen Nachmittag im Park gearbeitet hatten und ich Skizzen für die ersten beiden Kapitel der Geschichte angefertigt hatte, waren wir noch ein wenig durch die Stadt geschlendert und schließlich in Blumstedts größtem Buchladen gelandet. Ich war nicht so eine Vielleserin wie Ida und trotzdem waren Bücher schon immer ein wichtiger und wertvoller Bestandteil meines Lebens gewesen. Dem Buchladen stattete ich mindestens einmal in der Woche einen Besuch ab und sehr zum Missfallen meines Geldbeutels nahm ich auch meist ein Buch mit.

Leo überlegte eine Weile und ließ seinen Blick durch den Laden schweifen. »Es ist unbeschreiblich schön und definitiv sehr surreal, jedes einzelne Mal. Ich glaube, das wird sich auch nicht ändern, egal, wie viel ich veröffentliche. Mir geht es ganz oft so, dass ich in Buchhandlungen unterwegs bin, meine Bücher dort liegen sehe und denke: ›Ah, schön, Kinderbücher. Oh, Shit, Moment, die habe ich geschrieben!‹«

Ich lachte auf und er grinste mich an. Mittlerweile waren wir in der Abteilung für Kinderbücher gelandet und ich machte mich sofort auf die Suche nach einer ganz bestimmten Reihe. Mit einem triumphierenden Lächeln lief ich auf Leo zu und hielt ihm den ersten Band seiner Reihe *Karla, Linus und die Blitzjäger* hin. »Das Buch klingt gut, ich denke, das möchte ich mitnehmen. Was meinst du?«

Seine Augen leuchteten auf und er schmunzelte. »Hm, ich habe gehört, die Reihe soll gar nicht so schlecht sein. Wohnt der Autor nicht sogar in Blumstedt? Vielleicht kannst du eine Signatur ergattern.«

»Dann sollte ich es erst recht mitnehmen.« Zielstrebig machte ich mich auf den Weg zur Kasse und hörte ihn hinter mir lachen. Abrupt stellten sich meine Nackenhärchen auf und ich fragte mich, wieso ich verflixt noch mal so sehr auf diesen Mann reagierte.

Nachdem ich bezahlt hatte, standen wir ein wenig unschlüssig vor dem Buchladen herum und alles in mir sehnte sich danach, noch mehr Zeit mit Leo zu verbringen. Gleichzeitig fragte ich mich, wie ich wohl mittlerweile aussah, ob mein Make-up nach diesem langen Tag verwischt und meine schlechte Haut mehr und mehr zu sehen war. Leo räusperte sich, doch bevor er etwas sagen konnte, hielt ich ihm die Tüte mit dem Buch hin. »Signierst du es mir?«, fragte ich.

Kurz kramte er in seiner Aktentasche herum, bis er schließlich einen Kugelschreiber fand. »Na klar.« Er ging in die Hocke, beugte sich über das Buch und fing an konzentriert zu schreiben.

Ich konnte nicht genau erkennen, was er schrieb, doch es war offensichtlich, dass es mehr war, als bei einer normalen Signatur notwendig wäre. Der Bienenschwarm in meinem Bauch wurde wieder aktiv. Nach einer gefühlten Ewigkeit schloss Leo das Buch und hielt es mir hin. Doch als ich es aufschlagen wollte, hielt er es zu. Verwundert blickte ich ihn an und meinte, Unsicherheit in seinen Augen zu erkennen. Aber wahrscheinlich bildete ich mir das nur ein.

»Sieh erst nach, wenn du zu Hause bist, okay?«

Ich lächelte und ließ das Buch wieder in der Tüte verschwinden.

»In Ordnung.« Dankbar nickte er mir zu und wieder herrschte für einen Moment Stille zwischen uns. »Also, dann mache ich mich mal langsam auf den Weg nach Hause«, murmelte ich und zog meine Jacke enger. Sobald die Sonne weg war, war es richtig kalt. Daran merkte man, dass der Sommer noch nicht da war.

»Ja, ich auch. Sehen wir uns morgen wieder?«

»Ich habe morgen frei und muss auf jeden Fall ein paar Dinge erledigen, aber gegen Nachmittag können wir gern noch zusammen zeichnen und schreiben.« Ich konnte es schon jetzt kaum abwarten, ihn wiederzusehen. War es mir jemals bei einem Mann so gegangen? Bisher waren die Angst und Selbstzweifel immer zu groß gewesen, doch diesmal war das Verlangen danach, Leo kennenzulernen, hartnäckiger.

»Ich freue mich darauf. Gute Nacht, Ophelia, und bis morgen.« Mit einem letzten Lächeln drehte er sich um und lief los.

»Bis morgen«, sagte ich, obwohl er es schon nicht mehr hören konnte und ich wusste einfach, dass ich heillos verloren war.

Da Ida mir geschrieben hatte, dass sie noch einen Artikel beenden musste, bevor wir uns für unser tägliches Balkon-Date trafen, beschloss ich, mich noch ein wenig Instagram zu widmen. Nachdem ich mir gemütliche Kleidung übergestreift und Gemüse für das Essen später geschnippelt hatte, setzte ich mich mit einem Glas Wasser an den Küchentisch und öffnete die App. Einige Benachrichtigungen ploppten auf und ich konzentrierte mich zuerst auf die Direktnachrichten. In meinem Postfach war immer eine bunte Mischung der unterschiedlichsten Nachrichten zu finden, von Anfragen für personalisierte Illustrationen, Kooperationsanfragen von anderen Künstlern oder Firmen bis hin zu ganz persönlichen Geschichten meiner Follower. Natürlich waren auch die typischen Spam-Nachrichten und widerlichen Sugar-Daddy-Anfragen dabei – letztere wurden sofort gelöscht, für die anderen versuchte ich mir immer ausgiebig Zeit zu nehmen. Ich öffnete die Nachricht einer Abonnentin und während ich sie las, wurde ich von Mitgefühl durchflutet und mein Herz zog sich schmerzhaft zusammen.

Liebe Ophelia,

ich wollte mich bei dir bedanken. Für deine Offenheit, Ehrlichkeit und deine wunderschönen Illustrationen, mit denen du mir immer den Tag versüßt. Vor allem aber wollte ich mich für deinen letzten Post zum Thema Kleidergrößen und wie wenig diese über uns aussagen, bedanken. Erst letzte Woche stand ich in der Umkleidekabine von C&A und bin in Tränen ausgebrochen, weil es bereits der dritte Laden war und mir keine der Hosen mit meiner eigentlichen Größe passte. Selbst die Hosen in der größten Größe waren mir zu eng und ich habe mich furchtbar gefühlt. Natürlich weiß ich, dass diese Größen, vor allem bei Jeans, häufig tückisch sind und nichts mit unserem Körper zu tun haben, aber du weißt ja, wie das ist. Ich habe mich so hässlich gefühlt und so, als wäre ich die einzige Frau, die in keine der Hosen im Laden passt. Als dann dein Beitrag kam und ich die vielen Stimmen derer darunter gelesen habe, denen es ähnlich geht, musste ich wieder anfangen zu weinen, weil ich mich so verstanden und weniger allein gefühlt habe. Danke, dass du Themen ansprichst, die vielen von uns auf dem Herzen liegen, die aber niemand ausspricht. Mach weiter so!

Alles Liebe, deine Nina

Meine Augen waren feucht geworden und ich machte einen Screenshot der Nachricht, den ich in einen speziellen Ordner schob. In Momenten, in denen mich die Selbstzweifel übermannten, ich mich mit anderen Künstlern verglich und mal wieder kurz davor war, aufzugeben, erinnerten mich die lieben Nachrichten daran, dass ich Menschen erreichte und berührte, etwas bewirkte.

Danach schrieb ich eine lange Nachricht zurück, beantwortete ein paar Kommentare und likte neue Beiträge. Plötzlich trudelte eine Nachricht von Ida ein: »Bin fertig und gleich bei dir, schmeiß schon mal den Herd an!« Lächelnd legte ich das Handy zur Seite und füllte das Gemüse zusammen mit Wok-Nudeln und Hähnchenfleisch in die Pfanne. Gerade als ich die Gewürze zurück in den Schrank stellte, klopfte es und ich öffnete meiner besten Freundin die Tür.

Wie ein Wirbelwind stürmte sie in die Küche und schnupperte an der Pfanne. »Das riecht köstlich! Ich glaube, ich muss dich eines Tages heiraten, damit du für immer und ewig jeden Abend für mich kochst.«

Ich lachte laut auf und rührte das brutzelnde Essen um. »Darüber sprechen wir noch mal, wenn du irgendwann den heißen Koch aus dem *Farfalle & Calzone* heiratest und mich nicht mehr brauchst.«

Ida schnappte empört nach Luft und griff sich theatralisch ans Herz. »O mein Gott, wie konnte ich meinen zukünftigen Ehemann Maurizio nur vergessen! Schande über mein Haupt!«

Ida ging jede Woche mindestens zweimal im *Farfalle & Calzone* essen, weil man dort das Essen vom Koch höchstpersönlich serviert bekam – und der war ein echter Hingucker. Dafür ignorierte sie gern, dass sie ständig knapp bei Kasse war und spekulierte darauf, den attraktiven Koch irgendwann zu einem Date mit ihr zu bewegen. Bisher war sie dabei leider eher weniger erfolgreich gewesen.

Jetzt zeigte sie mit dem Kochlöffel auf mich und sah mich ernst an. »Maurizio hin oder her, ich werde dich *immer* brauchen, verstanden?«

Ich musste lächeln und mir wurde warm ums Herz. »Verstanden.«

Als unser Essen fertig war, trugen wir es auf den Balkon und ich zündete die Kerzen an, während Ida sich um die Lichterketten kümmerte. Ein warmes Licht breitete sich auf dem Balkon aus und ich ließ mich auf einem der Stühle nieder. Ida füllte Teller und Gläser, während die Sonne langsam hinter den Häuserfassaden verschwand und den Himmel in ein dunkelorangenes Licht tauchte.

»Es gibt keinen schöneren Ort, um seinen Feierabend zu verbringen«, sagte Ida, während sie sich einen großen Löffel in den Mund schob. Ich nickte zustimmend. Mein Balkon war ein kleines Paradies. Ich wollte gerade anfangen zu essen, als Ida hastig die Hand hob. »Warte, das Licht ist gerade so magisch, lass mich ein Foto von dir machen.« Ich warf den Kopf in den Nacken und verzog das Gesicht. »Muss das sein? Ich mag es doch sowieso wieder nicht.«

»Keine Widerrede«, sagte sie bestimmt und griff nach ihrem Handy. Seufzend senkte ich das Besteck und lächelte in die Kamera, während sie sich verrenkte, um einen guten Winkel zu erwischen. Ida begutachtete die Fotos und quietschte auf. »Ophelia, die sind *so* schön geworden! Ich schick sie dir gleich und sie *müssen* dir einfach gefallen.«

Ich schmunzelte, ignorierte jedoch das Piepsen meines Handys und konzentrierte mich erst mal auf den dampfenden Teller vor mir.

Nachdem wir sowohl das Essen als auch den Sonnenuntergang genossen hatten, spülten wir das Geschirr und machten es uns anschließend auf meinem Sofa gemütlich. Ida und ich hatten beide eine Schwäche für Thriller und schlechte Slasher-Filme und momentan sahen wir uns zum wiederholten Mal die komplette Scream-Reihe an, um uns auf den neuen Kinofilm vorzubereiten. Ida hatte Popcorn mitgebracht und wir kuschelten uns unter einer gemütlichen Decke aneinander. Während meine beste Freundin schon hochkonzentriert den Film verfolgte und alle paar Minuten zusammenzuckte, als hätte sie ihn nicht schon mindestens dreimal gesehen, schaute ich kurz auf mein Handy. Kritisch beäugte ich die Fotos, die Ida vorhin von mir geschossen hatte, und stellte überrascht fest, dass eines dabei war, dass mir ganz gut gefiel. Ich legte noch einen dezenten Filter darüber, bevor ich es nicht nur als neues WhatsApp-Profilbild einstellte, sondern auch in meiner Story auf Instagram hochlud. Zufrieden legte ich das Handy beiseite und legte meinen Kopf auf Idas Schulter. Sie lehnte ihren an meinen und schon waren wir mitten im Film.

Mein Handy vibrierte und ich schreckte aus dem Halbschlaf hoch. Mittlerweile flimmerte nicht mehr *Scream* über den Bildschirm, sondern die neueste Folge *Prominent getrennt*, während Idas Kopf auf meinem Schoß lag und sie leise vor sich hin schnarchte. Ich angelte mein Handy vom Wohnzimmertisch und mein Herz fing an zu rasen, als ich sah, dass ich eine neue Nachricht von Leo bekommen hatte. Ich atmete tief durch, bevor ich auf die Benachrichtigung klickte und unser Chatverlauf erschien.

Ich hoffe, das ist nicht unangemessen oder unangenehm für dich, aber ich wollte dir nur kurz sagen, dass ich dein neues Profilbild sehr schön finde. Du leuchtest heller als der Sonnenuntergang.

Ich fiel fast von der Couch, während sich ein dümmliches Grinsen auf meinem Gesicht ausbreitete. Er fand mein Profilbild schön. Er fand … *mich* schön? Er fand, dass ich leuchtete, ausgerechnet *ich*. Ich setzte gerade zu einer Antwort an, als eine weitere Nachricht eintrudelte.

Das war viel zu kitschig, bitte entschuldige. Schieben wir es auf den Autor in mir, okay?

Das Grinsen auf meinem Gesicht wurde immer breiter, so breit, dass meine Wangen schmerzten.

Danke schön. Ich fand das Kompliment übrigens gar nicht kitschig, ich habe mich sehr gefreut. Dein Bild ist auch sehr schön. Ich mag dein Lächeln. 😊

Nervös knabberte ich an meinem Fingernagel und überlegte, ob ich die letzten Sätze wirklich stehen lassen sollte. Doch beim Schreiben war ich immer viel mutiger, also schickte ich die Nachricht ab. Schnell drehte ich das Handy um und tat so, als würde ich mich wieder auf den Fernseher konzentrieren. Doch die Gedanken rasten durch meinen Kopf wie ein Wirbelsturm und ich zuckte erneut zusammen, als mein Handy wieder vibrierte.

Ich mag dein Lächeln auch sehr. Und ich mag, wie viel ich in deiner Nähe lächeln muss.

Mein Herz würde gleich explodieren, da war ich mir ziemlich sicher. Kam da doch mehr als Freundschaft von seiner Seite? Und was sollte ich antworten? Alles, was ich schrieb, könnte Konsequenzen mit sich ziehen und im echten Leben etwas zwischen uns verändern. Und ich wusste nicht, ob ich dafür bereit war. Ob ich je dafür bereit sein würde.

Glücklicherweise erlöste mich eine weitere Nachricht von ihm.

Jetzt hat meine Agentin gerade angerufen, weil sie gesehen hat, dass ich online bin, anstatt zu schreiben. Ich bin dann mal wieder weg, tut mir leid. Schlaf gut, Ophelia.

Schlaf du auch gut, Leo. Und viel Erfolg und Motivation noch fürs Schreiben.

Kurz darauf ging er offline und ich schaltete seufzend den Fernseher aus. Ida schlief noch immer tief und fest und ich war mir ziemlich sicher, dass ich sie heute nicht mehr in ihre Wohnung bekommen würde. Ich hob die Wolldecke vom Boden auf, breitete sie über meiner besten Freundin aus und löschte das Licht, bevor ich mich selbst bettfertig machte. Gerade als ich in meinem Bett unter die Decke schlüpfen wollte, fiel mir das signierte Buch wieder ein. Neugierig lief ich zu meinem Schreibtisch und holte es aus der Tüte hervor. Dann setzte ich mich damit aufs Bett und kuschelte mich in meine Bettdecke. Ich knipste die Nachttischlampe an und atmete tief durch, bevor ich es aufschlug.

Für Ophelia

Danke, dass du an meine Geschichte glaubst und sie zum Leben erweckst. Die Zirkusgans und ich glauben auch an dich und freuen uns darauf, eines Tages auf dich anzustoßen, wenn du dich als Illustratorin selbstständig gemacht hast. Und das wird passieren. Wir wissen das.

Leo Berger

Eine wohlige Wärme breitete sich in meinem Körper aus, vor allem aber in meinem Brustkorb. Ich drückte das Buch fest an mich und versuchte die Worte zu verinnerlichen. In diesem Moment wollte ich meine Gefühle einfach nur genießen und nicht darüber nachdenken, dass meine Selbstzweifel sie wohl oder übel bald wieder zerstören würden.

@opheliaungeschoent: Hallo, meine Kämpferherzen! ♥

Vor ein paar Tagen war ich in der Stadt unterwegs, auf der Suche nach einer neuen Hose. Ich hasse es, Hosen zu kaufen, denn in den seltensten Fällen passen mir die Größen, die eigentlich passen sollten. Oft stand ich verzweifelt in der Umkleidekabine und dachte, dass ich wohl extrem zugenommen hatte, weil mir keine einzige Hose passte.

Dabei sind nicht wir oder unsere Körper das Problem, sondern die völlig steifen, unbedachten Kleidergrößen. Sie geben Maße vor, denen wir Menschen mit unseren individuellen Körperformen überhaupt nicht gerecht werden können. Denn jeder Mensch sieht anders aus. Die eine Person hat einen größeren Busen, die andere einen kleineren. Die eine hat einen breiteren Oberkörper, die andere einen schmaleren. Die eine ist recht groß, die andere eher klein. Auch wenn zwei Personen die gleiche Maße haben, können sie zwei komplett unterschiedliche Körperformen haben. Zusätzlich ist jeder Laden auf eine andere Zielgruppe ausgerichtet und auch je nach Land unterscheiden sich die Größen. Das heißt, ich kann fünf Jeans aus fünf Läden in derselben Größe anprobieren und sie fallen vermutlich alle anders aus. Das heißt aber, dass wir bei Kleidungsgrößen niemals an uns selbst zweifeln sollten, denn unser Gewicht oder unsere Körperform sind hier nicht das Problem. Wir sind gut so, wie wir sind!

Kapitel 12

Schweißgebadet schreckte ich hoch, sah mich panisch um. Dann atmete ich erleichtert auf und rieb mir über das Gesicht. Wie so oft hatte ich von der Schulzeit geträumt, aber ich war jetzt in Sicherheit. Keiner meiner Mitschüler konnte mir mehr etwas antun.

Mein Wecker zeigte 5:35 Uhr an und die ersten weichen Sonnenstrahlen bahnten sich ihren Weg durch das Fenster in mein Zimmer. Seufzend schob ich die Decke zur Seite und stieg aus dem Bett. Ich würde sicher nicht mehr einschlafen können, also konnte ich mir auch einen Kaffee machen und mich noch ein wenig auf den Balkon setzen, bevor der Tag so richtig losging. Ida schlief noch immer tief und fest auf dem Sofa, war komplett unter der Decke verschwunden, nur ihre nackten Füße waren zu sehen. Schmunzelnd schlug ich den Weg zur Küche ein und lehnte mich gegen den Kühlschrank, während meine Kaffeemaschine leise vor sich hin brummte. Mit Kaffee, Decke und Tablet bewaffnet, ging ich zum Balkon, öffnete die Tür und atmete die milde Luft ein. Ich kuschelte mich in die Decke, nahm einen vorsichtigen Schluck aus meiner dampfenden Tasse und ließ den Blick über die Kirschblütenallee streifen. Es würde nicht mehr lange dauern, bis die Bäume wieder in voller Blüte standen und die ganze Straße in Rosarot erstrahlte. Beim Gedanken daran musste ich lächeln, ich freute mich schon auf die ganzen glücklichen Menschen, die sich in unserer Straße versammeln und die Bäume bewundern würden. Gerade lief ein Mann mit einem kleinen schwarzen Hund am Wohnhaus vorbei und ich beschloss, den Vierbeiner als mein heutiges Morgenmotiv zu zeichnen. Ich stellte meinen Kaffee auf dem Tisch ab, griff nach dem Tablet und begann zu zeichnen.

Als ich gerade dabei war, die Outlines nachzuziehen, krächzte eine verschlafene Stimme neben mir:»Guten Morgen.«

Ich drehte mich um und mein Blick fiel auf Ida, die ebenfalls in eine Decke eingewickelt im Türrahmen stand.»Hey, hast du gut geschlafen?«

Sie gähnte und fuhr sich durch die Haare, die Ähnlichkeit mit einem Vogelnest hatten.»O ja, und wie. Dein Sofa ist so bequem, ich sollte immer dort schlafen.«

Ich lachte auf und klappte mein Tablet zu.»Du bist immer herzlich eingeladen.« Ich stand auf und wir gingen gemeinsam in die Küche, um uns Frühstück zu machen. Wir entschieden uns für Pancakes mit Blaubeeren, die wir dann genüsslich auf dem Sofa verputzten.

Nachdem alle Pancakes weg und die Kaffeetassen leer waren, verabschiedete sich Ida mit einer warmen Umarmung und machte sich auf den Weg zurück in ihre Wohnung. Schnell postete ich die Illustration von dem kleinen Hund auf Instagram und ging ins Bad, um zu duschen. Als ich meine Schlafsachen ausgezogen hatte und gerade in die Dusche steigen wollte, fiel mein Blick auf den Spiegel und ich hielt inne. Durch das Licht im Bad wirkte meine blasse Haut fast weiß und bläuliche Adern schimmerten hindurch. Sanft strich ich über die kleinen Tattoos an meinen Armen, über die Blume, die beiden Fische, die Schmetterlinge, den Sichelmond, die Blätterranken – sie waren das Einzige, was ich an meinem Körper mochte. Seufzend wanderte mein Blick weiter. Meine Brüste hingen schlaff herunter, die eine etwas größer als die andere, während mein Bauch sich leicht wölbte und Falten schlug. Wenn ich mit aller Kraft versuchte, meinen Selbsthass wegzuschieben, war mein Körper in Ordnung. Er war nicht unfassbar schlank, fit und sportlich, aber normal. Durchschnitt halt. Doch wann immer ich versuchte mir vorzustellen, wie mein Körper wohl auf andere wirkte, breitete sich Unwohlsein wie Gift in mir aus, langsam und tödlich.

Was jemand wie Leo wohl sehen würde, wenn ich so vor ihm stünde? Würde er meinen Körper ansprechend und begehrenswert finden? Würde er ihn berühren wollen? Obwohl wir uns noch nicht lange kannten, konnte ich mir beim besten Willen nicht vorstellen, dass er jemandem wegen seines Körpers ein schlechtes Gefühl geben würde. Allerdings konnte ich mir noch schlechter vorstellen, dass er meinen Körper aufrichtig anziehend finden könnte. Selbst wenn er es mir ins Gesicht sagen würde, könnte ich es ihm nicht glauben. Und ich wusste, dass genau das das Problem war – ich fand mich selbst nicht schön, wie also sollte ich anderen glauben, wenn sie so etwas sagten? Ich schaltete das Wasser an, stellte mich unter den warmen Duschstrahl und stellte mir vor, wie es wäre, wenn ich meine Selbstzweifel einfach abduschen könnte.

Als ich fertig war, hatte ich das überwältigende Bedürfnis, etwas zu ändern. Meinen Körper zu ändern. Mich zu ändern. Ich war noch nie eine Sportmaus gewesen, machte höchstens ab und zu Yoga oder Pilates, aber vielleicht war der Zeitpunkt gekommen, damit anzufangen. Kurz überlegte ich, dann zog ich mir ein weites T-Shirt mit Marvel-Aufdruck, eine schwarze Leggins und Turnschuhe an. Meine Haare band ich zu einem hohen Pferdeschwanz, woraus sich sofort wieder ein paar Strähnen lösten, weil meine türkisfarbenen Haare nur knapp bis über die Schultern reichten. Ich griff nach meiner schwarzen Bauchtasche mit bunten Blumen darauf und packte nur Handy, Schlüssel und eine Packung Taschentücher ein. Dann steckte ich mir meine Kopfhörer in die Ohren, machte die Playlist *Fun Run* auf Spotify an und verließ die Wohnung. Vielleicht konnte ich ja vor all den dunklen Gedanken, Ängsten, Sorgen und Zweifeln wegrennen.

Ich war keine hundert Meter weit gekommen, ehe ich mich schnaufend auf einem Stein am Straßenrand niederließ. Wenn ich die Hitze in meinem Gesicht richtig deutete, war mein Kopf knallrot, mein Pferdeschwanz hatte sich gelöst und es rannen regelrechte Sturzbäche an Schweiß an meinem Körper herunter. Das T-Shirt klebte, die Hose zwickte und ich hatte das Gefühl, kurz vor dem Kreislaufkollaps zu stehen. Als zwei Frauen in meinem Alter an mir vorbeijoggten und sich dabei entspannt unterhielten, wollte ich im Boden versinken. Die beiden lächelten mich mitleidig an. Ich versuchte das Lächeln selbstsicher zu erwidern, scheiterte aber ziemlich sicher kläglich daran. Nichts an mir strahlte in diesem Moment Selbstsicherheit aus. Ich strich mir zitternd die Haare aus dem Gesicht und fühlte mich unfassbar dumm. Was hatte ich mir auch dabei gedacht, einfach so loszulaufen? Immer wieder liefen Leute an mir vorbei, die wesentlich fitter und vor allem auch attraktiver aussahen, und ich war kurz davor, in Tränen auszubrechen. Bevor das passieren konnte, rappelte ich mich auf und ging zurück nach Hause.

In meiner Wohnung angekommen, riss ich mir die Sportkleidung vom Körper und ließ den Tränen freien Lauf. Ich fühlte mich wie eine Versagerin. Zusätzlich dazu ärgerte ich mich, dass ich nach dem Duschen laufen gegangen war und mich nun nicht mal mehr frisch fühlte. Für eine zweite Dusche war ich zu erschöpft, zu angeekelt von meinem Körper. Schniefend wusch ich mir das Gesicht, während die Tränen einfach nicht aufhören wollten zu fließen. So ein verdammter Mist.

Ich hatte mich gerade auf das Sofa fallen lassen, als mein Handy vibrierte. Leo. Mit rasendem Herzen starrte ich auf das Display, bis das Handy aufhörte, sich auf dem Tisch zu drehen. Es dauerte ein paar

Minuten, bis es erneut vibrierte, diesmal jedoch nur kurz. Mit zitternden Fingern griff ich danach und las Leos Nachricht:

Hi, ich hoffe es geht dir gut! Eigentlich wollte ich nur fragen, ob wir uns später treffen. Ich würde dich auch zu einer Portion Keksteig einladen, wenn
du an deinem freien Tag schon mit mir arbeitest. 😊

Eine merkwürdige Schwere breitete sich in meinem Brustkorb aus und
mit einem Mal fiel es mir schwer zu atmen. Ich konnte mich heute
nicht mit Leo treffen. Nicht so, wie ich aussah, nicht so, wie ich mich
fühlte. Meine Finger schwebten über der Tastatur, immer wieder tippte ich ein paar Worte, nur um sie gleich darauf wieder zu löschen.
Keine Ausrede fühlte sich richtig an, aber ich traute mich auch nicht,
ehrlich zu sein. Ich wusste, dass es nicht fair war, ihn einfach zu igno-
rieren, aber ich konnte nicht anders. Frustriert schmiss ich das Handy
ans andere Ende der Couch und legte mich hin. Ich machte mich ganz
klein, igelte mich ein und schloss die Augen, wollte einfach alles um
mich herum vergessen. Vor allem aber sollten die Stimmen in meinem
Kopf endlich still sein.

Das schrille Geräusch der Klingel riss mich aus dem Schlaf und ich
öffnete blinzelnd die Augen. Benommen sah ich mich um. In meiner Wohnung war es bereits dunkel. Erschrocken setzte ich mich hin.
Hatte ich etwa den halben Tag verschlafen? Ich rieb mir die Augen und
stöhnte auf. Der Blick aufs Handy verriet mir, dass es bereits 20:30
Uhr war. Na super, ich hatte absolut nichts von dem geschafft, was
ich hatte schaffen wollen, und morgen musste ich wieder arbeiten.
Noch dazu fühlte ich mich alles andere als erholt. Die Klingel läutete
erneut und erinnerte mich daran, dass jemand vor der Tür wartete. Ich
schlurfte verschlafen zur Wohnungstür und öffnete sie.

»Na endlich, ich dachte, du versetzt mich heute«, stieß meine beste Freundin fröhlich aus und hielt zwei Pizzakartons in die Höhe. Ein köstlicher Geruch wehte mir entgegen, worauf mein Bauch mit einem lauten Knurren reagierte. Innerhalb weniger Sekunden wechselte ihr Gesichtsausdruck von Freude zu Besorgnis. »Geht's dir gut? Hast du geschlafen?«

Ich seufzte und hielt die Tür auf, damit sie reinkommen konnte. Ida hob die Augenbrauen, sagte jedoch nichts und folgte mir in die Wohnung. Sie stellte die Pizzen auf der Kommode im Flur ab und zog mich in eine feste Umarmung. Ich atmete ihren vertraut blumig-fruchtigen Geruch ein, der sofort ein Gefühl von Geborgenheit in mir auslöste.

»Komm, setz dich schon mal auf den Balkon, ich besorg uns Besteck und was zu trinken. Dann kannst du mir erzählen, was los ist.« Sie schob mich in Richtung Balkon.

Weil ich keine Kraft zum Protestieren hatte, tat ich, was sie sagte. Eine milde Abendbrise wehte mir entgegen, als ich die Tür öffnete und nach draußen trat. Ich schaltete die Lichterketten an und entzündete ein paar der Kerzen. Dann holte ich zwei Decken aus dem Wohnzimmer und breitete sie auf den beiden Stühlen aus. Kurz darauf kam Ida mit den Pizzen in der einen Hand und Besteck in der anderen. Sie stellte beides auf dem kleinen Holztisch ab, bevor sie noch mal in die Wohnung verschwand. Zurück kam sie mit zwei Gläsern Weißweinschorle. Nachdem sie mir eins davon in die Hand gedrückt hatte, machte sie es sich auf dem Stuhl gemütlich und legte sich die Decke um die Schultern. Ihre blonde Lockenmähne trug sie heute offen, dazu einen bordeauxroten Rollkragenpullover und eine eng anliegende schwarze Jeans, die ihren langen Beinen schmeichelte.

Nach einem leisen »Danke« von mir aßen wir schweigend und ich war dankbar dafür, dass Ida mich zu nichts drängte. Nach drei leckeren Stücken Pizza Napoletana und zwei großen Schlucken Weinschorle war ich endlich bereit.

»Ich war heute Vormittag joggen.«

Ida rümpfte die Nase und sah mich verwundert an. »Aber du *hasst* Joggen.«

Ich zuckte mit den Schultern und schob das Pizzastück vor mir auf dem Teller hin und her. »Ja, ich weiß, aber ich wollte irgendwas verändern.«

»Was verändern?«

Einen Moment lang zögerte ich und holte tief Luft, bevor ich auf ihre Frage antwortete. »Ich bin einfach so krass unzufrieden mit meinem Körper. Alles fühlte sich falsch und eklig an und ich will nicht mehr so aussehen, mich nicht mehr so fühlen.«

Ida schob die Kartons zur Seite und griff nach meiner Hand. »Hör mal, Sport ist gut und ich bin immer dafür, dass man sich bewegt. Wenn du für deine Gesundheit, egal, ob physisch oder psychisch, joggen gehen möchtest: I'm here for it. Wenn du joggen gehen möchtest, weil es dir Spaß macht: I'm here for it. Aber wenn du nur joggen gehst, weil du dich selbst hasst und unbedingt alles an dir und deinem Körper verändern möchtest, dann ist das nicht der richtige Weg. Dann ruf mich lieber an und wir unternehmen etwas zusammen oder ich lenke dich ab oder wasche dir so lange den Kopf, bis endlich diese verfluchten Selbstzweifel verschwinden. Einverstanden?«

Beschämt musterte ich ihr schönes Gesicht, ihre langen Wimpern, die geschwungenen Lippen und die tiefblauen Augen. Ich seufzte. »Ja, ich weiß, dass du für mich da bist, und dafür bin ich dir auch unendlich dankbar, aber ich … Ich will nicht andauernd eine Belastung sein.« Ida holte Luft, doch ich sprach weiter, bevor sie etwas sagen konnte. »Natürlich gibst du mir nie das Gefühl, dass ich eine Belastung bin, und ich weiß eigentlich, dass das Quatsch ist. Aber wenn man ständig traurig ist, ständig an sich zweifelt und sich so viele Gedanken macht, dann traut man sich oft einfach nicht mehr, darüber zu sprechen. Weil man den Menschen nicht immer nur Sorgen bereiten oder sie nerven will.« Ich ließ Idas Hand kurz los, um die Decke enger um mich zu ziehen, griff dann jedoch direkt wieder danach, weil sie mir Sicherheit gab.

Meine beste Freundin zog besorgt die Augenbrauen zusammen und gleichzeitig war bei ihren nächsten Worten eine Bestimmtheit in ihren Augen, die keine Widerrede erlaubte. »Du bist keine Belastung, weil du mit etwas zu kämpfen hast. Niemand ist das. Wir teilen die schönen, aber auch die beschissenen Momente. Und wenn es davon manchmal mehr gibt, dann ist das halt so. Deshalb hab ich dich nicht weniger lieb. Und Menschen, die dir das Gefühl vermitteln, eine Belastung zu sein, nur weil es dir schlecht geht, haben nichts in deinem Leben zu suchen. Verstanden?«

»Verstanden«, entgegnete ich und musste mich zusammenreißen, um nicht schon wieder in Tränen auszubrechen. »O Mann, ich hasse es, dass ich bei jeder Kleinigkeit anfange zu weinen.«

Ida lächelte und ihr Lipgloss schimmerte im Kerzenschein. »Ich finde, es ist eine Superkraft, wenn man so intensiv fühlt. Wir brauchen mehr sensible Allesfühler-Herzen.«

Nun musste ich auch lächeln und drückte ihre Hand. Wir aßen schweigend unsere Pizza weiter, tranken dabei Weinschorle und alles war irgendwie ein bisschen leichter.

@opheliaungeschoent: Hallo, meine Kämpferherzen! ♥

Fällt euch auf, wie gemein wir manchmal zu unserem Körper sind, während er alles für uns tut? Ich verliere mich so oft in Selbstzweifeln, dass ich gar nicht darüber nachdenke, wie unfair ich eigentlich mit meinem Körper umgehe. Mit meinem Körper, in dem mein Herz schlägt, in dem meine Organe liegen, die mich am Leben halten. Er lässt mich auch dann nicht im Stich, wenn ich mal wieder zu wenig trinke oder mich zu wenig bewege, wenn ich nicht auf mich achte, weil alles andere wichtiger scheint.

Meine Beine und Füße tragen mich durchs Leben, dank meiner Hände und Finger kann ich greifen und fühlen, meine Augen lassen mich sehen, mit meinen Ohren kann ich die Vögel zwitschern hören. Meine Haut schützt mich, genau wie die Haare an meinem Körper.

Alles, was ich jeden Tag als hässlich, nicht genug oder fehlerhaft bezeichne, gehört zu diesem Körper. Und heute denke ich, dass ein bisschen Dankbarkeit und Selbstfürsorge angebracht wären. Denn mein Körper verdient diesen Hass, den er jeden Tag abbekommt, nicht.

Vielleicht haltet ihr auch mal inne, geht tief in euch und macht euch bewusst, was euer Körper jeden Tag für euch leistet, anstatt ständig nur nach Fehlern zu suchen. 🧘

Kapitel 13

»Wie oft soll ich es dir denn noch erklären? Die Verträge kommen in diese Schublade und die Rechnungen in den Schrank. Himmel, muss ich mich denn um alles selbst kümmern?« Die verärgerte Stimme meiner Chefin tönte durch die Agentur und ich warf Benny einen fragenden Blick zu. Er verdrehte nur die Augen und widmete sich wieder seinem Bildschirm, während ich meinen Computer startete und auf dem Drehstuhl Platz nahm. Keine zwei Minuten später stürmte Nadjas Assistentin Sophia aus dem Büro, schnurstracks auf die Toiletten zu. Der Knoten in meinem Bauch, den ich so oft in Nadjas Gegenwart verspürte, machte sich wieder bemerkbar und ich stand auf, um nach Sophia zu sehen.

»Ich mach schon, danke, Ophelia«, murmelte Jonas im Vorbeigehen und warf mir ein schwaches Lächeln zu.

Ich erwiderte es und ließ mich zurück auf den Stuhl fallen. Die beiden waren seit ungefähr einem Jahr ein Paar und wirklich süß zusammen. Er würde bestimmt die richtigen Worte finden.

Der Vormittag verging wie im Flug, da ich einige Mails und Aufträge abarbeiten musste. Als ich um kurz vor eins auf die Uhr blickte, beschloss ich, mir einen Kaffee zu holen, bevor ich weiterarbeitete. »Soll ich dir einen mitbringen?«, fragte ich Benny und zeigte in Richtung Küche.

Er nickte dankbar und warf mir eine Kusshand zu. »Das wäre großartig, du bist die Beste.«

Ich lachte auf und machte mich auf den Weg in die Küche. Gerade als die Tasse für Benny gefüllt war und ich den Knopf erneut drückte, vibrierte mein Handy. Nachdem ich es aus der Hosentasche genestelt hatte und auf das Display schaute, stolperte mein Herz.

Leo Berger.

Ich nahm einen tiefen Luftzug, bevor ich den Anruf annahm. »Hallo«, sagte ich mit belegter Stimme und meine Haut kribbelte vor Nervosität. Das schlechte Gewissen, weil ich ihn gestern ignoriert hatte, saß mir tief in den Knochen.

»Hi«, ertönte seine warmweiche Stimme und ich hörte Verunsicherung heraus. »Es tut mir wirklich leid, wenn ich irgendwie dafür gesorgt habe, dass du dich unwohl fühlst. Falls die Widmung zu viel war oder meine Nachricht …«

»Leo, nein, auf gar keinen Fall!«, unterbrach ich ihn. »Du hast nichts falsch gemacht und es tut mir sehr leid, dass ich mich nicht gemeldet habe.« Ich knibbelte nervös an einem losen Faden meines senfgelben Pullovers. »Mir ging es gestern nicht so gut. Und über deine Widmung habe ich mich sehr gefreut. Es bedeutet mir viel, dass du an mich glaubst.«

Leo atmete erleichtert aus und mein Herz machte einen kleinen Hüpfer. »Okay, danke für deine Ehrlichkeit. Und mach dir keine Gedanken, du musst nicht antworten, vor allem nicht, wenn es dir nicht gut geht, ich verstehe das. Ich hatte nur Angst, dass ich vielleicht etwas falsch gemacht habe.«

»Hast du nicht. Wirklich. Wollen wir uns denn heute treffen?« Ich war überrascht über meinen Mut.

»Ja, klar, ich würde mich freuen. So um sechzehn Uhr? Sonst gern auch früher oder später, ich kann mir meine Arbeitszeiten selbst einteilen.«

»Sechzehn Uhr klingt perfekt. Falls sich etwas ändert, sage ich dir Bescheid, wenn das passt.«

»Super, ich hole dich bei der Agentur ab und freue mich auf dich«, sagte Leo und meine Wangen wurden warm.

»Ich freue mich auch. Bis später.« Mit einem Kribbeln im Bauch und klopfendem Herzen griff ich nach meiner Kaffeetasse und drehte mich um.

»Ophelia, hast du einen Moment?«, fragte meine Chefin, die im Türrahmen stand, und ich erschrak so heftig, dass ich etwas Kaffee verschüttete. Ein warmer, brauner Fleck breitete sich auf meiner hellen Stoffhose aus und ich fluchte innerlich.

»Hast du mich erschreckt«, murmelte ich und stellte die nasse Kaffeetasse auf die Küchentheke.

»In meinem Büro, ja?«, entgegnete Nadja lächelnd und verschwand aus der Küche.

Ich versuchte den Fleck notdürftig auszuwaschen, bevor ich mich in Richtung Büro begab. Nadja thronte auf ihrem Schreibtischstuhl wie Don Vito Corleone in *Der Pate* und blätterte lässig durch Unterlagen.

»Was gibt es?«, fragte ich und blickte sie erwartungsvoll an.

»Ich brauche dich den Rest des Tages hier in der Agentur, um mir bei einem Auftrag für einen Sachbuchverlag zu helfen.«

Ich schluckte und versuchte mich an einem besänftigenden Lächeln. »Ich bin heute Nachmittag mit Leo Berger verabredet, um weiter an seinem Buch zu arbeiten.«

Nadja legte die Zettel zur Seite, setzte ihre Brille ab und legte ihre Hände aufeinander. Dann lächelte sie mich an, als wäre ich ein Kleinkind, das schwer von Begriff war. »Ophelia. Die Illustrationen für Leo Berger sind ein wichtiger Auftrag, aber das ist nicht der Einzige der Agentur. Wenn du es nicht schaffst, dich auch auf andere Aufträge zu konzentrieren, sollte ich dieses große Projekt vielleicht doch übernehmen. Es ist in Ordnung, einer Aufgabe nicht gewachsen zu sein.«

Hitze kroch mir den Hals hoch und eine Mischung aus Verärgerung und Panik machte sich in mir breit. Ich wollte Nadja die Meinung sagen, aber ich wollte auch den Auftrag behalten und ich hasste es, dass letztendlich sie die Macht darüber hatte. Und Gott, ich hasste es wirklich, dass sie Leo mal so nah gewesen war – körperlich und seelisch. Ich schluckte meine Gefühle hinunter und setzte ein gezwungenes Lächeln auf. »Nein, ich schaffe es, mich auch auf andere Projekte zu konzentrieren. Ich unterstütze dich gern heute.« Die Worte schmeckten bitter und falsch, doch Nadja klatschte zufrieden in die Hände.

»Prima, ich wusste, dass ich mich auf dich verlassen kann. Du bist halt doch eine meiner besten Mitarbeiterinnen. Ich maile dir alle nötigen Infos und bin gespannt auf deine Ergebnisse.«

»In Ordnung. Ich setze mich dann gleich dran.« Ich verabschiedete mich und schloss die Tür hinter mir. Dann atmete ich tief durch, die Hände zu Fäusten geballt.

»Hat die böse Königin wieder zugeschlagen?«, flüsterte Raúl mir im Vorbeigehen zu, doch mir wollte kein Lachen gelingen.

»Ja«, entgegnete ich nur leise, verunsichert, was ich fühlen sollte.

Er blieb stehen, legte mir eine Hand auf die Schulter und sah mich eindringlich an. »Lass dich nicht von ihr unterkriegen, Ophelia. Ich weiß, du denkst, dass du ihr alles verdankst, und das ist auch okay. Aber das heißt nicht, dass du dir alles gefallen lassen musst. Glaub mir, Nadja kennt deinen Wert und sie wird dich nicht aus der Agentur werfen, nur weil du ihr mal widersprichst.«

Mein Herz wurde ein wenig leichter und ich zog Raúl kurzerhand in eine Umarmung. »Danke, dass du mich immer wieder daran erinnerst. Ich weiß, meine Selbstzweifel und ich sind oft anstrengend und ich bin froh, dass du es trotzdem mit mir aushältst.«

Raúl erwiderte meine Umarmung und streichelte liebevoll über meinen Rücken. »Du bist nicht anstrengend und du musst dich auch nicht für deine Selbstzweifel entschuldigen. Wenn du dich bei jemandem entschuldigen musst, dann bei dir selbst.«

Meine Kehle wurde eng. »Danke«, flüsterte ich heiser und genoss für einen weiteren Moment die Wärme der Umarmung.

Als ich um halb acht noch immer in der Agentur saß und endlich mit all den Aufgaben fertig war, die Nadja mir aufgebürdet hatte, spürte ich die Müdigkeit und Erschöpfung bis tief in die Knochen. Meine Chefin hatte natürlich schon Feierabend gemacht, nur zwei Kollegen und ich saßen noch im dämmrigen Licht des Büros. Seufzend kramte ich mein Handy hervor und tippte eine Nachricht an Leo. Ich hatte ihn auf dem Laufenden gehalten, in der Hoffnung, dass wir es doch noch schaffen würden, uns zu sehen, aber die war mittlerweile verschwunden.

Es tut mir so leid, aber ich bin gerade erst mit allem fertig geworden und jetzt einfach nur kaputt. Ich glaube, das wird heute nichts mehr.

Unter seinem Namen erschien das Wort *Online* und ich rieb mir die müden Augen, während er tippte. Mein Handy vibrierte und ich sah auf die neue Nachricht in unserem Chatverlauf.

Dafür musst du dich doch nicht entschuldigen. Schade, dass wir uns nicht sehen, aber dann machen wir halt am Montag weiter. Wir haben ja noch genug Zeit. 😊

Mein Herz schmerzte beim Gedanken daran, ihn erst am Montag wiederzusehen, und ich überlegte fieberhaft, was ich dagegen tun konnte. Bei der nächsten Nachricht nahm ich all meinen Mut zusammen und hielt die Luft an, nachdem ich sie abgeschickt hatte.

Ein paar Kollegen und ich treffen uns morgen Abend zu einem kleinen Gartenfest. Hast du vielleicht Lust, mich zu begleiten? Natürlich hat das dann nicht direkt etwas mit der Arbeit zu tun, aber wir können uns ja trotzdem ein bisschen über das Buch unterhalten. Falls du nicht möchtest, ist das natürlich auch völlig in Ordnung.

Er fing an zu schreiben und mein Herz raste, ich würde gleich umkippen, da war ich mir ganz sicher. War ich zu weit gegangen? Wollte er nur mit mir arbeiten und würde mich jetzt unprofessionell finden? Würde er sich vielleicht sogar bei Nadja beschweren? O Gott, ich hatte einen Fehler gemacht. Mein Blick schnellte auf das Handy, als eine neue Nachricht erschien.

Ich würde sehr gern deine Begleitung sein, aber nur, wenn das für dich und deine Kollegen wirklich okay ist. Ich möchte mich nicht aufdrängen.

Brausetabletten explodierten in meinem Körper und alles, also wirklich alles kribbelte. Er wollte mitkommen. Er wollte Zeit mit mir verbringen. Und er sorgte sich sogar, dass er sich aufdrängte, dabei war ich doch normalerweise diejenige, die sich über so etwas Gedanken machte.

Du drängst dich nicht auf, sonst hätte ich dich ja nicht gefragt. Ich freue mich sehr, wenn du mitkommst. Soll ich dir die Adresse schicken und wir treffen uns um 18 Uhr dort?

Wenige Sekunden später kam die Antwort.

Ich werde da sein.

Und obwohl mir der lange Arbeitstag tief in den Knochen steckte und ich mich viel geärgert hatte, war plötzlich alles ganz leicht und in Ordnung.

»Ich schwöre dir, die wollte dich von Leo fernhalten.« Ida rührte energisch in der Salatschüssel. »Wahrscheinlich hat sie gehört, wie du mit ihm telefoniert hast, war eifersüchtig und hat dir deshalb die ganzen Aufgaben reingedrückt. Ich könnte mich so aufregen! Sie war mir schon immer unsympathisch.«

Ich schnappte mir eine der Möhren, die sie noch nicht geschnitten hatte, und biss hinein. »Du weißt, normalerweise stehe ich immer hinter Nadja, aber heute denke ich zum ersten Mal, dass du Recht haben könntest. Die Aufgaben, die sie mir gegeben hat, waren alle komplett überflüssig, haben nicht geeilt und hätten auch von jedem anderen erledigt werden können. Aber wieso sollte sie eifersüchtig sein, ich meine, schau sie dir …«

Ida fuhr zu mir herum, sodass ihre blonden Locken durch die Luft peitschten, und sah mich böse an. »Wag es gar nicht erst auszusprechen, was du gerade sagen wolltest. Denk es nicht mal.« Sie fuchtelte mit dem Salatlöffel in der Luft herum.

Beschwichtigend hob ich die Arme. »Okay, okay, ich versuch es ja.«

Sie nickte zufrieden und schnippelte das restliche Gemüse in die Schüssel. Ich knabberte weiter gedankenverloren an meiner Möhre, bis mich plötzlich ein Bellen aus der Trance riss. Ich senkte meinen Blick auf Peppa, die mit wedelndem Schwanz unter mir stand und mich erwartungsvoll ansah. Nach der Arbeit hatte ich die kleine Rauhaardackeldame noch bei Benny abgeholt, der heute Abend mit seiner Frau auf einem Geburtstag eingeladen war. Bis morgen würde ich auf sie aufpassen und sie ihm dann zum Gartenfest wieder mitbringen. »Ja, mein Schatz, du hast auch Hunger, ich weiß«, sagte ich mit einer piepsigen Stimme, die nur für süße Tiere und Babys bestimmt war, und drückte ihr einen Kuss auf den Kopf. Schnell füllte ich den kleinen Futternapf, über den sie sich direkt hermachte.

Als Ida mit unserem Salat fertig war, verzogen wir uns mit dem Essen auf den Balkon und berichteten uns gegenseitig von unserem Tag.

Ida war mal wieder im *Farfalle & Calzone* gewesen und hatte Maurizio schöne Augen gemacht. »Ich sage dir, bald habe ich ihn so weit. Das Lächeln, das er mir mittlerweile schenkt, schreit regelrecht danach, dass wir bald gemeinsam nach Italien durchbrennen und den ganzen Tag nur mit gutem Essen und hemmungslosem Sex verbringen!«

Ich lachte prustend und verteilte Weißwein auf meinem Teller.

»Noch lachst du, aber du wirst schon sehen!«, rief Ida und schmiss ein Stück Möhre nach mir, was mich nur noch mehr zum Lachen brachte.

Wir lachten so lange, bis unsere Bäuche weh taten und Peppa unruhig bellte, weil uns mittlerweile die Tränen die Wangen hinunterliefen. Es war einer dieser Momente, die man ganz fest in seiner Erinnerungsschatzkiste aufbewahrte und dann herausholte, wenn es einem nicht gut ging. So wie eigentlich jeder Moment mit meiner besten Freundin.

Kapitel 14

Ich stand seit einer geschlagenen Stunde vor meinem Kleiderschrank, während es in meinem Zimmer aussah, als wäre ein Tornado hindurchgefegt, und zerbrach mir den Kopf darüber, was ich anziehen sollte. Nachdem ich sämtliche Outfitkombinationen ausprobiert und mir keine davon so wirklich zugesagt hatte, verzweifelte ich langsam und fragte mich, wieso ich nichts zum Anziehen hatte, obwohl doch überall um mich herum Kleidungsstücke verteilt lagen. Peppa schnupperte an einer hellgrünen Bluse, bevor sie ausgiebig gähnte und sich darauf zusammenrollte. Ich seufzte. Mir war danach, genau dasselbe zu tun. Allerdings war ich in weniger als einer Stunde mit Leo für die Gartenparty bei Raúl verabredet und noch immer nicht fertig. Ich wusste nicht, wieso ich mir wegen meines Outfits solche Gedanken machte, Leo hatte mich ja schon oft genug in Alltagskleidung gesehen. Und trotzdem war es das erste Mal, dass wir uns so richtig privat trafen und alles in mir schrie: »Date! Date! Date!«, obwohl es keines war.

Hastig griff ich nach meinem Wohnungsschlüssel und lief über den Flur, um meine beste Freundin um Rat zu bitten. Ich klopfte wie wild, bis nach einer gefühlten Ewigkeit Schritte zu hören waren. Die Tür schwang auf und vor mir stand Ida, mit einem puderweißen Gesicht und Teigflecken auf ihrem weiten Shirt. Die Haare hatte sie lose hochgesteckt und zwischen den Strähnen war überall Mehl verteilt. Ich konnte nicht anders und grinste breit. »Ist es wieder soweit?«

Ida schnaubte, kratzte sich über der Augenbraue und verteilte Teig auf ihrer Haut. Immer wenn sie Zeit hatte, setzte sie neue Backideen in die Tat um. Die Küche sah danach meist aus wie ein Schlachtfeld, doch das, was darin entstand, war absolut göttlich. »Ich sag es dir, die Konsistenz des Teiges macht mich fertig und meine Küche muss wahrscheinlich grundrenoviert werden, aber langsam habe ich das Gefühl, dass diese Kinderschokoladen-Muffins mit Erdbeeren großartig werden. Aber erst mal zu dir: Was ist los?«

»Du musst mir helfen, ich weiß einfach nicht, was ich anziehen soll«, jammerte ich.

Idas Augen funkelten. »Uhh, geht es um dein Date mit Leo?«

»Bitte nenn es nicht so, ich bin schon nervös genug.« Ich betrat die Wohnung und schlug die Tür hinter mir zu.

»Ob du es willst oder nicht, es ist ein Date, mein Schatz, und wir werden dafür sorgen, dass dem Mann heute die Augen aus dem Kopf fallen.« Sie zog mich hinter sich in Richtung Schlafzimmer und riss dort die Türen ihres Kleiderschranks auf.

Ich ließ mich seufzend auf der Bettkante nieder und beobachtete, wie Ida ihre Anziehsachen durchforstete wie ein Trüffelschwein auf der Suche nach einem Schatz.

Nachdem sie mir zig Outfits vorgeschlagen hatte, in denen ich mich alles andere als wohlfühlte, stand ich schließlich in einem babyblauen Sommerkleid mit aufgedruckten Gänseblümchen vor dem Spiegel, während ein leichtes Kribbeln meinen Körper durchfuhr. Das war es. Ich wusste es einfach. Das Kleid ging knapp bis über die Knie, wo es leichte Falten schlug. Es hatte einen U-Boot-Ausschnitt, der ein bisschen Haut zeigte, jedoch nicht so viel, dass ich mir die ganze Zeit Gedanken um mein Dekolleté machen müsste. Die wunderschönen Carmen-Träger sahen wie kleine Flügelchen aus und schmiegten sich an meine Oberarme. Ida hatte meine Augenlider in einem dezenten Hellblau geschminkt und mir den perfekten Lidstrich verpasst. Lippenbalsam ließ meine Lippen leicht glänzen und meine türkisfarbenen Haare fielen in geschwungenen Locken über die Schultern. Ein Kloß machte sich in meinem Hals bemerkbar und ließ mich schlucken. Ich fühlte mich sehr selten schön. Eigentlich nie. Doch jetzt gerade in diesem Moment, in diesem Kleid, da fühlte ich mich wirklich, wahrhaftig wohl in meiner Haut. Und das war so kostbar, dass es mir fast Tränen in die Augen trieb. Ida stand hinter mir und lächelte mich im Spiegel strahlend an. In ihrem Blick lag so viel Liebe und Zuneigung, dass mir schwer ums Herz wurde und ich mich noch mehr zusammenreißen musste, um nicht in Tränen auszubrechen.

»Ophelia, du siehst wirklich wunderschön aus«, sagte Ida. »Wenn Leo nicht der Mund offen stehen bleibt, dann fresse ich einen Besen. Also, wirklich.«

Als ich schon wieder anfangen wollte, das Kompliment von mir zu weisen und mich selbst klein zu machen, hielt ich inne. »Danke«, sagte ich stattdessen und auch wenn es nur ein kleines Wort war und ich noch weit davon entfernt, Komplimente wirklich annehmen zu können, versuchte ich zumindest diesmal Idas Worte zu verinnerlichen und ihnen Glauben zu schenken. Schritt für Schritt.

Peppa winselte und ich tätschelte ihr beruhigend den Kopf. Sie war kein großer Fan von Busfahrten und sprang dementsprechend erleichtert ins Freie, als wir an der Haltestelle nahe Raúls Haus ankamen. Eine milde Frühlingsbrise umspielte mein Kleid und ich versuchte mit tiefen Atemzügen meine Nerven in den Griff zu bekommen. Mittlerweile war mir schlecht vor Aufregung und ich hoffte inständig, dass sich das im Laufe des Abends legen würde. Mit beschwingten Schritten lief Peppa voraus, als spürte sie, dass ihr Herrchen ganz in der Nähe war und sie gleich wieder vereint sein würden. Ich folgte ihr mit Beinen, die schwer waren wie Beton. Mein Herz hingegen sprintete los und legte schließlich den Endspurt hin, als wir um die Ecke bogen und ich Leos Gestalt vor Raúls Haus ausmachen konnte. Peppa bellte freudig und lenkte damit Leos Aufmerksamkeit auf sich. Er wandte den Kopf in unsere Richtung und hob lächelnd die Hand. Ich schmolz dahin bei diesem Lächeln, das sein ganzes Gesicht erhellte, und meine Betonbeine waren plötzlich aus weichem Pudding. Er hockte sich hinunter zu der kleinen Hündin, die wie ein Kugelblitz auf ihn zugeschossen kam und ihn begrüßte, als wären sie langjährige Freunde, die sich nun endlich wiedersahen. Leo lachte auf, während Peppa seine Nasenspitze abschleckte, und in meinem Bauch wurde es sehr, sehr warm. Mein Blick glitt über Leos Körper, die weißen Sneaker, die dunkelbraune Stoffhose und das blaue Sweatshirt, das seine Oberarme betonte, bis ich schließlich an seinen Grübchen hängenblieb. Er sah umwerfend aus. Absolut umwerfend.

»Hi«, sagte ich mit dünner Stimme und verschränkte meine Hände, in der Hoffnung, dass er nicht bemerkte, wie sehr sie zitterten.

Er stand auf und sah mich an. Und er sah mich richtig an, scannte jeden Winkel meines Körpers und das nicht auf diese unangenehme, anzügliche Art und Weise, die ein ekliges Gefühl hinterließ. Nein, eher so, dass man sich gesehen und verstanden fühlte, ohne dass ein Wort gewechselt wurde. Er sah mich nicht so an, als würde er mich ausziehen wollen, sondern eher, als wollte er jede Facette meiner Seele entblößen.

»Du siehst wirklich schön aus«, sagte er mit belegter Stimme und mein Herz torkelte noch ein bisschen mehr.

Die giftige Stimme in mir lachte höhnisch und schrie mir entgegen: *Bild dir nichts darauf ein, er ist einfach nur zu nett, um die Wahrheit zu sagen.* Ich schob sie zur Seite. Heute wollte ich Leo glauben, wollte mich ausnahmsweise mal schön fühlen. Meine Stimme zitterte genauso wie meine Hände, dennoch sagte ich: »Danke. Du siehst aber auch nicht schlecht aus.«

Er grinste und ich musste ebenfalls grinsen und in diesem Moment schien alles um uns herum ein bisschen strahlender, ein bisschen bunter, ein bisschen schöner zu sein.

Peppa unterbrach die Magie des Moments mit einem ungeduldigen Bellen und ich räusperte mich. »Wollen wir?«

Leo nickte. »Gern.«

Wir liefen auf das weiße Einfamilienhaus zu, in dem Raúl und sein Partner lebten. Es hatte ein Schieferdach und hübsche Rundfensterbögen, durch die helle Gardinen schimmerten. Nachdem wir den kleinen Vorgarten durchquert hatten, gingen wir um das Haus herum in Richtung Garten, aus dem schon leise Stimmen und Musik zu hören waren.

»Der berühmte Leo Berger!«, rief Benny durch den ganzen Garten, woraufhin sich ein verlegenes Lächeln auf Leos Gesicht breitmachte. Benny kam auf uns zu und umarmte mich kurz, bevor er meine Begleitung musterte.

Leo reichte ihm eine Tüte mit einer Flasche Wein und Schokolade. »Vielen Dank, dass ich Ophelia begleiten darf.«

Benny nahm das Geschenk entgegen. »Ich bin zwar nicht der Gastgeber, aber das nehme ich trotzdem gern.«

Ein Lachen entwich mir und Leo stimmte mit ein. Raúl, der plötzlich hinter uns auftauchte, entriss Benny die Tüte und gab ihm einen liebevollen Klaps auf den Hinterkopf. »Nichts da, her damit. Freut mich, dich kennenzulernen, Leo, ich bin Raúl.«

»Mich auch«, entgegnete Leo.

Benny versuchte Raúl die Tüte wieder zu entreißen, und der flüchtete lachend ins Haus, um sie in Sicherheit zu bringen. »Fühlt euch ganz wie zu Hause!«, rief er noch, bevor er aus dem Blickfeld verschwand.

»Sind die beiden immer so?«, fragte Leo und ich nickte grinsend.

»Sind sie. Sie sind die besten Kollegen, die man sich wünschen kann.«

Wir liefen auf den Gartentisch zu, an dem Sabrina, die Peppa auf dem Arm hatte, uns schon zuwinkte. Der Tisch war bunt gedeckt mit allerlei Salaten, Brot, Dips und Grillgut. Man hätte meinen können, dass mindestens dreißig Leute eingeladen wären, dabei waren es nur Benny und seine Frau, Raúl und sein Partner Tom sowie Leo und ich. Aber Raúl war großzügig und ich wusste jetzt schon, dass ich nachher wieder dutzende Behälter gefüllt mit Essen nach Hause schleppen würde – nicht, dass ich irgendwas dagegen hätte.

Auch Sabrina und Tom hießen Leo herzlich willkommen und ehe ich mich versah, saßen wir in gemütlicher Runde beisammen, aßen, tranken, lachten und unterhielten uns über Gott und die Welt. Es kam mir vor, als wäre Leo schon immer Teil unserer Gruppe gewesen, und ich bemerkte, wie ich mich in seiner Gegenwart zunehmend entspannte, nicht andauernd darüber nachdachte, wie ich wohl gerade aussah oder wirkte. Mit ihm wurden die Zweifel in mir leiser.

Als es dunkler geworden war, Benny und Sabrina auf der Wiese zu einem langsamen Lied tanzten und Raúl und Tom das Dessert vorbereiteten, ließen Leo und ich uns auf der Hollywoodschaukel, die vor einem der großen Bäume stand, nieder. Die leise Musik, das Zirpen der Grillen und sanftes Blätterrascheln sorgten für eine ganz besondere Stimmung. Obwohl es Frühling war, fühlte ich mich an einen dieser lauen, unvergesslichen Sommerabende erinnert, an denen einfach alles möglich schien. Meine Wangen waren warm von der Erdbeerbowle und mein Herz war ganz leicht, wie beflügelt. Einen Moment lang herrschte Stille zwischen Leo und mir, wir hingen beide unseren Gedanken nach und trotzdem war da diese Nähe zwischen uns. Wir schaukelten leicht vor und zurück und mein Kleid kitzelte meine Beine.

»Ist es komisch für dich, mit deiner Ex-Freundin zusammenzu-
arbeiten?«, rutschte es mir heraus und ich spürte, wie mir die Farbe aus
dem Gesicht wich, als mir bewusst wurde, was ich da gerade gefragt
hatte. »Das war völlig unangebracht und du musst natürlich nicht darauf antworten, entschuldige«, stammelte ich hastig und verfluchte die
Erdbeerbowle innerlich.

»Nein, nein, ist schon in Ordnung«, erwiderte er leise und seine
warme Stimme kroch mir regelrecht unter die Haut. »Ich dachte mir,
dass es irgendwann die Runde in der Agentur machen würde.« Er
überlegte einen Augenblick lang, während ich angespannt und neugierig zugleich auf seine Antwort wartete. Er fuhr langsam über die
abgeblätterte Farbe der Schaukel, bevor er tief durchatmete und in
Richtung Himmel sah. »Es ist ... komisch. Wir haben den Vertrag
aufgestellt, als wir noch zusammen waren, und als es dann schließlich
eher unschön auseinanderging, konnte ich nicht mehr aus dem Vertrag raus.«

Seine Stimme klang rau und bei dem Gedanken, dass sich unsere
Wege dann wohl gar nicht gekreuzt hätten, machte sich ein seltsames
Gefühl in meinem Bauch breit. Dann kam die Erinnerung daran zurück, wie überschwänglich meine Chefin in der ganzen Agentur ver-
kündet hatte, dass er den Auftrag *unbedingt* an uns hatte vergeben
wollen, und ich stutzte. Hatte sie das nur gesagt, um ihr Gesicht vor
uns zu wahren?

»Zum Glück hatte Nadja so viel zu tun, sonst hättet ihr noch enger
zusammenarbeiten müssen«, entgegnete ich, woraufhin Leo mich verwirrt ansah.

»Wie meinst du das?«

»Na ja, sie meinte doch, dass sie keine Zeit habe und ich deshalb
den Job übernehmen müsse«, stammelte ich und drehte unruhig das
Glas in meiner Hand.

Er warf den Kopf in den Nacken und lachte laut auf. Es war jedoch nicht dieses liebenswerte Lachen, das den ganzen Raum erhellte, sondern ein bitteres, das ich so von ihm noch nicht kannte. »Ophelia, ich habe gefordert, dass jemand anderes den Auftrag übernimmt. Ich hätte Nadja unter keinen Umständen mein Cover designen lassen.«

Perplex sah ich ihn an und ein lahmes »Oh« kam aus meinem Mund. In meinem Kopf begannen sich die Rädchen zu drehen. Auf der einen Seite konnte ich verstehen, dass Nadja als unsere Chefin dem Team nicht von den persönlichen Hintergründen dieses Auftrags erzählt hatte. Auf der anderen Seite musste ich an die vielen Situationen denken, in denen sie mir vorgehalten hatte, dass eigentlich sie die Richtige für den Auftrag gewesen sei.

»Hat sie dir schön unter die Nase gerieben, dass du nur die zweite Wahl bist?«, fragte er trocken und es war, als hätte er meine Gedanken gehört.

Ich schluckte und antwortete mit einem Nicken.

»Ja, das kann sie gut«, sagte er leise, mehr zu sich als zu mir. Wir schwiegen einen Moment und beobachteten Benny und Sabrina, die sich zu einer sanften Melodie hin- und her wiegten.

Leo räusperte sich und sah mich an, sein Blick fest und bestimmt, das Braun seiner Augen hypnotisierend. »Ich bin froh, dass es so gekommen ist. Dass du den Auftrag bekommen hast und wir uns kennengelernt haben.« Seine Stimme war genauso fest wie sein Blick, nicht eine Silbe wackelte, so als wollte er sichergehen, dass ich ihn verstand.

Meine Wangen wurden heiß und diesmal war ich mir sicher, dass es nicht von der Erdbeerbowle kam. Vermutlich war ich mal wieder knallrot und ich ärgerte mich, dass man mir meine Gefühle immer vom Gesicht ablesen konnte. »Ich bin auch froh.« Meine Stimme wackelte, in ihr schwang das ganze Chaos mit, das in meinem Inneren vor sich ging.

In einem Moment lagen unsere Hände noch nebeneinander, dann schob er seine Hand langsam auf meine, warm und weich und elektrisierend. Ein Tornado brauste durch meinen Oberkörper und ich war überzeugt davon, dass mein Herz so laut pochte, dass er es hören konnte. Genau in dieser Sekunde fing *Treacherous* von Taylor Swift an zu spielen und ich zuckte zusammen, als Benny meinen Namen rief.

»Ophelia, das ist für dich!« Er tanzte noch immer mit Sabrina, sah jedoch zu uns herüber und hielt lächelnd einen Daumen in die Höhe.

»Wollen wir tanzen?«, fragte Leo und diesmal meinte ich ein Zittern in seiner Stimme zu hören.

Es war allerdings nichts gegen das Erdbeben, das meinen Körper erschütterte. Nichts gegen den Krieg, der in mir herrschte, in dem Selbstzweifel und Angst, Aufregung und Panik, Sehnsucht und Schmetterlingsgefühle sich gegenseitig anschrien und gegeneinander ankämpften – jeder versuchte die Oberhand zu gewinnen.

»Ja«, flüsterte ich schließlich und überraschte mich selbst damit.

Er stand auf, hielt mir seine Hand hin und ich ergriff sie. Seine Berührung war wie tausend kleine Stromschläge, die auf meiner Haut tanzten. Vorsichtig legte ich meine Arme um seinen Hals, während er seine um meine Taille schlang.

»Ist das in Ordnung?«, raunte er und ich brachte nur ein Nicken zustande. Wir waren uns so nah, dass sein Geruch mich umhüllte, erdig und frisch und eindeutig besser als alles, was ich je gerochen hatte. Anfangs bewegten wir uns etwas ungelenk und steif, doch ab der Hälfte des Liedes hatten wir unseren Rhythmus gefunden. Ich lehnte meinen Kopf zaghaft an seine Schulter und schloss die Augen, konnte nicht so richtig realisieren, was hier gerade passierte. Noch nie in meinem Leben war ich einem Mann so nah gewesen und obwohl in mir so viel Spannung und Nervosität herrschten, war da auch ein Gefühl von Frieden und Geborgenheit. Etwas, von dem ich nicht gedachte hätte, dass ich es in der Nähe eines Mannes je würde empfinden können. Wir wiegten uns hin und her, während der Mond auf uns hinabschaute und uns in sein Licht tauchte. Unsere Herzen schlugen im Gleichtakt, wild und ungezähmt, vielleicht auch ein bisschen angeknackst, aber trotzdem lebendig. Es gab in diesem Augenblick keine andere Realität als diese, es gab nur uns und den Mondschein, nur Leos Herzschlag und seinen Atem, der meinen Nacken kitzelte, während die Melodie des Liedes uns schweben ließ.

»Ophelia?«, flüsterte er plötzlich und seine Stimme war so weich, dass sich die Härchen auf meinen Armen aufstellten und mich eine Gänsehaut überkam.

Ich hob meinen Kopf und sah ihn an, seine Augen dunkel und doch glänzend durch die Spiegelung des Mondlichts.

»Ja?« Es war kaum mehr als ein Hauchen, denn da lag eine Intensität in seinem Blick, die mir fast den Atem raubte.

Sein Kehlkopf bewegte sich, als er fest schluckte, und ich konnte meine Augen nicht von ihm abwenden. »Ich weiß, wir kennen uns noch nicht so lange, aber ...« Es lag so viel Spannung in der Luft, dass man sie schier greifen konnte. Alles in mir war zum Zerreißen gespannt und wir hatten aufgehört uns zu bewegen. »Aber ... ich mag dich. Sehr sogar. Und ich würde wirklich gern mehr von dir kennenlernen. Wenn du das auch möchtest, natürlich.«

Unsicherheit lag in seinem Blick, als ich zögerte, doch ich wusste die Antwort bereits. Ich war ein unerfahrenes, unsicheres, emotionales Nervenbündel, das sich kaum selbst im Spiegel ansehen konnte und die meiste Zeit des Tages überzeugt davon war, dass es nicht liebenswert war. Aber fuck, ich wollte diesen Mann kennenlernen, natürlich wollte ich das. Alles an ihm zog mich an und da war so viel Sehnsucht in mir, dass sie zumindest kurz alles andere überschattete. »Ich möchte das auch«, sagte ich und war überrascht davon, wie fest meine Stimme war.

Auf Leos Gesicht breitete sich dieses hinreißende Grübchenlächeln aus und zog damit meinen Blick automatisch auf seine Lippen. Sie schimmerten leicht und ich fragte mich, ob sie wohl auch nach Erdbeerbowle schmeckten, süß und bitter, nach Freiheit und Sommernacht. Als ich meinen Blick wieder hob, lag auch seiner auf meinen Lippen und unsere Gesichter waren sich so nah, dass ich trotz der anbrechenden Dunkelheit die fünf blassen Sommersprossen, die über seiner Nase verstreut waren, wahrnehmen konnte. Er atmete schwer und mein betrunkenes Torkelherz eskalierte, während sich mein Unterleib zusammenzog.

»Wer will Dessert haben?«, tönte Raúls fröhliche Stimme wie eine Sirene durch den Garten und wir fuhren auseinander. Der Bann war gebrochen.

Kapitel 15

Die Wochen vergingen und der Frühling wurde mit einer warmen Umarmung vom Sommer abgelöst. Die Geschichte der Zirkusgans und die Illustrationen dazu nahmen mehr und mehr Form an und so langsam konnten wir schon mindestens ein halbes Buch mit Leos Worten und meinen Zeichnungen füllen. Vor allem aber lernten wir uns besser kennen. Ich erfuhr, dass er einen älteren Bruder hatte, zu dem er jedoch aus Gründen, über die er nicht sprach, keinen Kontakt hatte. Ich erfuhr, dass er seinen Kaffee immer schwarz trank, allergisch gegen Katzen war und immer die Zunge ein wenig herausstreckte, wenn er sich konzentrierte. Ich bemerkte, dass er seine Tage fast ausschließlich mit Arbeit verbrachte, sich eigentlich nie mit Freunden traf und ihn häufig eine traurige Aura umgab, vor allem, wenn er dachte, ich würde nicht hinsehen. Er entschuldigte sich oft, wenn er über seine Gefühle oder Interessen sprach, fast so, als wollte er niemanden belasten und als dürfte er keinen Platz einnehmen. Ich lernte, dass er aufmerksam, empathisch und liebevoll war. Dass er mich zu nichts drängte, meine Grenzen akzeptierte und mir stets ein gutes Gefühl gab. Vor allem aber stellte ich fest, wie unheimlich gern ich Zeit mit ihm verbrachte und wie wohl ich mich in seiner Gegenwart fühlte – auch wenn ich mich immer wieder fragte, was dieser umwerfende Mann ausgerechnet von mir wollte. Die Sehnsucht, ihn zu berühren, zerfraß mich regelrecht, aber nach wie vor war ich fest davon überzeugt, dass er meinen Körper und mich niemals anziehend finden würde. Dass er mir irgendwann mit einem mitleidigen Blick versichern würde, dass er mich nur als gute Freundin sah. Ich hasste mich für diese Gedanken, denn Leo gab mir zu keiner Sekunde einen Grund, so zu denken. Und trotzdem konnte ich nicht damit aufhören, konnte das, was sich da zwischen uns anbahnte, nicht genießen. Das war auch der Grund dafür, dass ich Gesprächen über unseren Fast-Kuss in Raúls Garten bisher aus dem Weg gegangen war. Ich versuchte, die Erinnerung daran mit aller Kraft zu verdrängen, doch das lief bisher miserabel. Ich konnte kaum an etwas anderes denken.

»Nicht träumen, Ophelia, ich habe noch ein paar Aufgaben für dich«, flötete Nadja im Vorbeigehen und schnipste vor meinem Gesicht. Ich zuckte zusammen und sie lachte auf, dann ging sie zurück in ihr Büro.

Ich stöhnte und massierte mir die Schläfen. Leider war auch meiner Chefin nicht entgangen, wie viel Zeit Leo und ich miteinander verbrachten, und es schien, als versuchte sie mich mit aller Kraft in der Agentur zu halten. Zusätzlich hatte sie Benny von dem Schreibtisch mir gegenüber weggesetzt, angeblich, damit er mehr Platz hatte und näher an Kollegen mit ähnlichen Aufgaben war. Raúl, Benny und ich waren aber der Meinung, dass das andere Gründe hatte. Vor mir saß nun eine unserer Azubinen und ich hatte das Gefühl, dass sie mich mit Argusaugen beobachtete, um Nadja über alles berichten zu können. Meine Arbeitstage waren lang und anstrengend, die angespannte Atmosphäre machte mir zu schaffen und zu allem Überfluss war auch noch die Kaffeemaschine kaputt.

Ich trank einen Schluck aus dem Pappbecher, den Raúl mir vorhin auf den Tisch gestellt hatte, und verzog das Gesicht. Natürlich war der Kaffee mittlerweile kalt. Seufzend schob ich den Becher zur Seite und widmete mich wieder dem Coverdesign, an dem ich gerade arbeitete. Es war für einen Ratgeber, für dessen Cover sich die Autorin ein aufwendiges Blumenmuster in Gelb und Orange gewünscht hatte. Den ganzen Vormittag hatte ich daran gearbeitet und als ich nun die letzte Blume illustriert hatte, sah ich zufrieden auf mein Werk. Das Endergebnis war wirklich schön geworden und ich hoffte, die Kundin würde das genauso sehen. Schnell speicherte ich alles und schickte ihr die Datei per Mail. Ich war gerade aufgestanden und noch mal auf der Toilette gewesen, bevor ich gleich endlich Feierabend machen würde, als mein Handy vibrierte. *Ella Antons* – die Autorin, deren Cover ich gerade designt hatte.

»Frau Antons, ich habe Ihnen gerade eine Mail ge…«, setzte ich fröhlich an, da wurde ich unterbrochen.

»Ich habe doch ausdrücklich gesagt, dass ich *kein* Gelb und Orange auf dem Cover haben möchte. Alle anderen Farbtöne wären mir recht gewesen, aber Sie haben ja wirklich nur die verwendet, die ich *nicht* wollte. War das so schwer zu verstehen?«

Ich schluckte und fing an zu schwitzen. Ich hasste solche Situationen wie die Pest. »O Gott, das tut mir so leid, ehrlich. Da muss irgendwas in der Kommunikation schiefgelaufen sein. Ich werde das selbstverständlich so schnell wie möglich korrigieren und andere Farben verwenden.«

Ella Antons seufzte und ich konnte Stimmengewirr im Hintergrund wahrnehmen. »Schaffen Sie das heute noch? Mir sitzt der Verlag im Nacken. Die waren eh schon nicht begeistert davon, dass ich das Cover unbedingt von Ihnen machen lassen wollte. Bitte lassen Sie mich das nicht bereuen.«

Ich kniff mir in die Nasenwurzel und rieb mir die müden Augen. Das war es dann wohl mit meinem Feierabend. *Und mit deinem Treffen mit Leo*, meldete sich mein protestierendes Herz zu Wort. »Ich werde mich gleich direkt daran setzen und Ihnen das Cover noch heute Abend schicken.«

Ella atmete erleichtert aus. »Ich danke Ihnen. Das Blumenmuster ist wunderschön, geben Sie mir andere Farben, dann bin ich zufrieden.«

»Alles klar, wir hören uns«, murmelte ich erschöpft und legte auf, nachdem sich die Autorin ebenfalls verabschiedet hatte.

Erst jetzt bemerkte ich die Wut, die sich wie ein Feuerball kurz vor der Explosion in meinem Bauch gesammelt hatte. Nadja hatte mir gestern ganz klar gesagt, dass die Kundin die Farben Gelb und Orange haben wollte. Wieso hatte sie mich derart ins offene Messer laufen lassen? Ich ballte die Hände zu Fäusten und lief schnurstracks ins Büro meiner Chefin. Die Tür stand offen, Nadja saß an ihrem Schreibtisch und war über ein Dokument gebeugt, das Raúl ihr unter die Nase hielt. Ihr dunkelroter Lippenstift saß perfekt, die schwarzen Haare fielen ihr sanft über die Schulter und obwohl ich es nicht wollte, durchfuhr mich giftgrüner Neid. Neid darauf, wie wunderschön und stilvoll sie aussah. Neid darauf, dass sie Leos Lippen auf ihren hatte spüren dürfen, seine Haut auf ihrer, dass sein Lächeln ihr gegolten hatte. Neid darauf, dass sie so verdammt selbstbewusst und selbstsicher war, während ich das genaue Gegenteil war. Ich wollte nicht so fühlen, wirklich nicht. Frauen sollten Frauen unterstützen und sich nicht gegenseitig runtermachen, sonst hatte das Patriarchat gewonnen, aber gerade in diesem Moment konnte ich nicht anders.

»Nadja, hast du einen Moment?«, fragte ich angespannt, die Hände immer noch zu Fäusten geballt.

»Ich bin gerade noch …«, setzte sie an, doch diesmal ließ ich sie nicht zu Wort kommen.

»Es ist wichtig.«

Raúl sah mich fragend an und ich gab ihm mit den Augen zu verstehen, dass ich ihm später alles erzählen würde.

»Ich lasse euch kurz allein«, sagte er mit ruhiger Stimme und ich nickte ihm dankbar zu. Beim Rausgehen drückte er ermutigend meinen Arm und ich atmete tief durch.

Nadja setzte ihre Brille ab und sah mich erwartungsvoll an. »Also, was ist so wichtig?«

»Ich habe gerade mit Ella Antons telefoniert. Es ging um ihren Coverentwurf, an dem ich den ganzen Nachmittag gesessen habe.« Nadja hob fragend eine Augenbraue. »Und?«

Ich musste ein Schnauben unterdrücken. »Sie hat sich tierisch aufgeregt, weil sie auf keinen Fall die Farben Gelb und Orange im Cover haben wollte. Aber natürlich hatte mein Entwurf genau diese Farben, da du mir gestern gesagt hast, dass die Kundin sie in ihrem Cover haben will.«

Eine Sorgenfalte erschien auf Nadjas Stirn und sie sah mich verwirrt an. »Ich habe dir gestern ganz klar gesagt, dass sie Gelb und Orange *nicht* haben möchte. Ich gehe mal davon aus, dass du das falsch verstanden hast?«

Die Wut entwich meinem Körper wie Luft einem zerplatzten Ballon. Gedanken rasten durch meinen Kopf und ich versuchte die Situation wie einen Film vor meinem inneren Auge abzuspielen. Ich sah Nadja vor mir, wie sie mir von dem Auftrag erzählte und wie sie sagte: »Die Autorin möchte das Cover auf jeden Fall in den Farbtönen Gelb und Orange haben.« Trotzdem war ich mir plötzlich nicht mehr so sicher, ob sie das wirklich gesagt hatte. Es war, wie wenn man sich fragte, ob man die Haustür abgeschlossen hatte, obwohl man sich eigentlich zu hundert Prozent sicher war, dass man es getan hatte. Hatte Nadja »auf jeden Fall« gesagt oder war es doch »auf keinen Fall« gewesen? War ich in Gedanken woanders gewesen?

Nadja lächelte mir aufmunternd zu. »Ophelia, du arbeitest momentan so viel und hart, es ist in Ordnung, wenn du mal was durcheinanderbringst. Das ist nur menschlich.«

Unwohlsein und Scham krochen mir die Kehle hoch. »Ich dachte wirklich, du hättest es gesagt.« Verlegen schob ich mir eine Strähne hinters Ohr.

»Ist nicht schlimm. Was glaubst du, wie oft mir das schon passiert ist? Ich finde es sowieso bewundernswert, wie du das momentan alles händelst.«

Ein schlechtes Gewissen überkam mich und ich fragte mich, wie ich meine Chefin vorhin so hatte angehen können. »Es tut mir leid. Vermutlich ist die Arbeit tatsächlich etwas viel momentan.« Mein ockerbraunes Kleid fühlte sich plötzlich viel zu eng an und die ganze Situation war mir so unangenehm, dass ich am liebsten meinen Körper verlassen hätte.

Nadja machte eine wegwerfende Handbewegung. »Schon vergessen. Kümmere dich heute nur noch um Ella Antons' Auftrag und dann mach Feierabend, der Rest kann auch bis morgen warten.«

»In Ordnung. Danke dir.«

Ich verließ das Büro und lief schnell zur Toilette, um mich einen Moment zu sammeln, bevor ich auf meine Kollegen traf. Ich spritzte mir kühles Wasser ins Gesicht und musterte mich im Spiegel. Wie hatte ich nur so aus der Haut fahren und alles an meiner Chefin auslassen können? Doch gleichzeitig konnte ich nicht aufhören darüber nachzudenken, dass ich mir so sicher gewesen war, dass Nadja »auf jeden Fall« gesagt hatte. Ein pochender Kopfschmerz machte sich bemerkbar und ich schloss die Augen. Es war so viel los momentan, da konnte man schon mal durcheinanderkommen.

Senden. Erleichtert atmete ich aus und lehnte mich zurück. Ich fuhr mir mit den Händen über das Gesicht und meldete mich von meinem Arbeitspostfach ab. Der Entwurf für Ella Antons war fertig, sie hatte alles abgesegnet und war nun zufrieden, weshalb ich endlich Feierabend machen konnte. Benny und Raúl waren schon lange weg und Nadja war bei einem Geschäftsessen. Ich griff nach meiner Jacke und Tasche, schaltete meine Schreibtischlampe aus und winkte Sophia zu, die noch an ihrem Tisch saß, bevor ich die Agentur verließ.

Eine angenehm warme Brise wehte mir entgegen und ich kramte mein Handy aus der Tasche, um zu sehen, ob ich verpasste Nachrichten oder Anrufe hatte. Eine Nachricht von Mama, zwei von Ida, ein paar Instagram-Benachrichtigungen und eine Nachricht von Leo. Mein Herz führte einen Freudentanz auf und ich öffnete so schnell es ging unseren Chatverlauf.

Wollen wir heute Abend gemeinsam etwas essen? Ich könnte auch für dich kochen, um dich ein bisschen aufzumuntern nach deinem anstrengenden Arbeitstag. Wenn du zu kaputt bist, ist das aber auch okay. 😊

Ein Lächeln schlich sich auf meine Lippen und ich dachte nach. Er war bisher noch nie bei mir zu Hause gewesen und ich benötigte immer ein wenig Zeit, um Menschen in meinen sicheren Hafen zu lassen. Doch irgendwie fühlte es sich bei ihm richtig an. Ich wollte ihn bei mir haben, wollte ihm meine Wohnung zeigen und Zeit mit ihm verbringen. Schnell schickte ich ihm meine Adresse und schrieb, dass er gern in ungefähr einer Stunde vorbeikommen könnte. Er schickte einen Daumen nach oben und ich grinste so breit, dass der ganze Ärger, den ich heute gehabt hatte, fast schon wieder vergessen war.

Kapitel 16

Es klingelte und mein Herz purzelte mir fast aus der Brust, während mein Atem automatisch schneller ging. Hektisch sah ich mich um. Ich hatte innerhalb einer Dreiviertelstunde aufgeräumt, geduscht, mir die Haare geföhnt und mich umgezogen. Jetzt war ich ziemlich außer Atem und ziemlich stolz auf mich, dass ich das alles in so kurzer Zeit geschafft hatte. Ich warf mir einen letzten mutmachenden Blick im Spiegel zu, bevor ich den Türöffner betätigte und meine Wohnungstür öffnete.

Leos Schritte hallten durch das Treppenhaus und je näher sie kamen, desto nervöser wurde ich. Eigentlich war das absurd, denn wir hatten uns in den letzten Wochen fast jeden Tag gesehen. Doch ihn zum ersten Mal bei mir zu Hause zu treffen, fühlte sich besonders und intim an. Ehe ich weiter nachdenken konnte, tauchte Leos dunkler Haarschopf hinter dem Treppengeländer auf. Er war gar nicht außer Atem, während ich immer das Gefühl hatte, ein Sauerstoffzelt zu brauchen, wenn ich oben ankam. In der einen Hand hielt er eine gut gefüllte braune Papiertüte, aus der einige Einkäufe hinauslugten, und in der anderen drei Sonnenblumen.

»Hallo«, sagte er lächelnd und mein Herz raste beim Klang seiner Stimme. »Die sind für dich«, fügte er schnell hinzu und hielt mir die Sonnenblumen hin.

Ein breites Lächeln brachte meine Wangen zum Schmerzen, als ich die Blumen entgegennahm. »Die sind wunderschön, danke«, entgegnete ich und zauberte damit diese einen in die Knie zwingenden Grübchen auf sein Gesicht. Ich nahm ihm die Einkaufstüte aus der Hand, damit er sich die Jacke ausziehen konnte, und begutachtete den Inhalt. »Hast du den ganzen Laden leer gekauft?«, fragte ich ihn neckend und stellte den Einkauf auf der Küchentheke ab.

»Ich konnte mich nicht entscheiden, deshalb habe ich einfach mehrere Optionen besorgt«, antwortete er lachend und fuhr sich durch die vom Wind zerzausten Haare.

Ich nahm eine Vase für die Sonnenblumen aus dem Schrank und musste erneut lächeln, als ich sie auf dem Tisch abstellte. »Jetzt habe ich meinen eigenen kleinen Sonnenschein in der Wohnung. Sonnenblumen machen einfach alles heller und schöner.« Als ich zu Leo sah, beobachtete er mich mit leuchtenden Augen und ein angenehmes Schaudern überkam mich. Weil sein Blick mich nervös machte, plapperte ich weiter. »Kennst du die Geschichte von der Nymphe Klytia, die sich in den Sonnengott Apollon verliebte? Anfangs war er auch in sie verliebt, aber dann verließ er sie für Prinzessin Leucothoe. Klytia war so eifersüchtig und verletzt, dass sie dem Vater der Prinzessin von dem Verhältnis zu Apollon erzählt hat. Um sie zu bestrafen, beerdigte er seine eigene Tochter lebendig. Apollon war völlig aufgelöst und verwandelte seine Prinzessin in eine Sonnenblume. Klytias dachte, dass sie gewonnen hätte, doch das hatte sie nicht. Denn die Liebe zwischen Apollon und der Prinzessin war so stark, dass sie Apollon jeden Tag am Himmel entlang folgte, indem sie ihren Kopf der Sonne entgegenstreckte. Ist das nicht schön?« Meine Wangen waren heiß geworden und Scham stieg in mir hoch, nachdem ich meinen kleinen Monolog beendet hatte. Ich erwartete fast, dass er mich belustigt ansehen würde, doch das tat er nicht. Interesse sprach aus seinem Blick und da war immer noch dieses undefinierbare Funkeln.

»Ich kannte die Geschichte bisher nicht, aber ich finde sie auch wunderschön«, sagte er dann mit rauer Stimme.

Da war sie wieder, die Gänsehaut am ganzen Körper. »Als ich klein war, waren wir auf einem Kindergeburtstag mal auf einer Sonnenblumenfarm. Die Besitzerin hat uns die Geschichte erzählt und ich fand sie so faszinierend, dass ich sie nie vergessen habe.«

»Glaub mir, ich hätte sie auch nicht vergessen. Dazu liebe ich Geschichten viel zu sehr.«

Ich räusperte mich und hoffte, dass meine Wangen nicht mehr ganz so rot waren, wie sie sich anfühlten. »Also, was gibt es heute?« Damit deutete ich auf die Einkaufstüten.

Leo krempelte die Ärmel hoch und begann, die Lebensmittel aus der Tüte zu räumen. »Ich bin froh, dass du fragst.« Mit dem, was er mitgebracht hatte, konnte man locker drei Gerichte kochen, von Nudeln bis zu Kartoffeln und diversem Gemüse war alles dabei und ich fragte mich, wer das alles essen sollte. Doch er war so in seinem Element, dass ich mich einfach hinsetzte und ihn machen ließ.

Nachdem er das Gemüse geputzt hatte, gab er es mir zum Schnippeln und machte sich dann an verschiedene Soßen. Während das Essen vor sich hin brutzelte und er das Dessert vorbereitete, erzählte er mir, dass er früher immer mit seinem Bruder zusammen gekocht hatte. Die Arbeit hatte bei ihren Eltern schon immer im Mittelpunkt gestanden, weshalb Leo und Niklas häufig allein gewesen waren. »Ich habe immer ziemlich darunter gelitten, dass wir nie als Familie zusammen gegessen haben, so wie ich das von anderen Kindern kannte. Deshalb hat Niklas irgendwann eingeführt, dass wir jeden Tag zusammen kochen und essen. Er hat immer alles getan, damit es mir besser ging. Eigentlich hat er mich großgezogen.« Wieder war da diese Schwere in seiner Stimme, genau wie beim letzten Mal, als er über seinen Bruder gesprochen hatte.

»Nein, warte«, sagte ich hastig, als er anfing die Schüsseln und Teller auf dem Küchentisch abzustellen. Fragend sah er mich an. Ich nahm mir ein Tablett und stapelte das Geschirr darauf. »Wir essen woanders.« Leo schnappte sich lächelnd das Tablett und lief mir hinterher. Ich öffnete die Tür zum Balkon und drehte mich um. »Gib mir eine Sekunde, okay?«

»In Ordnung«, erwiderte er.

Ich trat auf den Balkon, rückte die Stühle zurecht und schaltete die Lichterketten an. Da es nicht zu windig war, zündete ich auch die Kerzen an, bevor ich die Tür schließlich weder öffnete. »Willkommen an meinem absoluten Lieblingsort.« Mit pochendem Herzen beobachtete ich, wie er auf den Balkon trat und das Tablett auf dem kleinen Tisch abstellte.

»Wow«, hauchte er mit leicht geöffnetem Mund und drehte sich um die eigene Achse. »Dein Balkon ist so gemütlich! Ich glaube, an deiner Stelle wäre ich nur hier draußen.«

Ich musste lächeln und ließ mich auf einen der Stühle sinken. »Wenn ich zu Hause bin, verbringe ich definitiv die meiste Zeit hier.«

Er setzte sich auf den Stuhl neben mir und verteilte das Essen auf den Tellern. Mit knurrendem Magen schob ich mir den ersten Löffel Gnocchi in den Mund und stöhnte auf. »O mein Gott, das ist sooo gut!«, entwich es mir und er lachte leise auf. Als ich die Augen wieder öffnete, begegnete mir Leos Blick, der schon wieder so intensiv war, dass mir warm und schwindelig zugleich wurde.

»Freut mich, dass es dir schmeckt«, sagte er und fing ebenfalls an zu essen.

Nachdem wir eine Weile schweigend nebeneinander gegessen hatten und nur die leisen Hintergrundgeräusche einer milden Sommernacht wahrzunehmen waren, fasste ich mir ein Herz und traute mich zu fragen, was mir schon seit längerem auf der Seele brannte. »Was ist eigentlich zwischen deinem Bruder und dir passiert?« Augenblicklich versteifte sich Leo neben mir. »Du musst natürlich nicht darüber sprechen, es ist nur ... du erzählst immer so liebevoll von ihm und ihr scheint so ein gutes Verhältnis gehabt zu haben. Aber da liegt auch so viel Schmerz in deiner Stimme, wann immer du darüber redest.«

Leo stellte seinen Teller auf den Tisch und fuhr sich über das Gesicht. Er seufzte und holte tief Luft, als müsste er sich für das wappnen, was er als Nächstes sagen würde. Bevor ich darüber nachdenken konnte, legte ich meine Hand auf seine und drückte sie sanft. Leo verschränkte seine Hand mit meiner ohne zu zögern, und ein angenehmes Schaudern überkam mich. Kurz raste der Gedanke durch meinen Kopf, dass meine Hände vielleicht schwitzig waren und er das eklig finden könnte, doch unsere ineinander verschränkten Hände fühlten sich so perfekt an, dass sich der Gedanke schnell wieder verflüchtigte. Er streichelte langsam mit dem Daumen über meinen Handrücken und jeder kleine Kreis, den er zog, sandte prickelnde Stromstöße durch meinen Körper. Verdammt, ich wollte seine Hand nie mehr loslassen.

»Niklas und ich hatten immer ein sehr enges Verhältnis, auch bedingt durch unsere Kindheit und die fehlende Liebe unserer Eltern.« Er lachte kurz und bitter auf und drückte meine Hand etwas fester. »Sobald wir es uns leisten konnten, sind wir ausgezogen und haben gemeinsam in einer winzigen Wohnung gelebt. Die Wohnung war wirklich furchtbar, ständig war irgendwas kaputt, die Wände waren dünn wie Papier und in der Wohnung neben uns lebte ein junges Paar mit einem Baby, das zu jeder Tageszeit schrie. Aber es war unsere Wohnung und es fühlte sich zum ersten Mal nach einem Zuhause an. Rückblickend war es die beste Zeit. Damals ist auch meine erste Reihe entstanden.« Er lächelte traurig und atmete langsam aus.

»Das hört sich sehr schön an«, flüsterte ich.

Leos Daumen kreiste unablässig über meinen Handrücken und er nahm einen Schluck von seinem Wasser, bevor er schließlich weiterredete. »Irgendwann habe ich dann Nadja kennengelernt.« Mein Magen und mein Herz zogen sich bei der Erwähnung ihres Namens zusammen. »Am Anfang war alles perfekt. Sie schien mein passendes Gegenstück zu sein, wir konnten über alles reden und lachen, hatten dieselben Interessen und auch mit Niklas hat sie sich gut verstanden. Aber mit der Zeit hat mich die Beziehung immer mehr vereinnahmt und auch ... verändert.« Er schluckte schwer und ich hörte ihm schweigend zu, gab seinen Worten den Raum, den sie benötigten. »Nadja und ich sind dann irgendwann zusammengezogen und auch das hat anfangs noch gut funktioniert. Ich habe mich trotzdem jede Woche mit Niklas und unserer Freundesgruppe getroffen, viel mit ihnen telefoniert und weiterhin geschrieben. Dann war es irgendwann so weit, dass nicht mal mehr monatliche Treffen funktioniert haben. Und auch die Telefonate sind immer weniger geworden. Es war einfach so viel los. Ich hatte zu der Zeit neben dem Schreiben zwei Nebenjobs, um uns über Wasser zu halten, und Nadja war mit der Gründung der Agentur beschäftigt. Dass sie aktiv dafür gesorgt hat, dass ich mich von meinem Bruder und Freunden entfernt habe, habe ich damals nicht gesehen. Gott, ich war so verdammt verliebt, ich wollte es einfach nicht wahrhaben.« Diesmal war ich diejenige, die schluckte, während seine verzweifelte Stimme mir fast das Herz brach. Es war, als hätte Leo diese Geschichte zu lange unter Verschluss gehalten, fest mit einem Deckel verschraubt, und nun wurde dieser plötzlich geöffnet und der Inhalt bahnte sich mit aller Macht und Wucht den Weg in die Freiheit.

»Niklas hat wirklich alles gegeben. Er hat immer wieder angerufen, kam vorbei, hat mir Nachrichten und sogar Briefe geschrieben. Briefe, die ich nebenbei bemerkt kurz vor Nadjas und meiner Trennung in einer Box in ihrem Kleiderschrank gefunden habe.« Ein erschrockener

Laut entwich mir. Mein erster Impuls war, dass das nicht nach Nadja klang, doch je länger ich darüber nachdachte, desto mehr festigten sich mein Bauchgefühl und der Gedanke, dass es *definitiv* nach etwas klang, was sie tun würde. »Aber das Problem war, dass er die Sache mit Nadja relativ schnell durchschaut und mir ziemlich schmerzhaft den Spiegel vorgehalten hat. Und das war etwas, das ich zu dem Zeitpunkt einfach nicht hören und sehen wollte. Erst viel später sind mir die kleinen, subtilen Manipulationen, der psychische Druck und die emotionale Erpressung aufgefallen. Aber da war ich schon viel zu weit weg von Niklas und habe mich zu sehr geschämt, um auf ihn zuzugehen. Ich war so verflucht verstrahlt, Ophelia, ich habe nicht mal meinem eigenen Bruder, dem wichtigsten Menschen in meinem Leben, geglaubt.« Beim letzten Satz brach seine Stimme und der Kerzenschein beleuchtete die Tränen, die seine Wange hinunterliefen wie ein reißender Fluss, der endlich einen Weg gefunden hatte.

Mein Herz verkrampfte sich schmerzhaft und meine Augen wurden feucht. Ohne auch nur eine Sekunde darüber nachzudenken, schob ich meinen Stuhl so nahe es ging an seinen und zog Leo in meine Arme. Er lehnte sich an mich, seine weichen Haare kitzelten mein Schlüsselbein und sein ganzer Oberkörper bebte, so sehr weinte er. Beruhigend streichelte ich ihm über den Rücken und hielt ihn, versuchte, ihm Sicherheit zu geben und das Gefühl, dass er seine Emotionen ohne Scham vor mir zulassen konnte. »Sssh«, flüsterte ich und lehnte meinen Kopf vorsichtig an seinen.

Ich wusste nicht, wie lange wir dort saßen, ohne uns zu bewegen, doch irgendwann ebbten seine Schluchzer langsam ab und sein Körper entspannte sich. Er löste sich vorsichtig aus der Umarmung und rieb sich mit einer der Servietten über das tränennasse Gesicht.

»Es tut mir so leid, dass ich die Fassung verloren habe«, sagte er schniefend. »Es ist nur ... ich habe noch nie darüber gesprochen.«

Ich schenkte ihm ein mitfühlendes Lächeln und beugte mich vor. »Leo, du musst dich niemals für deine Gefühle entschuldigen. Und dafür, sie zu zeigen, erst recht nicht. Ich finde sogar, dass das ziemlich stark ist.«

Seine Mundwinkel hoben sich leicht und er schob sich eine Haarsträhne aus der Stirn. »Danke.«

»Weiß dein Bruder, dass du nicht mehr mit Nadja zusammen bist?«, fragte ich und er schüttelte den Kopf. »Ich finde, du solltest unbedingt mit ihm sprechen. Was dir passiert, ist, ist nicht deine Schuld. Du hast sie geliebt und nicht gemerkt, dass diese Beziehung alles andere als gesund war. Das ist menschlich und passiert viel mehr Menschen, als du denkst. Wenn sich hier jemand schuldig fühlen sollte, dann ist das Nadja. Und so, wie du deinen Bruder beschrieben hast, bin ich mir hundertprozentig sicher, dass er dich mit offenen Armen empfangen und dir vergeben wird. Aber das ist eine Situation, in der du den ersten Schritt machen musst. Und ich denke, wenn du das nicht tust, wirst du es dein Leben lang bereuen. Für so ein Verhältnis wie das, was ihr hattet, lohnt es sich zu kämpfen.«

Leos Kehlkopf bewegte sich, als er schluckte. Dann sagte er: »Du hast recht. Danke, das musste ich dringend hören.« Seine Stimme klang belegt vom Weinen und ich wollte gerade ansetzen, um zu antworten, als ein dicker fetter Regentropfen auf meine Stirn platschte.

Kapitel 17

Ein weiterer Tropfen folgte und binnen weniger Sekunden wurde der Nieselregen zum Sturzbach. Leo und ich sprangen synchron auf und brachten hektisch die Sachen auf dem Balkon in Sicherheit. In kürzester Zeit waren wir komplett durchgeweicht und gut war einzig und allein, dass Sommer war und wir so zumindest nicht froren. Nachdem wir die Teller und Schüsseln reingestellt hatten, lief ich noch mal nach draußen, um die Polster zu holen. Ich griff hastig danach und drehte mich direkt wieder um, da rannte ich geradewegs in Leo, der mir gefolgt war.

Mit voller Wucht prallte ich gegen ihn und er wurde draußen an die Wand gedrückt. Und ich gegen ihn. Ich wollte mich entschuldigen, doch als ich den Blick hob, war jedes Wort in meinem Kopf wie ausradiert. Unsere Gesichter waren sich so nah, dass ich seinen warmen Atem spüren konnte und vereinzelte Regentropfen von seinen Wimpern auf meine Nasenspitze tropften. In seinen herbstlaubbraunen Augen spiegelten sich die funkelnden Lichterketten und es sah aus wie ein kleines Sternenmeer inmitten seiner Pupillen. Der Regen prasselte auf uns hinab und trotzdem nahm ich es kaum wahr. Alles, worauf sich meine Sinne gerade fokussierten, war Leo. Leo, Leo, Leo.

Wir verharrten eine gefühlte Ewigkeit in dieser Position, da schoss mir ein Gedanke wie ein Blitz durch den Kopf: Ich würde gleich meinen ersten Kuss erleben. Mein Herz pochte so schnell, dass man meinen könnte, es befände sich auf einem Heavy-Metal-Konzert, und mein Atem tat es ihm gleich. Leos Gesicht kam meinem noch näher, ganz langsam, bis sich unsere Nasenspitzen berührten. »Leo«, flüsterte ich und er hielt inne. »Ich habe das noch nie gemacht. Küssen, meine ich. Ich weiß nicht, ob ich das überhaupt kann. Es tut mir leid, dass ich so komisch bin.«

Ich konnte sein Lächeln spüren, so nah waren wir uns. »Nichts an dir ist komisch, nur weil du noch nie jemanden geküsst hast. Es ist völlig egal, wann man seinen ersten Kuss hat. Und ich glaube, niemand weiß, ob er das wirklich *kann*. Alle machen es einfach, in der Hoffnung, dass es sich gut anfühlt. Wenn sich hier einer stressen sollte, dann bin ich das, weil du den allerbesten ersten Kuss überhaupt verdienst.«

Ein leises Lachen entwich mir und als er es erwiderte, beschloss ich, dass sein Lachen mein neues Lieblingsgeräusch war.

»Aber wir müssen das auch nicht machen, wenn du nicht möchtest oder dich nicht wohlfühlst«, sagte er. »Wir haben alle Zeit der Welt. Und jedes deiner Worte fühlt sich sowieso schon an wie ein Kuss.«

Wasser rann an uns hinab und ein entferntes Donnergrollen ertönte, doch wir waren in unserer eigenen kleinen Blase. »Doch. Ich möchte das«, hauchte ich so leise, dass es fast im Lärm um uns herum unterging.

Leo fuhr mit seinen Lippen sanft, ganz sanft über meine und ich erschauderte. Ein Kribbeln breitete sich in meinem ganzen Körper aus und mündete schließlich in eine Explosion, als sich unsere Lippen endlich berührten. Leo legte seine Hände an meine Taille und zog mich noch näher, doch ich hatte das Gefühl, dass es immer noch nicht nah genug war. Ich schlang meine Arme um seinen Hals und im selben Moment öffnete er leicht seine Lippen. Ich tat es ihm gleich und unsere Zungen trafen aufeinander. Eine ganze Flut an Schmetterlingen raste durch meinen Körper, während unsere Zungen sich im Einklang bewegten. Sie schienen ganz von allein zu wissen, was sie tun mussten, und so konnte ich einzig und allein daran denken, wie richtig und gut sich das anfühlte. Meine Knie waren weich wie Pudding und der Rest meines Körpers schien in Flammen zu stehen. Ein Glücksgefühl, so intensiv, dass es meine Brust fast zum Zerbersten brachte, machte sich in mir breit und ich wollte nicht, dass dieser Moment je endete. Leo schien es ähnlich zu gehen, denn wir blieben dort stehen, im strömenden Regen, und wir küssten, küssten, küssten uns, bis wir schließlich gezwungen waren, Luft zu holen. Schwer atmend lösten wir uns voneinander, unsere Gesichter nass, unsere Herzen voll.

»Ich habe zwar keinen Vergleich, aber ich glaube, das war so ziemlich der allerbeste Kuss überhaupt«, flüsterte ich atemlos.

»Für mich auch«, erwiderte Leo ebenso leise.

Er sah so umwerfend aus, dass ich ihm direkt noch einen Kuss auf die Lippen drückte. Mein Herz war plötzlich so leicht, als würde es gleich aus meiner Brust fliegen.

»Vielleicht sollten wir doch so langsam reingehen«, murmelte ich und er stöhnte auf.

»Muss das sein? Es ist so schön hier.« Er grinste und ich konnte nicht anders, als es ihm gleichzutun.

»Wir könnten drinnen weitermachen.«

Sofort griff er meine Hand und stieß die Balkontür auf. »Na, dann bin ich dabei«, rief er euphorisch und ich folgte ihm kichernd.

Nachdem wir uns beide abgetrocknet und geföhnt hatten, was dank diverser Kussunterbrechungen etwas länger gedauert hatte, saßen wir unter die Decke gekuschelt auf meinem Bett und lauschten dem Regen, der mittlerweile ein heftiges Gewitter mit sich gebracht hatte. Mein Kopf ruhte auf Leos Brust und er hatte seinen Arm um mich gelegt, während er mit der anderen Hand sanft über mein Haar streichelte. Jede Berührung sandte ein leichtes Prickeln von meiner Kopfhaut in den Rest des Körpers und ich konnte kaum glauben, dass das gerade wirklich geschehen war. Dass wir uns geküsst hatten und wir nun hier gemeinsam in meinem Bett lagen, als wäre es das Normalste der Welt. Das Leben war schon irgendwie seltsam.

Nachdem das Adrenalin abgeflaut war, überkam mich plötzlich eine bleierne Müdigkeit und ich spürte, wie sehr mir der Tag in den Knochen steckte. Ich konnte ein Gähnen nicht unterdrücken und schmiegte mich noch enger an Leo, während meine Augen langsam zufielen.

»Möchtest du schlafen?«, flüsterte er und drückte mir sanft einen Kuss auf den Haarscheitel.

»Nur ganz kurz ausruhen, bleib hier«, murmelte ich schon fast im Halbschlaf und spürte, wie er die Decke noch ein Stück hochzog, um meinen Oberkörper zu bedecken. Bevor ich in den Schlaf abdriftete und mir schon nicht mehr sicher war, ob all das hier Traum oder Realität war, hörte ich Leo noch leise sagen: »Wenn ich dich sehe, muss ich andauernd an das Bild mit den Sonnenblumen von Van Gogh denken. Deshalb habe ich dir auch heute den Strauß Sonnenblumen mitgebracht. Man kann seinen Blick einfach nicht von dem Bild abwenden, weil es so verdammt schön und faszinierend ist. Es hat so viele Facetten, die man erkunden und sich einprägen möchte. Genau wie du. Und als du dann auch noch vorhin meintest, dass Sonnenblumen alles heller und schöner machen, da konnte ich nur denken ›Fuck, sie hat so recht‹, denn genau das tust du seit Wochen. Du bist meine Sonnenblume, Ophelia.«

Vogelzwitschern und das Brummen der Kaffeemaschine holten mich sanft aus dem Schlaf und ich setzte mich auf. Gähnend rieb ich mir die Augen und streckte mich ausgiebig, während meine Discokugel die Sonnenstrahlen im Raum tanzen ließ. Es dauerte einen Augenblick, doch dann fiel mir ein, was gestern geschehen war. Leo und ich auf dem Balkon. Unser Gespräch. Der Regen. Der Kuss. Er und ich in meinem Bett. *Du bist meine Sonnenblume, Ophelia.* Sofort breitete sich ein Honigkuchenpferdgrinsen auf meinem Gesicht aus. Ich fuhr über meine Lippen, konnte seine noch immer darauf spüren.

Den Geräuschen nach zu urteilen war Leo in der Küche, also stand ich schwungvoll auf und warf mir einen Cardigan über. Ich wollte mich gerade auf den Weg zu ihm machen, als mein Blick am Spiegel hängen blieb. Es war, als hätte jemand den Lichtschalter in mir ausgeknipst, alles Strahlen verschwand und übrig blieb nur mein farbloses Gesicht. Wobei, farblos war vielleicht der falsche Ausdruck. Ich hatte mich gestern Abend nicht abgeschminkt, dementsprechend zogen sich schwarze Mascara-Schlieren über meine Wangen und mein Lidschatten war verlaufen. Ich sah aus wie der Joker.

Mein Herz stolperte und mir wurde kalt. Hatte Leo mich beim Aufstehen so gesehen? Bei dem Anblick würde es mich nicht wundern, wenn er den Kuss längst bereute. Ich schluckte und zog den Cardigan enger um mich, bereit, darin zu verschwinden. Da das Bad glücklicherweise direkt gegenüber dem Schlafzimmer lag, tapste ich lautlos hinein, ohne vorher einen Blick in die Küche zu werfen. Eilig putzte ich mir gründlich die Zähne und schminkte mich ab, nur um direkt danach wieder frisches Make-up aufzutragen. Ich kämmte meine Haare und lockte sie ganz leicht mit dem Glätteisen, bevor ich zurück ins Schlafzimmer huschte und mir ein hellgrünes Sommerkleid mit weißen Punkten anzog. Es ging bis zu den Fußknöcheln und kaschierte meinen Bauch und meine Oberschenkel gut.

Erleichtert musterte ich mich. Viel besser. So konnte ich ihm gegenübertreten, ohne dass er sofort den Schock seines Lebens bekam und sich fragte, wieso er mich überhaupt geküsst hatte. Ein beklemmendes Gefühl machte sich in meiner Brust breit, als ich über eine mögliche Zukunft mit Leo nachdachte. Bei der Vorstellung, ihm ungeschminkt gegenüberzutreten oder ihm mehr von meinem Körper zu zeigen, überkamen mich Ekel und Scham. Das traute ich mich auf keinen Fall, aber irgendwann würde er das mit Sicherheit wollen. Vielleicht wäre er anfangs geduldig und verständnisvoll, aber wie lange würde das gut gehen? Eine Beziehung ohne körperliche Nähe und Sex war wahrscheinlich eher ... schwierig. Und ich sehnte mich ja auch danach, aber es ging einfach nicht.

»Ophelia, bist du schon wach?«, ertönte Leos Stimme dumpf durch die Tür.

»Ja, ich komme«, stammelte ich und versuchte den Kloß in meinem Hals auszublenden. Ich atmete tief durch und öffnete die Badezimmertür. Als ich die Küche betrat, wehte mir der Duft von frischem Kaffee entgegen und waren das etwa Pancakes? Mein Magen meldete sich grummelnd zu Wort und Leo drehte sich lächelnd zu mir um. Seine Haare waren verwuschelt, sein Hemd war zerknittert und auf seiner Hose prangte ein Teigfleck. Er war so schön, dass mein Herz schmerzte.

»Guten Morgen«, sagte er gut gelaunt und kam auf mich zu.

»Guten Morgen«, erwiderte ich mit rauer Stimme.

Während er mich musterte, tobten die giftgrünen Selbstzweifel durch meinen Kopf und ich flehte sie an, endlich Ruhe zu geben. Leo lachte kurz auf und fuhr sich durch die Haare. »Wow, du siehst einfach wunderschön aus.«

Meine Mundwinkel verzogen sich zu einem wackeligen Lächeln, doch alles in mir schrie: »Lüge! Lüge! Lüge!«

Leo zog die Augenbrauen zusammen. »Ist alles in Ordnung?« Ich nickte, aber anscheinend wenig überzeugend, denn er wurde blass um die Nase und trat einen Schritt zurück. »Bereust du, was gestern passiert ist?«

Ihn so verunsichert zu sehen, brachte mich schier um und ich nahm all meine Kraft zusammen, um die Stimmen in mir zum Schweigen zu bringen. Schnell lief ich auf ihn zu und nahm seine Hand, während ich die andere an seine Wange legte. »Nein, nein, nein, Leo. Denk so was gar nicht erst. Ich bereue nichts von dem, was gestern passiert ist. Gar nichts, okay?« Er schloss kurz die Augen und lehnte sich meiner Berührung entgegen. »Das ist nur einfach alles so neu und ungewohnt für mich«, fügte ich hinzu und beobachtete, wie sich sein Gesicht ein wenig entspannte.

»Okay. Aber wenn du doch zweifeln solltest, dann rede bitte mit mir, ja?«

»Mache ich. Und du auch.«

Er nickte und ich verlor mich kurz in seinen Augen. »Also, meinst du es bestünde die Chance auf einen Gutenmorgenkuss? Ich kann nämlich seit gestern Abend an nichts anderes denken.«

Er sah mich mit einem verschmitzten Grübchenlächeln an und ich musste lachen. Sofort waren die Schmetterlinge und das Kribbeln zurück. »Das trifft sich äußerst gut, ich kann nämlich auch an nichts anderes denken.«

Sofort legten sich Leos Hände um meine Taille und er zog mich an sich heran. Er beugte sein Gesicht vor und ich kam ihm automatisch entgegen, wir waren wie zwei Magnete, die gar nicht anders konnten, als sich zu berühren. Ich legte meine Arme um seinen Hals, als unsere Lippen endlich aufeinandertrafen. Er schmeckte nach Kaffee und Pancakes, nach Sommersonne und Geborgenheit. Leo zu küssen machte süchtig – ich konnte mir nicht vorstellen, je wieder damit aufzuhören. Während unsere Zungen sanft miteinander tanzten, drückte ich mich noch enger an ihn, wollte in seiner Nähe versinken. Er stöhnte leise an meine Lippen und Aufregung pulsierte durch meinen Körper.

»Ophelia«, murmelte er mit rauer Stimme und mein Name hatte nie schöner geklungen. Plötzlich spürte ich seine Härte gegen meinen Unterleib drücken, woraufhin dieser sich lustvoll zusammenzog. O mein Gott, das fühlte sich so unfassbar gut an, mir wurde schwindelig. Fuck, ich wollte diesem Gefühl so gern nachgehen, mich fallen lassen und mehr von Leo spüren, doch ich konnte nicht. Es ging einfach nicht. Mehr als das hier war nicht möglich. Vorsichtig löste ich mich von ihm und meine Lippen pochten, sehnten sich nach seiner Berührung.

Er atmete schwer und rieb seine Nasenspitze liebevoll an meiner. »Du bist umwerfend«, flüsterte er und ich wünschte mir so sehr, ihm glauben zu können.

@opheliaungeschoent: Hallo, meine Kämpferherzen! ♥

Heute möchte ich euch daran erinnern, dass es völlig egal ist, wann ihr eure ersten Erfahrungen im Bereich Liebe und Intimität macht. Heutzutage geht alles so schnell, unsere Gesellschaft will ständig höher, schneller, weiter und oft hat man das Gefühl, man würde hinterherhängen. Während andere schon in ihren frühen Teenagerjahren den ersten Kuss erleben und wenig später zum ersten Mal Sex haben, sind andere mit Mitte zwanzig oder Ende dreißig Jungfrau oder gar ungeküsst. Und das ist okay! Es gibt kein Gesetz, das uns vorschreibt, wann wir unseren ersten Kuss erleben müssen oder bis zu welchem Alter wir unbedingt Sex gehabt haben sollten. Das redet uns nur die Gesellschaft ein, der es nicht schnell genug gehen kann, die der Meinung ist, unser Liebesleben würde uns definieren.

Wenn du ungeküsst und Jungfrau bist, dann bedeutet das nicht, dass du komisch, unattraktiv, prüde oder weniger wertvoll bist. Lass dir bitte nichts anderes einreden! Lebe und liebe in deinem Tempo und auf deine Art, egal, was die Menschen um dich herum sagen. ♥

Kapitel 18

Ida schrie auf und die Gäste an den anderen Tischen sahen neugierig zu uns hinüber. »Pssst«, flüsterte ich, doch sie war nicht mehr zu stoppen.

»O mein Gott, Ophelia! Ihr habt euch geküsst *und* er hat dir Pancakes zum Frühstück gemacht? O mein Gott, o mein Gott, o mein Gott!« Aufgeregt kippelte sie mit ihrem Stuhl vor und zurück. Dann beugte sie sich vor und sah mich eindringlich an. »Wie hat es sich angefühlt?«

Mit pochendem Herzen dachte ich an den gestrigen Abend und den heutigen Morgen zurück, an die Momente, die sich mehr nach Traum als Realität anfühlten. »Es war wunderschön. Ich verstehe jetzt, wieso sich die Menschen so gern küssen.«

Ida quietschte begeistert, woraufhin eine ältere Dame am Nebentisch uns einen finsteren Blick zuwarf. »Hier werden gerade sehr wichtige Informationen ausgetauscht, die exakt diese Lautstärke erfordern, danke für Ihr Verständnis«, sagte Ida mit einem zuckersüßen Lächeln.

Die Frau schnaubte empört, wandte den Blick jedoch ab. Wie immer wollte ich einerseits im Boden versinken, andererseits liebte ich Ida für ihr Selbstbewusstsein und ihre Schlagfertigkeit. Insgeheim wünschte ich, ich könnte mir eine Scheibe davon abschneiden.

Ida legte ihre Hände auf meine und seufzte. »Ophelia, das hört sich so wundervoll an und ich freue mich so sehr für dich. Du verdienst alles Glück der Welt.«

Wärme und Zuneigung machten sich in mir breit und ich hielt Idas Hände fest. »Danke«, sagte ich leise und wir strahlten uns gegenseitig an.

»Hat es euch geschmeckt?«, ertönte plötzlich eine dunkle Stimme neben uns und ich hob den Blick. Maurizio stand an unserem Tisch und lächelte uns freundlich an. Sofort setzte Ida sich etwas aufrechter und fuhr sich durch die wilden Locken. Ich musste grinsen. Der große Italiener mit den kurzen schwarzen, leicht gelockten Haaren, dem Dreitagebart und den definierten Oberarmen hatte es ihr wirklich angetan.

»Oh, Maurizio, es war köstlich«, sagte Ida und fuhr sich mit der Zunge über die Unterlippe.

Maurizio räusperte sich verlegen, konnte ein Grinsen jedoch nicht unterdrücken. Er nahm die Teller, die ich ihm entgegenhielt und stapelte sie auf seinem Unterarm.

»Es war wirklich lecker, danke«, stimmte ich Ida lächelnd zu und er nickte dankbar.

»Darf es noch ein Dessert sein?«, fragte er und ich wusste direkt, dass er meiner besten Freundin damit eine Steilvorlage geliefert hatte.

»Dich vielleicht?«, fragte Ida mit klimpernden Wimpern und ich musste mich zusammenreißen, um nicht loszuprusten.

Maurizio sah sie kurz mit leicht geöffnetem Mund an, fing sich jedoch schnell wieder. Und an seinem Blick konnte jeder hier im Raum erkennen, dass er genauso auf Ida stand wie sie auf ihn. Feuer traf auf Feuer und würde wohl oder übel irgendwann zu einer hitzigen Explosion führen. »Steht leider nicht auf der Karte, Bellezza. Aber ich denke, es lässt sich bestimmt mal einrichten, dass ich dir das Dessert zu Hause zubereite.«

O Gott, die beiden würden gleich hier im Restaurant übereinander herfallen, da war ich mir ganz sicher. Ida setzte ein verführerisches Lächeln auf und kritzelte ihre Nummer auf eine der Servietten. Wo hatte sie bitte plötzlich den Kugelschreiber her?

»Das würde mich sehr freuen«, entgegnete sie und hielt ihm die Serviette hin.

Er stopfte sie in die Brusttasche seiner Kochjacke und zwinkerte ihr noch ein letztes Mal zu, bevor er mit unseren Tellern in der Küche verschwand. Nachdem wir bezahlt hatten, verließen wir das Restaurant – Ida mit einem breiten Grinsen und ich mit hochrotem Kopf.

»Ganz ehrlich, ich dachte wirklich, ich werde gleich Zeugin davon, wie ihr zwischen all den anderen Tischen einen ganzen Haufen italienischer Babys macht«, sagte ich, während wir die Straße entlangliefen.

Ihr Grinsen wurde noch breiter und sie hakte sich bei mir unter. »Ich hätte nichts dagegen gehabt.«

»Urks, Ida!«, rief ich und stieß sie leicht in die Seite. Meine beste Freundin gackerte laut los und ich konnte gar nicht anders, als einzustimmen.

Als wir vor der Redaktion von *Ein neuer Tag in Blumstedt* ankamen, umarmte ich Ida zum Abschied und wollte mich gerade umdrehen, als Ida mich zurückhielt. »Sag mal, tut dir auch manchmal grundlos der Arm weh und du weißt nicht so richtig, wo es herkommt?« Die selbstbewusste, schlagfertige Ida, die sich nichts gefallen ließ und jeden mit einem einzigen Lächeln für sich gewinnen konnte, war verschwunden.

Ich warf ihr ein beruhigendes Lächeln zu und nickte. »O ja, das kenne ich nur allzu gut. Ich habe das ständig. Kommt wahrscheinlich davon, wenn man viel am Computer arbeitet und den Arm immer in derselben, ungesunden Stellung hält.«

Sie nickte ebenfalls und warf mir einen dankbaren Blick zu. »Okay, danke. Das beruhigt mich.«

Ich drückte sie noch einmal fest an mich, bevor sie winkend durch die Tür verschwand und ich mich auf den Weg zur Agentur machte.

»Möchtest du uns jetzt vielleicht mal erzählen, was mit dir passiert ist? Du scheinst mehr zu schweben, als zu laufen.« Raúl musterte mich neugierig, während Benny gerade eine Tasse aus dem Schrank nahm. Wir hatten uns um die Kaffeemaschine versammelt, die endlich wieder funktionierte. Ich nippte an meinem Milchkaffee und konnte nicht aufhören zu lächeln.

»Es ist fast schon ein bisschen gruselig«, neckte mich Benny.

Ich blickte mich verstohlen um, nur um sicherzugehen, dass niemand zuhörte, dann flüsterte ich: »Leo und ich haben uns gestern geküsst.«

Raúl klatschte in die Hände. »Ich wusste es!«

»O, Ophelia, ich freue mich so für dich!«, stieß Benny aus und zog mich in eine warme Umarmung.

»Das bedeutet mir so viel, ihr seid die Besten«, murmelte ich.

Raúl legte die Arme um Benny und mich und für einen Moment verharrten wir in einer Gruppenumarmung. Als wir uns voneinander lösten, waren meine Augen feucht und ich sah, dass auch Bennys Augen schimmerten.

Raúl hob mahnend den Zeigefinger und sah mich ernst an. »Aber du weißt, wenn er dir in irgendeiner Art und Weise weh tun sollte, dann bekommt er es mit uns zu tun.«

Benny nickte energisch. »Dann jagen wir ihn mit Sabrinas großer Fischpfanne bis ans andere Ende der Welt.«

Ich musste laut auflachen und verspürte so viel Zuneigung für diese beiden Menschen, dass es mein Herz fast zum Explodieren brachte.

»Findet hier ein privates Meeting statt oder darf ich dazustoßen?«, ertönte eine warme Stimme, die sofort dafür sorgte, dass mein ganzer Körper prickelte. Noch sah ich ihn nicht, aber das musste ich auch nicht. Ich wusste sofort, wer unsere Küche gerade betreten hatte. Schnell drehte ich mich um und überbrückte die Distanz zwischen uns.

»Was machst du denn hier?«, fragte ich und erwiderte Leos Lächeln. Obwohl wir uns heute Morgen erst gesehen hatten, hatte ich ihn schon vermisst. Und er sah schon wieder so verdammt umwerfend aus mit seinen dunklen Locken, dem grauen engen Sweatshirt und der karierten Stoffhose. Ich hätte ihn ewig anstarren können.

»Nadja hat um ein Treffen mit meiner Agentin und mir gebeten«, sagte er. »Wahrscheinlich um zu hören, wie es vorangeht.«

Sofort war da wieder ein Knoten in meinem Magen. Seit unserem Gespräch auf dem Balkon wusste ich noch weniger, was ich von Nadja halten sollte. »Wieso hat sie mir nichts davon erzählt?«, fragte ich. »Sollte ich nicht auch dabei sein?«

Ich hörte Raúl hinter mir seufzen. »Du weißt doch, wie sie ist. Sie muss die Kontrolle behalten. Mach dir nichts draus.« Er klopfte mir ermutigend auf die Schulter, bevor er sich, genau wie Benny, wieder auf den Weg zu seinem Schreibtisch machte.

»War schön, dich wiederzusehen, Leo«, sagte Benny im Vorbeigehen und zwinkerte mir verschwörerisch zu.

»Fand ich auch«, rief Leo ihm hinterher. Dann schloss er die Tür und kam auf mich zu. Er nahm mein Gesicht sanft in die Hände und beugte sich zu mir herunter. »Ich habe dich vermisst«, flüsterte er und legte seine Lippen auf meine.

Sofort kam ich ihm entgegen, lehnte mich an ihn, sein Kuss wie eine Droge, von der ich nicht genug bekam. Ein leises Seufzen entwich mir, während das Blut in meinen Adern hitzig pulsierte und meine Brust sich sehnsuchtsvoll zusammenzog. »Ich habe dich auch vermisst.«

Stimmen waren auf dem Flur zu hören und Leo verzog das Gesicht. »Ich fürchte, ich muss jetzt los. Auch wenn ich lieber hier bei dir bleiben würde.«

»Du schaffst das«, sagte ich leise und gab ihm einen kurzen Kuss auf die Nasenspitze. »Erzählst du mir nachher, wie es war?«

Er nickte lächelnd und zog mich in eine feste Umarmung. Ich lehnte meinen Kopf an seine Brust und atmete seinen Duft tief ein, während er sein Gesicht in meinen Haaren vergrub, als wollte er so Kraft für das bevorstehende Gespräch sammeln.

»Leo?«, ertönte die dumpfe Stimme seiner Agentin auf dem Flur und wir zuckten beide zusammen, lösten uns widerwillig voneinander. Er lächelte mich ein letztes Mal an, dann öffnete er die Tür und verschwand im Flur. Ich wartete einige Sekunden, bevor ich vorsichtig den Kopf aus der Tür streckte und einen Blick in Richtung Nadjas Büro riskierte.

»Leo, hallo«, sagte sie gerade. »So schön, dich wiederzusehen.« Sie erinnerte mich an Fingerhut. Die Pflanze war wunderschön, sah süß und harmlos aus. Doch hinter dieser Fassade lauerte die Gefahr. Nadja hauchte Leo die obligatorischen Luftküsse rechts und links auf die Wange, wahrte dabei keinerlei Distanz und sein Körper versteifte sich. Ein Stich durchfuhr mein Herz, als die Tür hinter ihnen ins Schloss fiel.

Die Stunden vergingen und ich hatte so viel zu tun, dass ich nicht länger über das Gespräch zwischen Leo und Nadja nachdenken konnte. Neben drei Coverdesigns und zwei Corporate-Identity-Designs für Verlage bat mich Raúl noch um Unterstützung bei der Gestaltung eines Werbeflyers und schon war es später Nachmittag und die ersten Kollegen und Kolleginnen machten bereits Feierabend. Verwundert sah ich auf die Uhr und anschließend auf die Bürotür meiner Chefin, die noch immer geschlossen war. Das Gespräch musste längst vorbei sein. Aber hätte sich Leo dann nicht gemeldet? Verunsicherung machte sich in mir breit, doch die Neugier war größer und deshalb atmete ich tief durch und klopfte an Nadjas Tür.

»Ja, bitte?«

Mit klopfendem Herzen betrat ich das Büro, in dem nur meine Chefin saß, von Leo und seiner Agentin keine Spur. »Hi, ich wollte nur nachfragen, wie das Gespräch lief, bevor ich nach Hause gehe«, sagte ich, um eine feste Stimme bemüht.

Nadja legte ihre Brille auf dem Schreibtisch ab und lächelte. »Oh, es ist wunderbar gelaufen. Leo und Tabitha sind äußerst zufrieden mit deiner Arbeit bisher und froh, dass sie sich für unsere Agentur entschieden haben. Leo und ich treffen uns in den nächsten Wochen noch mal zum Essen, um potenzielle zukünftige Projekte zu besprechen.«

Zuerst durchfuhren mich Eifersucht und Unsicherheit, doch diese wurden schnell von Misstrauen abgelöst. Nach allem, was ich in den letzten Wochen über Leo gelernt hatte, war ich mir ziemlich sicher, dass er nicht mit Nadja essen gehen und sich über seine Zukunftspläne unterhalten wollte. »Ist das so?«, rutschte es mir heraus.

Kurz, nur ganz kurz verrutschte Nadjas Maske und sie sah ertappt aus. Doch sie hatte sich schnell wieder gefangen und strotzte nur so vor Souveränität. »Ja, natürlich. Ich bin sehr stolz auf dich, Ophelia. Du hast dich in den letzten zwei Jahren weiterentwickelt und ich bin froh, dass ich mich deiner angenommen habe. Man könnte fast meinen, du wärst eine ausgebildete Grafikdesignerin.«

Schmerz und Wut vermischten sich und ich versuchte beides mit aller Kraft runterzuschlucken. Wie konnte man jemandem ein Kompliment machen und es gleichzeitig schaffen, die Person klein zu machen? Die Selbstzweifel in mir wollten mir einreden, dass Nadja recht hatte, dass ich ohne sie nie eine Chance in der Branche gehabt hätte. Ich wollte das alles nicht glauben, wollte dagegen ankämpfen, doch die Zweifel lagen so tief, waren von so vielen Zurückweisungen und Niederlagen befeuert worden, dass sie mehr Macht hatten, als mir lieb war.

»Danke«, sagte ich knapp. »Ich mach dann mal Feierabend.«

»Mach das, bis morgen!«, zwitscherte Nadja.

Zurück an meinem Schreibtisch räumte ich meine Sachen zusammen, verabschiedete mich von Raúl und Benny und verließ die

Agentur fluchtartig. Draußen angekommen, setzte ich mich auf die Bürgersteigkante und atmete gierig die warme Luft ein. Ich fuhr mir durch die Haare und stellte meine Tasche auf meinem Schoß ab. Was für ein Tag. Als ich mein Handy entsperrte und WhatsApp öffnete, fiel mir siedend heiß ein, dass ich heute bei meinen Eltern zum Abendessen eingeladen war. »Oh, shit«, murmelte ich und schrieb Mama schnell, dass ich mich ein wenig verspäten, aber auf jeden Fall kommen würde. Bevor ich aufstand und mich auf den Weg zur Bushaltestelle machte, tippte ich eine Nachricht an Leo. Er hatte sich noch immer nicht gemeldet und so langsam machte ich mir Sorgen um ihn. Ob in dem Gespräch etwas vorgefallen war, was mir meine Chefin verschwiegen hatte?

Hey, geht es dir gut? Es ist okay, wenn du deine Ruhe haben möchtest, aber ich mache mir schon ein bisschen Sorgen. Wenn du reden möchtest, bin ich da. Immer.

Innerhalb weniger Sekunden erschienen zwei blaue Haken, er hatte die Nachricht gelesen. Ich wartete einen Moment, doch es kam keine Antwort, er war wieder offline. Ich steckte mir Kopfhörer in die Ohren und Taylor Swifts *All Too Well (10 Minute Version)* übertönte in voller Lautstärke meine Gedanken. »Fuck the patriarchy!«, sang Taylor und ich stieg in den Bus.

»Nein, sie hat ja immer noch die bunten Haare!«, stieß Rosi aus und erhob sich.

»Hallo Rosi, freut mich auch, dich zu sehen.« Mit zusammengebissenen Zähnen umarmte ich die langjährige Nachbarin von Mama und Papa und schüttelte ihrem Mann Markus die Hand. Mama warf mir einen entschuldigenden Blick aus der Küche zu und ich unterdrückte ein Seufzen. Hätte ich gewusst, dass die beiden heute auch hier waren, wäre ich mit Sicherheit nicht gekommen. Ich kannte Rosi und Markus schon, seit ich klein war. Sie hatten ab und zu auf mich aufgepasst, wenn in der Praxis meiner Eltern viel los gewesen war. Sie waren nett und herzlich, doch vor allem Rosi sagte ungefiltert und ungefragt ihre Meinung zu allem – ohne Rücksicht darauf zu nehmen, ob das unangebracht oder vielleicht sogar verletzend war. Und sie hatten das Talent, sich immer unangemeldet zum Essen einzuladen.

Rosi drückte mich fest an sich, bevor sie mich ein Stück wegschob und musterte. »Kind, an dir ist ja nichts dran, du bist wie ein Strich in der Landschaft. Isst du denn nichts?«

Ich atmete durch die Nase aus und sah aus dem Augenwinkel, wie Papa, der auf der anderen Seite des Esstisches saß, sich die Schläfen massierte. Noch nicht mal fünf Minuten hier und schon drei unangebrachte Bemerkungen, das würde ein Spaß werden. »Ich esse genug, danke, Rosi«, murmelte ich und zwang mich zu einem höflichen Lächeln. Nachdem ich meinem Vater einen Kuss auf die Wange gedrückt hatte und Rosi schon wieder munter drauf los plapperte, flüchtete ich schnell zu Mama in die Küche.

»Hallo, mein Schatz«, sagte sie lächelnd und zog mich in eine warme Umarmung, die sie einfach am allerbesten beherrschte.

»Hallo, Mama. Entschuldige, dass ich zu spät bin, ich war heute so lange in der Agentur und habe es erst jetzt geschafft.«

Sie machte eine wegwerfende Handbewegung und widmete sich wieder der Salatschüssel vor sich. »Überhaupt kein Problem.« Etwas leiser fuhr sie fort: »Mir tut es leid, dass unsere Lieblingsnachbarn mal wieder unangekündigt aufgetaucht sind. Papa und ich hätten lieber ein Familienessen mit dir allein gehabt.« Sie warf einen genervten Blick zu Rosi, die nicht zu stoppen war. Papa versuchte sichtlich angestrengt, ihrem Wasserfall an Worten zu folgen.

Ich musste ein Kichern unterdrücken und stibitzte eine Tomate aus dem Salat. »Wir haben so viele Essen mit ihnen überlebt, da werden wir auch ein weiteres überstehen. Hauptsache, wir sehen uns.« Ich legte meine Wange auf ihrer Schulter ab.

Mama tätschelte mir den Kopf. »Das stimmt.« Ich konnte das Lächeln in ihrer Stimme hören. »Wie läuft es in der Agentur?«

»Oh, ganz gut so weit. Ich komme mit den Illustrationen für das Kinderbuch gut voran. Und auch sonst kommen jeden Tag neue Aufträge rein.« Von Leo und Nadja erzählte ich erst mal nichts, das würde ich irgendwann in einem ruhigen Moment machen.

»Das hört sich wunderbar an, dein Vater und ich sind sehr stolz auf dich.« Mir wurde warm ums Herz und ich lehnte mich gegen meine Mutter. »Trägst du die Schüssel rüber? Der Auflauf müsste jetzt auch fertig sein.«

»Klar« antwortete ich, griff nach dem großen Salatlöffel und trug die Schüssel in Richtung Küche.

»Oh, Marianne, das war wirklich absolut köstlich«, stieß Rosi aus, nachdem auch das letzte Salatblatt verputzt und die Auflaufform leer war.

Das war ausnahmsweise mal eine Aussage von Rosi, der ich mich anschließen konnte. Ich nickte und hielt mir den vollen Bauch. »Das stimmt, Mama, es hat großartig geschmeckt.« Papa und Markus murmelten ebenfalls etwas Zustimmendes, während Mama verlegen abwinkte. Ich griff nach den Tellern, stand auf und brachte sie in die Küche. Gerade als ich anfangen wollte, den Geschirrspüler einzuräumen, hielt mich Mama zurück.

»Moment, ich habe noch Dessert.« Sie zog eine riesige Form mit selbst gemachtem Tiramisu aus dem Kühlschrank.

Ich stöhnte auf. Das war mein liebster Nachtisch überhaupt. »Du willst mich mästen!« Ich half ihr, Dessertteller und Löffel zum Tisch zu tragen, und schaufelte mir dann eine große Portion auf den Teller, voller Magen hin oder her.

»Und, Ophelia, was macht die Liebe?«, fragte Rosi neugierig.

Ich verschluckte mich beinahe an dem Löffel Tiramisu, den ich mir gerade in den Mund geschoben hatte. Sofort schossen mir Bilder von Leo durch den Kopf und Hitze stieg in meine Wangen. Ich räusperte mich und trank einen Schluck Wasser, um mir ein wenig Zeit zu verschaffen. Natürlich würde ich Rosi nichts von ihm erzählen, erst recht nicht, bevor ich mit meinen Eltern gesprochen hatte. Ich wusste ja selbst nicht, was das zwischen uns war. »Alles beim Alten«, entgegnete ich also und hoffte, sie würde es darauf beruhen lassen, aber natürlich tat sie das nicht.

»So langsam wird es aber Zeit, findest du nicht? Wir Frauen müssen an unsere biologische Uhr denken, Ophelia. Die Zeit vergeht schneller, als man denkt.«

Ich hatte das Bedürfnis, meinen Kopf auf die Tischplatte zu schlagen. »Schön, dass du dich um mein Liebesleben sorgst, Rosi, aber ich denke, das ist einzig und allein meine Angelegenheit.« Meine Stimme bebte und ich musste mich wirklich zusammenreißen, um meiner Wut nicht freien Lauf zu lassen.

»Wie schmeckt euch das Ti…«, setzte Mama in einem Versuch, das Thema zu wechseln, an, wurde jedoch von Rosis penetranter Stimme unterbrochen.

»Wir wollen ja nicht, dass du als alte Jungfer endest, nicht wahr?« Rosi kicherte, als fände sie sich selbst unglaublich witzig. »So mit dreißig Katzen und …«

Ein lauter Knall erschütterte den Tisch und wir alle zuckten kollektiv zusammen. Papa hatte die flache Hand auf den Tisch geschlagen und sah Rosi mit festem Blick an. »Es reicht jetzt.« Sein Tonfall glich einem Donnergrollen. »Entweder du hörst auf, meine Tochter über

Dinge auszufragen, die dich absolut nichts angehen, oder du warst heute das letzte Mal bei uns zum Essen.«

Rosi wich alle Farbe aus dem Gesicht und Mama schlug die Hand vor den Mund. Ich war so stolz auf meinen Vater, dass ich ihm am liebsten um den Hals gefallen wäre. Kurz herrschte absolute Stille im Raum, nicht mal die Uhren schienen zu ticken. Dann wirkte es, als würde Rosi als Erste das Wort ergreifen, doch ihr Mann legte seine Hand auf ihre.

»Roselchen, ist gut jetzt«, ertönte seine tiefe Stimme, was ihm einen empörten Blick von seiner Frau einbrachte. »Richard, was machen denn die Bayern momentan?«, fuhr er fort. »So wird das dieses Jahr aber nichts mit der Meisterschaft.«

Papa lachte auf und sofort wich alle Spannung aus der Luft. »Ja, ich weiß auch nicht. Ich bin nur noch am Verzweifeln.«

Während Markus weiter über Fußball philosophierte, warf ich Papa einen dankbaren Blick zu, den er mit einem Zwinkern erwiderte. Mama hatte ihre Hand auf seinen Rücken gelegt und auch aus ihrem Gesicht sprach Stolz. Papa mied Konflikte sonst so sehr wie ich die pralle Sonne im Sommer und umso mehr bedeutete es mir, dass er sich heute für mich eingesetzt hatte. Rosi löffelte schweigend ihr Tiramisu, klinkte sich aber irgendwann auch wieder ins Gespräch ein. Unangenehme Fragen blieben mir den Rest des Abends erspart und so aß ich zufrieden noch zwei weitere Portionen von Mamas Tiramisu.

Gerade als Mama Rosi und Markus zur Tür brachte und ich dabei war, die Spülmaschine einzuräumen, vibrierte mein Handy. Sofort fing mein Herz an zu rasen und meine Finger zitterten so sehr, dass mir das Handy fast in die Spülmaschine fiel. Eine neue Nachricht von Leo. Endlich.

Es tut mir so leid, dass ich vorhin einfach gegangen bin und mich nicht gemeldet habe. Das Gespräch mit Nadja hat alte Wunden aufgerissen und ich brauchte erst mal Zeit, um meinen Kopf zu sortieren. Falls du noch nicht schläfst und mich heute überhaupt noch sehen möchtest: Hast du Lust auf einen Nachtspaziergang?

Ein Lächeln schlich sich auf meine Lippen und ich tippte schnell eine Antwort.

Ich bin noch bei meinen Eltern zu Besuch, aber wir könnten uns so in einer Stunde an der Haltestelle Rosendahl treffen?

Ich kann es kaum abwarten.

Kapitel 19

Der Bus ruckelte und ich beobachtete die vorbeiziehenden Häuser mit ihren beleuchteten Fenstern. Wie immer, wenn ich abends noch allein unterwegs war, hatte ich mich direkt auf den Platz hinter dem Busfahrer gesetzt. Irgendwie gab mir das ein gutes Gefühl und ich fühlte mich sicherer als weiter hinten im Bus. »Nächste Haltestelle: Rosendahl«, ertönte die blecherne Stimme aus dem Lautsprecher und mein Herz machte einen Hüpfer. Gleich würde ich endlich Leo wiedersehen.

Ich sprang auf und stieg aus, als sich die Türen zischend öffneten. Ich musste mich gar nicht lange umschauen, denn da stand Leo, angelehnt an die Straßenlaterne mit einer dunkelblauen Bomberjacke, verstrubbelten Haaren und diesem Tausend-Watt-Lächeln, so als wäre er verflucht noch mal direkt meinen Träumen entstiegen. Da ich wie festgefroren auf der Stelle stand und einfach nur seinen Anblick aufsog, bewegte er sich langsam auf mich zu.

»Hi«, sagte er und sah mich betreten an.

Sofort sackte mir das Herz in die Hose. »Was ist los?«, fragte ich anstelle einer Begrüßung und machte mich bereits auf das Schlimmste gefasst. *Tut mir leid, aber ich will wieder mit Nadja zusammen sein. Tut mir leid, aber ich fühle mich körperlich einfach nicht zu dir hingezogen. Tut mir leid, aber wir sind nicht mehr als Freunde. Tut mir leid, aber du bist leider hässlich.*

»Ophelia, es tut mir so leid, dass ich mich nicht verabschiedet habe. Ich habe gesagt, dass ich dir Bescheid gebe, wie das Gespräch gelaufen ist, und dann bin ich einfach abgehauen und habe mich zurückgezogen. Das ist mir so unangenehm, ich verstehe, wenn du sauer bist und ...«

»Moment.« Ich hob die Hand und er verstummte. »Du denkst, ich bin sauer auf dich? Ich habe mir ein wenig Sorgen gemacht, aber ich bin doch nicht sauer auf dich. Es ist ja nicht so, als hätten wir eine feste Verabredung gehabt. Ich dachte mir schon, dass du deine Gründe hast und dich melden wirst, sobald du kannst.«

Seine Schultern sackten erleichtert herab, doch sein Blick war ungläubig. »Du bist nicht sauer? Wirklich nicht? Du kannst es mir ruhig sagen, ich weiß, dass ich Mist geba...«

»Leo, hör auf!«, unterbrach ich ihn erneut. »Du hast keinen Mist gebaut. Es ist alles gut, wirklich.«

Er fuhr sich durch die Haare und sah verlegen auf den Boden. »Sorry, ich dachte einfach, ich ... entschuldige.«

Ich legte eine Hand an seine Wange, bis er mich mit seinen Herbstlaubaugen anblickte. »Hey, du musst du dich nicht andauernd entschuldigen. Ich bin wirklich, wirklich nicht sauer auf dich. Bitte mach dich nicht so klein.«

Ein fragiles, schiefes Lächeln erschien auf seinem Gesicht und er lehnte sich gegen meine Handfläche. »Okay, danke«, flüsterte er und lehnte seine Stirn gegen meine. Ich atmete seinen gewohnten Leo-Duft ein und blendete die Verkehrsgeräusche um uns herum komplett aus. Vorsichtig streifte er mit seinen Lippen über meine und automatisch kam ich ihm entgegen. Er verteilte sanfte Küsse auf meine Mundwinkel und ich erschauderte leicht. Dann endlich öffnete er seinen Mund und ich tat es ihm gleich, unsere Zungen trafen aufeinander und in mir explodierte ein Feuerwerk in den allerbuntesten

Farben. Ich stellte mich auf die Zehenspitzen, während seine Hände an meinem Gesicht lagen und ich an dieses Lied von Wincent Weiss denken musste, verdammt, da müsste wirklich Musik sein. Wir küssten und küssten und küssten uns, bis mir die Luft wegblieb und alle sorgenschweren Gedanken wie ausradiert waren.

»Also, mir wurde ein Nachtspaziergang versprochen«, flüsterte ich und Leos Grübchen waren zurück. Er griff nach meiner Hand und ich ließ mich in die Dunkelheit der Nacht ziehen, die trotzdem irgendwie strahlte, weil Leo da war und mich nicht losließ.

Er zog mich eine Straße entlang und bog schließlich in eine kleine Gasse ein. »Ich möchte dir meinen Lieblingsplatz zeigen.« Von allen Seiten umhüllte uns warmes Licht aus den Fenstern der Häuser und ich musste daran denken, dass hinter jedem dieser Fenster unterschiedliche Menschen und Geschichten steckten. »Da ist es schon.« Mondschein fiel auf Leos breites Lächeln und es sah fast ein bisschen aus, als glänzte Sternenstaub auf seinen Lippen.

Fasziniert blickte ich auf die Lichter von Blumstedt hinab und fühlte mich, als würde ich auf eine Weltmetropole schauen. »Wieso war ich hier noch nie? Hier ist es wunderschön.« Leo hatte mich auf einen Aussichtspunkt geführt, von dem ich nicht mal gewusst hatte, dass er existierte. Wir setzten uns auf einer Holzbank, so nah beieinander, dass sich unsere Knie berührten.

Leo legte seine Jacke um mich. »Ich habe den Platz irgendwann, als ich nachts unterwegs war, entdeckt und komme seitdem ganz oft her.« Er schwieg einen Moment, dann sagte er: »Weißt du noch, als wir bei einem meiner Nachtspaziergänge telefoniert haben? Seitdem ist so viel passiert.«

Ich sah ihn an und er strich mir sanft eine Haarsträhne aus dem Gesicht. »Das Buch und die Illustrationen sind auch bald fertig«, sagte ich leise und dachte wehmütig daran, wie oft ich in den letzten

Wochen die kleine Gans, den Frosch, Zirkuszelte und lauter tierische Freunde gezeichnet hatte. Ich hatte jede Sekunde geliebt. In Zukunft wollte ich unbedingt mehr Kinderbücher illustrieren, das hatte mir Leos Auftrag gezeigt.

»Und durch deine Illustrationen wird es das schönste Buch überhaupt werden. Ich hätte sie mir nicht schöner vorstellen können, sie haben mich wirklich umgehauen. Genau wie du.« Seine Stimme war rau und seine Worte bereiteten mir eine Gänsehaut.

»Na ja, ich habe dich ja wortwörtlich umgehauen«, entgegnete ich neckend, als ich daran dachte, wie ich in ihn hineingelaufen war und sich meine Illustrationen auf dem ganzen Boden verteilt hatten.

Er grinste und in meinem Bauch kribbelte es. »Da bin ich auch sehr froh drüber. Als ich dein Gesicht zum ersten Mal gesehen habe, wow, ich konnte nicht mehr wegschauen.«

Bitterkeit breitete sich so schnell und giftig in mir aus wie ein Schimmelpilz. »Es ist ja auch so breit, dass man es nicht übersehen kann«, rutschte es mir heraus und ich wollte mich am liebsten selbst ohrfeigen. Wie hatte ich den Moment nur so ruinieren können? Wahrscheinlich dachte er jetzt, ich würde wieder und wieder von ihm hören wollen, wie schön ich war. Shit.

Leo sah mich einen Augenblick lang verdutzt an, bevor er doch etwas sagte. »Moment, was? Denkst du das etwa?«

Ich schluckte und knibbelte nervös an meiner dunklen Strumpfhose herum. »Ach, war nur ein Scherz«, krächzte ich und winkte ab. Ich vermied es ihn anzusehen und hoffte, er würde das Thema fallen lassen, auch wenn ich wusste, dass ich irgendwann mit ihm über die Beziehung zu meinem Körper sprechen musste.

Doch er ließ das Thema nicht fallen. Er stand auf und ging vor mir in die Hocke, nahm meine Hände in seine und verschränkte seinen Blick fest mit meinem. »Ophelia. Das war kein Scherz, das sehe ich dir doch an. Und wenn doch, dann war er nicht lustig. Bitte sei ehrlich zu mir: Denkst du so über dich?«

Ich spürte einen dicken Kloß in meinem Hals und die übliche Schwere in meinem Brustkorb, wenn es um das Thema ging. »Ich habe nicht unbedingt die beste Beziehung zu meinem Körper«, stammelte ich und eine Sorgenfalte erschien auf Leos Kunstwerkgesicht. Ich holte Luft. »Ich hatte eine ziemlich schwere Schulzeit mit falschen Freunden, Mobbing, Angst vor der Schule, das volle Programm. Mit der Zeit mochte ich mich selbst immer weniger, konnte mich kaum im Spiegel ansehen, habe meinen Körper gehasst und geglaubt, was sie alle gesagt haben. Dass ich hässlich war, dick, zu blass, dass meine Brüste zu klein waren. Dass alles an mir falsch war.« Leo schüttelte langsam den Kopf, doch er unterbrach mich nicht. »In den letzten Jahren habe ich wirklich versucht, dieses Bild von mir zu verändern. Ich habe mir eine Rüstung zugelegt mit den türkisfarbenen Haaren und den vielen Tattoos und habe meinen Instagram-Account @opheliaungeschoent ins Leben gerufen, um den Menschen Mut zu machen, aber auch um mir selbst zu zeigen, dass ich nicht allein bin.«

Leo sah mich überrascht an. »Moment … *du* bist @opheliaungeschoent?« Er schüttelte den Kopf. »Natürlich, wieso bin ich da nicht eher draufgekommen? Ich hätte deinen Stil erkennen müssen.«

Ich nickte und meine Mundwinkel hoben sich beim Gedanken an meinen Instagram-Account. Auf den war ich ausnahmsweise wirklich stolz.

»Die Freundin meines Bruders liebt deinen Account abgöttisch. Sie hatte deine Illustrationen oft als Hintergrundbild auf dem Handy.«

Wärme kehrte in meine Brust zurück. »Das freut mich sehr.«

»Aber ich wollte dich nicht unterbrechen, erzähl weiter, wenn du magst.« Leo strich sanfte Kreise mit seinem Daumen auf meinen Handrücken.

»Na ja, mir ist es nicht wirklich gelungen, mein Bild von mir zu verändern. Und das ist auch der Grund dafür, dass ich …« Meine Stimme zitterte und ich wappnete mich innerlich dafür, das auszusprechen, was mir am schwersten fiel. »Das ist auch der Grund dafür, dass ich noch nie eine Beziehung hatte. Noch nie geküsst wurde. Noch nie … Sex hatte. Ich konnte nie jemanden an mich heranlassen und es ist für mich unvorstellbar, dass mich jemand attraktiv findet oder … lieben könnte.« Mein Herz schlug so schnell, als wäre es kurz davor, aus meiner Brust auszubrechen. Ich hatte das noch nie einem Mann anvertraut und auch wenn ich Leo nicht so einschätzte, blieb die tief verankerte Angst, dass er mich nun mit anderen Augen sehen würde.

Leo stand aus der Hocke auf und setzte sich wieder neben mich auf die Bank. Er verschränkte seine Hände mit meinen und sah mich eindringlich an. »Danke, dass du mir das anvertraut hast. Das bedeutet mir wirklich viel und ich weiß, wie schwer das gewesen sein muss.« Er schluckte und sah auf unsere verschränkten Hände, bevor er wieder hochsah und weitersprach. »Ophelia, ich … Gott, es macht mich so verdammt wütend, was dir diese Menschen in der Schulzeit angetan haben. Kinder und Teenager können so grausam sein und das Schlimme ist, dass sie nicht mal wissen, dass sie lebenslange Narben hinterlassen. Ich weiß, dass es vermutlich nicht hilft, aber …« Ein warmer Ausdruck trat in seine Augen und mein Herz zog sich zusammen. »Du bist so wunderschön. Wenn ich dich ansehe, sehe ich nicht einen verdammten Makel, okay? Wenn ich dein Gesicht sehe, könnte ich durchdrehen, weil ich dich andauernd anstarren und vor allem küssen möchte. Dein Körper ist absolut umwerfend und wenn du denkst, niemand könnte dich anziehend finden, fuck, dann weißt du nicht, wie oft ich in den letzten Wochen von dir geträumt habe und wie sehr du mich durcheinanderbringst.«

Hinter meinen Augen machte sich ein verdächtiger Druck bemerkbar und kurz darauf spürte ich die erste Träne meine Wange hinunterlaufen. Alles in mir tat weh und gleichzeitig war es, als würde jede meiner Zellen aus purem Glück bestehen. Ich schniefte und Leo beugte sich vor, um mir die Tränen sanft von den Wangen zu küssen. Er lehnte seine Stirn gegen meine und sprach leise weiter, jedes seiner Worte ein Pflaster, das sich um die zersplitterten Teile meiner Seele legte.

»Und glaub mir, es ist so egal, ob du schon eine Beziehung, einen Kuss oder Sex hattest, das sagt absolut gar nichts über dich aus. Jeder hat sein eigenes Tempo und wenn die Gesellschaft das seltsam und armselig findet, dann ist die verfickte Gesellschaft das Problem und nicht du. Niemals du. Und sag nicht, dass du keine Erfahrungen in der Liebe hast. Das ist Quatsch. Du hast Eltern, die dich lieben und die du liebst. Benny und Raúl lieben dich. Deine beste Freundin Ida liebt dich. Das alles ist Liebe und sie ist genauso wertvoll wie jede andere Form von Liebe auch. Liebe bedeutet doch nicht nur, von einem Partner oder einer Partnerin geliebt zu werden.«

Die Tränen liefen und liefen und gleichzeitig war ich von so viel Wärme erfüllt, dass es mich wunderte, dass ich nicht anfing zu leuchten. Leo breitete die Arme aus und zog mich an sich, ließ mich weinen, wie auch er zuvor in meinen Armen geweint hatte, und hielt mich. Wir waren beide auf unsere ganz eigene Art und Weise verletzt und an einigen Stellen zerbrochen. Doch wir waren so verdammt gut darin, uns gegenseitig zu halten.

Nachdem die Tränen einigermaßen versiegt waren und ich wieder Luft holen konnte, ohne direkt wieder loszuweinen, drückte ich Leo einen kurzen Kuss auf die Lippen. »Danke, dass du diese wunderschönen Dinge zu mir gesagt hast und mich nicht verurteilst. Es fällt mir sehr, sehr schwer, dir zu glauben, und das liegt nicht daran, dass ich dir nicht vertraue, sondern daran, dass ich das alles leider nicht sehen kann.«

Als Leo mir in die Augen sah, war da eine Bestimmtheit in seinem Blick, wie ich sie bisher selten gesehen hatte. »Ich werde alles dafür tun, dass du mir eines Tages glauben kannst und dich so siehst, wie ich dich sehe. Natürlich nur, wenn du das mit uns trotz allem weiterhin versuchen möchtest. Denn ich möchte das. Ohne Zweifel.«

»Ich möchte das mit uns auch versuchen und werde an mir arbeiten, damit ich dir vielleicht irgendwann glauben kann.« Meine Stimme klang immer noch erstickt und nasal vom Weinen, als ich weitersprach. »Aber du wirst Geduld mit mir haben müssen, ich kann dir körperlich nur Küsse bieten und ich weiß nicht, wann ich bereit für mehr sein werde. Vielleicht gibt es auch mal Tage, an denen ich dich nicht treffen kann, weil ich mich so unausstehlich finde und ich weiß, es ist viel verlangt, dass du ...«

Leo legte mir einen warmen Finger auf die Lippen und brachte mich zum Verstummen. »Wir haben alle Zeit der Welt. Ich habe doch selbst meine Probleme. Wir schaffen das gemeinsam, auch wenn es nicht leicht wird. Und ich werde dich niemals zu etwas drängen. Alles, was wir machen, geschieht so, wie du es willst und wann du willst. Und deine Küsse sind verdammt gut, also denk nicht, mir würde etwas fehlen.« Er grinste und ich musste lachen.

Tja, und da war es, dieses kleine, fast unscheinbare Gefühl, das Welten bewegen konnte: Hoffnung. Hoffnung, dass wir das schaffen würden. »Ich finde dich ziemlich toll, Leo«, flüsterte ich.

»Ich finde dich auch ziemlich toll, Ophelia.« Er legte seine Lippen auf meine, während die Nacht um uns verschwamm und ich komplett in diesem unperfekt perfekten Wir versank.

@opheliaungeschoent: Hallo, meine Kämpferherzen! ♥

Hier eine kleine Erinnerung daran, dass es gewisse Themen gibt, die man bei Menschen, zu denen man kaum bis gar keine Beziehung hat, einfach nicht anspricht oder kommentiert. Darunter fallen unter anderem Gewicht, Essverhalten, Liebesleben und Kinder(-wunsch). Fallen euch noch mehr ein?

Mit gewissen Fragen könnt ihr bei Menschen schmerzhafte Gefühle auslösen. Ihr meint es vielleicht gar nicht böse, aber ihr wisst nie, welche Geschichten hinter einer Situation stecken.

Ihr wisst nicht, ob jemand, der dünn geworden ist oder zugenommen hat, vielleicht eine Essstörung hat, sich gerade davon erholt oder mit schlimmen Selbstzweifeln zu kämpfen hat.

Ihr wisst nicht, ob jemand, den ihr nach dem Liebesleben fragt, vielleicht eine schmerzhafte Trennung hinter sich hat, unglücklich verliebt ist oder einfach gern allein ist, ohne sich dafür rechtfertigen zu wollen.

Ihr wisst nicht, ob jemand, den ihr nach dem Kinderwunsch fragt, vielleicht seit Jahren erfolglos versucht, ein Kind zu kriegen, ein Kind verloren hat oder sich selbst noch nicht im Klaren darüber ist, ob er überhaupt Kinder möchte.

Das alles sind Dinge, über die kann man mit Menschen sprechen, die einem nahestehen, aber nicht mit losen Freunden, Bekannten oder Fremden. Versucht also ein bisschen empathischer und einfühlsamer zu sein, bevor ihr eure Gedanken ungefiltert rauslasst und damit einen Menschen vielleicht sehr verletzt.

Kapitel 20

»Also ich halte das für absolut keine gute Idee«, murmelte ich und musterte die Fassade des Gebäudes, vor dem wir standen. »Pub ’n’ Roses« stand in dunkelroter verschnörkelter Schrift über der ebenso roten Eingangstür, aus der laute Musik drang.

Ida grinste zufrieden und ergriff die Klinke. »Tja, also ich halte das für eine ausgezeichnete Idee.« Sie zog die Tür schwungvoll auf und betrat das Pub. Leo griff nach meiner Hand und hielt die Tür auf, damit sie nicht hinter Ida zufiel. Ida hatte beschlossen, dass wir endlich mal einen Abend zu dritt verbringen mussten und hatte dafür ein Pub einen Ort weiter ausgesucht, in dem heute eine Karaokenacht stattfand. Sowohl Ida als auch ich waren grauenvolle Sängerinnen und Leo behauptete, dass er sich eher vor ein Auto werfen würde, als auf einer Bühne zu singen – was uns allerdings nicht verriet, ob er singen konnte oder nicht. Ida meinte jedoch, es gehe um die Atmosphäre und wir könnten so entweder guter Musik lauschen oder hätten etwas zu lachen.

Seufzend folgte ich Ida und zog Leo mit mir. Im Inneren des Pubs war es stickig und laut, aber die Holzmöbel, die Kissen auf Sitzbänken und Stühlen und die Lichterketten mit Glühbirnen in bunten Farben sorgten für eine urige Gemütlichkeit. Die Bar befand sich gleich beim Eingang und im hinteren Bereich des Raums befand sich eine kleine Bühne, auf der gerade ein Mann mittleren Alters inbrünstig eine schiefe Version von *It's Raining Men* schmetterte.

Die meisten Tische waren schon besetzt, doch Ida schaffte es tatsächlich, einen kleinen Tisch in Bühnennähe zu ergattern. Sie besorgte noch einen dritten Stuhl vom Nebentisch und verkündete, dass die erste Runde auf sie gehen würde. »Was wollt ihr haben?«, rief sie laut, um die Geräuschkulisse zu übertönen.

»Ich würde einen Aperol Spritz nehmen«, brüllte ich zurück.

Sie nickte und sah Leo an.

»Für mich ein Bier.«

Ida reckte einen Daumen in die Luft und kämpfte sich zur Bar durch.

Leo griff nach meiner Hand und beugte sich vor, damit ich ihn besser verstehen konnte. »Alles okay?«

Sein Atem kitzelte mein Ohr und die Härchen in meinem Nacken stellten sich auf. Ich nickte und lächelte ihn an. Es war mehr als okay. Seit wir vor knapp drei Wochen das Gespräch auf dem Aussichtspunkt gehabt hatten, war es, als ob ich mein Leben durch glitzerndes Regenbogenglas betrachten würde. Ganze Nachmittage hatten wir auf meinem Balkon gesessen und über alles und nichts gesprochen, manchmal war es auch still, weil ich zeichnete und er schrieb, aber es war nie seltsam zwischen uns. Wir hatten die Wand in meinem Schlafzimmer neu gestrichen und beim Gedanken daran, wie wir uns gegenseitig mit Farbe besprenkelt hatten und ich so laut gelacht hatte wie schon lange nicht mehr, wurde mir sofort wieder warm. Wir hatten Fahrradtouren durch Blumstedt unternommen, waren dann aber doch meist in der Eisdiele oder am See gelandet, weil meine Kondition miserabel war. An manchen Abenden hatten wir auch auf meinem Bett gelegen und die Sterne an meiner Decke beobachtet, während Leo mich im Arm hielt und zärtlich streichelte. Er versuchte mich zu nichts zu drängen und gab mir auch nicht das Gefühl, dass ihm irgendetwas fehlte – genau wie er versprochen hatte.

Vor ein paar Tagen hatte mich Leo ins Tattoostudio begleitet, weil er noch nie in einem gewesen war und gern hatte zuschauen wollen. Letztendlich hatte er irgendwann den Raum verlassen, weil ihm beim Anblick der Nadel auf meiner Haut schlecht geworden war. Dennoch war er verliebt in das neue Mondphasen-Tattoo auf meinem Unterarm. Am selben Abend hatte er mir ins Ohr geflüstert, dass er eines Tages jedes einzelne Tattoo an meinem Körper küssen würde, aber erst, wenn ich dafür bereit sei. Mir war heiß geworden, als ich an die kleine Wolke an der Innenseite meines Oberschenkels gedacht hatte, und ich hatte ihn sehr lange und intensiv geküsst.

Zu Nadja war ich nach wie vor professionell, versuchte ihr jedoch, so gut es ging, aus dem Weg zu gehen. In den letzten Wochen hatte ich über Instagram einige Aufträge bekommen und war dabei, mir Ideen für Produkte mit meinen Illustrationen zu überlegen, die ich vielleicht eines Tages auf Etsy verkaufen würde. Vielleicht war das mit meiner Selbstständigkeit doch nicht so abwegig, auch wenn es bis dahin vermutlich noch sehr lange dauern würde.

Bei dem Kinderbuch befanden wir uns in den letzten Zügen und ich freute mich, war aber gleichzeitig nicht bereit, mich von der Gans und dem Frosch zu verabschieden. Ich hatte sie beide mittlerweile ins Herz geschlossen und fühlte mich in vielerlei Hinsicht seltsam verstanden von den beiden. Meine Eltern platzten fast vor Stolz und fieberten dem Erscheinungstermin entgegen. Ich hatte ihnen Leo noch nicht vorgestellt, aber ich hatte ihnen von ihm und seinen Büchern erzählt und vor allem Mama war ganz aus dem Häuschen gewesen. Sie hatte sich direkt alle bisherigen Bücher von Leo in einer kleinen Buchhandlung besorgt und eingefordert, dass er ihr diese irgendwann signieren sollte. Als ich ihm das erzählt hatte, war er rot geworden und hatte dieses strahlende Grübchenlächeln gelacht, das mein Herz jedes Mal fast zum Explodieren brachte.

Aber bei all dem Glück hatten Leo und ich auch zu kämpfen. Ich konnte mich ihm noch immer nicht ungeschminkt zeigen und wenn er bei mir oder ich bei ihm übernachtete, sprintete ich morgens regelrecht ins Bad, bevor er aufwachte. Leo dagegen dachte ständig, er hätte etwas falsch gemacht, und entschuldigte sich für jede Kleinigkeit. Oft machte er sich klein und dachte, dass das, was ihn ihm vorging, nicht wichtig war oder andere nur unnötig belastete. Aber irgendwie klappte es trotzdem zwischen uns. Ich wusste nicht, wie lange wir diese Sachen noch beiseiteschieben konnten, aber momentan wollte ich die Zeit mit Leo einfach nur genießen. Denn ich war glücklich. Ich war wirklich, wirklich glücklich.

»So, ein Aperol Spritz, ein Bier und ein Tequila Sunrise für mich.« Ida stellte die nassen Gläser auf unserem Tisch ab und eine Schüssel Nachos noch mit dazu.

»Wie hast du das bitte alles getragen?«, fragte ich staunend.

Ida zwinkerte. »Eines meiner vielen Talente.« Sie griff nach ihrem Glas. »Auf euch, auf uns und auf das Leben!« Wir stießen an, dann zeigte Ida auf Leo und musterte ihn ernst. »Und darauf, dass du meine beste Freundin gut behandelst, weil ich dir ansonsten nämlich die Eier abschneide, verstanden?«

Prustend spuckte ich ein wenig von meinem Getränk aus. »Ida!«, rief ich empört.

Doch Leo lachte nur und stieß seines erneut gegen Idas Glas. »Einverstanden. Falls ich Ophelia je nicht gut behandeln sollte, stelle ich dir meine Eier freiwillig zur Verfügung.«

»Dich mag ich«, sagte sie laut und nahm einen Schluck von ihrem Cocktail.

Ein kleiner Stein fiel mir vom Herzen. Ich war so froh, dass sich Leo und meine beste Freundin gut verstanden und wir auch zu dritt Zeit miteinander verbringen konnten. Wir machten uns über die

Nachos her und Ida erzählte das Neueste von der Arbeit. Die 73-jährige Jutta, der der Blumenladen in Blumstedt gehörte, hatte über die Anzeigen in der Zeitung zum wiederholten Mal ihren aktuellen Liebhaber abserviert und in der *Sorgenherz*-Kolumne waren wie immer die wildesten Fragen aufgetaucht. Von fehlgeschlagenem Intim-Waxing bis hin zu Liebeskummer oder Streit mit den Eltern war alles dabei und sie alle wollten Ratschläge von Ida Linder – was ich gut nachvollziehen konnte, denn niemand gab bessere Ratschläge als meine beste Freundin.

Plötzlich erklangen die ersten Takte aus *Best Of Both Worlds* von Hannah Montana und lautes Kreischen hallte durch den Raum. An einem der hinteren Tische saß eine Gruppe junger Frauen, die einen Junggesellinnenabschied feierten. Die zukünftige Braut stand auf der Bühne, einen pinken Schleier auf dem Kopf und eine Schleppe in derselben Farbe umgebunden, auf der stand: *Hit me baby, one more wine!* Lallend und schief begann sie zu singen und ihre Freundinnen sangen lauthals mit. Auch Ida und ich konnten uns nicht zurückhalten. Mittlerweile tanzte fast das ganze Pub und ich wusste schon jetzt, dass wir in Zukunft häufiger hingehen mussten.

Nachdem die Braut fertig war und fast von der Bühne getragen werden musste, trat ein älterer Mann auf die Bühne, den ich vorhin schon hinter der Bar gesehen hatte. »Hallo, liebe Freundinnen und Freunde, schön, dass ihr heute bei der Karaokenacht dabei seid. Ich bin Gary und mir gehört das Pub.« Alle jubelten und klatschten, ein paar vereinzelte Hallo-Gary-Rufe waren zu hören. Gary lachte und winkte ab. »Wie bei jeder unserer Karaokenächte gibt es natürlich auch heute wieder den Scheinwerfer des Grauens.« Lautes Johlen ertönte von hinten und wir sahen uns verwirrt an. »Für alle, die zum ersten Mal da sind: Ich werde gleich einen Scheinwerfer durch den Raum schwenken und die Person, auf der er landet, wird herausgefordert.

Traust du dich auf die Bühne, singst ein Lied, das nach dem Zufallsprinzip ausgewählt wird, und lieferst eine solide Performance ab, so bekommen du und alle, die an deinem Tisch sitzen, die Getränke für den Rest des Abends umsonst. Traust du dich nicht, ist das natürlich völlig in Ordnung, allerdings entgeht dir dann der Gutschein.« Alle applaudierten und jubelten, während Gary einen großen Scheinwerfer auf die Bühne schob. Nervosität machte sich in mir breit und auch Leo schien angespannt zu sein.

»Wie bei *High School Musical*«, flüsterte Ida aufgeregt, als Gary den Scheinwerfer bewegte.

Eine gefühlte Ewigkeit tanzte das Licht in rasender Geschwindigkeit durch den Raum und ich hielt den Atem an. Es tanzte und tanzte, bis es plötzlich stehen blieb. Der Scheinwerfer war direkt auf Leo gerichtet. Das warme Licht erhellte sein Gesicht und er kniff die Augen zusammen, weil es so sehr blendete.

»Aha, wir haben unseren Kandidaten gefunden!« Gary sprang lachend von der Bühne und lief mit dem Mikro auf uns zu. Er blinzelte, Ida grinste und ich schwitzte. Als er an unserem Tisch ankam, hielt Gary Leo das Mikro unter die Nase. »Also, mein Lieber. Nimmst du die Herausforderung an oder lässt du dir die Chance auf freie Getränke für den Rest des Abends entgehen?«

Ich war mir sicher, dass er ablehnen würde, genau wie ich es auch tun würde, doch er lächelte, beugte sich vor und sagte: »Ich nehme die Herausforderung an.«

Gary jubelte, während der Rest des Pubs johlte und euphorisch klatschte. Ich sah ihn mit offenem Mund an, während Ida lachend auf den Tisch schlug. Sie liebte solche Aktionen und hätte selbst ebenfalls die Bühne gestürmt.

Leo stand auf und beugte sich kurz vor. »Auch wenn es die Blamage meines Lebens wird, das ist für dich«, flüsterte er mir ins Ohr.

Meine Wangen wurden warm und ich drückte ihm einen schnellen Kuss auf die Lippen.

Ida seufzte auf. »Ihr seid so süß.«

Leo folgte Gary auf die Bühne und ich setzte mich aufrecht hin. Mein Herz schlug immer schneller und es fühlte sich fast so an, als wäre ich selbst auf dem Weg zur Bühne. Oben angekommen, griff Gary nach der Fernbedienung und schaltete auf dem Display mit den Liedern den Zufallsmodus an. Erneut dauerte es eine halbe Ewigkeit, bis endlich ein Titel auf dem Bildschirm erschien. Ida prustete und ich musste grinsen. Es war *Ohne dich (schlaf' ich heut Nacht nicht ein)* von der Münchener Freiheit, ein richtiges Kultlied, bei dem vor allem meine Eltern gern laut mitsangen – und ich insgeheim auch. Da Leo nicht verwirrt wirkte, schien er es zumindest auch zu kennen. Er krempelte die Ärmel seines karierten Hemdes hoch, wodurch seine definierten Arme zum Vorschein kamen. Uff, war es hier noch wärmer geworden? Gary verschwand von der Bühne, das Licht wurde gedämmt und kurz darauf erklangen die ersten Töne des Liedes. Ich hielt die Luft an und wartete gespannt auf den ersten Vers. Für einen Moment schloss er die Augen, atmete tief durch, fing an zu singen – und mir klappte der Mund auf. Dieser Auftritt würde definitiv *keine* Blamage werden. Nicht jeder Ton saß und Leos Stimme war etwas zittrig, aber sie war auch dunkel und weich, gefühlvoll und ging unter die Haut.

Ida haute mir gegen den Arm und sah mich ebenfalls mit offenem Mund an. »O mein Gott, wusstest du, dass er so singen kann?«

Ich schüttelte lachend den Kopf und drückte ihre Hand. »Ich hatte keine Ahnung.«

Am Anfang des Liedes war er noch ein wenig verhalten, doch mit der Zeit wurde er mutiger. Er ging an den Rand der Bühne und machte Handbewegungen passend zum Lied, woraufhin das Publikum fast durchdrehte und laut mitsang. Beim letzten Refrain sprang er von der Bühne und lief auf unseren Tisch zu. »Ich will nicht alles sagen, nicht so viel erklären, nicht mit so viel Worten den Augenblick zerstören«, sang er den etwas höheren Teil des Liedes und verdammt, er rockte es. Er ließ sich dramatisch vor uns auf die Knie fallen und wir kriegten uns nicht mehr ein. Bei den letzten Zeilen lief er langsam durch den Raum und als das Lied endete, warf er den Kopf zurück und streckte die Arme in die Luft. Die Leute im Pub sprangen auf und feierten ihn, tosender Applaus, Schreie und Gelächter hallten durch den ganzen Raum. Ich schüttelte fassungslos den Kopf und Ida legte grinsend den Arm um mich, während wir das Spektakel beobachteten.

»Also wenn das nicht einen Getränkefreifahrtschein verdient hat, dann weiß ich auch nicht«, rief Gary begeistert ins Mikrofon und klopfte Leo auf die Schulter. »Einen riesigen Applaus für diesen großartigen jungen Mann!«

Der Jubel hielt noch eine Weile an, doch schließlich kam Leo zurück zu uns an den Tisch, in der Hand drei neue Getränke und auf den Lippen ein seliges Lächeln.

Als er die Gläser abgestellt hatte, legte ich meine Arme um seinen Hals und zog ihn zu mir. »Das war absolut großartig! Ich wusste nicht, dass du *so* singen kannst!«

Er drückte mir einen Kuss auf die Nasenspitze und fuhr sich verlegen durch die Haare. »Ich habe schon immer gern gesungen, mich aber nie wirklich darauf konzentriert, weil das Schreiben einfach immer die Hauptrolle gespielt hat.«

»Unfassbar. Was kannst du eigentlich nicht? Ich glaube, ich habe mich gerade noch mehr in dich verliebt als sowieso schon.« Sein Mund klappte auf und als mir bewusst wurde, was ich gerade gesagt hatte, war es, als schwirrte ein Schwarm aufgeregter Bienen durch meinen Bauch.

Langsam hoben sich Leos Mundwinkel. »Hast du gerade gesagt, dass du in mich verliebt bist?«, flüsterte er in mein Ohr.

Mein Herz hüpfte auf und ab, immer und immer wieder. »Eventuell?«, antwortete ich krächzend und Nervosität durchflutete mich. Hatte ich es zu früh gesagt?

Doch er beugte sich vor, sodass sein Atem meine Lippen streifte und hauchte: »Ich wäre sehr glücklich, wenn du es gesagt hättest, denn ich bin auch in dich verliebt. Und wie ich das bin. Hals über Kopf.«

Ein Feuerwerk explodierte in meinem Brustkorb und das breiteste Lächeln, das die Menschheit je gesehen hatte, bildete sich auf meinem Gesicht. »Ich auch. Glaub mir, ich auch.« Unser nächster Kuss schmeckte nach Aperol, süßen Worten, unserem ganz eigenen Liebeslied und dem Versprechen nach mehr.

Kapitel 21

Stöhnend ließ ich mich auf einen der freien Sessel im *Kaffeebohne &
Keks* nieder. Eine dampfende Tasse mit heißer Schokolade und ordentlich Sahne in der Hand sowie die entspannte Musik im Hintergrund
sorgten dafür, dass ich endlich durchatmen konnte. Der Tag in der
Agentur war die Hölle gewesen und das, obwohl ich schon wesentlich früher als sonst Feierabend hatte, da Nadja die Räumlichkeiten
für einen wichtigen Termin gebraucht hatte. Den ganzen Tag hatte
sie mich durch die Gegend gescheucht und egal, was ich gemacht
hatte – es war falsch gewesen. Es folgte immer demselben Muster:
Erst vertraute sie mir eine Aufgabe an und versicherte mir, dass ich
das gut machen und sie an mich glauben würde. Wenn ich dann fertig
war, fing sie an zu schimpfen, weil ich angeblich irgendetwas komplett
missverstanden hatte und sie es doch lieber selbst machen wollte. Es
kam mir so vor, als wäre dieses Verhalten schlimmer geworden, seit
ich mich mit Leo traf. Allerdings konnte sie eigentlich nicht von uns
wissen. War sie vielleicht schon immer so gewesen und ich hatte es vor
lauter Dankbarkeit nicht bemerkt?

»Hey«, ertönte Leos weiche Stimme und riss mich aus meinen Gedanken. Sofort drehte ich mich zu ihm wie eine Sonnenblume, die
dem Sonnenlicht folgte. Seine Haare waren verstrubbelt und die Wangen leicht gerötet, als wäre er gerade gerannt. »Der Bus hatte leider ein
bisschen Verspätung, entschuldige bitte.«

»Kein Problem«, entgegnete ich lächelnd und kam ihm entgegen, als er sich vorbeugte.

Unsere Lippen trafen aufeinander und o Gott, ich hoffte, ihn zu küssen würde nie aufhören, sich so atemberaubend sensationell anzufühlen. »Wie war dein Tag?«, fragte ich.

Er stellte den Rucksack ab, setzte sich und nahm einen Schluck von dem Kaffee, den ich ihm bereits bestellt hatte. »Richtig gut. Tabitha und ich haben uns heute mit einer Frau aus dem Verlag getroffen, um die Werbemaßnahmen für das neue Buch zu besprechen, und es wird wahrscheinlich eine Premierenlesung hier in Blumstedt im Buchladen geben sowie eine kleine Lesereise und Signierstunden auf der Frankfurter Buchmesse.« Seine Augen leuchteten, als er davon erzählte.

»Das klingt toll! Ich bin schon gespannt auf alles, was kommt.« Stolz schwang in meiner Stimme mit und ein aufgeregtes Kribbeln machte sich in mir breit beim Gedanken daran, dass auch meine Illustrationen dann in unzähligen Buchläden zu sehen sein würden.

»Und wie war es bei dir?«, fragte er.

Ich atmete tief durch. »Lass uns nicht über die Arbeit sprechen, heute war es einfach nur ätzend, aber ich würde dir gern etwas zeigen.« Aufgeregt griff ich nach meinem iPad und öffnete ProCreate. »Ich habe dir doch erzählt, dass ich schon länger überlege, ob ich einen Shop auf Etsy eröffnen soll, um Produkte mit meinen Illustrationen zu verkaufen.« Er nickte und ich fuhr fort. »Na ja, und ich habe in den letzten Wochen schon mal an ein paar Entwürfen gearbeitet und würde echt gern wissen, wie du sie findest. Natürlich nur, wenn du sie sehen möchtest.«

»Wenn ich sie sehen möchte?«, fragte er. »Selbstverständlich möchte ich sie sehen!«

Mit klopfendem Herzen öffnete ich die gespeicherten Dateien. Nervös biss ich mir auf die Unterlippe, während Leo sich konzentriert meine Entwürfe ansah. Ich hatte mehrere Designs für die unterschiedlichsten Produkte entworfen, für Lesezeichen, Postkarten, Aufkleber und sogar Stoffbeutel. Auf die Stoffbeutel war ich besonders stolz. Mein Favorit war einer mit der Zeichnung einer unbekleideten Frau, die einen ganz normalen Körper mit Rollen am Bauch, Dehnungsstreifen, breiten Oberschenkeln und Narben hatte. Sie hielt einen bunten Blumenstrauß in der Hand und lächelte zufrieden. Darüber stand in schnörkeliger Handschrift *Every body is a good body*. Vielleicht konnte ich das ja eines Tages auch selbst glauben. Anfang der Woche hatte ich auf Instagram eine Umfrage gemacht, ob jemand grundsätzlich überhaupt Interesse an Produkten von mir hätte, und ich hatte so viele positive Rückmeldungen erhalten, dass ich seitdem jeden Abend an den Zeichnungen gesessen hatte. Ich war so gespannt, ob sie Leo gefallen würden.

»Und?«, fragte ich schließlich, als ich es nicht mehr aushielt zu warten.

Endlich sah er auf und seine Grübchen erschienen. »Ophelia, die sind absolut großartig. Wirklich. Die Ideen wurden alle mit so viel Liebe zum Detail umgesetzt und man sieht dich in jeder einzelnen Zeichnung. Dein Stil hat einen hohen Wiedererkennungswert. Ich bin überzeugt davon, dass sich die Leute darauf stürzen werden, sobald du das alles zum Verkauf anbietest.«

Erleichterung ersetzte die Spannung in meinem Körper. »Findest du ehrlich?«

Leo legte seine Hand auf mein Knie und sah mir fest in die Augen. »Und wie ich das finde. Du bist eine unfassbar talentierte Künstlerin und noch dazu hast du eine riesige Community auf Instagram. Die Menschen lieben deine Zeichnungen und vor allem die Botschaften, die sie vermitteln. Ich weiß einfach, dass du mit deinem Shop Erfolg haben wirst.«

Ich ergriff seine Hand und sah ihn dankbar an. »Das bedeutet mir wirklich viel.« Ich wollte die negativen Gedanken, die sich mal wieder meldeten, gerade zur Seite schieben, doch ich hatte gelernt, dass es etwas gab, das mehr half: sie auszusprechen. »Seit ich denken kann, träume ich davon, eines Tages von meiner Kunst leben zu können. Ich dachte, ich muss nur hundertachtzig Prozent geben, dann kann ich das schaffen. Aber was ich nicht bedacht habe, ist, wie viele Steine einem in den Weg gelegt werden, wenn man nicht studiert hat. Und ich kann es noch nicht so richtig glauben, dass mein Traum vielleicht doch wahr werden könnte.« Ich sah nachdenklich aus dem Fenster und erinnerte mich an all die frustrierenden Absagen, dass mir nicht eine Chance geboten worden war, mich zumindest in einem Bewerbungsgespräch zu beweisen.

Leo schwieg einen Augenblick, während Stimmengewirr und Geschirrklappern im Hintergrund die Stille füllten. Er räusperte sich. »Weißt du, ich würde gern sagen, dass das nicht wahr ist, aber ich habe das alles schon oft genug mitbekommen. Was ich dir aber sagen kann, ist, dass sich harte Arbeit, Kreativität und Durchhaltevermögen irgendwann auszahlen – auch ohne Studium. Du kannst dir auf dich und deine Kunst wirklich etwas einbilden, Ophelia. Und glaub mir, Nadja ist nicht die Einzige, die sieht, wie gut du bist.«

Ich musste mir eingestehen, dass Leo Recht hatte. Ich redete mir immer ein, dass ich ohne Nadjas Unterstützung nichts sei, dass ich noch nichts geschafft habe. Aber in den letzten zwei Jahren hatte ich mir schon so viel erarbeitet, auf das ich stolz sein konnte. Natürlich war ich noch nicht am Ziel angelangt, aber ich war auch definitiv nicht mehr am Anfang und das musste ich mir viel häufiger bewusst machen.

»Du sagst immer verdammt weise Worte, ist dir das eigentlich bewusst?«, fragte ich mit neckendem Tonfall und beugte mich in Leos Richtung. Er grinste und kam mir entgegen, drückte seine Lippen sanft auf meine und tausend kleine Stromschläge erschütterten meinen Körper. »Danke, dass du an mich glaubst«, flüsterte ich, als wir uns voneinander lösten, seine Stirn gegen meine gelehnt.

»Danke, dass *du* an mich glaubst«, entgegnete er und schloss für einen Moment die Augen. Dann stand er schwungvoll auf. »So, ich weiß ja nicht, was du jetzt machst, aber ich werde mir eine Portion von diesem göttlichen Keksteig holen.«

Ich lachte auf. »Aha, göttlicher Keksteig, wie schnell sich das Blatt wendet!«

Er zwinkerte mir zu und mein Herz machte einen Hüpfer. »Wie gut, dass sich Dinge ändern.« Damit drückte er mir einen Kuss auf den Scheitel und wandte sich ab, um in Richtung Tresen zu gehen. Ich sah ihm hinterher, bevor ich mich wieder zu unserem Tisch drehte und nach meinem iPad greifen wollte. Das Lächeln schien auf meinem Gesicht festgetackert zu sein und ich dachte daran zurück, wie wir zum ersten Mal gemeinsam hier gesessen hatten. Es war Wochen her und fühlte sich doch eher an wie Jahre. Wer hätte gedacht, wie sich die Dinge entwickeln würden?

Noch in Erinnerungen schwelgend, blickte ich aus dem Fenster und sah eine Person, die auf der anderen Straßenseite stand und in meine Richtung schaute. Ich ließ meinen Blick wandern, bevor er wie ein Blitz wieder zurückschnellte. Mir wurde eiskalt und das Lächeln auf meinen Lippen verschwand. Direkt gegenüber stand meine Chefin und ihrem erbarmungslosen Blick zufolge hatte sie alles gesehen.

Hastig drehte ich mich um und suchte Leos Blick, doch er stand wie angewurzelt neben dem Tresen, in der Hand einen Becher mit Keksteig und in seinen Augen ein wilder Strudel aus Schock, Schmerz und Melancholie. Mein Herz hämmerte in meiner Brust, ich sprang regelrecht auf und lief auf ihn zu, mein iPad und unsere Sachen am Tisch wie vergessen. Ich wagte es nicht, mich noch mal umzudrehen und nachzuschauen, ob Nadja immer noch dastand, in mir war nichts als blanke Panik. »Meinst du, sie hat uns gesehen?«, fragte ich atemlos, doch er reagierte nicht. Sein Gesicht war kalkweiß und erst jetzt fiel mir auf, dass er gar nicht in die Richtung unseres Tisches sah. Sein Blick war auf eine kleine Gruppe junger Männer geheftet, die vor dem Café standen und sich unterhielten. Einer gestikulierte wild mit den Armen, schien eine Geschichte zu erzählen, und die anderen lachten laut.

»Was …«, setzte ich an und musterte die Männer eingehend.

»Da ist mein Bruder«, stammelte Leo und da sah ich es auch. Der Mann, über dessen Erzählung alle gelacht hatten, sah ihm beim genauen Hinsehen so ähnlich, dass es fast schon wehtat. Er hatte dieselben dunklen Haare, Locken in der Stirn, Grübchen beim Lächeln. Er war eine ältere Version von Leo, eine etwas härtere, größere Version und doch unverkennbar mit ihm verwandt.

Vorsichtig drehte ich mich um und sah, dass Nadja nicht mehr auf der anderen Straßenseite stand. Erleichtert atmete ich auf. Jetzt war nicht der richtige Moment, um Leo damit zu belasten. Vielleicht hatte sie den Kuss ja auch gar nicht gesehen, vielleicht war alles gar nicht so schlimm, wie ich dachte. Mein ungutes Bauchgefühl lachte mich hämisch aus, doch ich griff nach dem Becher in Leos Hand und legte meine an seine Wange.

»Leo, hey.« Er sah mich an, sein Blick wild, verzweifelt und unendlich traurig. »Wenn du willst, dass wir gehen, dann machen wir das. Jetzt sofort. Wir schnappen unsere Sachen und verschwinden durch den Hintereingang, niemand wird uns bemerken.« Ich schluckte und atmete tief durch. »Aber ich glaube, es wird Zeit, dass du mit deinem Bruder redest. Und ich bin mir absolut sicher, dass du es bereuen wirst, wenn du da jetzt nicht rausgehst. Ich kann dir nicht versprechen, dass alles gut wird, aber mein Bauchgefühl sagt mir, dass es zwischen euch noch nicht vorbei ist.« Eindringlich sah ich ihm in die braunen Herzschmerzaugen und sah, wie es in ihm arbeitete.

Einen Augenblick lang standen wir da, während in ihm ein Sturm tobte, den nur wir beide bemerkten. Dann atmete er aus, stellte sich ein wenig aufrechter und nahm mein Gesicht in seine Hände. Er küsste mich, kurz und stürmisch, so als verliehe ihm unser Kuss eine unsichtbare Rüstung, für das, was ihm bevorstand. Meine Lippen pochten, als er sich von mir löste, Entschlossenheit und Angst in den Augen. »Danke«, sagte er und legte in dieses eine Wort alles, was er fühlte. Ich lächelte und strich ihm die Locke aus der Stirn. »Ich glaube an dich und bin nur einen Anruf entfernt, okay?«

Er erwiderte mein Lächeln und nickte, sein Blick so voller Wärme, dass meine Knie weich wurden. »Ich ...«, setzte er an, schien mit sich zu ringen und sich dann doch zu stoppen, unsicher, ob er aussprechen sollte, was er dachte.

Doch irgendwie wusste ich, was er sagen wollte, und irgendwie wusste ich, dass es nicht so leicht war, auszusprechen, was wir scheinbar beide fühlten und für das es trotz allem noch zu früh war. »Ich auch«, flüsterte ich leise und schmiegte mich kurz an ihn.

Er hielt mich für einen Moment mit seinen starken Armen, dann ließ er los und ging auf unseren Tisch zu. Dort griff er nach seiner abgewetzten Aktentasche und starrte zur Tür, vor der noch immer die Männergruppe stand. Ich schenkte ihm einen letzten ermutigenden Blick, bevor er mit bestimmtem Schritt das Café verließ. Die kleine Glocke an der Eingangstür klingelte und die Männer gingen ein Stück beiseite, um Leo Platz zu machen. Ich sah, wie Niklas hochblickte, wie genau dieselben Emotionen über sein Gesicht tanzten, die ich eben noch bei Leo gesehen hatte. Keiner der beiden sagte etwas und doch waren die unausgesprochenen Worte zwischen ihnen regelrecht greifbar. Angespannt ballte ich die Hände zu Fäusten, hoffte und bangte für den Mann, in den ich mich in den letzten Wochen hoffnungslos verliebt hatte.

Ich hielt die Luft an, als Niklas schließlich einen großen Schritt auf Leo zumachte und alle Anspannung fiel von mir ab, als er seinen kleinen Bruder in die Arme zog. Leo schien einen Moment überrumpelt, doch dann erwiderte er die Umarmung und die beiden Brüder hielten sich in den Armen, so fest, als hätten sie Angst, dass der andere jeden Augenblick wieder verschwinden würde. Ich musste lächeln und wandte den Blick ab, genau wie die Männergruppe, die ein Stück weiterlief und in einer neuen Unterhaltung versank. Dieser Moment war nicht für uns bestimmt.

Ich verstaute das iPad in meiner Tasche, griff mir meine Jacke und lief auf den Hintereingang zu. Melanie winkte lächelnd, bevor ich das Café verließ. Warme Luft schlug mir entgegen, während ich mir einen Löffel Keksteig in den Mund schob und das Gesicht in die Sonne hielt.

Ich beschloss, nach Hause zu laufen, anstatt mit dem Bus zu fahren, und spürte eine wunderbar merkwürdige Zuneigung dieser kleinen Stadt gegenüber. Ich ging an den hübschen Altbauhäusern mit ihren Kerkern, den hohen Fenstern und den teilweise brüchigen, aber ästhetisch wirkenden Fassaden vorbei, die schon so viel gesehen hatten, dass sie die besten Geschichtenerzähler wären, wenn sie sprechen könnten. In manchen waren Geschäfte untergebracht, deren Schaufenster schön dekoriert waren. Besonders gut gefiel mir das des Buchladens, in dem aus alten Buchseiten gefaltete Origami-Kraniche hingen. Vor dem Blumenladen standen unterschiedliche Blumen in großen Töpfen. Ich blieb kurz stehen und hielt meine Nase an einen Strauß Lavendel, bevor ich weiter in Richtung Kirschblütenallee ging. Dort setzte ich mich unter einem der Kirschbäume auf eine Bank und wurde prompt von Fridolin, dem rot-weiß getigerten Kater, der im Haus gegenüber wohnte, begrüßt. Ich strich ihm über das weiche Fell, während er sich schnurrend an meine Beine schmiegte.

Ich versuchte, diesen Frieden in mich aufzunehmen und nicht an Nadja und die Konfrontation, die mir eventuell bevorstand, zu denken. Ich wollte mich für Leo freuen und die Sonne genießen und für den Moment tat ich genau das.

Kapitel 22

»Ophelia, hast du einen Moment?« Nadjas Stimme zerschnitt meine Konzentration wie eine Klinge und ich zuckte zusammen. Ihr Gesicht war wie immer eine perfekte Maske, die nichts über ihren Gefühlszustand verriet.

Nachdem ich gestern zu Hause angekommen war, war es mir ganz gut gelungen, jeden Gedanken an Nadja zu verdrängen. Ich hatte eine neue Illustration auf Instagram gepostet, anschließend mit Ida auf dem Balkon gesessen und war schließlich leicht beschwipst vom Aperol mit einem seligen Lächeln auf den Lippen eingeschlafen – nach einer kurzen Nachricht von Leo, in der er erzählt hatte, dass er und sein Bruder seit Stunden gesprochen hatten und er sich so bald wie möglich bei mir melden würde. Aber jetzt, in der Agentur, konnte ich den Gedanken an Nadja nicht länger verdrängen. Vielleicht machte ich mir aber auch umsonst Sorgen und es störte sie gar nicht, dass Leo und ich uns trafen. Zumindest hoffte ich das.

Ich schluckte und setzte ein falsches Lächeln auf, versuchte mir meine Nervosität nicht anmerken zu lassen und war mir sicher, dass ich kläglich scheiterte. Benny nickte mir aufmunternd zu, als wollte er mir versichern, dass ich nicht allein war. Natürlich hatte ich den Jungs bei unserem täglichen Kaffee von gestern berichtet und sie waren sich beide sicher, dass Nadja professionell bleiben würde. Ich hoffte das zwar auch, war mir jedoch nicht sicher.

Wie auf dem Weg zum jüngsten Gericht folgte ich meiner Chefin und schloss vorsichtig die Tür hinter uns, als wir in ihrem Büro ankamen. Nadja ließ sich hinter ihrem Schreibtisch nieder, während ich davor Platz nahm, meine zitternden Hände zwischen die Beine gepresst. Nadja nahm entspannt einen Schluck von ihrem Kaffee, stellte die Tasse wieder auf dem Tisch ab und verschränkte ihre Hände, bevor sie mir direkt in die Augen blickte. »Also, Ophelia«, setzte sie an und ich traute mich kaum zu atmen. »Gestern hat mir Leo Bergers Agentin den bisherigen Stand des Buches inklusive Illustrationen zukommen lassen und ich habe mir auch noch mal deine Aufträge der letzten Wochen genauer angeschaut. Ich bin wirklich ungemein zufrieden mit deiner Arbeit und deiner Entwicklung und daher möchte ich dir den Posten als meine Stellvertreterin anbieten.« Mein Mund klappte auf und ich sah meine Chefin verdattert an. Damit hatte ich definitiv nicht gerechnet. Nadja lächelte und redete weiter. »Das würde bedeuten, dass ich dich noch viel mehr in alle Prozesse hier in der Agentur miteinbeziehen würde, du würdest noch mehr Einblicke bekommen, bei mehr Gesprächen dabei sein, mich auf Tagungen und Messen begleiten – und natürlich erheblich mehr verdienen.« Beim letzten Satz zwinkerte sie mir verschwörerisch zu.

»Ich, also …«, setzte ich an, rang nach Worten und versuchte irgendwie zu begreifen, was hier gerade passiert war. Noch vor ein paar Minuten war ich felsenfest davon überzeugt gewesen, dass Nadja mir nun den Kopf abreißen würde, weil sie gesehen hatte, wie ich nicht nur einen wichtigen Kunden der Agentur, sondern auch noch ihren Ex-Freund geküsst hatte. Und jetzt bot sie mir eine Stelle als ihre Stellvertreterin an, wollte noch enger mit mir zusammenarbeiten und mir Mitspracherecht in ihrer Agentur gewähren? »Das ist, wow, ich weiß gar nicht, was ich sagen soll. Das ist ein tolles Angebot und ich fühle mich auf jeden Fall sehr geehrt.«

Nadja lächelte verständnisvoll. »Natürlich kannst du dir mein Angebot erst einmal in Ruhe durch den Kopf gehen lassen und dann schauen wir nächste Woche weiter, in Ordnung?«

Ich zwang mich zu einem Lächeln und nickte schnell. »Ja, das mache ich. Vielen Dank noch mal, ich weiß dein Angebot wirklich sehr zu schätzen.« Langsam stand ich auf und lief in Richtung Tür. Gerade als ich die Klinke herunterdrückte, ertönte erneut die Stimme meiner Chefin.

»Ophelia?« Ich drehte mich und begegnete ihrem Blick. »Ich würde mich wirklich sehr freuen, wenn du die Stelle annimmst.«

Ich nickte lächelnd und verließ das Büro, während in meinem Kopf Chaos herrschte und ich so viele Fragen hatte, die ich an niemanden richten konnte.

»Ich habe noch nie jemanden erlebt, der so unvorhersehbar ist wie diese Frau«, nuschelte Ida mit vollem Mund.

Raúl nickte zustimmend. »Das war schon immer so. Benny und ich sind schon seit der Eröffnung der Agentur mit dabei und wir haben es bis heute nicht geschafft, Nadja Grimm zu durchblicken.« Er biss ein großes Stück von seiner Pizza Funghi ab.

Ich nahm gedankenverloren einen Schluck meiner Maracujaschorle. »Wisst ihr, ich habe wirklich mit einem Donnerwetter gerechnet und dann kommt sie plötzlich mit einer Beförderung um die Ecke?«

Benny nahm ein winziges Stück Parmesan von seinen Nudeln und hielt es unter den Tisch, wo Peppa es gierig vom Finger schleckte. »Das spiegelt genau ihr Verhalten dir gegenüber wider. Erst überschüttet sie dich mit Liebe und Komplimenten, macht dich regelrecht abhängig von ihr und dann macht sie dich runter, lässt es aber so aussehen, als wärst du selbst schuld daran.«

Ich hörte Benny zu und stocherte appetitlos in meinem Risotto herum. Nachdem Nadja mir ihr Angebot unterbreitet hatte, hatte ich per WhatsApp direkt meine Freunde zusammengetrommelt und wir hatten uns nach Feierabend in einem kleinen Restaurant in der Nähe des Parks verabredet. Leo war heute Abend erneut bei seinem Bruder, doch wir waren morgen zum Frühstück verabredet. Beim Gedanken daran, ihn wiederzusehen, zog sich meine Brust sehnsuchtsvoll zusammen. Gestern schien schon wieder viel zu lang her. Ich legte meine Gabel auf den Teller und lehnte mich zurück, während meine Freunde noch immer diskutierten.

»Wisst ihr«, setzte Ida an und stützte ihre Ellbogen auf dem Tisch ab. »Ich denke nicht, dass sie das mit Absicht macht oder überhaupt merkt, wie sie sich verhält. Toxische Menschen sind oft einfach toxisch, ohne dass ihnen das bewusst ist. Ich will Nadja nicht in Schutz nehmen, aber irgendetwas hat sie zu der Person gemacht, die sie ist. Und irgendeine gute Seite scheint sie ja zu haben, denn immerhin – sorry, Süße.« Sie sah mich entschuldigend an. »Immerhin war Leo ja mal mit ihr zusammen.«

Ein Stich durchfuhr mich, doch ich nickte. Ich wusste ja, dass sie recht hatte. Er hatte Nadja geliebt und mit Sicherheit waren die Gefühle nicht nur durch ihre Manipulation entstanden. Auch ich hatte gute Momente mit Nadja gehabt, hatte ihr viel zu verdanken. Ich setzte gerade an, um etwas dazu zu sagen, als eine hohe Stimme hinter mir ertönte.

»Ophelia Küpper, hallo!« Verwundert drehte ich mich um und sah eine ältere Frau mit weiß gelockten Haaren hinter mir. Sie trug eine geblümte Bluse in schrillen Farben, rosafarbenen Lippenstift und kam lächelnd auf mich zu. Es dauerte einen Moment, bis ich sie einordnen konnte, doch dann fiel mir ein, dass es sich um eine Patientin meiner Eltern handelte.

»Hallo, Frau Wilk, lange nicht gesehen, wie geht es Ihnen?«, fragte ich und erwiderte ihr freundliches Lächeln.

»Ach, du weißt du ja, man wird älter und hat andauernd irgendein Wehwehchen, aber abgesehen davon, kann ich mich nicht beklagen. Du bist ja so groß geworden! Ich kenne dich schon, seit du mir noch bis hier gingst.« Sie hielt ihre Hand vielsagend auf Hüfthohe und musterte mich von oben bis unten.

Ich sah Ida aus dem Augenwinkel grinsen und meine Mundwinkel zuckten ebenfalls. »Freut mich, dass es Ihnen gut geht.«

Sie nickte hastig. »O ja, das habe ich auch deinen Eltern zu verdanken. Ach, so schön, dich mal wieder gesehen zu haben. Aber ganz schön zugenommen hast du, oder? Steht dir gut!«

Und fuck, nur ein Satz und das ganze gottverdammte mühselig aufgebaute Kartenhaus fiel in sich zusammen.

Ich saß in Unterwäsche auf meinem Schlafzimmerboden, während der Ventilator mühevoll versuchte, die Hitze aus dem Raum zu vertreiben, und malte wie besessen. Die Leinwand vor mir, die vor wenigen Minuten noch blütenweiß gewesen war, war voller Farbkleckse, dunkel und erdrückend, genau wie meine Gedanken. Hinter mir sang Apache, dass er am Ende der Straße mein Herz brechen würde, und ich dachte: *Witzig, das mache ich schon selbst, dafür brauche ich dich nicht.* Ich ließ die Pinsel über das raue Material fliegen, verwischte Farben mit den Fingern, dunkelblau, grün, herzschmerzrot und hörte erst auf, als diese tiefe, alles einnehmende Ruhe in mir einkehrte, die ich nur verspürte, wenn ich Kunst machte. Ich schob mir ein paar nasse Haarsträhnen, die sich aus meinem lockeren Dutt gelöst hatten, aus dem Gesicht und hinterließ dabei mit Sicherheit Farbflecken auf meiner Haut. Schwer atmend lehnte ich mich zurück und betrachtete mein fertiges Werk. Es war lange nicht so clean wie meine Illustrationen es normalerweise waren und trotzdem mochte ich es, weil es meine Gefühlswelt widerspiegelte. Ich griff nach meinem Smartphone und machte ein Foto für Instagram. Dann tippte ich eine Bildunterschrift und lud es anschließend hoch.

Es ist okay, wenn ihr nicht nur aus hellen Farben besteht, sondern auch aus dunklen. Es ist okay, wenn in euch die wildeste Gefühlsfarbpalette existiert und ihr so viel fühlt, dass ihr nicht mehr wisst, wer ihr überhaupt seid. Ihr seid genau richtig und ich hoffe, ihr wisst, dass all die Farben, aus denen ihr besteht, aus euch den schönsten Regenbogen machen.

Ich fühlte mich wie die größte Hochstaplerin, aber ich brauchte diese Konstante, diese Sicherheit, dass ich zumindest andere aufmuntern und inspirieren konnte, wenn ich bei mir selbst schon so kläglich scheiterte. Das war es wohl, was man schöne Internetscheinwelt nannte, und ich konnte es fühlen, das süchtig machende Dopamin, als ein Like und ein lieber Kommentar nach dem anderen eintrudelten. Angewidert warf ich mein Handy aufs Bett und starrte erneut die Leinwand an.

Ida und die Jungs hatten heute Abend alles dafür getan, dass ich die Worte, die Frau Wilk so unbedacht ausgesprochen hatte, vergaß. Ich hatte beteuert, dass ich es versuchen würde, aber es gelang mir nicht. Nicht mal annähernd. Langsam senkte ich den Blick. Ich saß im Schneidersitz auf meinem beigen Teppich und unter meiner schwarzen Unterhose zeichnete sich die Rolle ab, die ich mit allem, was ich hatte, hasste. Ich griff mit den Händen nach meinem Bauch und ließ ihn auf und ab wippen. Tränen brannten in meinen Augen und ich drückte gegen die Speckrolle, wollte sie flach kriegen, wollte sie weghaben, wollte mich auflösen. Meine Oberschenkel waren eine fette Masse, die am Teppich klebte, meine Brüste ungleich und schlaff, nichts im Vergleich zu den prallen, runden, perfekten Brüsten, die man in den Medien sah. Ich stellte mir vor, wie Leo und ich uns küssten, wie er mich langsam auszog mit seinem definierten, umwerfenden Körper, wie er mich schließlich nackt sah und jegliche Lust verlor, mit diesem unförmigen, schwabbeligen Nacktmull Sex zu haben. Ich stand auf und griff nach meinem Tablet, suchte nach einem Bauch-Beine-Po-Workout und versuchte für den Rest des Abends, die Dämonen zu bekämpfen, bis ich irgendwann todmüde und kein bisschen zufriedener ins Bett fiel.

Aber ganz schön zugenommen hast du, oder? Aber ganz schön zugenommen hast du, oder? Aber ganz schön zugenommen hast du, oder? Aber ganz schön zugenommen hast du, oder? Aber ganz schön zugenommen hast du, oder? Aber ganz schön zugenommen hast du, oder? Aber ganz schön zugenommen hast du, oder? Aber ganz schön zugenommen hast du, oder? Aber ganz schön zugenommen hast du, oder? Aber ganz schön zugenommen hast du, oder?

Kapitel 23

»Hey, Süße, aufwachen«, flüsterte eine warme, bekannte Stimme und durchdrang den Nebel meiner Träume.

Ich blinzelte und lächelte leicht beim Anblick meiner besten Freundin, nur um kurz darauf erschrocken hochzuschnellen. Wieso war Ida hier? »Was ist los, ist was passiert?«, fragte ich mit rauer Stimme, noch immer benommen vom Tiefschlaf.

Sie legte beruhigend eine Hand auf meine Schulter und warf mir ein entschuldigendes Lächeln zu. »Alles ist gut, keine Sorge. Tut mir echt leid, dass ich dich aus dem Schlaf gerissen habe, aber draußen ist jemand, der sich wirklich Sorgen um dich macht. Und ich muss sagen, dass er mich damit angesteckt hat, also habe ich den Zweitschlüssel benutzt, um nachzusehen, ob alles in Ordnung ist.«

Verwundert sah ich sie an, bis mein verschlafenes Hirn schließlich die Puzzleteile zusammengesetzt hatte. Hektisch sah ich auf die Uhr und schlug die Hand vor den Mund. Es war 14:35 Uhr an einem Donnerstag und ich hatte so was von verschlafen. Panik machte sich in mir breit. Ich hatte nicht nur das Treffen mit Leo verpennt, ich war auch einfach nicht auf der Arbeit aufgetaucht. »O Gott, ich muss zur Arbeit und Leo …«, stammelte ich und wollte aufspringen, doch Ida hielt mich zurück.

»Entspann dich«, sagte sie. »Raúl hat Nadja erzählt, dass du mit Fieber im Bett liegst und nicht in der Lage bist, dich selbst zu melden. Das ist dein erster Krankheitstag, weshalb sich auch niemand beschweren kann. Und Leo kannst du gleich alles in Ruhe erklären, aber so wie du aussiehst, hast du den Schlaf gebraucht.« Erleichtert atmete ich aus. »Mir ging es gestern Abend nicht so gut, aber es ist wieder okay«, flüsterte ich beschämt und dachte an mein exzessives Workout und die vielen Tränen. Seufzend fuhr ich mir durch die Haare, die in alle Richtungen abstanden, während Ida mir verständnisvoll zulächelte.

»Soll ich Leo mit einem Kaffee in die Küche setzen und ihm sagen, dass du gleich kommst?«

Dankbar nickte ich. »Das wäre toll. Danke, Ida. Was würde ich nur ohne dich machen?«

Sie grinste und stupste mich in die Seite. »Du wärst ziemlich aufgeschmissen.« Dann streichelte sie mir kurz über die Wange, verließ das Zimmer und zog die Tür hinter sich zu. Kurz darauf hörte ich Stimmen im Flur und das Brummen der Kaffeemaschine.

Ich stand schwerfällig auf und suchte in meinem Schrank nach einem weiten Pullover, den ich mir überziehen konnte. Mir war heute danach, mich zu verstecken. Ich zog eine bequeme Leggins an und kämmte mir die Haare. Anschließend ging ich ins Bad, putzte schnell die Zähne und wusch mir das Gesicht mit kaltem Wasser. Meine innere Stimme drängte mich dazu, auch noch Make-up aufzutragen, doch ich wollte Leo nicht noch länger warten lassen und beschloss, über meinen Schatten zu springen, auch wenn es mir schwerfiel. Aber wenn das mit uns funktionieren sollte, würde er mich so oder so irgendwann ungeschminkt sehen müssen. Ich zog die Ärmel weiter nach unten, sodass meine Hände halb darin verschwanden, und machte mich dann auf den Weg in die Küche.

Als ich um die Ecke kam, setzte mein Herz fast aus. Leo hatte mich noch nicht bemerkt, weshalb ich ihn in Ruhe mustern konnte. Er sah einfach furchtbar aus. Seine Locken fielen ihm wild in die Stirn, so als hätte er sich dutzende Male die Haare gerauft. Sein Gesicht war blass, die Augen rot umrandet und seine Schultern hingen nach unten.

»Leo«, flüsterte ich und sein Kopf schnellte in die Höhe.

Als er mich sah, sprang er auf und kam auf mich zu, breitete die Arme aus, nur um dann mitten in der Bewegung innezuhalten und mich unsicher anzusehen. »Geht's dir gut?«, fragte er leise. Unsicherheit lag in seiner Stimme, als wüsste er nicht recht, ob er meine Antwort wirklich hören wollte.

Ich überbrückte die Distanz zwischen uns und schlang meine Arme um seinen Körper, schmiegte meinen Kopf an seine warme Brust, sein Herzschlag an meinem Ohr. Leo erwiderte meine Umarmung sofort, er drückte mich fest an sich und ich hörte ihn erleichtert ausatmen. Sein ganzer Körper schien in sich zusammenzufallen, er musste unheimlich angespannt gewesen sein. Wir verharrten eine Weile in dieser Position, in unserem eigenen kleinen Kokon, während Unsicherheit und unausgesprochene Worte um uns herumwaberten wie eine Rauchwolke.

Langsam löste ich mich und strich ihm eine Strähne aus der Stirn. »Mir geht's gut, ich habe einfach nur komplett verschlafen. Gestern Abend war schwierig für mich. Es tut mir leid, dass ich dir Sorgen bereitet habe.«

Er seufzte und drückte einen sanften Kuss auf meine Handfläche, bevor er sich auf einen der Küchenstühle sinken ließ. »Du musst dich nicht entschuldigen, Ophelia, das hat einfach etwas in mir ausgelöst, das ich nicht erwartet hätte. Gott, ich habe an deine Tür gehämmert und dann an Idas, ich habe komplett die Kontrolle verloren.«

Mitgefühl stieg in mir auf und ich setzte mich neben ihn, griff bestimmt nach seiner Hand. Ich wollte das Schamgefühl in seinen Augen wegwischen, wollte jeden, der dafür verantwortlich war, fertigmachen.

»Es ist alles okay, wirklich. Du hast dir Sorgen gemacht und jeder reagiert in so einer Situation anders. Ich kenne das, wenn alte Erinnerungen hochkommen und sich so real anfühlen, dass man sich darin verliert.« Er lächelte traurig und blickte auf unsere verschränkten Hände. »Fuck, es tut mir leid, dass ich scheinbar doch ziemlich angeknackst bin.«

»Ich bin auch ziemlich angeknackst«, entgegnete ich und erwiderte sein trauriges Lächeln. »Das ist okay. Du bist trotzdem verdammt liebenswert.«

»Du auch, Ophelia«, wisperte er und drückte mir einen sanften Kuss auf die Stirn, bevor er mich erneut in seine Arme zog. Mein Herz schmerzte – für ihn, für mich und für all die Erinnerungen, die uns zu den Menschen gemacht hatten, die wir heute waren.

Wir beschlossen, das Buchprojekt heute ruhen zu lassen und uns einen Filmtag bei mir zu machen. Leo war losgegangen, um Popcorn und Getränke zu besorgen, während ich es uns gemütlich machte. Ich holte Kerzen vom Balkon und zog die Gardinen zu, um die richtige Atmosphäre zu kreieren. Nachdem ich die Kerzen angezündet hatte, schaltete ich die Lichterketten ein und legte alle Decken auf die Couch, die ich hatte. Gerade als ich den Fernseher eingeschaltet hatte, ging die Tür auf und Leo betrat die Wohnung. Ich kam ihm entgegen und nahm ihm den Jutebeutel ab, der über seiner Schulter hing.

»Ich hoffe, süßes Popcorn war richtig?«, fragte er und streifte seine Sneaker ab.

»Salziges Popcorn ist eine Straftat«, erwiderte ich und begann die Sachen aus dem Beutel zu ziehen. »Ich zucke immer richtig zusammen, wenn ich im Kino bin und in der Tüte ein salziges Korn gelandet ist.«

»Geht mir genauso«, sagte Leo lachend und schlang die Arme von hinten um mich.

Ich schmiegte mich an seine warme Brust und schloss kurz die Augen, als er sanfte Küsse auf meinem Hals verteilte. Gänsehaut kroch meinen Körper hoch und jedes Mal, wenn seine Lippen meine Haut streiften, durchzogen mich wohlig warme Schauer. Ich drehte mich um und konnte gar nicht anders, als Leo mein breitestes Lächeln zu schenken. Seine Mundwinkel hoben sich ebenfalls und ich platzierte auf jeden von ihnen einen kleinen Kuss.

»Also, was wollen wir anschauen?«, fragte er und fing an, Popcorn und Chips in Schüsseln zu füllen.

»Ich wäre für einen Thriller oder einen Horrorfilm.«

Leo zog überrascht die Augenbraue hoch und hielt in der Bewegung inne. »So was magst du?«

Grinsend griff ich nach den Schüsseln und trug sie ins Wohnzimmer. »Ja, so was mag ich. Sag bloß, du bist ein Angsthase.«

Leo folgte mir ins Wohnzimmer und stellte Gläser sowie mehrere Getränkeflaschen auf dem Tisch ab. »Na ja, schon irgendwie«, entgegnete er und verzog das Gesicht.

Ich musste lachen und schlang die Arme um ihn. »Keine Sorge, ich beschütze dich.«

»Ich habe mich noch nie sicherer gefühlt«, sagte Leo leise und in seinen Augen lag so viel Wärme, dass ich mich fast darin verlor.

Wir machten es uns auf der Couch bequem, Leo legte seinen Arm um mich und ich kuschelte mich an ihn. Er breitete die Decken über uns aus und gemeinsam suchten wir nach einem Film. Wir entschieden uns schließlich für den ersten Teil von *Fear Street*, da er meiner Meinung nach gruselig, aber nicht zu gruselig war.

Nachdem mehr als die Hälfte des Films vorbei war und Leo sich schon häufiger hinter einem Kissen versteckt hatte, als ich zählen konnte, fing er plötzlich an, behutsam über die Tattoos auf meinen Armen zu streichen. Sofort stellten sich die Härchen auf meinen

Armen auf. Mein Blick wanderte zu Leo, der die schwarzen Motive so intensiv musterte, als handelte es sich um ein komplexes Kunstwerk, das er verstehen wollte.

»Was war dein erstes Tattoo?«, fragte er und sah mich interessiert an.

Lächelnd zeigte ich auf die kleine Welle, die auf meinem Oberarm prangte. »Ich habe mal ein Zitat gelesen, in dem es darum ging, wie eine Welle zu sein – stark, selbst dann, wenn man bricht. Das hat mir damals viel bedeutet. Tut es noch immer.«

»Das ist eine verdammt schöne Bedeutung.« Leo erwiderte mein Lächeln. »Und danach sind es immer mehr geworden?«

Ich nickte. »Sie haben sich mit der Zeit angefühlt wie ein Schutzpanzer.«

Leos Augen nahmen einen traurigen Glanz an, so als verstünde er. Ich konnte nicht anders und hob den Finger, um sanft über seine blassen Sommersprossen zu streicheln. Er schloss die Augen und ich wanderte mit meinen Fingern über sein wunderschönes Gesicht, seine langen dunklen Wimpern, die weichen Lippen, die immer ein bisschen nach Kaffee, vor allem aber Liebe schmeckten und über die Stellen, an denen seine Grübchen erschienen, wann immer er mir ein strahlendes Lächeln schenkte.

»Als ich dich zum ersten Mal gesehen habe, habe ich gedacht, dass deine Sommersprossen aussehen wie ein Sternenbild«, flüsterte ich und zog die Nase kraus, weil ich hoffte, dass es sich nicht zu kitschig anhörte.

Leo öffnete die Augen und setzte an, um etwas zu erwidern, als plötzlich ein schrilles Klingeln ertönte und wir synchron zusammenzuckten. Mein Blick schnellte zu Leos Handy, das an der Tischkante lag. *Nadja Grimm* stand auf dem Display. Das Handy vibrierte so heftig, dass auf den Boden fiel, und mein Herz tat es ihm gleich.

Kapitel 24

Nachdem Nadja dreimal hintereinander angerufen und nicht lockergelassen hatte, stand Leo nun in der Küche und telefonierte mit ihr. Ich hatte die Tür geschlossen, um ihm Privatsphäre zu lassen, doch ich hätte vermutlich sowieso nichts gehört, da es in meinen Ohren rauschte. Unruhig tigerte ich im Wohnzimmer auf und ab, während ich an meinen Fingern knibbelte und nicht anders konnte, als wieder an die Vergangenheit zu denken, in der ich so oft ähnliche Panik verspürt hatte.

»Hallo, Frau Hermer, ich wollte Tim die Hausaufgaben vorbeibringen«, sagte ich mit rauer Stimme, als mir Tims Mutter die Tür öffnete.

Sie lächelte mich warm an und nahm mir dadurch sofort ein wenig von meiner Unsicherheit. Ich mochte Sonja Hermer, sie war immer herzlich zu mir. Ihre dunkelbraunen kinnlangen Haare umrahmten ihr freundliches Gesicht und bei ihren frühlingsgrünen Augen musste ich immer an ihren Sohn denken. Er hatte dieselben. Sie trug einen grauen weiten Pullover, deren Ärmel hochgekrempelt waren, darüber eine bunt gemusterte Schürze mit Mehlflecken. »Hallo, Ophelia, das ist ja lieb von dir. Komm doch rein, ich habe gerade Marmorkuchen gebacken.«

»O nein, danke, ich wollte eigentlich wirklich nur …«

»Na, komm schon, Tim freut sich bestimmt, ein bekanntes Gesicht zu sehen, und ich weiß doch, wie gern du Marmorkuchen magst.«

Ich unterdrückte ein Seufzen und folgte Frau Hermer in den Flur.

Eilig streifte ich mir die Schuhe ab, während die Anspannung in meinem Bauch wieder zunahm. Eigentlich hatte ich nicht vorgehabt, heute mit Tim zu sprechen, am liebsten wollte ich gar nicht mehr mit ihm sprechen, nachdem er mit Jule im Bus über mich gelästert hatte. Er hatte danach ganz normal weiter Nachrichten an mich geschrieben, so als wäre nichts gewesen, doch ich hatte nicht geantwortet. Nur leider wohnte ich ausgerechnet nebenan und unsere Klassenlehrerin hatte mich darum gebeten, ihm die Hausaufgaben zu bringen, da er heute nicht in der Schule gewesen war.

Als wir die offene Küche betraten, die ins Wohnzimmer überging, sah ich Tim, der in Jogginghose und T-Shirt auf der Couch saß. Im Fernsehen lief eine dieser Comedy-Serien mit eingespieltem Lachen, das einem signalisieren sollte, wann man etwas lustig zu finden hatte. Seine Haare waren verstrubbelt und seine Nasenspitze gerötet, vermutlich vom vielen Naseputzen.

»Schau mal, wer hier ist«, rief Sonja fröhlich.

Seine Augen weiteten sich, als sein Blick auf mich fiel, und ich sah, wie er die zerknüllten Taschentücher neben sich bemüht unauffällig unter das Sofakissen schob. »Oh, hey, Ophelia«, sagte er freundlich und etwas nasal.

»Setz dich doch, ich bringe euch gleich Kakao und Kuchen, ich muss nur noch schnell etwas erledigen.« Mit einem letzten Lächeln verließ Sonja mit zwei Mülltüten in der Hand das Haus.

Mit reichlich Abstand setzte ich mich zu Tim auf die Couch und knetete meine Hände im Schoß. »Wie geht's dir?«, fragte ich und richtete den Blick auf den Fernseher, um ihn nicht ansehen zu müssen.

»Schon viel besser, aber Mama meinte, ich soll heute trotzdem noch zu Hause bleiben, um mich komplett auszukurieren. Morgen gehe ich wieder in die Schule.« Er schniefte und wischte sich mit einem Taschentuch die Nase ab.

Ich hasste es, dass selbst das gut bei ihm aussah.

»Du hast mir nicht mehr geantwortet«, sagte er plötzlich und ich spürte, wie mir Hitze in die Wangen stieg.

»Ich habe gehört, wie du mit Jule über mich gesprochen hast«, stammelte ich und starrte krampfhaft auf meine verschränkten Hände. Einen Moment lang herrschte Stille und ich wollte einfach nur im Erdboden versinken. Dann legte sich eine kalte Hand auf meine und ich zuckte zusammen. Sofort schnellte mein Blick hoch zu Tim, der mich mit schuldbewusster Miene ansah.

»Das tut mir leid, wirklich. Ich weiß, das klingt wie eine Ausrede, aber manchmal sage ich Dinge, die ich gar nicht so meine, wenn andere dabei sind. Jule ist einfach nur gemein. Ich mag dich, Ophelia. Glaub mir bitte.«

Mein Herz polterte, während meine Atmung schneller wurde und zwei Seiten in mir krampfhaft gegeneinander ankämpften. Die eine Seite wollte Tim sofort glauben und verzeihen, denn ich kannte diesen Jungen vor mir, seit wir klein waren, und er hatte mich in den letzten Monaten so oft zum Lächeln gebracht. Die andere Seite war misstrauisch und vorsichtig, hatte einfach schon zu viel mitgemacht. Doch seine Augen waren wie der Frühling und ich sehnte mich so sehr danach, gemocht zu werden, dass es mich schier zerriss. Und so wanderten meine Mundwinkel nach oben und ich verzieh Tim.

Als wir schließlich bei heißem Kakao und zu viel Marmorkuchen den ganzen Nachmittag zusammen fern schauten, statt Hausaufgaben zu machen, fühlte sich alles so leicht an, als wäre nie etwas passiert. Jedes Mal, wenn Tim über einen meiner Witze lachte und sich unsere Hände wie zufällig berührten, schien mein ganzer Körper unter Strom zu stehen. Es war wundervoll.

»Ich geh mal kurz auf Toilette«, sagte Tim irgendwann, als die Tassen leer und auf den Tellern nur noch Krümel waren. Ich nickte lächelnd und lehnte mich zurück. Gerade als ich mein Handy aus der Tasche ziehen wollte, fing das von Tim an zu klingeln. Es vibrierte auf dem Wohnzimmertisch und ich konnte gar nicht anders, als auf das Display zu schauen. Ein Foto von Jule und Tim füllte den Bildschirm, seine Lippen an ihrer Wange, dazu leuchtete das Wort *Schatz* mit einem fetten roten Herz dahinter auf. Gelächter erklang aus dem Fernseher und schien mich zu verhöhnen, es war der perfekte Soundtrack für diesen Moment, in dem ich mich fühlte wie ein verdammter Clown.

Wie ferngesteuert hastete ich zur Haustür, streifte mir meine Schuhe über und verließ das Haus ohne einen Blick zurück. Ich rannte über die Straße und es war ein Wettrennen gegen die Tränen, die in rasender Geschwindigkeit über meine Wangen liefen. Als unsere Haustür hinter mir zufiel, bildete ich mir ein zu hören, wie mein fragiles, naives Herz auf dem Fliesenboden zerbrach.

Die Küchentür öffnete sich quietschend und riss mich aus meinen Erinnerungen. Ich drehte mich um und sah Leo, der den Raum betrat und so blass war wie die weiße Wand hinter ihm. Nervös trat ich von einem Fuß auf den anderen. »Ist alles okay?«

Leo fuhr sich durch die Haare und ließ sich auf die Sofalehne sinken. »Ja, ich denke schon, keine Ahnung.« Seine Stimme war rau und kratzig wie ein Pullover, der schön aussah, aber ein unangenehmes Gefühl auf der Haut hinterließ. Es war eindeutig, dass nicht alles okay war. Immer wieder fuhr er sich durch die Haare, die mittlerweile wild in alle Richtungen abstanden. Seine Fuß wippte hektisch auf und ab und er vermied es, mir in die Augen zu sehen.

Langsam lief ich auf ihn zu wie auf ein verschrecktes Reh. Als ich vor ihm stand, beugte ich mich zu ihm und legte meine Hand auf sein Knie. »Hey, ich merke doch, dass irgendwas nicht in Ordnung ist. Möchtest du darüber ...«

Doch Leo sprang auf und ließ mich nicht aussprechen. »Nein, Ophelia, ich möchte nicht darüber sprechen, kannst du es nicht einfach gut sein lassen? Fuck, ich bin das alles so leid!« Seine Augen waren geweitet, sein Atem ging stoßweise und sein Körper bebte. So hatte ich ihn noch nie erlebt. Als er mich schließlich ansah, wurde sein Gesicht weicher und er schien selbst überrascht von seinem Ausbruch. »Ich sollte wahrscheinlich besser gehen, es tut mir leid.«

Dann flüchtete er regelrecht in den Flur, wo er sich die Schuhe überstreifte, ohne die Schnürsenkel zuzubinden, nach seiner Jacke griff und schneller verschwand, als ich darüber nachdenken konnte, was ich sagen sollte. Als die Tür hinter ihm ins Schloss fiel, starrte ich eine ganze Weile fassungslos darauf. Ein Teil von mir hoffte, dass er jeden Augenblick anklopfen und mir alles erklären würde, doch nachdem eine halbe Stunde vergangen war, ohne dass etwas passierte, wurde mir klar, dass er nicht zurückkommen würde.

Den Rest des Abends verbrachte ich auf der Couch mit irgendeiner Reality-TV-Serie im Hintergrund, von der ich nichts mitbekam, weil ich so in meinen Gedanken gefangen war. Immer und immer wieder spielte sich die Szene mit Leo vor meinem inneren Auge ab und mit jedem Mal wurde ich mir sicherer, dass Leo nicht *das alles* leid war, sondern *mich*. Mein Herz wurde schwerer und schwerer und ich konnte nicht glauben, dass wir so einen schönen Nachmittag gehabt hatten und ich nun nicht mal wusste, ob es noch ein Wir gab.

Es wunderte mich nicht, dass ihn das Gespräch mit Nadja aufgewühlt hatte, nach allem, was ich mittlerweile über ihre gemeinsame Vergangenheit wusste. Und trotzdem zerbrach ich mir den Kopf darüber, was sie gesagt hatte, dass er so dermaßen durch den Wind gewesen war. Die Ungewissheit machte mich fertig und war ein gefundenes Fressen für meine Selbstzweifel. Immer wieder fragte ich mich, ob Leo vielleicht so durcheinander war, weil er doch noch Gefühle für Nadja hatte. Ob ich die ganze Zeit nur eine Ablenkung und mal wieder zu gutgläubig gewesen war. Auch wenn ich Leo nicht so einschätzte, so konnte ich die Stimmen in meinem Kopf einfach nicht zum Schweigen bringen. Als es immer später und ich immer müder wurde, zappte ich erschöpft durch die Fernsehprogramme. Mein Handy hatte ich unter einem Sofakissen vergraben, damit ich nicht alle zehn Sekunden nachschaute, ob sich Leo gemeldet hatte. Schließlich blieb ich bei einer Dokumentation über Blumen auf *arte* hängen, da mich die Stimme des Sprechers beruhigte. Ich war schon fast weggedöst, da hörte ich noch, wie er über eine Blume sprach, die *Tränendes Herz* hieß. Bevor ich in den Schlaf abdriftete, fragte ich mich, ob ich vielleicht doch keine Sonnenblume war. *Tränendes Herz* hörte sich viel passender an.

Kapitel 25

Am nächsten Morgen fühlte ich mich wie von einem Lastwagen überrollt. Mein Sofa war zwar bequem, aber darauf halb sitzend, halb liegend zu schlafen eher weniger. Stöhnend rieb ich mir den schmerzenden Nacken und angelte mein Handy hinter dem Sofakissen hervor, um den Wecker auszuschalten. Ernüchtert stellte ich fest, dass sich Leo noch immer nicht gemeldet hatte, dafür aber meine Chefin, die mich um neun Uhr in ihrem Büro sehen wollte.

Fuck.

Fluchend sprang ich auf und hastete ins Badezimmer, um mich fertig zu machen. Ich schlüpfte in eine grau karierte Stoffhose, zog mir eine dunkelblaue Bluse über und band meine Haare zu einem Pferdeschwanz. Eilig legte ich Make-up auf, zog mit zitternder Hand und dennoch erstaunlicher Präzision einen schwarzen Lidstrich und legte einen matten, roséfarbenen Lippenstift auf. Das Frühstück musste heute leider ausfallen und ich beschloss, mir später irgendwo etwas zu holen. Ich griff nach meinem Mantel und der Handtasche, streifte meine schwarzen Boots über und hastete in gefühlter Lichtgeschwindigkeit aus dem Haus.

Nachdem ich zum Glück noch die Bahn erwischt hatte, ließ ich mich schnaufend auf einem Sitz nieder und kramte mein Handy hervor. Ich nutzte die Fahrt, um meiner Mutter auf eine Nachricht zu antworten und Ida in einer Sprachnachricht vom gestrigen Abend zu erzählen. Sie steckte vermutlich gerade in einer Redaktionssitzung und ich hoffte, mit ihr heute Abend auf meinem Balkon über alles sprechen zu können. Einige Sekunden lang schwebte mein Daumen über Leos Kontakt und ich war in Versuchung, ihn anzurufen. Letztendlich entschied ich mich jedoch dagegen, die Angst vor dem, was er sagen würde und vor einer möglichen Enttäuschung waren einfach zu groß. Mit einem tiefen Seufzen öffnete ich Instagram und scrollte durch die neuesten Beiträge. Es faszinierte mich jedes Mal, wie viele unfassbar talentierte Künstlerinnen und Künstler es auf der Plattform gab. So viele verschiedene Stile, so viel Kreativität und so viele spannende Persönlichkeiten. In meiner Anfangszeit auf Instagram hatte ich mich oft mit anderen verglichen, mit ihren Zeichnungen, ihrer Abonnentenzahl und den Aufträgen, die sie erhielten. Natürlich hörte das ewige Vergleichen nie so richtig auf, doch mittlerweile war es mir zumindest gelungen, ein wenig selbstbewusster zu sein, was @opheliaungeschoent und meine Kunst anging. Ich folgte ausschließlich Accounts, die mir ein gutes Gefühl gaben, mich inspirierten oder motivierten und nicht mehr denen, die mich in einen Selbstzweifelstrudel rissen. Es hatte in den wenigsten Fällen an den Personen selbst gelegen, viel mehr an dem, was meine Unsicherheit in sie hineininterpretiert hatte. Und auch wenn es manchmal schade war, Accounts zu entfolgen, so war mir meine mentale Gesundheit einfach wichtiger. Instagram konnte pures Gift sein, wenn man mit sich und seinem Leben unzufrieden war. Wenn man nicht auf sich achtete und Grenzen zog, konnte es einen kaputt machen.

Die Bahn ruckelte und kam schließlich quietschend an meiner Haltestelle zum Stehen. Als sich die Türen hinter mir schlossen, landete ein dicker Regentropfen auf meinem Kopf und rann mir eiskalt den Nacken hinunter. Hoffentlich war das kein Vorzeichen dafür, wie der Tag werden würde.

»Du siehst aus, als könntest du einen Kaffee vertragen«, begrüßte mich Benny mit einem Schmunzeln, als ich an meinem Schreibtisch ankam, und hielt mir seine dampfende Tasse hin.

»Du bist mein Held«, sagte ich dankbar und griff nach dem schwarzen Lebenselixier. »Ich habe es heute Morgen nicht geschafft zu frühstücken und Nadja hat mich um neun Uhr in ihr Büro bestellt.«

Benny hob eine Augenbraue und nestelte an seiner Muschelkette herum. Er trug heute ein kobaltblaues Hemd, das seine dunkelblonden Haare leuchten ließ. Ich fragte mich, wie er es nur schaffte, immer so nach Sommerurlaub auszusehen. »Das ist seltsam. Ich dachte, sie hat ein Meeting mit Leo.«

Sofort fing mein Herz an zu rasen und Unwohlsein machte sich in mir breit, als ich an den gestrigen Nachmittag dachte. »Was?«

»Leo sitzt seit etwa einer Viertelstunde bei Nadja im Konferenzraum.« Benny runzelte die Stirn und sah mich besorgt an. »Ophelia, du bist kalkweiß, was ist denn los?«

Panik durchflutete mich und ich hatte das Gefühl, den Boden unter den Füßen zu verlieren. Irgendwie war ich mir ziemlich sicher, dass es sich nicht um ein Arbeitsmeeting handelte. Alles in mir strebte danach, in den Konferenzraum zu stürzen, doch ich wusste, dass mich das Gespräch zwischen den beiden nichts anging. Vielleicht hatte ich aber auch schlicht und ergreifend zu viel Angst vor dem, was mich dort erwarten würde. »Ich gehe in die Küche und schaue, ob ich was zu essen finde«, sagte ich nur, obwohl ich keinen Appetit mehr hatte. Wie mechanisch lief ich durch den Flur, an Nadjas Büro vorbei, vorbei an der Abstellkammer, wollte in die Küche abbiegen, als mich Stimmen aus dem Konferenzraum innehalten ließen. Die milchige Glastür war nur angelehnt. Meine Haut kribbelte und ich starrte wie hypnotisiert darauf. Ich wusste, ich sollte nicht lauschen, das gehörte sich nicht, aber ich konnte einfach nicht anders. Nicht nach Leos Abgang gestern. Nicht nach allem, was passiert war. Ich sah über meine Schulter, doch niemand war auf dem Gang oder in der Küche zu sehen. Langsam lief ich auf den Konferenzraum zu und lehnte mich an die Wand daneben. Ich hielt den Atem an und wagte einen vorsichtigen Blick hinein.

Nadja lehnte an dem großen Tisch in der Mitte des Raumes, die Arme verschränkt, der Blick eisig. Ihr schwarzer Bob saß akkurat, die Lippen waren dunkelrot. Leo stand mit verschränkten Armen vor ihr und kurz machte sich Erleichterung in mir breit, immerhin sah es nicht so aus, als würden sie sich wieder gut verstehen. Doch als er sich umdrehte, um im Raum auf- und abzugehen, sah ich sein müdes, erschöpftes Gesicht und die Erleichterung wurde durch Besorgnis ersetzt.

»Du hattest schon immer einen Hang zur Dramatik, Leo«, sagte Nadja in dem Moment.

»Ach ja? Wie damals, als du einfach ohne ein Wort verschwunden bist und ich die ganze Nacht mit Niklas durch die Stadt gefahren bin, um dich zu suchen? Als du irgendwann nach Hause gekommen bist, als wäre nichts gewesen, und ich aufgebracht war, weil du gesagt hast, ich hätte dir nur mal wieder nicht richtig zugehört? Wir wissen beide ganz genau, dass du mir *nicht* Bescheid gegeben hast und wir eigentlich verabredet waren.«

»Leo, ich …«, setzte Nadja an, doch er schnitt ihr das Wort ab.

In seiner Stimme lagen so viel Schmerz und Frustration, dass sich alles in mir zusammenzog. »Oder als ich ein wichtiges Abendessen mit dem Verlag hatte und du mich angerufen hast, weil du einen Unfall hattest? Ich bin sofort ins Krankenhaus gerast, wo du nirgendwo zu finden warst. Ich bin fast gestorben vor Sorge und du bist nicht ans Telefon gegangen. Drei Krankenhäuser habe ich abgeklappert, nur um dich am Ende des Abends in unserer Wohnung zu finden – kerngesund. Was hast du damals gesagt, dass du doch gar nicht von dir, sondern von einer Freundin geredet hättest?« Leos Stimme brach und mein Herz gleich mit. Ich hielt mir die Hand vor den Mund und schüttelte ungläubig den Kopf.

»Du bist schuld daran, dass ich mir selbst nicht traue. Dass ich ständig denke, ich hätte etwas falsch gemacht oder falsch verstanden. Ist dir das eigentlich bewusst? Und jetzt sind wir nicht mehr zusammen und du versuchst immer noch, mein Leben zu sabotieren.«

Nadja seufzte laut auf. »Ich versuche nicht, dein Leben zu sabotieren.«

Ich konnte nicht glauben, dass sie auf nichts einging, was Leo gesagt hatte, und nicht mal ansatzweise schuldbewusst klang. Wut machte sich kochend heiß in meinem Bauch breit.

»Ach ja? Und was sollte dann der Anruf gestern?«

Ich wagte erneut einen Blick in den Raum. Leo stand mit dem Rücken zu mir vor dem Fenster, während Nadja langsam auf ihn zuging. Meine Hände ballten sich zu Fäusten, als sie ihren Kopf an seine Schulter schmiegte.

»Ich habe dich einfach vermisst«, sagte sie ungewohnt sanft.

Leo zuckte zusammen, als hätte er sich verbrannt, und machte einen großen Schritt zur Seite. »Lass den Scheiß, ich kann das nicht mehr und ich will das nicht mehr. Da ist jetzt eine neue Person in meinem Leben, die mir sehr viel bedeutet. Und ich lasse nicht zu, dass du mir das versaust, verstanden?«

Nadja lachte bitter auf. »Ach ja? Und wa…«

»Ophelia?«, ertönte eine tiefe Stimme hinter mir und ich zuckte so heftig zusammen, dass ich einen Schritt zurücktaumelte und die Dracaena-Palme neben mir umriss. Der dunkelgrüne Blumentopf sorgte für ein lautes Poltern und Erde verteilte sich auf dem hellen Laminat.

Vor mir stand Raúl, der mich verwirrt anlächelte. Noch bevor ich antworten konnte, wurde die Tür aufgerissen. Nadja hob genervt die perfekt gezupften Augenbrauen, als sie mich sah, während Leos Augen sich erschrocken weiteten. Sechs Augenpaare lagen auf mir und ich wollte einfach nur im Boden versinken.

»Du wolltest mich sprechen?«, sagte ich an Nadja gewandt und verschränkte die Hände hinter dem Rücken, um mein Zittern zu verbergen.

Nadja seufzte. »Es war nichts Wichtiges und ich habe jetzt keine Zeit, wir sind hier noch länger beschäftigt.«

»Nein, wir sind fertig. Ich wollte sowieso gerade gehen.« Leo griff nach seiner Jacke, die über einem der Stühle hing. Ohne Nadja eines weiteren Blickes zu würdigen, ging er an ihr vorbei. Sein Herbstlaubblick blieb kurz an meinem hängen und ich meinte, eine stumme Entschuldigung darin zu erkennen. Dann ging Leo den Flur hinunter und ich wollte ihm nachrennen, doch ich wusste, wie das für Nadja aussehen würde.

»Wenn sich das mit Ophelia erledigt hat, bräuchte ich dringend deine Meinung zu einem Auftrag«, sagte Raúl und unterbrach damit die unangenehme Situation. Er machte einen Schritt in den Konferenzraum und schloss die Tür hinter sich.

Dankbarkeit durchflutete mich und ich machte mir gedanklich die Notiz, ihm nachher eine Zimtschnecke zu besorgen. Schnell rannte ich los, vorbei an den verwirrten Blicken meiner Kollegen, durch die Eingangstüren der Agentur hinaus. »Leo, warte!«, rief ich, als er gerade um die Ecke biegen wollte und nun abrupt stehen blieb. Er drehte sich um und ich hörte nicht auf zu rennen, bis ich direkt vor ihm stand. Meine Brust hob und senkte sich hektisch, während ich versuchte, zu Atem zu kommen. Gott, ich hatte wirklich eine miserable Kondition. »Hast du zufällig ein Sauerstoffzelt für mich?«, keuchte ich und entlockte ihm damit ein Schmunzeln.

»Es tut mir leid«, sagten wir synchron und Leo runzelte die Stirn.

»Was tut dir denn bitte leid?«

»Es tut mir leid, dass ich euer Gespräch zum Teil mitgehört habe. Ich weiß, dass das nicht in Ordnung war. Vor allem aber tut es mir leid, dass dich Nadja so behandelt hat.« Ich atmete noch immer schwer, doch so langsam beruhigte sich mein Puls. »Ich weiß, wir kennen uns noch nicht sehr lange, aber für mich bist du einer der besten Menschen überhaupt. Du bist einfühlsam, aufmerksam und freundlich. Du bist witzig und tiefgründig und ein großartiger Zuhörer. Ich hätte niemals geglaubt, mich bei einem Mann so wohlzufühlen, aber du machst es mir verdammt einfach. Wenn ich bei dir bin, möchte ich mich jedes Mal kneifen, weil ich nicht glauben kann, dass jemand wie du tatsächlich existiert und dann auch noch ausgerechnet mich im Arm hält. Du verdienst es, so behandelt zu werden, wie du andere behandelst, und ich hasse Nadja dafür, dass sie dich so verletzt und verunsichert hat.« Als ich fertig war, glühten meine Wangen.

Leo starrte mich mit geöffnetem Mund an und ich traute mich kaum zu atmen. Er schluckte und selbst wie sich sein Kehlkopf dabei bewegte, war attraktiv. Langsam legte er seine Hände an meine Wangen und beugte sich so nah zu mir hinunter, dass ich seine Wimpern zählen konnte. »Fuck, Ophelia, ich glaube, du weißt gar nicht, wie sehr dir mein Herz gehört.« Dann legte er seine Lippen sanft auf meine und Gefühle in den buntesten Farben explodierten in mir.

Kapitel 26

»Hey, was hältst du davon, wenn wir übers Wochenende gemeinsam wegfahren?«, fragte Leo und ich blickte von meinem iPad hoch. Nach der Aufregung gestern hatten wir es uns mit selbst gemachten Pancakes und jeder Menge Kaffee auf dem Balkon gemütlich gemacht und weiter an seinem Buch gearbeitet. Die Sonne schien erbarmungslos auf uns hinab, weshalb wir den Schirm über uns ausgebreitet hatten und mein kleiner Ventilator sein Bestes gab, uns kühle Luft zu schenken. Leo saß mittlerweile am Lektorat von *Die Gans, die zum Zirkus wollte* und ich musste noch genau zwei Seiten illustrieren, bevor ich fertig war. Es war krass, wie die Zeit verflogen war.

Ich hielt mir die Hand über die Augen, um ihn besser sehen zu können. »Wie meinst du das, wohin denn?«

Leo lächelte mich breit an. »Meiner Agentin Tabhita gehört ein kleines Ferienhaus auf Norderney, an der Nordsee. Sie bietet mir schon seit Monaten an, dort hinzufahren, wenn ich mal eine Schreibblockade habe oder einfach raus will. Ich habe sie vorhin gefragt, ob wir vielleicht dieses Wochenende spontan zusammen dorthin fahren könnten. Montag ist ein Feiertag, wir hätten also drei ganze Tage dort, könnten einfach mal weg, alle Sorgen hier zurücklassen und am Meer entspannen.«

Mein Herz fing an zu tanzen und die Schmetterlinge in meinem Bauch stimmten fröhlich mit ein. Leo wollte mit mir zusammen wegfahren. Unser erster gemeinsamer kleiner Urlaub. Sofort wurden die Zweifel in mir laut. Wir würden drei Tage von morgens bis abends zusammen sein, was, wenn es komisch werden würde oder irgendetwas schiefging? Aber ich war schon so lange nicht mehr am Meer gewesen und mein Herz zog sich beim Gedanken an diese kleine Auszeit mit Leo sehnsuchtsvoll zusammen. Also schob ich die Zweifel beiseite und erwiderte sein Lächeln mindestens genauso breit. »Ich bin dabei.«

»Vorsicht, schwer«, warnte ich Leo, als er meine Reisetasche anhob und in den Kofferraum hievte.

»Hast du Backsteine einpackt?«, fragte er grinsend und ich schlug ihm leicht gegen den Arm.

»Hey, man muss auf alles vorbereitet sein!«

Nachdem wir alles in seinem kleinen dunkelblauen Fiat verstaut hatten, stieg ich auf der Beifahrerseite ein und griff direkt nach dem Aux-Kabel. »Ich bin für die Musik zuständig!«, rief ich, während er lachend *Norddeich/Mole* als Zielort im Navi eingab. Ich jubelte, als Leo schließlich losfuhr und aus den Lautsprechern *Breaking Free* aus *High School Musical* ertönte. »We're soaring, flying …«, sang ich laut und schief mit, während mir der Wind, der durch den schmalen Fensterschlitz kam, durch die Haare brauste. Leo verzog gespielt das Gesicht und hielt sich ein Ohr zu, doch dann lächelte er wieder und es wirkte so zufrieden, dass eine angenehme Wärme meine Brust ausfüllte.

Wir waren eine ganze Weile singend in Richtung Nordsee gefahren, da entschieden wir uns für einen kurzen Halt an einer Autobahnraststätte. Während ich auf die Toilette ging, besorgte Leo uns ein paar Snacks und Getränke. Als wir wieder losfuhren, beschloss ich ihn nicht länger mit meinem schiefen Gesang zu beglücken, sondern ihm Fragen zu stellen.

»Marvel oder DC?«, fragte ich und trank einen Schluck von der Limo, die wir besorgt hatten.

»DC«, erwiderte er wie aus der Pistole geschossen.

»Neeein, was? Dieser Trip ist hiermit beendet, ich kann nicht mit jemandem verreisen, der DC lieber mag als Marvel.« Dramatisch hielt ich mir die Hand vor die Augen.

Leo lachte und zuckte entschuldigend mit den Schultern. »Batman ist einfach besser als Iron ...«, setzte er an.

Ich schnappte empört nach Luft. »Wag es ja nicht, diesen Satz zu beenden, ansonsten müssen wir leider wirklich getrennte Wege gehen.«

Er lachte noch lauter und ich konnte gar nicht anders, als einzustimmen, so lange, bis mir der Bauch weh tat. »Nutella mit oder ohne Butter?«, fragte ich schließlich, als wir uns wieder beruhigt hatten, und wischte mir eine kleine Träne aus dem Augenwinkel.

»Ganz klar ohne Butter.«

Ich grinste und klopfte ihm zufrieden auf die Schulter. »Okay, du hast wieder Pluspunkte gesammelt.«

Er sah mich kurz von der Seite an, während wir das Ortsschild von Emden passierten. »Auf dem iPad zeichnen oder auf Papier und Leinwand?«

»Hm, gar nicht so leicht«, murmelte ich. »Auf dem iPad zu zeichnen ist natürlich super praktisch und es erleichtert mir vieles, aber trotzdem würde ich immer Papier oder Leinwand sagen, weil ich das Gefühl liebe und wie danach alles voll mit Farbe ist. Ich mag auch, dass man nichts einfach löschen kann, weil alles Spuren hinterlässt.«

Er warf mir einen warmen Blick zu und ich konnte nicht anders, als ihm einen Kuss auf die Wange zu hauchen. Meine Lippen kribbelten und ich legte meine Hand auf seinen Oberschenkel. »Wie läuft es mit deinem Bruder?«, fragte ich vorsichtig und stellte glücklich fest, dass sein Körper sich nicht mehr sofort anspannte, sobald man seinen Bruder erwähnte.

»Es läuft gut, wirklich. Wir haben seit unserem langen Treffen vorgestern Abend ein paar Mal telefoniert, schreiben uns andauernd und sind auch für nächste Woche wieder verabredet. Man merkt schon, dass alles noch etwas zaghaft und distanziert ist, aber ich glaube, dass es mit ein bisschen Zeit und Arbeit wieder so werden kann, wie es früher war.« Seine Stimme klang hoffnungsvoll.

Ich streichelte mit der Hand über sein Bein. »Das freut mich so sehr. Ich glaube auch, dass ihr das schaffen könnt.«

»Er möchte dich unbedingt irgendwann kennenlernen«, sagte Leo leise.

»Du hast ihm von mir erzählt?«, fragte ich überrascht.

Er nickte und warf mir einen kurzen Blick zu. »Natürlich. Ohne dich wäre ich nicht auf ihn zugegangen und er wollte wissen, wer meine Augen so zum Leuchten bringt.«

Meine Wangen wurden heiß und ich sah verlegen aus dem Fenster. Rot geklinkerte Häuser und Bäume, die sich im Wind bogen, zogen an uns vorbei und ein Schild wies darauf hin, dass wir gleich am Hafen ankommen würden. »Ich freue mich schon darauf, ihn kennenzulernen«, sagte ich so leise, dass ich beinahe sicher war, er würde es nicht hören, doch seine Hand, die meine kurz drückte, bewies mir das Gegenteil.

»Da ist schon der Hafen«, sagte Leo lächelnd und die Vorfreude in seiner Stimme ließ Schmetterlinge durch meinen Bauch tanzen.

Wir reihten uns in die Autoschlange ein, die zum Glück nicht sehr lang war, und stellten erfreut fest, dass die nächste Fähre schon in fünfzehn Minuten fuhr. Ich schickte meinen Eltern ein Foto von der Fähre und schrieb ihnen, dass wir gut in Norddeich angekommen waren, als sich schon die ersten Autos vor uns in Bewegung setzten.

»Moin«, brummte ein Mann mit einem freundlichen Lächeln, als er unsere Karten kontrollierte, und schon kam mir die erste salzige

Brise durch das geöffnete Autofenster entgegen. Wir stellten das Auto ab, dann zogen wir uns schnell die Jacken über und stiegen aus.

»Oh, ich bin schon so lange nicht mehr mit der Fähre gefahren«, rief ich aufgeregt und hüpfte die Treppen hoch.

Das Wetter war gut und ich wollte unbedingt aufs oberste Deck. Leo folgte mir und ich griff nach seiner Hand, als wir schließlich oben ankamen. Ich zog ihn zur Reling, wo er sich hinter mich stellte und seine Arme um mich legte. Seine Locken kitzelten mein Gesicht, als er sich hinunterbeugte, bis sein Kopf auf meiner Schulter ruhte. Über uns kreisten zwei Möwen und der typische Meeresgeruch stieg mir in die Nase. Ich atmete tief ein und schloss die Augen, als die Fähre langsam ablegte und wir das Festland Stück für Stück hinter uns ließen und mit ihm alle Zweifel, Sorgen und dunklen Gedanken. Ich drehte mich um und legte meine Arme um Leos Hals.

»Ich bin froh, dass wir hier zusammen sind«, flüsterte ich.

»Ich auch.«

Der Salzlippenkuss, der folgte, fühlte sich ein bisschen an wie Fliegen und ich konnte unsere gemeinsame Zeit kaum abwarten.

»Ist es das?« Ich lief hinter Leo her, der trotz meines Protests beide Taschen trug, und strich mir die Haare aus dem Gesicht, die von dem Wind wild umher gewirbelt wurden.

Er sah auf sein Handy und nickte. »Ja, wir sind da.«

Wir standen vor einem kleinen Backsteinhäuschen und ich war verliebt. Ein kleines Gartentor führte an mehreren bunt bepflanzten Blumenbeeten vorbei zu einer dunkelgrün gestrichenen Holztür. An den von Efeu umrandeten, Fensterrahmen hingen Blumenkästen und neben der Haustür hing ein kleiner roter Briefkasten – das Haus sah aus, als wäre es einem Märchenbuch entsprungen. Doch das Beste war, dass wir fast direkt am Meer wohnten. Dort, wo der Gartenzaun endete, begann bereits die Promenade und direkt darunter kam der Strand.

»Das Haus ist wunderschön«, seufzte ich.

Er nickte. »Und ich wusste nicht, dass es so nah am Meer steht. Wow.«

Auch innen enttäuschte das Häuschen nicht. Als wir durch die Tür traten, fiel mein Blick direkt auf den gemütlichen Wohnbereich, der aus einer großen Couch, einem kleinen Tisch und einem riesigen Fernseher bestand. Alles war in erdigen Tönen gehalten und an der Wand erstreckte sich ein großes Bücherregal. Ich musste schmunzeln. Natürlich gab es im Ferienhaus einer Literaturagentin unzählige Bücher. Vom Flur aus konnte man die Küche und ein kleines Badezimmer erreichen. Das Highlight war jedoch eine schmale Wendeltreppe, die vom Wohnbereich hoch ins Schlafzimmer führte. Wir gingen hoch, Leo mit beiden Koffern, und stellten fest, dass man vom gemütlichen Doppelbett aus durch ein großes Fenster direkt auf das Meer blicken konnte. Ein enormes Glücksgefühl breitete sich in mir aus, als Leo die Taschen auf dem Boden abstellte und ich meine Arme um seine Hüfte schlang. Ich legte meinen Kopf auf seine Schulter und mein Blick wanderte hinaus zum Meer. »Das hier ist wirklich ein absoluter Traum. Danke, dass du mich mitgenommen hast.«

Er drückte mir einen sanften Kuss auf den Scheitel. »Danke, dass du mitgekommen bist.«

Nachdem wir unsere Taschen ausgepackt und einige Lebensmittel eingekauft hatten, zog es uns direkt an den Strand. Der Wind war frisch, aber der Sand warm und so liefen wir barfuß am Meer entlang. Die Wellen kitzelten meine Füße und ich musste jedes Mal lachen, wenn Leo sich zu weit hineinwagte und seine halbe Hose in Salzwasser tränkte. Er zog dann immer die Nase kraus und sah unglaublich süß dabei aus.

Wir liefen gerade den Weststrand entlang, vorbei an blau-weiß gestreiften Strandkörben, als Leo plötzlich sein Handy zückte. »Wir haben noch gar kein Foto zusammen, wollen wir hier eins machen?«, fragte er fast schüchtern.

Mein Herz machte einen Hüpfer. »Ja, sehr gern.« Ich stellte mich neben ihn, während er das Handy so hielt, dass wir beide auf dem Bildschirm zu sehen waren. Wir lächelten ein wenig unbeholfen in die Selfiekamera, als plötzlich eine Stimme neben uns ertönte.

»Hey, soll ich vielleicht ein Foto von euch machen?« Neben uns stand ein junges Pärchen, vielleicht zwei, drei Jahre älter als wir, und die Frau lächelte uns aufgeschlossen an.

Leo nickte und reichte ihr das Handy. »Das wäre toll, danke.« Wir positionierten uns vor dem Meer und dem stahlblauen Himmel, über den weiße Zuckerwattewolken tanzten. Leo legte seine Arme um mich und ich kuschelte mich eng an ihn. Plötzlich schwappte eine große Welle von hinten gegen unsere Beine und tränkte unsere Hosen mit Salzwasser. Meine Jeans klebte an der Haut und als Leo wieder die Nase krauszog, musste ich laut auflachen.

»Oh, das ist richtig süß geworden!«, rief die junge Frau und kam auf uns zugelaufen.

Sie hielt mir das Handy unter die Nase und ein warmes Gefühl erfüllte meinen Brustkorb. Das Foto war die perfekte Momentaufnahme. Leo hielt mich fest und sah mit einem breiten Grinsen zu mir, während ich die Augen geschlossen hatte und lachte. Ich mochte mich auf Fotos nie und auch auf diesem hatte ich ein leichtes Doppelkinn, während meine Haare durch den Wind aussahen, als hätte ich in eine Steckdose gefasst. Doch das interessierte mich ausnahmsweise mal herzlich wenig. Wir sahen auf dem Bild so glücklich aus, dass es fast greifbar war, und je länger ich das Bild ansah, desto intensiver empfand ich etwas, das sich ein bisschen wie Liebe anfühlte. Und als ich zu Leo blickte und er das Foto mit einem warmen Funkeln in den Augen betrachtete, keimte in mir die Hoffnung auf, dass es vielleicht nicht nur mir so ging.

Nachdem ich auch noch ein paar Fotos von dem anderen Paar gemacht hatte, lud ich ein kurzes Video vom Wellenrauschen in meiner Story auf Instagram hoch und schickte das Bild von uns an Ida, meine Eltern sowie in die Gruppe mit Benny und Raúl. Dann hakte ich mich bei Leo unter und wir machten uns langsam zurück auf den Weg zu unserem kleinen Häuschen.

Dort angekommen, kochte Leo uns ein wahres Festmahl und ich fragte mich wieder einmal, ob es irgendetwas gab, das dieser Mann nicht konnte. Neben selbst gemachten Fettuccine und der köstlichsten Soße, die ich je gegessen hatte, gab es noch einen frischen, bunten Salat sowie eine hausgemachte Tomatencremesuppe. Als ich schließlich das Dessert aus dem Kühlschrank holte, war ich die wahrgewordene Definition von *satt* und *zufrieden*. Ich stellte das Tiramisu, das ich nach dem Rezept meiner Mama gemacht hatte, auf den Tisch und Leo schaufelte sich sofort eine große Portion auf den Teller.

»Das schmeckt absolut großartig und ich möchte darin baden«, verkündete er kurz darauf mit vollem Mund.

»Freut mich, dass dir mein Lieblingsdessert auch so gut schmeckt.«

Nachdem wir fast die ganze Form geleert hatten, räumten wir das Geschirr in die Spülmaschine und bauten im Wohnzimmer ein paar Snacks und Getränke für einen gemütlichen Filmabend auf.

»Also, was schauen wir?«, fragte Leo und griff nach der Fernbedienung.

»Thriller oder Horrorfilm«, rief ich aus der Küche und füllte das warme Popcorn aus der Mikrowelle in eine große Schüssel.

»Schon wieder? Dann erschrecke ich mich doch nur wieder die ganze Zeit.«

»Welche Antwort hast du erwartet?«, fragte ich lachend und stellte die Schüssel auf dem Couchtisch ab. Dann ließ ich mich neben Leo auf das gemütliche Sofa fallen.

»Guter Punkt.« Er seufzte. »Nur nicht wieder so was wie beim letzten Mal, ja? Ich träume noch immer davon.«

»Aber so gruselig war es doch gar nicht«, entgegnete ich, worauf ich einen vorwurfsvollen Blick erntete. Okay, anscheinend hatte ihm *Fear Street* nicht so gut gefallen wie mir.

Nachdem wir eine Weile gesucht hatten, entschieden wir uns schließlich für *Escape Room*, weil der eher nach Thriller als Horror aussah und wir das Thema beide interessant fanden. Leo hatte den Arm um mich gelegt und ich kuschelte mich an ihn, während von draußen leises Wellenrauschen und Windgeflüster zu uns durchdrang. Ich bettete meinen Kopf auf seine Brust und atmete entspannt aus.

»Aber nicht einschlafen«, flüsterte er und strich mir sanft über die Haare.

»Nein, auf keinen Fall«, protestierte ich und unterdrückte ein Gähnen. »Ich mache es mir nur bequem.« Das sanfte Kraulen entspannte mich mehr und mehr und ich beschloss, nur für einen ganz kurzen Augenblick die Augen zu schließen.

Natürlich war ich doch eingeschlafen und wachte erst auf, als eine leise Stimme neben mir »Hey, Schlafmütze« flüsterte. Ich öffnete schläfrig die Augen. Auf dem Fernseher lief bereits der Abspann und über mir lag eine Decke. Ich setzte mich aufrecht hin und rieb mir über das Gesicht.

»Entschuldige, dass ich doch eingeschlafen bin«, murmelte ich schuldbewusst.

Leo lächelte mich warm an. »Macht doch nichts. Lass uns gleich ins Bett gehen.«

Ich nickte verschlafen und er half mir vom Sofa hoch. Während Leo im Badezimmer verschwand, wankte ich hoch ins Schlafzimmer, um mich umzuziehen. Ich hatte mir gerade meine Schlafshorts übergestreift und die Bluse ausgezogen, als Leo die Wendeltreppe hochgelaufen kam – in nichts als Boxershorts. Hitze stieg mir in die Wangen und in den Unterleib. Gott, er sah unglaublich gut aus. Er hatte keinen extrem durchtrainierten Körper, doch es war ein Ansatz von Bauchmuskeln zu erkennen und vor allem seine Arme waren sehr definiert.

»Sorry, ich habe mein Shirt noch nicht ausgep…«, setzte er an, stoppte jedoch abrupt, als er hochsah und unsere Blicke sich trafen. Ich war kurz verwirrt, bis ich bemerkte, dass ich in BH und Shorts vor ihm stand. Kurz verspürte ich den Drang, mir etwas vor den Körper zu halten, doch gleichzeitig war ich wie elektrisiert und konnte kaum nachdenken.

»Ich …«, fing Leo erneut an, doch wieder wurde er unterbrochen, denn ich lief auf ihn zu, nahm sein Gesicht in meine Hände und küsste ihn.

Kapitel 27

Ohne zu zögern schloss er mich in die Arme und erwiderte den Kuss genauso intensiv. Als seine Finger meine nackte Taille berührten, erschauderte ich und lehnte mich noch enger an ihn. Ich konnte spüren, dass er hart wurde, und ein Stromstoß jagte durch meinen Bauch. Als ich an seinen Lippen leise seufzte, hob er mich hoch und ich schlang wie automatisch meine Beine um seine Taille. Wir hörten nicht auf uns zu küssen, während er mich zum Bett trug und sanft dort ablegte. Meine Beine waren noch immer um seine Körpermitte geschlungen, als er sich hinunterbeugte und zarte Küsse auf meinem Schlüsselbein verteilte. Sein Schritt drückte sich gegen meinen und mir blieb für einen Moment die Luft weg. Er atmete zischend ein und löste sich, nur um Küsse auf meinem Bauch zu verteilen. Als er am Bund meiner Shorts angelangt war, der kurz über meinem Bauchnabel saß, schoss plötzlich Panik durch meinen Körper und ich setzte mich aufrecht hin.

Sofort zog sich Leo ein Stück zurück und sah mich mit großen Augen an. Besorgnis sprach aus seinem Blick. »Ist alles okay? Zu viel? Soll ich aufhören?«

Mein Herz raste und ich nahm mir einen Moment, um in mich hineinzuhören. Wollte ich, dass er aufhörte? Nein, eigentlich nicht. Ich wollte nur nicht, dass er bestimmte Stellen meines Körpers und ihre Makel sah. »Nein, nicht aufhören«, wisperte ich atemlos und griff nach seiner Hand. »Nur bitte nicht die Hose oder den BH ausziehen, das kann ich einfach nicht. Wenn du so nicht willst, verstehe ich das natürlich, ich …«

Er legte mir vorsichtig einen Finger auf den Mund. »Ophelia. Nur was und wie du es möchtest und nichts anderes. Man kann sich auch berühren und spüren, wenn man sich nicht komplett auszieht. Glaub mir, du bringst mich so oder so um den Verstand – egal, wie viel Haut ich von dir sehe oder spüre.«

Erleichterung und Wärme durchfluteten mich und ich dankte all den Sternen, die zur richtigen Zeit am richtigen Ort aufeinandergetroffen waren und mir dadurch Leo geschenkt hatten. Das Schicksal hatte es gut mit uns gemeint, anders konnte ich mir das zwischen uns nicht erklären. »Du musst noch ein Versprechen einlösen«, hauchte ich und er sah mich fragend an. Ich stützte mich auf die Unterarme und war Leos Gesicht plötzlich wieder ganz nah. »Du wolltest jedes einzelne Tattoo auf meinem Körper küssen.«

Seine Augen schienen ein wenig dunkler zu werden und eine angenehme Anspannung machte sich in mir breit. Er fing an den Armen an, küsste vorsichtig Motiv für Motiv, streichelte mit seinen Lippen über den kleinen Schmetterling und den Halbmond, über die Blätterranken, die Sonne und die kleinen Fische. Eine Gänsehaut überzog meinen gesamten Körper und ich wollte, dass er nie mehr damit aufhörte. Als er schließlich alle Tattoos am Arm geküsst hatte, wanderte er hinunter zu meinen Beinen und alles, einfach alles kribbelte. An den Beinen hatte ich nur einige wenige Tattoos und als er die kleinen Planeten an meinem Unterschenkel berührt hatte, sah er mich zufrieden lächelnd an. Als ich den nächsten Satz flüsterte, pochte mein Herz so laut, dass ich mir sicher war, dass er es hören konnte. »Du hast eins vergessen.« Sein Blick fiel auf die kleine Wolke an der Innenseite meines rechten Oberschenkels und ich hielt den Atem an. Und als sein Lockenkopf zwischen meinen Schenkeln verschwand und ich seine Lippen auf der Haut spürte, war ich mir sicher, dass mein Herz aufhören würde zu schlagen. Während er sanfte Küsse auf der kleinen Wolke verteilte, berührte sein Kopf meine empfindlichste Stelle und mir entwich ein Stöhnen. Erschrocken hielt ich mir die Hand vor den Mund.

Er hob den Kopf und sah mich durch halboffene Augen an. »Du bist so unfassbar sexy.«

In meinem Unterleib pochte es und alles in mir zog sich lustvoll zusammen. Ich hätte nie im Leben damit gerechnet, dass jemand wie Leo mich sexy finden würde. Es fühlte sich surreal an und gleichzeitig unendlich berauschend.

Er hielt meinem Blick stand, als er sich langsam mit den Armen neben mir abstützte, bis wir auf Augenhöhe waren. »Ophelia ... ich weiß, es fällt dir schwer, mir zu glauben, aber du bist atemberaubend schön. Von Kopf bis Fuß. Und ich finde alles an dir anziehend und unglaublich attraktiv, deinen Charakter genauso wie deinen Körper.«

Lüge, Lüge, Lüge, schrien meine Selbstzweifel, doch ich brachte sie zum Schweigen, indem ich seinen Kopf zu mir zog. Dieser Kuss war anders als sonst. Er war liebevoll, aber nicht sanft. Er war voller Leidenschaft und Hitze und anders als alles, was ich je zuvor gespürt hatte. Leo senkte seinen Körper leicht und rieb seine Härte gegen meine empfindlichste Stelle. Ich kam ihm wie von selbst entgegen und spürte, wie die Spannung in meinem Körper stieg und stieg und stieg. Er bewegte sich schneller und diesmal war er derjenige, der aufstöhnte, was mich nur noch mehr erregte. Ich klammerte meine Hände an seinen Rücken und schloss die Augen, während er meinen Hals mit sanften Küssen bedeckte. Wir bewegten uns in unserem ganz eigenen Rhythmus und ich spürte ihn so intensiv, dass jede einzelne Zelle meines Körpers kurz vor dem Explodieren stand – und das, obwohl wir nicht komplett ausgezogen waren. Doch wir konnten uns auch so nah sein und ich war ihm so dankbar dafür, dass er meine Grenzen akzeptierte.

Mein Puls raste und raste, einfach alles in mir kribbelte und ich fühlte mich so elektrisiert wie ein Blitz kurz vor dem Einschlag. Ich stieß einen erstickten Schrei aus, als mich eine Welle der Glücksgefühle überrollte und sich die ganze Anspannung auf einmal entlud. Das Kribbeln ebbte langsam ab, ich schloss die Augen und tanzende Sternchen erschienen in der Dunkelheit.

Wow.

Es war nicht so, dass mein Vibrator keinen guten Job erledigte, aber es war nichts im Vergleich zu den Gefühlen, die Leo in mir hervorrief. Und wir hatten noch nicht mal *richtig* miteinander geschlafen. Erschöpft erschlaffte mein Körper und wenige Sekunden später brach auch Leo schwer atmend auf mir zusammen. Sein Kopf ruhte auf meiner Brust und ich streichelte ihm behutsam durch die dunklen Locken. Einen Augenblick lang hörte ich nur das dumpfe Wellenrauschen, unseren Atem und das Pochen unserer Herzen im Einklang.

»Weißt du«, murmelte Leo plötzlich und ich blickte hinunter auf seinen Lockenkopf, »ich hatte schon häufiger Sex.« Er räusperte sich kurz und hob den Kopf, um mich anzusehen. »Aber es hat sich mit noch niemandem so angefühlt wie mit dir. Und das sage ich nicht nur einfach so. Ich fühle mich so gesehen, verstanden und geborgen bei dir, dass ich … Ich glaube eigentlich nicht an das Schicksal, aber bei uns bin ich mir sicher, dass wir uns begegnen sollten.«

Eine Gänsehaut überzog meinen Körper. »Ich fühle dasselbe, Leo«, flüsterte ich.

Er lächelte und drückte mir einen zärtlichen Kuss auf die Lippen, legte seinen Arm um mich und ich kuschelte mich in seine Halsbeuge. Er streichelte sanft über meinen Arm und als mir irgendwann die Augen zufielen, war da so viel Liebe in mir.

Das Kreischen einer Möwe riss mich aus dem Schlaf und ich blinzelte schläfrig dem grellen Licht der hereinfallenden Sonne entgegen. Ich gähnte und streckte mich ausgiebig, bevor ich mich aufsetzte und aus dem Fenster blickte. Ein Lächeln schlich sich auf meine Lippen, als ich den Strand und das indigoblaue Meer erblickte. Von unten erklang leises Geschirrklappern aus der Küche und das vertraute Brummen einer Kaffeemaschine war zu hören. Ich lief zu meinem geöffneten Koffer und wollte mir einen Cardigan überziehen, als mein Blick auf Leos dunkelblauen Hoodie fiel, den er gestern getragen hatte. Als ich ihn überstreifte und seinen Duft einatmete, verspürte ich ein wohlig warmes Gefühl. Der Stoff reichte mir bis zu den Knien und vielleicht war es ein Klischee, doch ich wollte gerade nichts lieber tragen als etwas von ihm. Ich griff nach meinem Handy und machte ein Spiegelselfie, bei dem man sogar das Meer im Hintergrund sehen konnte. Ich hielt das Handy so vor mein Gesicht, dass man mein ungeschminktes Gesicht nicht sehen konnte. *Manchmal ist das Glück nur eine Fahrt zum Meer entfernt*, schrieb ich dazu und postete das Bild in meiner Story, bevor ich schnell ein paar Nachrichten und Kommentare beantwortete. Nachdem ich auch Ida und Mama ein kurzes Lebenszeichen geschickt hatte, legte ich mein Handy wieder auf den Nachttisch und tapste barfuß die Wendeltreppe hinunter. Ich verschwand schnell im Bad, um mir die Zähne zu putzen und die Haare zu einem lockeren Dutt hochzustecken, und stellte stolz fest, dass ich nicht mehr das dringende Bedürfnis hatte, mich in Leos Gegenwart zu schminken. Das war wirklich ein großer Fortschritt für mich.

Als ich in die Küche kam, schlich sich ein breites Lächeln auf mein Gesicht. Leo stand mit dem Rücken zu mir am Herd und war gerade dabei, Rührei und Pfannkuchen zu machen. Neben ihm standen zwei dampfende Tassen Kaffee und sogar das Obst, das wir gestern besorgt hatten, hatte er schon gewaschen und geschnitten. Im Radio lief *Africa* von Toto und er sang leise mit.

Ich lief auf ihn zu und schlang von hinten die Arme um seinen Oberkörper. »Guten Morgen«, sagte ich fröhlich und lehnte meinen Kopf an seinen Rücken.

Er drehte sich um und sah mich lächelnd an. »Guten Morgen«, erwiderte er und gab mir einen Kuss. »Hast du gut geschlafen?«

Ich nickte und beim Gedanken daran, was gestern Abend zwischen uns passiert war, stieg mir Hitze in die Wangen. »Ja, sehr gut.«

Leo grinste und hauchte mir einen weiteren Kuss auf die Nasenspitze. Dann reichte er mir eine der Tassen und wendete das Rührei in der Pfanne. »Frühstück ist auch gleich fertig.«

Ich trank einen Schluck von dem heißen Kaffee, in den er genau die richtige Menge Milch gegeben hatte, und strich ihm liebevoll eine Strähne aus der Stirn. »Womit habe ich dich nur verdient?«

Nachdem wir gemütlich in dem kleinen Vorgarten gefrühstückt und uns fertig gemacht hatten, beschlossen wir, ein bisschen durch das Zentrum der Insel zu bummeln und uns anschließend an den Strand zu legen. Wir schlenderten durch die Poststraße, vorbei an vielen kleinen Geschäften und landeten schließlich auf einem Platz mit niedlichen Robbenfiguren aus Messing. Wir setzten uns abwechselnd neben die kleinen Robben und schossen lachend Fotos voneinander, ein gemeinsames Selfie machten wir auch noch. Natürlich mussten wir dann im Thalia nebenan nachschauen, ob wir Leos Bücher fanden. Andächtig liefen wir an den liebevoll maritim dekorierten Regalen vorbei und landeten schließlich in der Kinderbuchabteilung.

»Da sind sie!«, rief ich freudig und steuerte auf einen der Büchertische zu. Leos Bücher waren sehr präsent und sogar mit einem eigenen Aufsteller auf dem Tisch drapiert. Stolz überkam mich. Ich hakte mich bei ihm unter und sah ihn an. »Frag doch, ob du sie signieren darfst.«

Er verzog das Gesicht. »Meinst du? Ich weiß nicht, ob das jemanden interessieren würde.«

Ich stupste ihn empört in die Seite. »So ein Quatsch! Siehst du, wie die Bücher hier präsentiert werden? Natürlich interessiert das jemanden.«

Er fuhr sich nervös durch die Haare und nickte. »Okay, also gut.« Er atmete tief durch und lief auf eine der Buchhändlerinnen zu. Sie unterhielten sich kurz und ich sah, wie sie begeistert in die Hände klatschte und sofort Stifte besorgte. Nachdem sie gemeinsam mit Leo die Bücher eingesammelt hatte, machte sie ihm auf einem Bücherwagen Platz. Ich stellte mich neben ihn und reichte ihm die Bücher zum Signieren an. Zwischendurch machte ich ein paar Fotos von ihm und den signierten Büchern, damit er später Werbung damit machen konnte.

Gerade, als ich ihm ein weiteres Buch hinhielt, kam eine junge Frau in unserem Alter auf uns zu. »Entschuldigung, sind Sie der Autor?«, fragte sie lächelnd und zeigte auf die Reihe.

Leo sah hoch und nickte. »Ja, das bin ich.«

Ein Leuchten trat in ihre Augen. »Meine kleine Schwester liebt Ihre Bücher! Sie ist so ein großer Fan. Könnten Sie mir vielleicht eins für sie signieren?«

Er lächelte überrascht. »Ja, natürlich, sehr gern. Wie heißt sie denn?«

»Amelie«, gab die junge Frau zurück und stellte sich neben ihn.

Sie unterhielten sich weiter, während ich die Frau musterte. Gott, sie war wunderschön. Ihre Haut war gebräunt, glänzend und frei von jeglichen Unreinheiten, die langen schwarzen Haare fielen ihr voluminös über die Schultern. Sie trug ein bauchfreies Crop-Top, das ihren flachen Bauch betonte, und war so schlank, dass mir schlecht wurde. Ich beobachtete, wie sie etwas sagte, das Leo zum Lachen brachte, und wie sie ihre perfekt manikürte Hand auf seine Schulter legte. Schmerzhafte Eifersucht machte sich in mir breit und nahm mir fast die Luft zum Atmen. Plötzlich fragte ich mich, was Leo mit mir wollte, wenn er offensichtlich auch so jemanden haben konnte. Ich sah an mir hinab, an meinem langen grünen Sommerkleid, unter dem sich mein Bauch wölbte und das kaum Haut zeigte, weil ich mich in kurzer Kleidung unwohl fühlte. Meine breiten Oberschenkel klebten schwitzig aneinander, meine Haare lagen schlaff auf meinen Schultern und auf meiner Stirn prangte ein Pickel. Mich überkam eine so extreme Welle von Unsicherheit, Verlustangst und Selbsthass, dass sich meine Brust zusammenzog und meine Knie wackelig wurden. Hitze wallte in mir hoch und ich spürte, wie die Schweißflecken unter meinen Armen immer größer wurden, während bei der jungen Frau nicht ein einziger Tropfen Schweiß zu sehen war. Leo würde mit Sicherheit auch irgendwann bemerken, dass er etwas viel Besseres haben konnte, und das tat so weh, dass ich schreien wollte.

»Kannst du vielleicht ein Foto von uns machen?«, riss mich die Stimme der Frau aus den Gedanken und ich sah sie mit großen Augen an.

Schnell räusperte ich mich und versuchte mich zu fangen, doch mir entging Leos sorgenvoller Blick nicht. »Ähm, ja, na klar«, stotterte ich und griff nach dem Handy, das sie mir entgegenhielt. Mit zitternden Händen machte ich ein paar Fotos, die wahrscheinlich alle verwackelt waren, aber das war mir scheißegal, ich wollte gar nicht, dass sie ein schönes Foto mit ihm hatte.

Sie bedankte sich bei mir, dann fragte sie, an Leo gewandt: »Bist du noch länger hier auf der Insel?«

Ich ballte die Hände zu Fäusten, in der Hoffnung, so irgendwie die tosenden Gefühle in mir unter Kontrolle zu bekommen.

»Bis Montag noch«, antwortete er und warf mir wieder einen besorgten Blick zu.

»Vielleicht sieht man sich ja noch mal?« Der hoffnungsvolle Ton in ihrer Stimme gab mir den Rest.

»Ich muss mal kurz an die frische Luft«, murmelte ich, ohne die beiden anzuschauen, und verließ hastig den Buchladen. Draußen angekommen, ließ ich mich auf einer der Bänke neben den kleinen Robben nieder und versuchte, meinen Atem unter Kontrolle zu kriegen. Ich schloss die Augen und machte tiefe, langsame Atemzüge, so wie Ida es immer tat, wenn ihre Hypochondrie sie im Griff hatte.

Langsam beruhigte sich mein Herzschlag und ich fuhr mir über das Gesicht. Eine Möwe kreischte über mir und ich hob den Blick, sah ihr blinzelnd hinterher. Scham und ein schlechtes Gewissen ersetzten die Eifersucht und die Panik. Wie hatte mich die Situation gerade nur so aus der Fassung bringen können? Würde das jetzt immer so sein, wenn ich Leo mit einer anderen Frau sah? Ich wollte nicht die eifersüchtige Furie sein, neben der er ständig befangen sein musste. Vor allem nachdem seine letzte Beziehung so toxisch gewesen war. Aber würde ich meine Gefühle immer verstecken können oder würden sie letztendlich zwischen uns stehen?

»Ophelia!«, rief Leo atemlos und kam aus dem Thalia gelaufen. Er hockte sich vor mich hin und legte mir eine Hand an die Wange. »Geht es dir gut? Was war eben los?«

Ich versuchte den Kloß in meinem Hals hinunterzuschlucken und ihn anzulächeln. »Alles gut, mir ist nur ein bisschen schwindelig geworden. Es war einfach so stickig da drin.« Das war eine Lüge und ich fühlte mich absolut furchtbar. Aber ich konnte ihm nicht sagen, wie eifersüchtig ich gewesen war und dass ich es kaum ertragen hatte, ihn mit der Frau zu sehen.

Er strich mir die Haare hinters Ohr und ihm war anzusehen, dass er mir nicht glaubte. Wir schwiegen ein paar Sekunden lang, dann sagte er: »Du weißt, dass du dir keine Sorgen machen musst, oder? Ich war einfach nur freundlich, wirklich.«

Ich verzog das Gesicht und streichelte ihm über die Schläfe. »Ja, das weiß ich. Es ist nichts, wirklich. Manchmal gehen meine Gefühle einfach ein bisschen mit mir durch.«

Er lehnte sich in meine Berührung und sah mich weiterhin nachdenklich an. »Okay, aber du kannst mit mir über alles reden, ja?«

Ich lächelte und lehnte meine Stirn behutsam gegen seine. »Ja, das weiß ich.«

Er setzte sich zu mir und wir beobachteten noch eine Weile das Treiben auf der Straße, bevor wir irgendwann aufstanden und Hand in Hand weiter durch das Zentrum der Insel liefen. Ich bemühte mich darum, mir nichts anmerken zu lassen, doch ich wurde das Stechen im Herz einfach nicht los.

Kapitel 28

»Und ich habe wirklich nichts falsch gemacht?«, fragte Leo wieder. »Wenn ich irgendwas gesagt habe, dass dir ein schlechtes Gefühl gegeben hat oder so, dann tut es mir leid, ehrlich.«

Ich saß auf dem Bett und war gerade dabei, auf meinem iPad eine Szene am Meer zu zeichnen. Leo stand in der Tür und sah mich besorgt an. Nachdem irgendwann das Wetter umgeschlagen war und es angefangen hatte zu regnen, hatten wir uns in ein Café gesetzt und beschlossen, lieber morgen an den Strand zu gehen. Doch die Situation im Thalia und diese Traurigkeit, die seitdem in mir herrschte, hatten über uns gehangen wie ein verfluchtes Damoklesschwert. Ich hatte versucht mich zusammenzureißen, doch die zweifelnden Gedanken hatten mich immer wieder eingeholt und dafür gesorgt, dass ich mich selbst kaum ertragen hatte, geschweige denn ansehen konnte. Leo hatte die ganze Zeit verzweifelt versucht, mich aufzumuntern, was jedoch nur bedingt geklappt hatte, weil er nicht einen Kampf austragen konnte, der eigentlich meiner war. Und nun zu sehen, wie er so verloren neben mir stand, brach mir schier das Herz.

Ich legte das Tablet auf den Nachtisch, krabbelte auf die andere Bettseite und er setzte sich auf die Kante. Genau wie heute Morgen, als noch alles gut gewesen war, schlang ich meine Arme von hinten um seinen Oberkörper und legte meinen Kopf an seinen Rücken. Seine nackte Haut löste ein Kribbeln in mir aus, doch das schob ich nun in den Hintergrund.

»Du hast absolut gar nichts falsch gemacht«, murmelte ich. »Es tut mir leid, dass ich heute den ganzen Tag verdorben habe, aber das hatte wirklich überhaupt nichts mit dir zu tun, sondern allein mit mir. Ich wollte dir nicht das Gefühl geben, dass du daran schuld bist.«

Ich löste meine Arme und er drehte sich um. »Aber dann sag mir doch bitte, was los war.« Ein flehender Ausdruck trat in seine Augen.

Ich seufzte und senkte verlegen den Blick. »Die Frau heute im Thalia hat mich einfach krass verunsichert. Ich habe mich mit ihr verglichen und war dann total eifersüchtig, obwohl ich es gar nicht sein wollte. Und ich habe es dir nicht gesagt, weil du nicht das Gefühl haben sollst, dass du neben mir nicht mit anderen Frauen sprechen kannst. Ich will nicht so sein, wirklich nicht, aber die Selbstzweifel haben mich teilweise echt im Griff.«

Leo streichelte in sanften Bewegungen über mein Bein und hinterließ eine leichte Gänsehaut. »Hast du schon mal darüber nachgedacht, mit jemandem darüber zu sprechen?«

Ich nickte langsam und blickte ihm kurz in die Augen, bevor ich den Blick wieder senkte. »Ja, habe ich, aber irgendwie denke ich mir dann doch immer, dass andere viel schlimmere Probleme haben als ich. Ich will Menschen wie Ida, die so mit ihrer Hypochondrie zu kämpfen hat und seit Monaten auf allen möglichen Wartelisten steht, nicht den Platz wegnehmen.« Meine Stimme klang rau und erst jetzt fiel mir auf, dass ich diese Worte zum ersten Mal aussprach. Ich hatte bisher weder mit Ida noch mit meinen Eltern darüber gesprochen und das Thema immer mit mir selbst ausgemacht. Doch es fühlte sich befreiend an, endlich mal offen darüber zu reden.

Leo legte seinen Daumen unter mein Kinn und hob es leicht an, damit ich ihm in die Augen sah. »Jeder hat das Recht auf einen Therapieplatz, wenn er einen braucht. Und das, was du fühlst, ist nicht weniger wichtig als alle anderen psychischen Erkrankungen, hörst du?

Ich weiß, ich habe gut reden, ich trage den ganzen Mist mit Nadja selbst schon viel zu lange mit mir herum, ohne daran zu arbeiten, aber auch das sollte ich irgendwann angehen.«

Ich wusste, dass er recht hatte. Und ich wusste auch, dass es vielleicht besser wäre, wenn wir beide uns erst mal darauf konzentrieren würden, unseren Ballast loszuwerden, bevor wir uns gegenseitig damit erdrückten. Mein Schmerz spiegelte sich in Leos Augen wider und mir wurde klar, dass er das auch wusste. Aber ich dachte an den gestrigen Tag zurück, an die vielen gemeinsamen Momente in den vergangenen Wochen. Ich dachte daran, wie sehr ich mich nach seiner Nähe und unseren Gesprächen sehnte, wie lebendig sich mein Herz in seiner Nähe fühlte und daran, wie verdammt verliebt ich in ihn war. Ich sah seine haselnussbraunen Augen und die Sommersprossen, die ich immer und immer wieder küssen wollte. Mir war bewusst, dass wir nicht ewig so weitermachen konnten und dass es mehr und mehr Situationen wie heute geben würde. Aber ich wollte gerade nicht darüber nachdenken. Ich war mit dem Mann, dem mein Herz gehörte, am Meer und ich wollte diesen Traum noch weiterträumen. Nur ein wenig.

»Ich werde mich darum kümmern«, entgegnete ich und versuchte mich an einem zuversichtlichen Lächeln. Ich beugte mich vor und küsste Leo zärtlich, bis er mich an sich zog, der Kuss stürmischer wurde und wir miteinander verschmolzen.

In dieser Nacht liebten wir uns auf unsere ganz eigene Art und Weise, Kleidung an Kleidung, Atem an Atem, wie zwei Schiffbrüchige, die wussten, dass ihnen das Wasser bis zum Hals stand, aber dennoch nicht bereit waren, loszulassen.

»Wieso haben sich deine Eltern eigentlich für den Namen Ophelia entschieden?«, wollte Leo wissen, als wir ineinander verschlungen im

Bett lagen und das warme Licht der Nachttischlampe unsere nackte Haut küsste. Er hatte seinen Arm um mich gelegt und spielte mit meinen Haaren, während ich die Schattenspiele auf seinem gebräunten Oberkörper bewunderte. Ich stellte mir vor, dass ich eines Tages vielleicht nicht mehr die Barriere meiner Unterwäsche und Schlafshorts zwischen uns brauchen würde und ich ihn komplett und ganz, Haut an Haut spüren konnte. Ich musste beim Gedanken daran lächeln. Das war etwas, wofür es sich zu kämpfen lohnte.

Ich streichelte sanft über seine nackte Brust, an der ich mich nicht sattsehen konnte, und hauchte ihm einen Kuss auf die Schulter, bevor ich antwortete. »Meine Eltern haben sich bei einer Schulaufführung von *Hamlet* kennengelernt. Mein Vater hat damals, als sie einige Monate zusammen waren, prophezeit, dass er meine Mutter irgendwann heiraten würde und sie dann ihre gemeinsame Tochter Ophelia nennen würden. Weil Shakespeare sie quasi zusammengebracht hat. Alle haben sie zu der Zeit belächelt, weil sie noch so jung waren und niemand daran geglaubt hat, dass die Beziehung so lange halten würde. Tja, und hier bin ich.«

»Zum Glück bist du das«, sagte Leo und drückte mir einen Kuss auf den Scheitel. »Das ist eine schöne Geschichte. Die Beziehung deiner Eltern muss besonders sein.« Traurigkeit schwang in seiner Stimme mit und erinnerte mich daran, dass sein Bruder und er kein sonderlich gutes Verhältnis zu ihren Eltern hatten.

»Wissen deine Eltern von deinem neuen Buchprojekt?«

»Ja, aber das interessiert sie nicht. Solange es nicht mit der Kanzlei zu tun hat, blickt mein Vater nicht mal auf.«

»Was macht dein Bruder eigentlich beruflich?«

»Niklas hat eine Ausbildung bei meinem Vater in der Kanzlei gemacht, obwohl er eigentlich nie Lust darauf hatte. Eine Zeit lang war er Papas absoluter Traumsohn und er hatte nur Augen für ihn, bis Niklas irgendwann beschlossen hat, doch einen anderen Weg einzuschlagen. Jetzt arbeitet er in einem Autohaus. Wir sind also beide eine große Enttäuschung für unsere Eltern.« Leo lachte bitter auf.

Mein Herz zog sich zusammen. Bei allem, was ich bisher erlebt hatte, hatte ich immer zwei Eltern gehabt, die sich und mich liebten und mich bei all meinen Träumen unterstützten. Ich konnte mir nicht vorstellen, wie es war, nie die Liebe oder Anerkennung seiner Eltern zu bekommen und es schmerzte mich so, dass Leos Eltern nicht sahen, was für zwei großartige Söhne sie großgezogen hatten. »Ihr seid ganz sicher keine Enttäuschung. Und wenn eure Eltern das nicht sehen, dann ist das ihr Verlust, nicht eurer. Ich finde, ihr könnt beide sehr stolz auf euch sein.«

Leo lächelte mich an und ich konnte sehen, wie viel ihm die Worte bedeuteten. »Das ist lieb von dir.«

»Meine Eltern sind übrigens ziemlich beeindruckt von dem, was du bisher so erreicht hast«, fuhr ich fort. »Du weißt ja, dass Mama all deine bisherigen Bücher aufgekauft hat.«

Er lachte und diesmal nicht bitter, sondern fröhlich. »Ich hoffe, ich lerne sie irgendwann mal kennen.«

»Das wirst du«, erwiderte ich und war mir dessen zu einhundert Prozent sicher.

Am nächsten Morgen standen wir so früh es ging auf und machten uns auf den Weg an den Strand. Eine milde Brise wehte, während die Möwen am Himmel ihr übliches Lied sangen. Wir liefen eine ganze Weile, bis wir einen kleinen menschenleeren Abschnitt entdeckten, den wir nur für uns hatten. Wir legten unsere Sachen ab und machten uns sofort auf ins Meer.

»O mein Gott, ist das kalt!«, quietschte ich und hüpfte eilig ein paar Schritte zurück.

»Das ist nur der erste Schock. Sobald du drinnen bist und dich bewegst, ist es gar nicht mehr so schlimm.«

Leo war bereits bis zu den Schultern im Wasser und schien nicht mal annähernd zu frieren. Nun kam er auf mich zu und hielt mir die Hand hin. Er sah unverschämt gut aus in seiner grünen Badehose, mit den nassen dunklen Locken und den Wassertropfen, die ihm über die Brust bis über den Bauch hinunterliefen und im Bund seiner Shorts verschwanden. Mein Mund wurde trocken, als ich unverhohlen auf seinen Schritt starrte. Er nutzte den Moment der Ablenkung und hob mich hoch. Ich schrie auf, doch er drückte mich an sich und trug mich weiter.

Als ihm das Wasser bis zum Bauchnabel ging und mein Hintern die Wasseroberfläche berührte, klammerte ich mich an seinen Hals und sah ihn warnend an. »Denk nicht mal daran. Wehe dir!«

Doch er grinste nur frech und im nächsten Moment tauchte er unter. Mein Kreischen verwandelte sich unter Wasser in blubbernde Bläschen und für einen kurzen Moment raubte mir die Kälte den Atem. Doch schon kurz darauf tauchte er wieder auf und ließ mich herunter.

Ich schnappte nach Luft und wischte mir die Haare aus dem Gesicht. »Du Schurke!«, stieß ich hervor.

Leo brach in schallendes Gelächter aus.

»Das zahl ich dir heim!« Ich holte aus und spritzte ihm eine große Ladung Wasser entgegen.

Sein Lachen verstummte und wurde zu einem Prusten, weshalb ich nun diejenige war, die laut auflachte. »Na warte!«, rief er und kam auf mich zu gewatet.

Ich wollte mich umdrehen und weghechten, doch schon war er bei mir und hatte seine Arme um mich geschlungen. Ich schrie lachend auf und er wirbelte mich herum, sodass wir Oberkörper an Oberkörper standen. Sofort wich der Spaß einer elektrisierenden Anspannung und meine Brust hob und senkte sich in rasender Geschwindigkeit, während ich auf seinen feuchten Mund starrte. Kurz herrschte Stille zwischen uns und nichts als Meeresrauschen war zu hören.

»Du siehst echt heiß aus in diesem Bikini«, hauchte er dann und meine Haut begann zu prickeln.

Ich hatte einen dunkelblauen High-Waist-Bikini mit buntem floralen Muster an, der meinen Bauch verdeckte und heute Morgen beim Anziehen hatte ich mich noch gefragt, ob er zu sehr nach einem Oma-Bikini aussah. »Du siehst aber auch nicht schlecht aus in der Badehose«, flüsterte ich und hatte plötzlich das dringende Bedürfnis ihm ganz, ganz nah zu sein.

Ehe ich mich versah, trafen unsere Lippen aufeinander, unsere Körper eng aneinandergepresst. Leo fuhr mit seinem Finger unter Wasser langsam über den Bund meiner Bikinihose und mir stockte der Atem. Vorsichtig ließ er den Finger minimal unter den Bund wandern und ein sehnsüchtiges Pochen machte sich in meinem Unterleib bemerkbar.

»Ist das okay?«, flüsterte er.

Ohne nachzudenken nickte ich und stellte kurz darauf überrascht fest, dass es das wirklich war. Dass mein Körper komplett im Wasser verschwand und somit kaum sichtbar war, machte mich mutig. Und ich wollte das hier, Gott, ich wollte das so sehr.

»Sag mir sofort, wenn ich aufhören soll, okay?« Sein Blick war liebevoll und lustverhangen.

»Ja«, hauchte ich, weil ich gerade nicht zu mehr in der Lage war, und suchte mit meinen Lippen sofort wieder seine.

Langsam ließ er seine Hand unter meinen Bikini wandern, tiefer und tiefer, jedoch immer bereit, sie wieder rauszuziehen, wenn ich das wollte. Als er schließlich unten angekommen war und meine empfindlichste Stelle berührte, rang ich nach Atem. Er hielt kurz inne und sah mich prüfend an. Ich warf einen kurzen Blick über meine Schulter, um mich zu vergewissern, dass wir immer noch allein am Strand waren. Da das der Fall war, drehte ich mich wieder zu Leo und streifte leicht seine Lippen mit meinen.

»Weiter« flüsterte ich mit rauer Stimme und als er anfing, mich erst langsam, dann schneller zu streicheln, musste ich mich an seiner Schulter festhalten, weil meine Knie nachzugeben drohten. Leo war behutsam und vorsichtig, doch seine massierenden Bewegungen und die atemlosen Küsse reichten, um mich fast zerfließen zu lassen. Als er schneller und schneller wurde, stellte ich mich vor lauter Anspannung auf die Zehenspitzen und krallte meine Hände in seinen Rücken. Ich stöhnte auf, während er meine Schulterpartie mit nassen Küssen bedeckte. Die Spannung in mir stieg ins Unermessliche und als ich schließlich mit einem erstickten Schrei den Höhepunkt erreichte, sackte ich gegen Leo, der mich fest in seinen Armen hielt. Mein Herz pochte dumpf und schnell, während ich versuchte, wieder zu Atem zu kommen. Er legte seine Hände um meine Taille und sah mich mit so viel Wärme an, dass meine Brust kurz vor dem Explodieren stand vor lauter Glücksgefühlen.

»Du kannst das ziemlich gut«, sagte ich leise.

Er lächelte und gab mir einen Kuss auf die Nasenspitze. Plötzlich fragte ich mich, ob er jetzt erwartete, dass ich ihm etwas … zurückgab. Ich hatte darin nämlich absolut keine Erfahrung und wusste nicht mal, wo ich anfangen sollte.

»Was ist mit dir?«, fragte ich und strich ihm über die Wange.

Doch er lächelte nur weiter und legte seine Stirn an meine. »Wir haben alle Zeit der Welt«, flüsterte er, bevor er mich zärtlich küsste.

»Er hat es dir in der Nordsee besorgt?«, kreischte Ida und sofort wurde mein Kopf knallrot.

»Pssst«, zischte ich peinlich berührt und sah die Treppe hinunter, doch aus dem Bad war noch immer das Rauschen der Dusche zu vernehmen.

»Ich bin so stolz auf dich, beste Freundin«, sagte sie und sah mich mit einem schelmischen Grinsen durch das Handydisplay an.

Ich hielt mir die Hand vor das Gesicht und meine glühenden Wangen. »So, wie du es sagst, hört es sich furchtbar an, aber ja, so war es ungefähr«, entgegnete ich und konnte mir ein glückliches Honigkuchenpferdgrinsen nicht verkneifen. »Aber es waren keine anderen Menschen an dem Strand!«, fügte ich schnell hinzu.

Ida lachte auf. »Du siehst so unfassbar glücklich aus und das wiederum macht mich unfassbar glücklich, denn du verdienst es so sehr.«

Bei ihren Worten wurde mir warm ums Herz. »Danke, Ida. Ich hab dich so lieb.«

Sie warf mir einen Luftkuss durch die Kamera hinzu. »Und ich dich erst!«

Ich seufzte. »Ich kann einfach nicht glauben, dass wir morgen schon wieder nach Hause fahren und der Alltag beginnt.« Mein Blick fiel aus dem Schlafzimmerfenster auf die Wellen, die im Sonnenlicht glitzerten.

»Das glaube ich. Genießt noch den letzten Abend, mit allem anderen könnt ihr euch morgen immer noch auseinandersetzen. Ich jedenfalls freue mich schon, dich endlich wieder in die Arme zu schließen und gemeinsam einen Aperol auf deinem Balkon zu trinken.«

»Darauf freue ich mich auch schon. Aber ich glaube, ich muss langsam aufhören, wir wollten gleich essen. Hab dich lieb!«

»Ich dich auch, melde dich morgen, wenn du wieder da bist, und grüß Don Juan von mir!«

Ich beendete kopfschüttelnd, aber grinsend den Facetime-Anruf. Dann beschloss ich, schon mal das Abendessen vorzubereiten, während Leo noch duschte. Also ging ich hinunter in die Küche, suchte die Lebensmittel zusammen, die wir noch hatten, verband mein

Handy mit einem kleinen Bluetooth-Lautsprecher und machte *You're Just A Boy (And I'm Kinda The Man)* von Maisie Peters an.

Nach dem Abendessen hatten wir ein paar Kerzen angezündet und es uns ein letztes Mal auf dem großen Sofa bequem gemacht. Die Tür zur Terrasse stand offen und trug das sanfte Rauschen der Wellen zu uns hinein. Es war ein Geräusch, das ich zutiefst vermissen würde.

»Ich will morgen nicht wieder nach Blumstedt fahren«, seufzte Leo. »Meinst du, es fällt auf, wenn wir einfach noch ein bisschen hierbleiben?« Er sah mich mit einem traurigen Schmollmund an.

»Ich möchte auch nicht weg, aber ich fürchte, dass es auffällt. Wir haben ja auch ein Buch abzugeben.«

Er lächelte und ich verspürte eine geballte Ladung Wehmut. Ich hatte alle Illustrationen für die Zirkusgans fertiggestellt und musste nächste Woche nur noch ein paar Änderungswünsche vornehmen. Leo war ebenfalls mit dem Lektorat durch und wenn ich meine Illustrationen abgeschickt hatte, dann waren wir tatsächlich fertig.

»Ich kann gar nicht glauben, dass wir es fast geschafft haben«, sagte Leo. »Die Idee zu dem Buch begleitet mich schon so lange und ich habe mich so intensiv damit beschäftigt, doch jetzt ging doch alles sehr schnell.«

Ich nickte und streichelte sanft durch seine Locken. »Aber wenn es im Herbst erscheint, erwarten dich so tolle Sachen, die ganzen Lesungen, die Buchmesse … Du musst dich also noch nicht von der Geschichte verabschieden, im Gegenteil, es geht erst richtig los.«

Er fuhr mir sanft mit seinem Zeigefinger über die Wange. »Die Geschichte hat mir ja schon von Anfang an viel bedeutet, aber jetzt einfach noch mehr, weil sie uns zusammengebracht hat.«

Nun musste ich lächeln. »Ich bin der Zirkusgans und dem Frosch auch sehr dankbar für dich. Und dir dafür, dass du sie erfunden hast, denn sie haben mich wirklich inspiriert. Wer weiß, ob ich ohne sie gerade so intensiv an der Eröffnung meines eigenen Shops arbeiten würde.«

Leo gab mir einen liebevollen Kuss. »Ich bin sehr stolz auf dich.«

Ich zog ihn in eine Umarmung. »Ich auch auf dich.«

Die nächste halbe Stunde verbrachten wir damit zu überlegen, welchen Film wir schauen wollten, bis ich mich schließlich geschlagen gab und wir *Batman* statt *Guardians Of The Galaxy* guckten. Er musste mir aber versprechen, Marvel irgendwann noch eine Chance zu geben.

Während Leo von der ersten Minute des Films an wie gebannt auf den Bildschirm starrte und mich nebenbei fest im Arm hielt, scrollte ich durch die Fotos, die wir in den letzten Tagen aufgenommen hatten. Glück und Dankbarkeit durchströmten mich beim Anblick der vielen schönen Erinnerungen, die wir gemeinsam geschaffen hatten. Ich hatte so viele Fotos vom Meer gemacht, die ich gern teilen wollte. Normalerweise lud ich selten private Fotos von mir auf Instagram hoch, doch ich hatte das Bedürfnis, meine Gefühle für Leo zumindest ein wenig in die Welt hinauszuschreien. Ich suchte ein Foto aus, bei dem wir gemeinsam am Strand standen und uns küssten, während im Hintergrund die Sonne aufging. Wir waren in goldgelbes Licht getunkt und es sah fast so aus, als leuchteten wir von innen. Ich schnitt unsere Köpfe ein wenig ab, sodass man uns nur von unseren Mündern abwärts sehen konnte und nicht direkt erkannte. Dann legte ich noch einen sommerlichen Filter über das Bild und sammelte ein paar Bilder vom Strand, von unserem Essen, von den Robben und auch eins, wo man nur unsere Hände sah, die ineinander verflochten waren. Schließlich hielt ich Leo den Handydisplay hin. »Darf ich das auf Instagram posten?«

Seine Mundwinkel hoben sich, während er durch die Bilder scrollte. Dann gab er mir das Handy zurück und nickte. »Na klar.«

Lächelnd tippte ich einen Text zu den Bildern, ein Zitat aus Taylor Swifts »Lover«: *Can we always be this close forever and ever?* Dann lud ich den Beitrag hoch. Schon nach wenigen Sekunden kommentierte Ida ein blaues Herz und mein Lächeln wurde breiter. Ich likte und kommentierte noch ein paar Beiträge und schrieb einer potenziellen Kundin, dass ich mich in den nächsten Tagen wegen ihrer Anfrage melden würde. Dann schaltete ich mein Handy auf Flugmodus, legte es zur Seite, kuschelte mich an Leo und versuchte die letzten Stunden zu zweit komplett aufzusaugen und in einem imaginären Marmeladenglas zu sammeln.

Kapitel 29

Der Alltag hatte uns schneller wieder, als mir lieb war. Kaum war ich wieder in der Agentur, überhäufte mich Nadja mit Aufträgen, während ich nebenbei versuchte, die Eröffnung meines Shops voranzutreiben. Leo hastete auch von Termin zu Termin und so blieben uns in den ersten Tagen nach unserem gemeinsamen Ausflug nichts als Nachrichten und kurze Telefonate.

Falls Nadja von Leo und mir wusste, ließ sie es sich nicht anmerken und langsam glaubte ich, dass sie den Kuss im Café vielleicht doch nicht gesehen hatte. Sie hatte mich zum Glück auch nicht auf das Jobangebot angesprochen und ich hoffte jeden Tag, dass sie sich damit Zeit lassen würde, denn ich wusste noch immer nicht, was ich machen sollte. Auf der einen Seite war es natürlich eine große Chance, auf der anderen Seite würde ich noch enger mit der Ex-Freundin des Mannes, in den ich verliebt war, zusammenarbeiten, was nicht unbedingt die allerbesten Aussichten waren. Aber konnte ich mir die Chance entgehen lassen? Würde ich mich irgendwann darüber ärgern, wenn ich absagte? So ganz davon überzeugt, dass ich als Illustratorin auf eigenen Beinen stehen konnte, war ich jedenfalls noch nicht.

Als endlich Freitag war, atmete ich erleichtert auf. Obwohl es eine kurze Woche gewesen war, fühlte ich mich so ausgelaugt, als hätte ich zwei Wochen lang durchgearbeitet. Gestern hatte ich die finalen Illustrationen an den Verlag geschickt und damit war das Projekt *Die*

Gans, die zum Zirkus wollte offiziell abgeschlossen. Um das gebührend zu feiern, waren Leo und ich heute Abend mit Ida, Raúl, Benny und endlich auch mit Niklas verabredet. Jedes Jahr fand im Frühsommer der Jahrmarkt *Blumstedt Kunterbunt* statt und es war Tradition, dass Ida und ich am Eröffnungsabend hingingen, uns mit Zuckerwatte vollstopften und mit allen Fahrgeschäften fuhren. Mir wurde warm ums Herz beim Gedanken daran, dass heute auch Leo und sein Bruder dabei waren, genau wie meine beiden Kollegen, die mittlerweile so viel mehr waren als das.

Als ich von der Arbeit nach Hause kam, sprang ich schnell unter die Dusche. Anschließend machte ich mir leichte Locken und zog eine weiße gemusterte Bluse im Boho-Stil sowie eine hellblaue Mom-Jeans an, die ein Stück über den Knöcheln endete. Shorts wären bei den Temperaturen wahrscheinlich angenehmer gewesen, aber Shorts und ich waren nicht unbedingt die besten Freunde. Ich zog meine weißen Sneaker an und stopfte mein Handy, ein bisschen Geld und Tampons – für alle Fälle – in eine kleine Handtasche.

Ich verließ die Wohnung und wollte gerade bei meiner besten Freundin klingeln, als ihre Tür schwungvoll aufgerissen wurde. Mir gegenüber stand Maurizio, der mich mit großen Augen ansah. Seine kurzen schwarzen Haare waren feucht und seine Wangen leicht gerötet, als käme er gerade vom Sport – was vermutlich auch irgendwo stimmte.

»Ähm, Ophelia, hi!«, stieß Maurizio aus und ich konnte mir ein Grinsen nicht verkneifen.

»Hi, Maurizio«, sagte ich und erst jetzt fiel mir auf, dass das Schild seines Shirts vorne am Kragen herausschaute. »Ähm, du hast dein T-Shirt falsch herum an.«

Er lachte verlegen auf und fuhr sich durch die Haare. »Ah, ja, du hast recht, ich kümmere mich gleich darum. Also dann, noch einen schönen Abend euch!« Er klopfte mir kumpelhaft auf die Schulter und zischte wie vom Blitz getroffen an mir vorbei das Treppenhaus hinunter.

Noch immer grinsend betrat ich Idas Wohnung und zog die Tür hinter mir zu. »Ida?«

»Hier!«, rief sie aus dem Schlafzimmer. »Bin sofort fertig, Süße!«

Als ich das Zimmer betrat, saß meine beste Freundin nur in Unterwäsche auf dem Bett und schminkte sich, in der Hand einen kleinen Taschenspiegel. Ihre Wangen waren gerötet und die dunkelblaue Bettwäsche mit den Sternenbildern darauf war zerwühlt.

»Sorry, ich bin ein bisschen spät dran, muss mich nur noch fertig schminken und mir etwas überziehen, dann können wir los.« Sie warf mir ein entschuldigendes Lächeln zu.

Wieder verzogen sich meine Mundwinkel zu einem breiten Grinsen. »Ich weiß, du hattest noch zu tun.«

Sie hielt beim Auftragen der Wimperntusche in ihrer Bewegung inne und sah mich ertappt an. »Wie hast du …«

»Maurizio stand in der Tür, als ich klopfen wollte.« Ich deutete auf das Bett. »Ich würde mich ja neben dich setzen, aber wer weiß, was ihr da gerade …« In dem Moment warf mir Ida ein Kissen an den Kopf und wir beide mussten lachen. »Hattest du noch vor, mir davon zu erzählen?«, fragte ich.

Ida zog eine Augenbraue hoch. »Natürlich wollte ich dir davon erzählen. Aber das erste Mal ist passiert, als du mit Leo an der Nordsee warst, und dann warst du die ganze Woche beschäftigt. Ich wollte auf einen ruhigen Moment warten.«

Ich setzte mich auf die Bettkante. »Zum ersten Mal? Es gab mehrere Male?«

Ida war gerade dabei, dunkelroten Lippenstift aufzutragen. »Na ja, es ist seitdem vielleicht noch zwei- oder dreimal passiert … oder so.«

Sie band ihre Haare mit einem Band zusammen und griff nach einem hellblauen Sommerkleid, das an einem Bügel am an der Kleiderschranktür hing.

»Ist es was Ernstes?«, fragte ich und sie schüttelte den Kopf.

»Nein, eher nicht. Ich glaube, wir sind zu unterschiedlich. Aber der Sex ist atemberaubend. Der Mann hat echt was drauf, ich sag es dir.« Ich verzog das Gesicht und Ida wackelte grinsend mit den Augenbrauen. Als sie das Kleid übergezogen hatte, musterte sie sich ein letztes Mal prüfend im Spiegel und nickte dann. »Wir können.«

Ich betrachtete meine beste Freundin von oben bis unten und musste lächeln. »Du siehst wunderschön aus.«

Ida zog mich hoch und umarmte mich. »Genau wie du.«

Ich drückte sie noch ein bisschen fester und mir wurde bewusst, wie sehr ich sie bewunderte. Sie lebte ihr Leben, genoss ihre Freiheit und fühlte sich pudelwohl in ihrer Haut. Ihr war es völlig egal, was andere von ihr hielten und das, obwohl es durchaus einige Menschen gab, die nicht guthießen, dass Ida eher die Person für leidenschaftliche Affären als richtige Beziehungen war. Und nebenbei war sie noch die beste Freundin, die man sich wünschen konnte, und kämpfte wie eine Löwin gegen ihre Hypochondrie.

Ich löste mich von ihr und sah sie an. »Du weißt, dass ich verdammt stolz auf dich bin und du einer der besten, klügsten, stärksten Menschen überhaupt bist, oder? Ich lieb dich wirklich sehr.«

»Ohh, bring mich doch nicht zum Weinen!«, rief Ida und drückte mir einen Kuss auf die Wange. »Das kann ich alles nur zurückgeben und ich lieb dich auch sehr, sehr, sehr.« Sie griff nach ihrer Handtasche, hakte sich bei mir unter und dann machten wir uns auf den Weg zum Jahrmarkt.

Als wir ankamen, wehten uns der Geruch nach Zuckerwatte und heiß gebrannten Mandeln entgegen, genauso wie laute Musik und das

Kreischen der Menschen auf den Fahrgeschäften. Sofort machte sich Vorfreude in mir breit. Ich liebte den Jahrmarkt.

»Siehst du sie schon?«, rief Ida, um den Lärm zu übertönen, und hielt Ausschau nach den Jungs.

Ich stellte mich auf die Zehenspitzen und sah mich ebenfalls um, bis mein Blick auf dunkle Locken traf. Sofort fing mein Herz wild an zu pochen und ein sehnsüchtiges Kribbeln machte sich in meiner Brust bemerkbar. »Da sind sie«, sagte ich und zog Ida am Arm. Gemeinsam machten wir uns auf den Weg zur Gruppe. Sie waren alle schon da: Benny, Raúl, Niklas und eine weitere Frau in unserem Alter, doch ich hatte nur Augen für Leo. »Hey«, sagte ich und tippte ihm auf die Schulter.

Als er sich umdrehte und mich sah, leuchtete sein Gesicht regelrecht auf und mir wurde ein bisschen schwindelig. Er legte seine Arme um mich, drückte mich fest an sich und gab mir einen sanften Kuss. »Ich habe dich vermisst«, sagte er leise.

Die Zuneigung für ihn floss durch meinen Körper wie klebrig warmer, zuckersüßer Honig. »Ich dich auch«, erwiderte ich lächelnd und gab ihm einen weiteren Kuss.

Als wir uns endlich voneinander gelöst hatten, umarmte ich Benny und Raúl und stand schließlich vor Leos großem Bruder. Aufregung durchfuhr mich und plötzlich wurde mir bewusst, wie wichtig mir seine Meinung war. Aus der Nähe war die Ähnlichkeit zu Leo noch verblüffender.

»Ophelia, das ist Niklas, mein älterer Bruder«, sagte Leo. »Niklas, das ist Ophelia, meine Freundin.«

Überrascht schnellte mein Blick zu ihm, während mein Herz schier am Durchdrehen war. Er hatte mich mit so einer Selbstverständlichkeit als seine Freundin vorgestellt, dass ich ihn direkt wieder küssen wollte. Waren wir jetzt offiziell zusammen? War Leo mein Freund?

»Hi, Ophelia, freut mich sehr, dich kennenzulernen«, sagte Niklas mit tiefer Stimme und zu meiner Überraschung umarmte er mich – kurz, aber herzlich.

»Freut mich auch sehr, dich kennenzulernen. Leo hat mir schon so viel von dir erzählt.«

»Und das ist meine Freundin, Emma. Ich hoffe, es ist okay, dass ich sie mitgebracht habe.«

Emma lächelte schüchtern in die Runde. Sie war die kleinste der Gruppe, hatte feuerrote Haaren, die in einem Dutt hochgesteckt waren, und trug einen hellbraunen Jumpsuit. Ich fand sie sofort sympathisch und auch dem Rest schien es so zu gehen. Ein kollektives Nicken ging durch die Runde und alle hießen Emma herzlich willkommen.

»Also, wer hat Lust auf Zuckerwatte?«, rief Ida.

Wir alle hoben jubelnd die Hände, also hakte ich mich bei Leo unter und wir stürzten uns ins Getümmel.

Der Jahrmarkt hatte etwas Magisches an sich. Die vielen unterschiedlichen Gerüche, die Freude der Menschen, alle schienen hier immer ein bisschen glücklicher und ausgelassener zu sein. Wir schlenderten an den Ständen vorbei und besorgten uns reichlich Zuckerwatte und gebrannte Mandeln. Benny forderte Raúl zu einem Duell im Dosenwerfen heraus und wir feuerten sie lachend an. Beide gewannen einen kleinen Trostpreis – eine leuchtende Partybrille und einen Kugelschreiber mit einem wackelnden Einhornkopf – und wir liefen weiter.

Plötzlich fiel mein Blick auf einen Stand mit jeder Menge Kuscheltieren. Leo folgte meinem Blick und sah grinsend zu seinem Bruder. Dieser verstand sofort und ehe wir uns versahen, warfen die beiden Brüder Pfeile auf kleine bunte Luftballons, um Kuscheltiere für uns zu gewinnen. Nach drei hitzigen Runden schafften sie es endlich. Emma suchte sich einen dunkelbraunen Teddybären mit großen Kulleraugen aus, der halb so groß war wie sie. Ich überlegte einen Moment, bis meine Wahl schließlich auf einen großen, flauschigen Pinguin fiel. Glücklich drückte ich meinen neuen Freund an mich und gab Leo einen Kuss.

»Wusstest du, dass Pinguine, sobald sie ihren Partner gefunden haben, ein Leben lang mit ihm zusammenbleiben?« fragte ich und sein Lächeln war unbezahlbar.

Nachdem wir uns an den Spieleständen ausgetobt hatten, beschlossen Ida und ich, unserer Tradition nachzugehen und mit wirklich jedem Fahrgeschäft zu fahren, egal, wie schnell und angsteinflößend es auch aussah. Die Jungs entschieden relativ schnell, dass sie sich lieber bei einem Bier unterhalten wollten, doch Emma schloss sich uns sofort an. Während Ida und Emma loszogen, um Karten für die erste Achterbahn zu besorgen, machten sich Leo, Raúl und Benny auf den Weg, um Getränke zu besorgen. Zurück blieben Niklas und ich.

Wir saßen an einem Biertisch vor einem der Essensstände und ich knibbelte nervös an der Tischplatte, deren Lack sich ablöste. »Schön, dass du heute hier bist, ich glaube, das bedeutet Leo viel.«

Niklas lächelte. »Ja, ich bin auch froh. Und ich bin dir sehr dankbar. Ich weiß, dass du ihm den Anstoß gegeben hast, den er brauchte, um wieder auf mich zuzukommen.«

Ich erwiderte sein Lächeln. »Es freut mich sehr, dass ihr wieder zueinandergefunden habt.«

»Hat er dir erzählt, weshalb wir keinen Kontakt hatten?«

Offenbar hatte Leo ihm noch nicht alles erzählt. »Ja, also, Nadja ist meine Chefin.«

Niklas Lippen formten sich zu einem überraschten »Oh.« Einen Moment war es, als suchte er nach den richtigen Worten, dann sagte er: »Ich möchte dir damit nicht zu nahe treten oder andeuten, dass du dich so verhalten würdest wie sie, aber bitte geh behutsam mit dem Herzen meines Bruders um. Wenn Leo liebt, dann liebt er mit jeder Faser seines Körpers und er würde sich für die Person, die er liebt, kaputtmachen.« Er schüttelte den Kopf. »Ich glaube, seine letzte Beziehung hat mehr mit ihm gemacht, als er zugeben will, und ich weiß nicht, ob er das ein zweites Mal überstehen würde. Und ich wiederum kann meinen Bruder nicht noch mal verlieren. Er ist der wichtigste Mensch in meinem Leben.«

Da lag so viel Sorge, so viel Müdigkeit in seinem Blick, dass mich sofort Schuldgefühle durchfluteten. Wie oft hatte ich Leo in der kurzen Zeit, die wir uns kannten, schon Sorgen bereitet? Konnte sein Herz überhaupt heilen, wenn wir zusammen waren? Oder war es nur notdürftig mit Pflastern geflickt, die ich wieder und wieder abriss? Wir hatten beide mit unseren Dämonen zu kämpfen und nicht zum ersten Mal hatte ich große Angst, dass wir uns gegenseitig damit erdrückten, anstatt uns zu helfen.

»Alles gut bei euch?«, riss mich Leos Stimme aus den Gedanken.

Die Jungs waren offenbar vom Getränkeholen zurück und ich versuchte mich an einem Lächeln. Niklas nickte knapp und legte seinem Bruder den Arm um die Schulter.

»Es kann losgehen«, rief Ida aufgeregt, die gerade mit Emma im Schlepptau auf uns zusteuerte.

Ich warf einen letzten Blick zu Leo, in dessen Augen so viel Zuneigung lag, dass sich mein Bauch verknotete. Ich wollte heute nicht darüber nachdenken, ob das mit uns richtig war. Also versuchte ich zu verdrängen und zu vergessen, auch wenn ich wusste, dass das keine gesunde Lösung war. Ich hakte mich bei meiner besten Freundin unter und wir rannten los.

Egal, ob auf dem Aeronaut in schwindelerregender Höhe, dem Alpen-Coaster in rasender Geschwindigkeit oder der gruseligen

Geisterbahn – wir ließen uns so durchwirbeln, dass ich am Ende nicht mehr wusste, wo oben und unten war. Doch das Adrenalin durchflutete mich und es fühlte sich großartig an. Als wir schließlich aus dem Breakdancer getaumelt kamen, nahm ich dankbar die Limo entgegen, die Leo mir amüsiert vor die Nase hielt.

»Oh, danke, du bist mein Held«, sagte ich atemlos und trank den Becher gierig leer. Währenddessen bediente sich Ida an Raúls Pommes, der laut protestierte, sie jedoch nicht aufhielt.

Ich sah mich um, als mir plötzlich etwas auffiel. »Das Riesenrad fehlt noch!«

»Also ich brauche erst mal eine Pause«, entgegnete Emma lachend und hielt sich an Niklas fest.

»Das Riesenrad ist langweilig«, rief Ida und schob sich eine weitere Pommes in den Mund.

Ich zog traurig einen Schmollmund, als Leo mich in die Seite stupste. »Ich fahre mit dir«, sagte er.

Ich strahlte ihn an und gab ihm einen Kuss auf die Wange. Nachdem wir mit den anderen vereinbart hatten, wann und wo wir uns wieder treffen wollten, griff ich nach Leos Hand und zog ihn in Richtung Riesenrad. Er kaufte uns zwei Tickets und als wir an der Reihe waren, stiegen wir in die kleine, schwankende Gondel ein. Wir setzten uns auf dieselbe Seite und er legte seinen Arm um mich, sodass ich mich an ihn kuscheln konnte.

»Geht es dir gut?«, fragte ich.

Er nickte lächelnd. »Es ist schön mit dir und deinen Freunden hier zu sein und ich bin so froh, dass du Niklas auch endlich kennengelernt hast.«

Das Riesenrad setzte sich langsam in Bewegung und ich strich Leo eine Locke aus der Stirn. »Ja, ich bin auch froh. Ich habe noch nicht wirklich viel mit ihm geredet, aber er wirkt sehr sympathisch. Und man sieht, wie wichtig ihr euch seid.«

Er gab mir einen Kuss auf die Stirn und verharrte dort einen Moment. Als das Riesenrad langsam und quietschend an der höchsten Stelle ankam und dort stehen blieb, ließ ich den Blick schweifen. Der Ausblick war einfach atemberaubend schön. Die Menschen unter uns waren zu kleinen bunten Flecken geworden, genauso wie die Buden, die den großen Platz säumten. Überall funkelten und glitzerten Lichter, grelle Neonschriften blinkten uns entgegen und vom Kettenkarussell gegenüber wehten Freudenschreie zu uns her. Doch gleichzeitig schienen wir dem schwarzen stillen Nachthimmel viel näher zu sein als dem Treiben unter uns und alles war für einen Moment ganz friedlich.

Erneut suchte ich Leos Blick. »Du hast mich Niklas vorhin als deine Freundin vorgestellt.«

Ein überraschter Ausdruck huschte über sein Gesicht. »Irgendwie habe ich da gar nicht drüber nachgedacht, es war für mich einfach selbstverständlich. Sorry, falls ich dich damit überrumpelt habe, ich wollte nicht …«

»Hast du nicht«, sagte ich schnell und griff nach seiner Hand. »Ich fand das sehr schön.« Etwas leiser sagte ich: »Dann bist du jetzt also offiziell mein Freund?«

»Nur, wenn du das möchtest«, antwortete er und fuhr langsam mit seinem Daumen über meinen Handrücken.

»Natürlich möchte ich das.«

Als sich Leo langsam vorbeugte und seine Lippen in der sanft schaukelnden Gondel auf meine legte, war ich so erfüllt, dass ich kurz befürchtete, der Platz in meinem Körper wäre nicht ausreichend für all das Glück.

Kapitel 30

Die Hitze in Blumstedt war heute unerträglich, doch auf meinem Balkon ließ es sich ganz gut aushalten. Nach dem absolut perfekten Abend gestern hatte ich heute ausgeschlafen und mich anschließend mit einem Smoothie rausgesetzt, um ein wenig zu zeichnen. Später war ich mit Leo verabredet und ich begriff noch immer nicht, dass er nun tatsächlich mein Freund war. Konnte dieses Wochenende noch irgendwie besser werden? Seufzend nahm ich einen Schluck und angelte mein Handy hinter dem Kissen auf der Sonnenliege hervor. In der letzten Woche war ich durch den ganzen Stress kaum auf Instagram gewesen, weshalb ich für heute eine sommerliche Illustration vorbereitet hatte. Doch vorher wollte ich noch ein paar Nachrichten und Kommentare beantworten, die liegengeblieben waren.

Mein Blick fiel auf meinen letzten Post, den mit den Bildern von unserem Ausflug. Sofort schlich sich ein Lächeln auf meine Lippen. Ich öffnete die Kommentarspalte und scrollte hinunter. Es gab so viele liebe Kommentare, Menschen, die sich für mich freuten, Fragen danach, ob ich nun mehr private Bilder posten würde, und sogar Komplimente zu meiner Haarfarbe. Ich verteilte ganz viele Herzen und wollte gerade auf einen besonders lieben Kommentar antworten, als mein Blick auf dem darunter landete. Und mein fragiles Narbenherz zerbrach.

@julesjulimomente: Schaut mal, @annakonda99 @olgaladida, nachdem sie hier sonst immer rumheult, hat sie doch noch jemanden gefunden, der sie trotz ihrer Wampe abschleckt, hahaha! Hätte ich nicht gedacht, lmao.

@annakonda99: Omg!!!! Ob sie sein Gesicht absichtlich abgeschnitten hat, weil er genauso hässlich ist wie sie?

@julesjulimomente: 😂 😂 😂 😂 😂 😂 😂

@olgaladida: Alter, der Bikini ist aber auch gewagt bei der Figur, oder? Meine Augen bluuuuten!

Meine Gedanken wurden schwarz, schwarz, schwarz und die Dunkelheit breitete sich in meinem ganzen Körper aus. Diese Kommentare brachten einen Moment zurück, an den ich nie wieder hatte denken wollen und der sich dennoch auch nach all den Jahren noch in meinem Kopf abspielte wie ein Film.

Mit schwitzigen Händen betrat ich die Schule und schaute mich um, fast so, als wäre ich auf der Flucht. Na ja, irgendwie war ich das ja auch. Nach dem Dilemma mit Tim waren die Gemeinheiten von Jule und meinen ehemaligen Freundinnen immer schlimmer geworden. Der einzige Lichtblick in der Schule war aktuell Chris. Als wir in die Oberstufe gekommen waren, hatten seine Freundin und er sich getrennt und aus einer Nachricht zu einem Schulprojekt waren tägliche Chats geworden. Jeden Tag freute ich mich auf seine Nachrichten. Wenn ich mit ihm schrieb, dann traute ich mich sogar ein bisschen zu flirten. Es war wie mit Tim damals, nur dass Chris mich in der Schule nicht neben seinen Freunden auslachte – genau genommen trafen er und ich gar nicht mehr aufeinander. Seit wir angefangen hatten zu schreiben, lief ich regelrecht vor ihm davon. Meine Angst war einfach zu groß, dass die Sache genauso enden würde wie mit Tim. Dass Chris feststellen würde, wie hässlich und uncool ich eigentlich war. Ich wusste, dass ich nicht für immer vor ihm weglaufen konnte und er sich mit Sicherheit irgendwann mit mir treffen wollen würde, aber ich tat alles, um den Moment hinauszuzögern.

Vor den Klassenräumen standen schon einige Schülergruppen und da war auch Chris. Er stand inmitten anderer Jungs und lachte über etwas. Automatisch musste ich auch lächeln. Wenn ich doch nur zu ihm hingehen und mit ihm sprechen könnte.

»Was bitte machst du da?«, ertönte eine mir nur allzu bekannte Stimme hinter mir und ich zuckte zusammen. Ein kalter Schauer lief mir über den Rücken, bevor ich mich zu Jule umdrehte. Neben ihr standen Anna und Olga, beide ein gehässiges Grinsen auf den Gesichtern.

»Gar nichts«, antwortete ich mit zitternder Stimme und hoffte, dass sie es einfach gut sein lassen würde.

Jule folgte meinem Blick und Erkenntnis trat in ihre Augen. »So ist das also. Chris schon wieder, ja?«

Mein Herz rutschte mir in die Hose und blanke Panik machte sich in meinem Körper breit. »Jule, bitte, ich …«

Sie ignorierte mich und begann, wild zu winken. »Chris, hallo! Hier ist jemand, der unbedingt mit dir sprechen möchte!«

Chris schaute zu uns rüber und ein Lächeln erschien auf seinen Lippen, als er mich sah. Ich wollte es erwidern, wollte ihm zuwinken, doch mein Körper befand sich in Schockstarre.

Er sagte etwas zu den anderen Jungs, dann joggte er in unsere Richtung. »Ophelia, hi«, sagte er.

Sein breites Lächeln raubte mir den Atem. Panik, Aufregung, Bauchkribbeln, alles vermischte sich und ich wusste nicht wohin mit all meinen Gefühlen. »Hi«, entgegnete ich und blendete für einen Moment sogar die Hyänen hinter mir aus, die nur auf einen Fehltritt warteten, damit sie mich zerfleischen konnten. Ich setzte an, um etwas zu sagen, doch Jule unterbrach mich. »Ophelia möchte dich um ein Date bitten. Sie ist seit Ewigkeiten in dich verknallt, weißt du? Schon in der fünften Klasse hat sie dich beobachtet wie eine kleine Verrückte.«

Ein stechender Schmerz durchfuhr meinen Brustkorb und Scham breitete sich in mir aus, wie bei einem dieser Handwärmer, nachdem man auf den silbernen Knopf gedrückt hatte. Nur dass mir nicht warm, sondern eiskalt wurde.

»Musste das sein, Jule?«, sagte Chris und verzog das Gesicht. »Richtig uncool und unnötig.«

Ich riss die Augen auf. Noch nie hatte mich jemand vor Jules Gemeinheiten verteidigt. Noch nicht ein einziges Mal. Auch Jule schien einen Moment völlig verblüfft zu sein, doch sie fing sich schnell wieder, lud ihre verbale Munition wie die eines Maschinengewehrs. Nur ich war ein Eisklotz, wie paralysiert.

»Och, hast du etwa Mitleid mit unserem kleinen hässlichen Entlein? Aber hey, wenn du dranbleibst und Glück hast, wachsen ihre Brüste in den nächsten Jahren ja ein bisschen, nicht nur ihre fetten Oberschenkel.« Jules Augen funkelten und ehe ich erahnen konnte, was sie vorhatte, nahm sie ihre Wasserflasche und schüttete den Inhalt auf meine weiße Bluse.

Für einen Moment war alles um mich herum wie gedämpft. Ich nahm kaum wahr, wie Chris erschrocken nach Luft schnappte, wie die Jungs im Gang johlten oder wie meine ehemaligen Freundinnen *Like A Virgin* von Madonna anstimmten. Ich stand mitten im Schulflur, gegenüber von meinem Schwarm, und das, während die halbe Stufe meinen weißen Blümchen-BH durch die mittlerweile durchsichtige

Bluse sah. Ich wollte sterben. Es war das erste Mal in meinem Leben, dass ich wirklich sterben wollte, weil ich nicht wusste, wie ich jemals über das Schamgefühl dieser Situation hinwegkommen sollte.

»Ophelia?«, sagte Chris besorgt.

Für einen Moment sah ich ihn an. Mitgefühl lag in seinen Augen und ich wusste ganz genau, dass das nicht das Ende unserer Geschichte sein musste. Dass er nicht so war wie Jule und die anderen. Doch mein Herz hatte schon so viele Schläge einstecken und so viel Schmerz ertragen müssen, dass ich nicht mehr klar denken konnte.

FETT, FETT, FETT, HÄSSLICH, HÄSSLICH, HÄSSLICH, hallte es immer und immer wieder durch meinen Kopf und ich konnte nicht mehr. Ich konnte das alles nicht mehr aushalten, am wenigsten mich selbst, diesen Körper, der anscheinend so ekelerregend war.

Heiße Tränen liefen mir über die Wangen und Chris setzte erneut an, um etwas zu sagen, doch ich drehte mich um und rannte. Ich rannte, so schnell ich konnte, raus aus der Schule, am besten raus aus der Stadt, raus aus dem Land.

Als ich zu Hause ankam, kauerte ich mich weinend auf den Boden, vergoss so lange Tränen, bis keine mehr kamen. Ich stürmte ins Badezimmer und starrte mein Spiegelbild an. Meine billige Wimperntusche war verlaufen, mein Gesicht war rot, verweint, aufgequollen und auf meiner Bluse prangte noch immer ein nasser Fleck. *Dich wird nie jemand lieben*, verhöhnte mich die Stimme in meinem Kopf und ich dachte an all die schmerzhaften Momente der letzten Jahre, in denen mir genau das eingetrichtert worden war. Ohne darüber nachzudenken, holte ich aus. Ein Schrei entfuhr meiner Kehle und ich schlug zu. Mitten in den Spiegel, mitten in mein Spiegelbild. Schmerz durchbohrte meine Hand, Scherben verteilten sich klirrend im Bad und warmes Blut tropfte auf den Boden.

Dich wird nie jemand lieben.

opheliaungeschoent: Hallo, meine Kämpferherzen!

Heute gibt es mal eine etwas traurigere und düstere Illustration von mir. Ich hatte eigentlich vor, eine sommerliche zu posten, aber dann ist etwas passiert, das mich aus der Bahn geworfen hat.

Vorhin saß ich auf meinem Balkon, habe die Sonne genossen und den Sommer eingeatmet, doch dann habe ich diese Kommentare unter meinem letzten Beitrag gesehen, die ihr sehen könnt, wenn ihr nach links swiped. Ich habe die Personen anonymisiert, auch wenn sie das eigentlich nicht verdient haben. Sie sind früher mit mir zur Schule gegangen, waren mal meine Freundinnen, zumindest dachte ich das damals. Heute weiß ich, dass sie das nicht waren. Ich habe diesen Menschen nichts getan, außer ihnen eine gute Freundin zu sein und einfach zu existieren und sie haben mir im Gegenzug die Schulzeit zur Hölle gemacht. Ich musste die Schule wechseln und trage bis heute tiefe Narben in mir. Noch Jahre nach unserer Schulzeit lassen sie mich nicht damit abschließen. Sie treten immer noch nach und es tut so weh wie damals. Sie haben noch immer so eine Macht über mich und das macht mich wütend und traurig zugleich. Deshalb widme ich diesen Beitrag allen, die selbst Mobbing erlebt haben oder es noch immer tun.

Ich möchte euch daran erinnern, dass ihr starke, wertvolle und wunderschöne Menschen seid, die nichts davon verdient haben und die vor allem keine Schuld trifft. Schuld sind einzig und allein die, die euch verbal oder physisch mobben. Warum tun sie das? Um sich besser zu fühlen? Um eigene Probleme zu kompensieren? Um Unsicherheiten zu verstecken? Ich weiß es nicht. Und es ist auch nicht relevant, denn keine dieser Begründungen rechtfertigt es, einem anderen Menschen Schaden zuzufügen. Ihr Mobber wisst gar nicht, was ihr damit anrichtet, und ich hoffe, ihr schämt euch zutiefst.

Wenn ich wieder die Kraft dafür habe, dann möchte ich mich dem Thema Mobbing intensiver widmen. Ich möchte mich mehr um Aufklärungsarbeit und Prävention sowie Hilfe für Betroffene kümmern. Aber jetzt verabschiede ich mich erst mal für eine kleine Instagram-Pause, denn ich kann nicht mehr. Ich muss mich erst mal selbst heilen, bevor ich anderen helfen kann. Bleibt stark und gebt bitte nicht auf, okay? Es warten ein Leben und Menschen, die euch lieben, auf euch.

Alles Liebe, eure Ophelia

Ida Linder, 13:04 Uhr: Süße, solche verdammten Arschlöcher! Ich sitze noch beim Friseur fest, aber ist alles okay? Heute Abend Balkon-Date?

Ophelia Küpper, 14:01 Uhr: Danke für das Angebot, aber ich möchte heute einfach allein sein, okay? Ich weiß, ich sollte darüber sprechen, aber ich will mich gerade nur verkriechen. Wir sprechen morgen oder so, ja? Hab dich lieb.

Leo Berger, 15:15 Uhr: Ich habe deinen Post auf Insta gesehen, geht es dir gut? Soll ich vorbeikommen?

Ophelia Küpper, 15:38 Uhr: Ich muss dir leider für heute absagen und ich fürchte, ich brauche ein bisschen Zeit für mich. Sei mir bitte nicht böse, mich hat das ziemlich runtergezogen. Ich melde mich bei dir, sobald es mir besser geht, okay?

Montag
Leo Berger, 12:55 Uhr: Ich weiß, du hast am Samstag gesagt, dass du Zeit brauchst, aber ich mache mir solche Sorgen, dass es mich fast umbringt. Bitte sprich mit mir, Ophelia. Schließ mich nicht aus.

Ida Linder, 14:02 Uhr: Hallo, Maus, wie geht es dir? Ich habe dir Seelentröster-Muffins vor die Tür gestellt. Du weißt, wo du mich findest, wenn du jemanden zum Reden brauchst.

Leo Berger, 16:48 Uhr: Bitte entschuldige, falls das irgendwie klang, also wollte ich dich zu etwas drängen. Du kannst dir natürlich alle Zeit der Welt nehmen. Ich denke an dich und vermisse dich.

Mittwoch

Mama, 16:19 Uhr: Ida hat mich angerufen, weil sie sich Sorgen macht. Dein Vater und ich tun das auch. Ruf mich bitte an, mein Schatz!!!

Donnerstag

Leo Berger, 08:14 Uhr: Verdammt, ich bekomme langsam wirklich Panik. Bitte sag mir, wie ich für dich da sein kann. Bitte.

Leo Berger, 17:48 Uhr: Ophelia?

Ophelia & The Boys

Raúl Nolde, 18:15 Uhr: Huhu Ophelia, wie geht es dir? In der Agentur ist alles okay, mach dir also keine Gedanken! Wir denken an dich und freuen uns darauf, dass du hoffentlich bald wieder da bist.

Benny Decker, 20:04 Uhr: Gib Bescheid, falls ich dir Peppa zum Schmusen schicken soll. Das wirkt besser als jede Medizin. Liebe Grüße auch von Sabrina, melde dich, wenn du was brauchst.

Sonntag

Ida Linder, 12:14 Uhr: Ophelia, ich habe dir jetzt die ganze Woche deinen Freiraum gelassen, aber ich schwöre dir, wenn ich heute kein Lebenszeichen von dir kriege, dann trete ich deine verdammte Tür ein. Ich mache keine Witze.

Nadja Grimm, 18:17 Uhr: Ophelia, morgen kommst du wieder in die Agentur, richtig? Wir müssen miteinander sprechen.

Instagram: 328 neue Kommentare, 215 neue Abonnenten, 189 ungelesene Nachrichten

Ophelia Küpper, 19:03 Uhr: Morgen bin ich auf jeden Fall wieder da, Nadja. Noch einen schönen Abend und bis morgen!

Ophelia Küpper, 21:23 Uhr: Magst du rüberkommen, Ida? Es tut mir leid.

Ophelia Küpper, 23:14 Uhr: Es tut mir wirklich leid, Leo. Ich verstehe, wenn du sauer bist, können wir bitte reden? Ich bin morgen wieder in der Agentur, wir könnten uns nach der Arbeit treffen. Es tut mir so, so leid, bitte glaube mir.

Kapitel 31

Meine Beine waren schwer wie Blei, als ich an diesem Morgen die Agentur betrat. Ein schlechtes Gewissen, Schuldgefühle, Scham und Angst tanzten durch meinen Körper und ich hatte Bauchschmerzen. Die letzte Woche war ein wahrer Tiefpunkt gewesen und es kostete mich alle Kraft, lächelnd an meinen Kolleginnen und Kollegen vorbeizulaufen, mit ihnen Small Talk zu führen und so zu tun, als hätte ich eine Grippe gehabt und wäre nun wieder gesund. Das war es nämlich, was ich allen, inklusive Nadja, erzählt hatte. Dabei war es wohl eher eine Grippe im Kopf gewesen.

Die Kommentare meiner ehemaligen Schulkolleginnen hatten all die schlimmen Gefühle von damals hervorgerufen und mich eine ganze Woche lang aus dem Leben gezogen. Ich hatte hauptsächlich geschlafen, geweint und mich selbst gehasst, alles andere war zu anstrengend gewesen. Ich hatte niemandem geantwortet und es war mir unmöglich erschienen, das Haus zu verlassen. Erst ein Anruf meiner Mama hatte mich wie ein Rettungsring davor bewahrt, komplett in der Dunkelheit zu ertrinken. Sie hatte mir zugehört und mit ihren warmen Worten dafür gesorgt, dass das Eis in mir mehr und mehr aufgetaut war. Vor allem aber hatte sie mich daran erinnert, dass ich so viel mehr war als das, was mir in der Schulzeit passiert war. Irgendwie hatte sie es geschafft, mich so weit zu bringen, dass ich mich heute wieder der Welt stellen konnte. Zumindest halbwegs.

Als ich an meinem Schreibtisch ankam, erwarteten mich ein kleiner Blumenstrauß und eine große Tafel Schokolade. Ich musste lächeln und fühlte mich noch schlechter, weil ich selbst Raúl und Benny nicht die Wahrheit gesagt hatte. Ich stellte gerade meine Tasche ab, als die beiden mit dampfenden Tassen aus der Küche kam.

»Ophelia, du bist wieder da!«, rief Benny und stellte seine Tasse so stürmisch auf den Tisch, dass sich eine braune Lache darunter bildete. Er kam auf mich zu und nahm mich fest in den Arm. Für einen Moment erlaubte ich mir, die tröstende Umarmung zu genießen, und musste mich zusammenreißen, damit nicht wieder die Tränen flossen. »Du hattest keine Grippe, oder?«, fragte Benny leise und ich schüttelte mit einem traurigen Lächeln den Kopf. Er nickte und eine steile Falte bildete sich zwischen seinen Augen.

Nun zog mich Raúl in seine Arme und hielt mich einen Moment lang. Dann löste er sich von mir und sah mich ernst an. »Du weißt, dass du mit uns sprechen kannst und wir dich für nichts jemals verurteilen würden, oder?«

»Das weiß ich. Und das werde ich auch irgendwann, versprochen. Ich brauche nur noch ein bisschen Zeit. Aber ich bin euch sehr, sehr dankbar.«

Benny lächelte mich aufmunternd an. »Wann immer du bereit bist. Sollen wir dich in den neuesten Tratsch der Agentur einweihen?« Er wackelte verschwörerisch mit den Augenbrauen.

Zum ersten Mal seit einer Woche musste ich ehrlich lachen. Es fühlte sich fremd an, fast so, als hätte ich es verlernt. »Ja, bitte!«

Raúl wollte gerade zu einer Erzählung ansetzen, als Nadjas Bürotür aufschwang und meine Chefin anmutig wie immer über die Schwelle trat. Sie sah sich suchend um, bis ihr Blick an mir hängen blieb. Ein kaltes Lächeln erschien auf ihrem Gesicht und mir rutschte das Herz in die Hose. Das war kein »Ich bin froh, dass du wieder da bist«-Lächeln, sondern ein »Ich weiß, wo du wohnst, und stecke dein Haus in Brand«-Lächeln.

»Ophelia, kommst du kurz rein?«, rief sie in einem Tonfall, der keinen Widerspruch duldete.

Schnell nickte ich. Mit einem letzten Blick zurück auf Raúl und Benny, die mir aufmunternd zulächelten, machte ich mich auf den Weg in Nadjas Büro.

Als ich vor dem Schreibtisch Platz nahm, bildete ich mir ein, dass eine eisige Kälte in dem Büro herrschte, und ich rieb die Handflächen nervös über meine Stoffhose.

Nadja lehnte sich direkt neben mir gegen den Schreibtisch und sah auf mich hinab. »Bist du wieder gesund?«

»Ja, Gott sei Dank«, krächzte ich. »Ich bin wieder voll da.«

»Hattest du wirklich Grippe oder hat mein Ex-Freund dir das Herz gebrochen, so wie er es mir gebrochen hat?«

Mir klappte der Mund auf und mein Atem stockte. Hatte sie mich das gerade wirklich gefragt? So viele Gefühle tobten in mir und ich schaffte es nicht sie zu sortieren.

Als ich nicht antwortete, lachte Nadja bitter auf. »Also doch. Als ich euch vor ein paar Wochen im Café gesehen habe, war ich mir nicht ganz sicher, aber als ich dann vorletzte Woche das Bild gesehen habe, das du auf Instagram gepostet hast, da wusste ich sofort, dass es Leo ist. Dafür hättest du nicht mal die Gesichter abschneiden müssen, ich erkenne den Mann, der jahrelang in meinem Bett lag.«

Ein Stich fuhr durch meinen Brustkorb und ich befürchtete, mich gleich übergeben zu müssen. »Es tut mir leid, das war nicht geplant und ich weiß, dass es sehr unprofessionell ist …«, stotterte ich, während eine Stimme in meinem Kopf flüsterte: *Sie ist deine Chefin und spricht so mit dir am Arbeitsplatz, wenn hier jemand unprofessionell ist, dann sie.*

Nadja, hob die Hand. »Du musst dich nicht entschuldigen, Ophelia. Ich weiß, welche Wirkung Leo Berger auf einen hat. Du kannst nichts dafür. Er hat mit mir dieselben Spiele gespielt.«

Ich konnte nicht glauben, dass sie immer noch versuchte, mich zu manipulieren. Bemerkte sie das überhaupt noch? Oder war es schon so fest in ihr verankert, dass sie es unbewusst tat? Der Vulkan in mir brodelte und brodelte, bis er schließlich explodierte. »Bist du sicher, dass er derjenige war, der Spielchen gespielt hat?«

Überrascht hob Nadja eine dunkle Augenbraue. »Wie meinst du das?«

Einen Moment lang hielt ich inne. Ich wusste, dass ich meinen Job riskierte. Ich wusste, dass ich alles verlieren könnte, was ich mir in den letzten Jahren so hart erarbeitet hatte. Aber ich war es so leid, alles runterzuschlucken und mich nicht zu wehren. Ich war es leid, von dem Befinden anderer Menschen abhängig zu sein und es immer allen recht machen zu wollen. Vor allem aber konnte ich es nicht ertragen, dass Nadja Leo schlecht machte. Das hatte er nicht verdient.

»Ich weiß, wie du Leo behandelt und manipuliert hast. Und ich weiß, dass es stimmt, weil du dasselbe mit den Menschen hier in der Agentur machst. Weil du dasselbe mit mir machst. Seit ich hier angefangen habe, redest du mir ununterbrochen ein, dass ich ohne dich nichts wert bin und es nie zu etwas bringen werde in der Branche. Du dichtest mir Fehler an, die ich nicht begangen habe, und redest mir ein, dass ich schuld sei, selbst wenn das offensichtlich nicht der Fall ist. Ich lasse mich nicht mehr so behandeln und ich lasse nicht zu, dass du so über Leo sprichst.« Trotzig reckte ich mein Kinn in die Höhe und hielt ihrem Blick stand, während mir das Herz bis zum Hals schlug. Wahrscheinlich hatte ich überall rote Flecken und ich spürte die Schweißperlen regelrecht auf meiner Stirn, aber es war mir egal.

Zum ersten Mal war ich für mich selbst eingestanden und das machte mich unfassbar stolz.

Wut flackerte in Nadjas Augen auf und trotzdem schien es ihr die Sprache verschlagen zu haben. Ich wusste, dass sie nicht mit so einem Ausbruch gerechnet hatte. Himmel, ich hatte ja selbst nicht damit gerechnet. Ich senkte kurz den Blick und atmete tief durch. Als ich wieder hochsah, lächelte mich Nadja an. Verwirrung machte sich in mir breit. Was war jetzt los?

»Ophelia«, sagte sie und bedeutete mir, aufzustehen.

Mit wackeligen Beinen erhob ich mich, bis wir auf Augenhöhe waren. Ihr Lächeln wurde noch breiter und kurzzeitig fragte ich mich, ob sie den Verstand verloren hatte. Dieser Verdacht verstärkte sich, als sie mich zu sich in die Arme zog und fest an sich drückte. Ich war zu perplex, um zu reagieren, weshalb ich einfach steif wie ein Stock stehen blieb.

»Ich bin so erleichtert, dass du meine Beförderung akzeptiert hast und vor allem bin ich erleichtert, dass du mir glaubst, was die ganze Geschichte mit meinem Ex angeht. Du bist ohne ihn besser dran, da bin ich mir sicher.«

»Ich, was …«, setzte ich an, dann hörte ich hinter mir das Quietschen einer Schuhsohle. Hastig drehte ich mich um und sah gerade noch einen Mann mit dunklen Locken und einer mir sehr vertrauten Aktentasche in der Hand um die Ecke in Richtung Ausgang laufen.

Die Rädchen in meinem Kopf drehten und drehten sich, bis mir schlagartig bewusstwurde, was hier gerade passiert war. »Leo!«, rief ich und rannte aus Nadjas Büro, durch die ganze Agentur, bis zum Ausgang, während sich alle Köpfe zu mir umdrehten. Als ich die Tür aufriss und auf dem Bürgersteig stand, sah ich mich um, doch er war nirgends zu sehen. Ein brennender Schmerz wallte in der Gegend um mein Herz auf und meine Augen füllten sich mit Tränen. Ich konnte nicht glauben, dass Nadja das getan hatte. Ich konnte nicht glauben, dass der Mensch, dem ich noch bis vor kurzem so dankbar gewesen war und den ich sogar bewundert hatte, nun auf diese schäbige Art und Weise sein wahres Gesicht gezeigt hatte. Und nun dachte Leo, ich hätte ihn verraten und das, nachdem ich mich die ganze letzte Woche nicht bei ihm gemeldet hatte.

Ich wischte mir über die Augen und verschmierte dabei vermutlich meinen Lidstrich, aber das interessierte mich nicht. Mit erschreckender Gewissheit wurde mir klar, dass meine Zeit in der Agentur heute endete. Ich konnte mit einem Menschen wie Nadja nicht mehr zusammenarbeiten. Neugierige und besorgte Blicke folgten mir auf dem Weg zurück in Nadjas Büro. Dort angekommen, saß meine Chefin wieder am Schreibtisch und arbeitete. Es war, als wäre nichts passiert, als hätte sie nichts getan.

»Ich kündige«, sagte ich. »Fristlos. Und falls das nicht geht, lasse ich mich krankschreiben, bis die Frist durch ist. Aber ich hoffe, du hast wenigstens den Anstand, mich sofort gehen zu lassen, nach dem, was du gerade getan hast. Du bekommst meine Kündigung morgen schriftlich.« Meine ruhige Stimme und der gleichgültige Tonfall überraschten mich selbst.

Nadjas Kopf schoss hoch, aber ich drehte mich um und verließ ohne ein weiteres Wort das Büro. »Ophelia?«, rief sie hinter mir her, aber ich zog die Tür mit einem Knall hinter mir zu. An meinem Platz stopfte ich energisch meine Sachen in den Rucksack. Benny sprang von seinem Stuhl auf und kam auf mich zu gehechtet und auch Raúl stoppte sein Gespräch mit Jonas und kam zu mir.

»Was ist passiert?«, fragte Benny und sah mich aus weit aufgerissenen Augen an.

»Ich habe gekündigt. Fristlos. Und ich kann euch das gerade nicht erklären, weil ich sonst in Tränen ausbreche, und diese Genugtuung möchte ich Nadja nicht geben. Aber ich werde euch alles in den nächsten Tagen erzählen.« Die Wut, die Erleichterung und die Sorge um Leo drohten hervorzubrechen und ich gab mir alle Mühe, sie im Zaum zu halten, bis ich das Büro verlassen hatte.

Benny sah aus, als würde er ebenfalls gleich in Tränen ausbrechen. »Und es besteht nicht die Möglichkeit, dass du noch mal zurückkommst?«, fragte Raúl leise.

Als ich meine beiden Lieblingskollegen betrachtete, war ich für einen kurzen Moment gewillt, meine Entscheidung rückgängig zu machen, doch ich wusste, dass es kein Zurück mehr gab. Also schüttelte ich entschieden den Kopf.

Benny stieß einen tiefen Seufzer aus. »Auch wenn es uns schwerfällt, dich gehen zu lassen, wissen wir wohl alle, dass es das Beste für dich ist.«

Raúl nickte und lächelte traurig. »Ich habe dir in den letzten Monaten so oft gesagt, dass du hier bei *AtheneSolene* weit davon entfernt bist, dein volles Potenzial auszuschöpfen. Und ich bin überzeugt davon, dass du auch so deinen Weg gehen wirst. Du hast alles, was man braucht, um erfolgreich zu sein, Ophelia.«

Mir stiegen nun doch Tränen in die Augen und es war ein richtiger Kraftakt, sie nicht fließen zu lassen.

Benny legte seine Hand an meinen Oberarm. »Und du weißt hoffentlich, dass wir dir trotzdem erhalten bleiben. Wir sind mittlerweile eher Freunde als Kollegen und du wirst uns nicht verlieren, nur weil wir nicht mehr zusammenarbeiten.«

»Und für unser tägliches Kaffee-Date können wir uns im *Kaffeebohne & Keks* treffen, da schmeckt der Kaffee sowieso besser«, fügte Raúl grinsend hinzu.

Ich atmete erleichtert aus. »Vielen Dank für eure Worte und für alles, was ihr in den letzten zwei Jahren für mich getan habt. Ihr habt einfach jeden Tag besser gemacht, immer an mich geglaubt und mich bestärkt. Ihr werdet mir sehr fehlen.« Eine Träne bahnte sich den Weg über meine Wange und ich wischte sie schnell weg. »Ich muss jetzt gehen, bevor ich doch noch losheule.«

Wehmütig sah ich mich in der Agentur um. Dieser Job hier hatte mir so viel ermöglicht und beigebracht. Trotz allem würde ich immer dankbar dafür sein. Ich atmete tief durch, bevor ich mich schließlich bei Benny und Raúl verabschiedete und auf die Tür zuging. Als ich beim Ausgang ankam, warf ich einen allerletzten Blick zurück zu Nadjas Büro. Die Tür war nach wie vor verschlossen, nichts rührte sich. Ich hatte nicht erwartet, dass sie mir hinterherlaufen würde, um meine Meinung zu ändern, doch nach zwei Jahren enger Zusammenarbeit hatte ich doch mit mehr Gegenwind gerechnet. Doch vielleicht war es so besser. Ich trat hinaus ins Freie und als die Tür hinter mir zufiel, brach ich in Tränen aus.

Nachdem ich mich die Treppen zu meiner Wohnung hochgeschleppt und meine Tasche ausgeräumt hatte, ließ ich mich auf meine kleine Couch sinken. Meine Nase war verstopft vom ganzen Weinen und ich wollte gar nicht wissen, wie mein Gesicht aussah. Als ich heute Morgen aufgestanden war, hatte ich zwar damit gerechnet, dass es ein herausfordernder Tag werden würde, doch nicht damit, dass ich nun arbeitslos sein und die Situation mit Leo noch verfahrener sein würde. Auf dem Nachhauseweg hatte ich ihn mindestens zehnmal angerufen, doch jedes Mal war die Mailbox drangegangen. Auf WhatsApp hatte ich ihn mit Nachrichten zugespamt, doch auch da kam trotz blauer Haken keine Antwort.

Ich schniefte, wischte mir über das Gesicht und betrachtete die schwarze Mascaraspur auf meinem Handrücken. Dann fiel mein Blick auf meinen Sperrbildschirm, der das Bild von Leo und mir zeigte, wie wir am Strand standen, ich laut am Lachen und er mit einem ebenso breiten Lächeln. Mein ganzer Körper zog sich schmerzhaft zusammen, als ich darüber nachdachte, dass wir vielleicht nie mehr zusammen lachen würden. Ich hatte nie damit gerechnet, dass sich je jemand in mich verlieben und mich so akzeptieren würde, wie ich war. Doch er hatte es getan und jetzt hatte ich es versaut.

Wieder liefen mir heiße Tränen über die Wangen und ich wunderte mich, dass überhaupt noch welche übrig waren, so viel, wie ich heute schon geweint hatte. Alles, einfach alles tat weh, als ich mich schwerfällig wieder erhob. Ich brauchte meine beste Freundin. Jetzt. Sofort. Diesmal würde ich nicht wieder alles mit mir allein ausmachen.

Ich griff nach meinem Handy, falls Leo sich doch noch meldete, und nach meinen Schlüsseln, dann lief ich zur gegenüberliegenden Wohnung. Als ich klopfte, betete ich, dass Ida heute von zu Hause aus arbeitete und nicht in der Redaktion war. Einen Moment lang war alles still, doch dann hörte ich schließlich Schritte hinter der Tür und atmete erleichtert durch.

Ida öffnete die Tür und riss die Augen auf. »Was ist passiert?«

»Ich habe ihn verloren«, schluchzte ich mit letzter Kraft, dann brach ich in ihren Armen zusammen.

»Du musst was essen«, sagte Ida und streichelte mir über den Kopf. Ida war der festen Überzeugung, dass gutes Essen immer wie ein Pflaster für Herz und Seele war.

Ich lag auf ihrem Sofa, trotz Sommer eingewickelt in eine Decke, und um mich herum türmten sich zerknüllte Taschentücher. Nachdem ich ihr alles erzählt hatte, hatten wir den ganzen Nachmittag hier gesessen, während ich geweint und Ida mich im Arm gehalten hatte. Mittlerweile setzte langsam die Dämmerung ein und dieser furchtbare Tag neigte sich dem Ende zu. Idas Auflauf hatte ich dankend abgelehnt, doch nun hielt sie mir eine Schüssel Buchstabensuppe unter die Nase. Ich war so gerührt, dass ich schon wieder in Tränen hätte ausbrechen können. Langsam setzte ich mich aufrecht hin und nahm Ida die Schüssel ab.

»Danke«, flüsterte ich mit nasaler Stimme und fing an die Suppe zu löffeln.

Ida nickte zufrieden und setzte sich neben mich. »Ihr werdet bestimmt noch mal miteinander sprechen. So wie du letzte Woche Zeit für dich brauchtest, braucht Leo jetzt Zeit für sich. Aber das heißt nicht, dass es für immer vorbei ist zwischen euch, dafür passt ihr viel zu gut zusammen.«

Sie klang so überzeugt, dass ich ganz kurz die Hoffnung zuließ, die in mir aufkeimte. Ich stellte die Schüssel auf dem Tisch ab und massierte mir die Schläfen. Von der ganzen Weinerei tat mir mittlerweile tierisch der Kopf weh.

Ida sprang auf und lief erneut in die Küche. Wenige Sekunden später kam sie mit einem Stück Erdbeerkuchen zurück. »Heute habe ich mal nicht so ausgefallen gebacken, aber ich weiß ja, dass du Erdbeerkuchen liebst. Vielleicht muntert der dich ein bisschen auf.«

Ich musste lächeln und nahm ihr den Teller ab. »Du bist großartig. Dein Kuchen ist und bleibt die beste Medizin.«

Nachdem ich auch das Stück Kuchen verputzt und wir gemeinsam den Abwasch gemacht hatten, stand ich unschlüssig in der Küche. Beim Gedanken daran heute Abend allein zu sein, zog sich alles in mir zusammen. »Kann ich heute Nacht bei dir bleiben?«, fragte ich.

»Das fragst du noch? Natürlich kannst du. Mi casa es tu casa – immer.«

Ich folgte ihr ins Schlafzimmer und sie gab mir eins ihrer Shirts zum Schlafen. Natürlich hätte ich auch einfach eben rüber laufen können, um mir selbst eins zu holen, aber selbst das war gerade eine zu große Herausforderung. Also zog ich mir dankbar Idas Shirt über und kuschelte mich anschließend in ihr gemütliches Bett. Nachdem sie im Bad fertig war, flocht sie ihre Haare zu einem Zopf und legte sich neben mich. Sie schaltete das große Licht aus, dafür die kleine Nachttischlampe an und drehte sich in meine Richtung, sodass unsere Gesichter sich direkt gegenüber lagen.

»Warst du eigentlich mal auf Instagram nach deinem letzten Post?«, fragte sie vorsichtig.

Ich schüttelte den Kopf. »Nee, irgendwie konnte ich mich nicht dazu durchringen. Zu viel Angst vor negativen Kommentaren.«

»Wenn du dich dazu bereit fühlst, solltest du auf jeden Fall mal nachschauen. Du hast da ganz schön was ins Rollen gebracht.«

Überrascht hob ich die Augenbrauen. »Ehrlich?«

Ein Lächeln breitete sich auf ihrem Gesicht aus. »Ehrlich. Ich glaube, du hast vielen Menschen aus dem Herzen gesprochen.«

Ein Funken Wärme entstand in meiner Brust. Vielleicht würde ich es morgen schaffen, nachzuschauen. Aber nicht mehr heute. Ida erzählte mir noch ein paar witzige Geschichten von der Arbeit, bevor mich langsam die Erschöpfung und der Schlaf übermannten.

Kapitel 32

Am nächsten Morgen fühlte ich mich wie von einem Schwertransporter überrollt. In meinem Kopf pochte es schmerzhaft und in meiner Brust auch.

»Guten Morgen, Sonnenschein, hast du einigermaßen geschlafen?«, fragte Ida und reichte mir ein Glas Orangensaft mit einer Schmerztablette.

Ich nahm beides dankbar entgegen. »Dich hat der Himmel geschickt.« Dann nahm ich die Tablette und trank das Glas in einem Zug leer.

»Das sagt Maurizio auch immer«, entgegnete meine beste Freundin und rührte in der Pfanne, in der ein Spiegelei brutzelte.

»Ewwww, zu viel Information!«, stieß ich hervor und verzog das Gesicht.

Ida lachte und auch ich musste grinsen. Mit einem Mal war die Welt nicht mehr ganz so dunkel. Wir frühstückten gemeinsam im Wohnzimmer und schauten dabei Fernsehen. Die Sonne warf leichte Schatten über den Teppichboden und die beruhigende Gewissheit überkam mich, dass ich, egal, was passierte, immer meine beste Freundin haben würde.

Schließlich musste Ida zur Arbeit und schlüpfte in ihre Birkenstocksandalen. »Wenn ich nachher Feierabend habe, können wir gemeinsam überlegen, wie es jobtechnisch weitergeht und wie wir das mit deinem Shop vorantreiben können, okay?«

Ich nickte dankbar. »Das machen wir. Danke dir, für alles.«

Sie lächelte und zog mich noch mal fest in ihre Arme. »Immer. Weißt du doch. Lass dich nicht unterkriegen.«

Ich atmete den vertrauten Geruch ihres Apfelshampoos ein und nickte an ihrer Schulter.

Dann zog sie die Tür auf und blieb abrupt stehen. »Oh.«

Als sie sich nicht von der Stelle bewegte, sah ich an ihr vorbei und blickte direkt auf Leo, der vor meiner Wohnungstür saß.

Nachdem Ida mir noch einen ermutigenden Blick zugeworfen hatte und schließlich im Treppenhaus verschwand, ging ich auf ihn zu. »Hi«, sagte ich leise und blieb ein paar Schritte entfernt stehen.

Seine dunklen Locken hingen schlaff herab und unter seinen rot verquollenen Augen zeichneten sich dunkle Ringe ab. Er sah genauso furchtbar aus, wie ich mich fühlte.

»Hey«, erwiderte er mit rauer Stimme, die mir verriet, dass auch er bis vor kurzem noch geweint hatte.

Nachdem ich gestern gedacht hatte, mein Herz wäre bereits gebrochen, so zeigte mir sein Anblick, dass ich mich geirrt hatte. Sofort stiegen mir wieder Tränen in die Augen. Anscheinend war mein Körper immer noch nicht fertig.

»Leo, es tut mir so unfassbar leid, sowohl wie ich mich letzte Woche verhalten habe, als auch die Sache mit Nadja gestern, du musst mir glauben …« Es war, als redete ich um mein Leben. Heiße Tränen liefen schon wieder meine Wangen hinab und tropften auf den schwarzen Fliesenboden. Womit ich nicht gerechnet hatte, war, dass sein Gesichtsausdruck weich wurde, er auf mich zukam und mich in eine feste Umarmung zog. Ich weinte an seiner Brust und durchnässte sein T-Shirt, während er mir beruhigend über die Haare strich. Ich krallte mich wie eine Ertrinkende an ihn, aus Angst, dass er gleich wieder verschwinden würde.

»Shhh«, flüsterte er zärtlich, was mich nur noch mehr zum Weinen brachte, da eigentlich ich diejenige war, die ihn trösten sollte. Als ich mich ein klein wenig beruhigt hatte, strich mir Leo eine Haarsträhne hinters Ohr. »Wollen wir vielleicht reingehen?«, fragte er.

Schniefend nickte ich, wischte mir über das Gesicht und öffnete meine Wohnungstür. Als mein Blick auf die Schlafzimmerwand fiel, die wir noch vor nicht allzu langer Zeit zusammen gestrichen hatten, fühlte sich mein Herz an wie ein schwerer Betonklotz. »Möchtest du etwas trinken?«, fragte ich befangen und diese Atmosphäre zwischen uns fühlte sich so falsch an.

»Vielleicht ein Wasser?« Er räusperte sich.

Schnell füllte ich zwei Gläser mit Wasser und reichte ihm eins davon. Er bedankte sich, nippte daran, dann folgte er mir auf den Balkon. Wir setzten uns und mir kamen all die gemeinsamen Momente in den Sinn, die wir hier erlebt hatten – vor allem unser erster Kuss. Der Schmerz raubte mir fast den Atem. Für einige qualvolle Minuten saßen wir schweigend nebeneinander, bevor wir schließlich beide gleichzeitig dazu ansetzten, etwas zu sagen.

Ein trauriges Lächeln erschien auf seinem Gesicht. »Sag du zuerst.«

»Es tut mir unendlich leid, was gestern in der Agentur passiert ist. Ich habe Nadja ordentlich die Meinung gesagt, dann muss sie dich gesehen haben und hat dir etwas vorgespielt, ich schwöre dir, ich hätte ihre Lügen doch nie geglaubt.«

Leos Miene wurde erneut weich und er legte meine Hand auf seine. »Ich weiß, dass das nur eine weitere von Nadjas Manipulationen war. Das wusste ich auch gestern schon.«

Verwundert sah ich ihn an. »Ich dachte, du wärst weggelaufen, weil du geglaubt hast, was Nadja gesagt hat.«

Er nahm seine Hand von meiner, um sich eine Locke aus dem Gesicht zu streichen, und sofort vermisste ich die Wärme. »Im allerersten Moment habe ich das auch. Ich dachte, die Vergangenheit würde sich wiederholen. Aber schon als ich zu Hause angekommen bin, wusste ich, dass du nie auf Nadjas Spiel einsteigen würdest. Ich brauchte dann aber trotzdem ein bisschen Abstand. Die ganze letzte Woche, in der du dich nicht gemeldet hast, und dann die Aktion von Nadja, das war alles ein bisschen viel.«

»Ich habe gekündigt«, platzte es aus mir heraus. »Gestern, nachdem du weg warst.«

Leos Augen weiteten sich. »Im Ernst?«

Ich nickte. »Ich kann mit so einem Menschen einfach nicht mehr zusammenarbeiten. Und vielleicht war es auch der Anstoß, den ich brauchte, um das mit der Selbstständigkeit zu versuchen. Vielleicht muss ich auch in ein paar Monaten wieder im Hotel arbeiten, weil ich meine Miete nicht bezahlen kann, aber das werde ich nie erfahren, wenn ich es nicht zumindest versuche.«

Leos Mundwinkel wanderten nach oben. »Du weißt, dass mich das extrem stolz macht, oder? Das ist so mutig, Ophelia, und ich bin mir ganz sicher, dass du es schaffen wirst. Wenn jemand das Zeug dazu hat, dann bist du das.«

Ich wollte ihm am liebsten um den Hals fallen und ihn nie wieder loslassen. »Danke, das bedeutet mir viel.«

»Der Verlag ist übrigens begeistert von der Geschichte und den Illustrationen. Es dauert gar nicht mehr so lang, bis das Buch in den Druck geht.«

»Wie schön. Ich freue mich so sehr darauf, das Buch in den Händen zu halten.«

Er stieß einen tiefen Seufzer aus und ein trauriger Glanz lag in seinen Augen. »Wir müssen … Ach, fuck.« Er räusperte sich. »Wir müssen uns erst mal trennen, oder?«

Eine eisige Kälte machte sich in mir breit und meine Schläfen fingen wieder an zu pochen. »Ich glaube, ja.«

Leo nickte und die bittere Realität schwebte über uns wie ein drohendes Unwetter.

»Letzte Woche war wirklich, wirklich schlimm«, sagte ich mit belegter Stimme. »Ich habe mich selbst nicht wiedererkannt. Ich hatte nicht die Kraft, mit irgendjemandem zu sprechen, konnte mich nicht im Spiegel anschauen, habe mich wirklich abgrundtief gehasst. Es war, als wäre ich wieder in der Schule gewesen, als hätte sich seitdem nichts verändert. Sie hatten dieselbe Macht über mich wie damals.« Leo hielt weiterhin meine Hand und fuhr mit seinem Daumen in sanften Kreisen über meinen Handrücken. »Es kann nicht sein, dass du immer damit rechnen musst, dass ich abtauche, dass du dir dauernd Sorgen um mich machen musst. Und ich will dich nicht mit meiner Eifersucht belasten.« Die Worte schmeckten sauer und doch wusste ich, dass es richtig war, sie auszusprechen.

Leo wischte sich über die Augen und ich sah, dass sie feucht waren. Sanft legte ich meine Hand an seine Wange, während er die Augen schloss und sich dagegen lehnte. Dann sagte er leise: »Genauso wenig kann es sein, dass ich weiterhin verdränge, welche Spuren die Beziehung zu Nadja hinterlassen hat. Ich schleppe das jetzt schon viel zu lange mit mir herum und tue immer so, als wäre ich darüber hinweg, aber ... Fuck, ich mache mir den ganzen Tag Gedanken, ob ich was falsch gemacht habe und dich verliere, ich habe Albträume, die mich dazu bringen, nachts durch die Stadt zu spazieren. Ich habe mich selbst verloren und wollte mich unbedingt wiederfinden, stattdessen habe ich einfach so getan, als wäre alles gut. Ich glaube, ich muss auch erst einiges auf die Reihe kriegen, bevor ich eine gesunde Beziehung führen kann.«

Ich versuchte mich an einem wackeligen Lächeln, während mich mein ebenso wackeliges Herz fast umbrachte. »Ich bin so stolz auf dich und diese Entscheidung. Ich möchte wirklich, dass es dir gut geht.«

»Ich möchte auch, dass es dir gut geht«, flüsterte er. »Und ich möchte dich nicht verlieren. Ich glaube fest daran, dass wir wieder zueinanderfinden werden, wenn wir beide gesund sind. Ich möchte nichts lieber als das.«

Bei diesen Worten musste ich an das Lied *Kreise* von Johannes Oerding denken: *Halt nicht fest, was du liebst, sondern lass es los, und wenn es wieder kommt, dann gehört es zu dir.*

»Ich möchte das auch. Und ich glaube auch daran, dass wir das hinkriegen.« Das klang mutiger, als ich mich fühlte. Die Zweifel waren da, sie waren laut und sie versicherten mir, dass Leo eine andere hübschere, klügere, stärkere Frau kennenlernen und sich in sie verlieben würde. Dass er in ein paar Monaten anrufen und sagen würde, dass es ihm leidtue, aber dass er nun in einer anderen Beziehung sei. Aber genau diese Gedanken waren Teil des Problems und daran musste ich arbeiten. Ich musste lernen, Vertrauen in Leo zu haben, aber vor allem Vertrauen in mich selbst. Ich atmete langsam aus und Leo hielt meine Hand fest umklammert, so als wäre er auch noch nicht bereit loszulassen.

»Heißt das, wir haben erst mal keinen Kontakt und konzentrieren uns nur auf uns selbst?«, fragte ich.

Leo zögerte kurz, dann nickte er. »Ich denke, das wäre das Beste. Wenn wir Kontakt haben, kann ich keinen Abstand halten.«

Seine Worte bereiteten mir eine Gänsehaut und ich strich ihm – vielleicht zum letzten Mal für eine sehr lange Zeit – diese eine Locke aus der Stirn. »Und wann, glaubst du, sehen wir uns wieder?«

Leo lächelte und aus seinem Blick sprach so viel Zuversicht, dass sie auch ein wenig auf mich überschwappte. »Ich bin mir sicher, das werden wir wissen, sobald es so weit ist.«

Wir blieben noch eine Weile auf dem Balkon sitzen und versuchten den Abschied hinauszuzögern, so gut es ging. Nach einer Weile, die sich viel zu kurz anfühlte, räusperte Leo sich schließlich und stand auf. Ich tat es ihm gleich, sah in seine herbstlaubbraunen Augen und versuchte mir alles an ihm einzuprägen: seine kusswürdigen Sommersprossen, seine geschwungenen Lippen, seine definierten Oberarme und die dunklen weichen Locken. Sein ganzes verdammtes Kunstwerkgesicht, das mich von der ersten Sekunde an in den Bann gezogen hatte.

»Darf ich dich noch mal küssen?«, fragte Leo und ohne auch nur eine Sekunde lang darüber nachzudenken, nickte ich. Vorsichtig nahm er mein Gesicht in seine Hände und sah mir lange in die Augen. Wie absurd, dass genau hier unser erster Kuss stattgefunden hatte – und nun unser letzter. Als ich Leos warmen Atem auf meinem Gesicht spürte und er sanft mit seinen Lippen über meine streifte, als schließlich sein Mund auf meinen traf und unsere Zungen einen letzten gemeinsamen Tanz vollführten, ließ ich mich komplett fallen und versuchte den Moment auf eine meiner Kopfkinoleinwände zu zeichnen, um ihn dort für immer zu verewigen. Wir küssten uns sanft, dann stürmisch, dann verzweifelt, bis ich mich irgendwann löste, weil ich wusste, ich könnte sonst nicht mehr aufhören. Leo lehnte seine Stirn an meine und schloss die Augen, bis er sich losriss und durch die Balkontür zurück in meine Wohnung ging. Es war, als nähme er mein Herz mit sich. Gerade als ich damit rechnete, das Zuschlagen der Wohnungstür zu hören, ertönte seine Stimme.

»Ophelia?«, rief er.

Ich drehte mich um. Zwischen uns lag nur meine Wohnung, doch es könnte genauso gut die ganze Welt sein, so sehr vermisste ich ihn schon jetzt. Er sah mich mit solch einer Intensität an, dass mir schwindelig wurde.

»Ich liebe dich«, sagte er schließlich. Und da war nicht eine einzige unsichere, wackelige Silbe.

»Ich liebe dich auch.« Obwohl meine Stimme bebte und kurz davor war zu brechen, sagte ich es so bestimmt, dass er hoffentlich nicht einen einzigen Zweifel daran hatte. Ich liebte Leo. Fuck, ich liebte ihn wirklich. Er lächelte ein letztes Mal, dann verließ er meine Wohnung und die Tür fiel hinter ihm zu. Mein erster Impuls war, ihm hinterlaufen, ihn davon überzeugen, dass wir uns nicht trennen mussten. Aber ich tat nichts davon. Ich ließ mich zurück auf den Stuhl fallen und bleib einfach sitzen.

Erst als ein leichter Regen einsetzte, schaffte ich es endlich, mich zurück ins Wohnzimmer zu bewegen. Ich setzte mich auf mein olivfarbenes Sofa und starrte aus dem Fenster, sah die Regentropfen, die an meiner Scheibe hinunterliefen und sich ein stummes Wettrennen lieferten. Plötzlich vibrierte mein Handy und ich zuckte zusammen. Es war nur ein Newsletter, doch da war dieser vertraute Stich in der Brust, als ich das Sperrbild meines Handys sah. Eilig suchte ich irgendein schönes Bild von Pinterest heraus, mit dem ich keine Erinnerungen verband, und stellte es als neues Hintergrundbild ein. Ich wollte gerade das Handy weglegen, als mir Idas Worte wieder in den Sinn kamen. Ich öffnete den App Store und lud die Instagram-App herunter, die ich nach meinem letzten Post gelöscht hatte. Mit zitternden Fingern gab ich meine Zugangsdaten ein und im nächsten Moment klappte mir der Mund auf. Ich hatte mittlerweile über 100.000 Abonnenten, über 300 ungelesene Nachrichten und die Anzahl der Kommentare unter meinem letzten Beitrag lag sogar im vierstelligen Bereich. Der Mobbing-Beitrag war viral gegangen und ich konnte es nicht fassen. Darunter waren unzählige liebe, unterstützende und vor allem ehrliche Kommentare voller Schmerz. Ganz viele berichteten von ihren eigenen Erfahrungen mit dem Thema Mobbing, bedankten sich für meine Ehrlichkeit und hatten sich sogar untereinander vernetzt, um sich gegenseitig zu helfen. Einige große deutsche Influencer hatten kommentiert und den Beitrag geteilt, weshalb er vermutlich auch diese große Reichweite erhalten hatte. In meinem Postfach waren unzählige Aufträge und Anfragen eingegangen, viele fragten nach, ob ich einen Shop habe und wie sie mich unterstützen können. Es waren sogar Kooperationsanfragen von Organisationen, die sich mit dem Thema Mobbing beschäftigen, und Anfragen von Verlagen dabei. Ich stieß ein schrilles, ungläubiges Lachen aus. Ich hatte den Beitrag gepostet, als ich im tiefsten, schwärzesten Loch gewesen war, und nun hatte er mir die Chance und den dringend benötigten Push gegeben, um als selbstständige Illustratorin arbeiten zu können. Natürlich konnte ich noch nicht abschätzen, wie viele Produkte in meinem Shop ich tatsächlich verkaufen würde und wie viel Geld mir die neuen Aufträge einbringen würden, aber es war ein verdammt guter Start und ich würde die nächsten Wochen erst mal beschäftigt sein. Ich scrollte weiter durch mein Postfach, versuchte mir einen Überblick zu verschaffen, als mir plötzlich ein Name ins Auge stach und mir das Herz in die Hose rutschte: @chriswoelkner.

War das etwa der Chris, in den ich in der Schulzeit verliebt gewesen war? Der Chris, der genau wie der Rest der Stufe meinen Blümchen-BH gesehen hatte? Den ich nie mehr gesehen oder kontaktiert hatte, nachdem ich fluchtartig die Schule gewechselt hatte? Dem Profilbild zufolge war er das. Er sah älter aus, hatte mittlerweile einen Bart und kürzere Haare, doch er war es, unverkennbar. Ich schluckte, dann öffnete ich die Nachricht.

@chriswoelkner: Liebe Ophelia, ich hoffe, es ist nicht seltsam für dich, nach all der Zeit eine Nachricht von mir in deinem Postfach zu finden. Ich bin durch einen Blogger, dem ich folge, auf deinen Beitrag aufmerksam geworden und deine Worte haben mich so berührt, dass ich dir einfach schreiben musste. Vor allem aber möchte ich mich bei dir entschuldigen.

Dafür, dass ich damals nicht mehr getan, dich nicht mehr verteidigt oder das Mobbing den Lehrern gemeldet habe. Ich habe mich damals geschämt und ich schäme mich heute noch immer. Wir alle haben damals mitbekommen, wie Jule, Anna und Olga dich behandelt haben und jeder, der etwas anderes sagt, lügt. Wir hätten alle handeln müssen und es tut mir leid, dass niemand das getan hat. Ich war damals wirklich krass verknallt in dich, doch ich hatte nicht die Eier, mich gegen die anderen zu stellen. Ich hätte mich bei dir melden müssen, als du die Schule gewechselt hast. Hätte, hätte, Fahrradkette, I guess. Jedenfalls hoffe ich, dass du glücklich wirst, denn du verdienst es. Und ich hoffe, dass Jule, Anna und Olga an ihrem schlechten Gewissen ersticken. Vielleicht fühlst du dich ein wenig besser, wenn ich dir sage, dass alle drei noch immer hier in unserem kleinen Kaff wohnen und selbst kein bisschen zufrieden mit ihrem Leben sind. Aber du nicht, du hast es geschafft, Ophelia, und das zeigt, was für eine starke Frau du bist. Du musst mir nicht antworten, aber ich hoffe, dass dich diese Nachricht vielleicht ein ganz klein wenig zum Lächeln bringt. Bleib stark! Ich wünsche dir von Herzen alles, alles Gute für die Zukunft. Und gib mir Bescheid, falls ich dich und deine Kunst irgendwie unterstützen kann!

Liebe Grüße, Chris

Und schon wieder lief mir eine Träne die Wange hinunter. Wie es schien, war mein Vorrat an Tränen unerschöpflich. Die Nachricht machte zwar nicht wieder alles gut, was damals passiert war, aber es war ein erster Schritt in Richtung Heilung. Von Jule, Olga und Anna würde ich nie eine Entschuldigung bekommen, aber das wollte ich auch nicht. Denn selbst wenn ich eine bekommen würde, würde es mir schwerfallen, sie ernst zu nehmen. Aber dass zumindest ein Mensch, der damals dabei gewesen war, Einsicht zeigte und sich die Zeit genommen hatte, sich bei mir zu entschuldigen – das bedeutete mir mehr, als ich in Worte fassen konnte.

Als ich schließlich bei Google *Therapie Blumstedt* eingab, durchbrach ein einzelner Sonnenstrahl die Regendecke und strahlte mir mitten ins Gesicht. Und alles an diesem Moment versprach Hoffnung.

@opheliaungeschoent: Hallo, meine Kämpferherzen! ♥

Heute gibt es nur eine kleine Erinnerung daran, dass ihr nicht schwach seid, nur weil ihr euch Hilfe sucht. Ihr seid nicht schwach, weil ihr in Therapie seid. Ihr seid nicht schwach, weil ihr Medikamente nehmt. Ihr seid nicht schwach, weil ihr eine psychiatrische Einrichtung oder Klinik besucht.

Im Gegenteil: All das macht euch verdammt stark. Es ist so mutig und wichtig, sich Hilfe zu holen.

Mit was auch immer ihr momentan zu kämpfen habt: Ihr schafft das. Die Sonne wird wieder aufgehen und es wird besser.

Wir schaffen das!

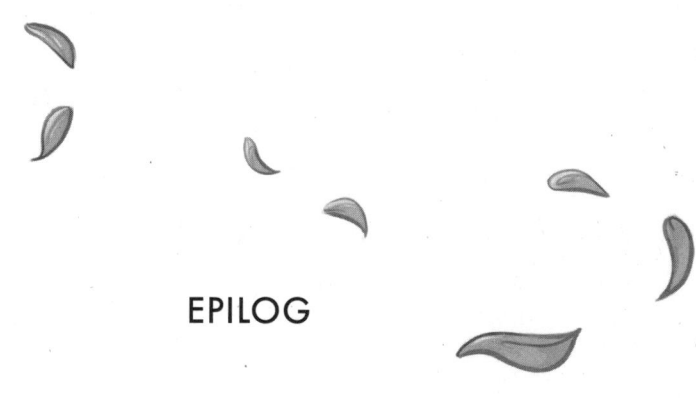

EPILOG

Sechs Monate später

Der Winter war in Blumstedt angekommen und ich liebte alles daran. Die kalte Jahreszeit war meine liebste, vor allem die Weihnachtszeit, die vor ein paar Tagen begonnen hatte. Zusammen hatten Ida und ich unsere Wohnungen weihnachtlich geschmückt, dabei laut *Last Christmas* geschmettert und im Anschluss Plätzchen gebacken. Überall duftete es nach Zimt, heißer Schokolade und der Vorfreude auf den 24. Dezember. Fasziniert blickte ich aus dem Fenster und verfolgte die Schneeflocken, die langsam und fast schon anmutig durch die Luft tanzten. Es waren die ersten in diesem Jahr.

»Die Welt sieht immer ein bisschen friedlicher und schöner aus, wenn es schneit, finden Sie nicht auch?«, fragte Dr. Bach und ich musste lächeln.

»Ja«, entgegnete ich und nickte. »Ich liebe den Schnee.«

Dr. Bach schlug die Beine übereinander und legte ihren Block, auf dem sie in der vergangenen Stunde wieder einiges notiert hatte, zur Seite. Sie war eine Frau mittleren Alters mit dunklen Haaren, die bereits von den ersten grauen Strähnen durchzogen und immer zu einem Dutt nach hinten gesteckt waren. Sie trug eine lockere Bluse, kombiniert mit einer Stoffhose, ihr Lächeln war einladend und herzlich. »Ich muss sagen, dass ich wirklich stolz auf die Fortschritte, die Sie in den letzten Monaten gemacht haben, bin.« Ein Gefühl von Stolz und innerer Ruhe erfüllte mich, als ich meine Therapeutin mit einem breiten Lächeln ansah. »Ich bin Ihnen so dankbar für alles. Wirklich.« Seit fünf Monaten war ich nun bei Dr. Bach in Therapie und es fühlte sich an wie ein halbes Leben. Nachdem ich einen Monat lang erfolglos versucht hatte, irgendwo unterzukommen, war Ida auf die Homepage dieser Praxis gestoßen. Das Team hatte sich vor kurzem vergrößert, wodurch Plätze freigeworden waren. Zum Glück hatte nicht nur Ida, sondern auch ich einen Platz bekommen. Am Anfang war es mir schwergefallen, mich zu öffnen, doch nach und nach hatte ich mich immer wohler in der Gegenwart meiner Therapeutin gefühlt. Mittlerweile freute ich mich sogar auf die wöchentlichen Termine. Sie waren sehr anstrengend und laugten mich oft komplett aus, doch im guten Sinne. Ich hatte hart an mir gearbeitet und mittlerweile war ich an einem Punkt angekommen, an dem ich die Veränderungen in meiner Denkweise und meinem Alltag bemerkte.

»Sie müssen sich nicht bei mir bedanken. Ich bin vielleicht eine Stütze, aber Sie selbst verändern etwas. Also danken Sie sich.« Ich schaute auf die Uhr und Dr. Bach folgte meinem Blick. »Unsere Stunde ist schon wieder vorbei. Dann sehen wir uns in einer Woche, in Ordnung?«

Ich nickte und stand von dem cremefarbenen Sessel auf. »Alles klar. Ich wünsche Ihnen eine schöne Woche!«,

»Ihnen auch.«

Ich zog mir meinen kuscheligen braunen Teddymantel über, eine senffarbene Mütze und lege mir den dicken Schal um den Hals. Als ich die Praxis verließ, wehte mir kalte Luft entgegen und vereinzelte Schneeflocken landeten auf meiner Nasenspitze. Lächelnd schloss ich die Augen und hielt das Gesicht in Richtung Himmel. Ich atmete die frostige Luft ein, die nie so schön klar und frisch war wie im Winter, bevor ich mich langsam in Bewegung setzte. Der Schnee blieb liegen und knirschte unter meinen Füßen, als ich durch das Zentrum von Blumstedt lief. Vorbei am Park, vorbei an den Geschäften, die weihnachtlich geschmückt waren, und vorbei an den Menschen, die erste Weihnachtsgeschenke in den Armen trugen. Als die ersten kleinen Buden des Weihnachtsmarktes auftauchten, breitete sich ein wohlig warmes Gefühl in mir aus. Gott, wie ich die Weihnachtszeit liebte. Bunt gemischte Gerüche wehten mir entgegen, ich roch Glühwein, Tannenzweige, Vanille und kandierte Bratäpfel, begegnete glücklichen Gesichtern und von der Kälte geröteten Wangen.

»Ophelia, hier!«, ertönte eine bekannte Stimme.

Mein Blick glitt suchend über den Weihnachtsmarkt, bis er schließlich an meinen besten Freunden hängen blieb. Ida, Benny und Raúl standen an einem kleinen Stehtisch, alle eingemummelt in Winterkleidung, vor ihnen vier dampfende Tassen gefüllt mit Glühwein. Schnell lief ich auf die drei zu und schloss jeden von ihnen in eine feste Umarmung. »Danke fürs Mitbestellen«, sagte ich grinsend und legte meine kalten Hände um die heiße Tasse.

»Gern«, erwiderte Ida und rieb sich über die rötliche Nasenspitze. »Wie war es bei der Therapie?«

»Oh, es war gut. Dr. Bach hat gesagt, dass ich echt Fortschritte gemacht habe, und das merke ich ja auch selbst. Es geht bergauf.«

Bennys Mundwinkel hoben sich und er hielt seine Tasse in die Luft. »Darauf stoßen wir an!«

Ich lachte leise, als unsere Tassen klirrend aufeinandertreffen, und nahm einen Schluck. Der Glühwein wärmte mich von innen. Raúl begann von der Arbeit zu erzählen und ich war froh, dass es mittlerweile nicht mehr so weh tat, über die Agentur zu sprechen. Nach meiner Kündigung hatte es viele Momente gegeben, in denen die Zweifel laut gewesen waren, doch mittlerweile hatte sich viel verändert. Seit drei Monaten gab es meinen Etsy-Shop, der wirklich gut lief. Es hatte einen enormen Andrang gegeben, mit dem ich nicht gerechnet hatte. Ida und ich waren viele Abende damit beschäftigt gewesen, die Bestellungen zu verpacken und zur Post zur bringen. Mittlerweile hatte ich Clara eingestellt, eine liebe Studentin, die mich auf Nebenjobbasis unterstützte. Jeden Monat stellte ich neue Produkte mit neuen Zeichnungen online und jeden Monat waren sie in kürzester Zeit ausverkauft. Auch auf Instagram wuchs und wuchs meine Community, genau wie meine Warteliste mit Aufträgen. Ein Teil meiner Einnahmen ging an eine Organisation, die sich für die Prävention von Mobbing in Schulen einsetzte, und ich war selbst das ein oder andere Mal in Schulklassen gewesen, um von meinen Erfahrungen zu berichten. Alles könnte perfekt sein, doch ein Mensch fehlte in meinem Leben. Ich erlaubte mir nicht häufig, an ihn zu denken, da das stets von einem stechenden Schmerz begleitet wurde, der zwar erträglicher geworden war, aber nie ausblieb.

»Wisst ihr schon, wo ihr die Flitterwochen verbringen wollt?«, riss mich Idas Stimme aus den Gedanken.

Mein Blick wanderte zu Raúl. Sein Partner Tom hatte ihm vor einigen Wochen an seinem Geburtstag einen Heiratsantrag gemacht, weshalb wir nun alle ganz heiß auf Infos rund um die Hochzeitsplanung waren.

Ein strahlendes Lächeln erhellte Raúls Gesicht, so wie immer, wenn es um das Thema ging. »Wir werden nach Portugal fliegen. Erst für ein paar Tage in meinen Heimatort, damit wir mit meiner Familie feiern können, und danach setzen wir uns für ein bisschen Zweisamkeit an die Algarve ab.«

Ich seufzte und Ida tat es mir gleich. »Das klingt absolut traumhaft«, sagte ich. Gerade als ich fragen wollte, ob sie sich schon auf eine Hochzeitslocation festgelegt hatten, erstarrte ich plötzlich. Kälte breitete sich in mir aus und diesmal hatte sie nichts mit den winterlichen Temperaturen zu tun.

»Ist alles g…«, setzte Benny an, bevor er meinem Blick folgte und stockte.

Am Stand gegenüber, an dem selbst gestrickte Sachen verkauft wurden, stand Nadja und sah mich an. Seit meiner Kündigung hatten wir uns nicht mehr gesehen und kein Wort miteinander gewechselt. Ein Kloß bildete sich in meinem Hals, den ich krampfhaft versuchte hinunterzuschlucken. Nadjas Augen waren geweitet und für einen Moment war ich mir sicher, dass sie einfach weitergehen würde. Doch dann kam sie auf unseren Tisch zu.

»Hallo«, sagte sie mit einem vorsichtigen Lächeln.

Benny und Raúl erwiderten ihren Gruß betreten, während Ida sie feindselig musterte.

»Ophelia, ich … können wir uns vielleicht kurz unterhalten?«, fragte sie und zum ersten Mal sah ich Unsicherheit in Nadja Grimms Blick.

Mein erster Impuls war es abzulehnen, doch mir war bewusst, dass ein richtiger Abschluss sinnvoll wäre. »In Ordnung«, sagte ich also mit rauer Stimme. Ida legte ihre Hand auf meinen Arm und sah mich fragend an. »Ist schon okay«, versicherte ich ihr. »Ich bin gleich wieder da.« Langsam folgte ich meiner ehemaligen Chefin an den Rand des Weihnachtsmarktes, etwas abseits vom Getümmel. Dort angekommen, senkte ich den Blick, versuchte die aufkommende Panik zu kontrollieren, indem ich auf meine Atmung achtete.

»Ophelia, ich möchte mich bei dir entschuldigen«, sagte sie ohne Umschweife.

Vermutlich konnte ich die Überraschung in meinem Gesicht nicht ganz verbergen. Damit hatte ich nun doch nicht gerechnet.

»Das ist wirklich nicht schön gelaufen mit all den Missverständnissen.« Sie machte eine wegwerfende Handbewegung. »Jedenfalls möchte ich gern, dass du wieder bei mir arbeitest. Du hast einen guten Job gemacht, das lässt sich nicht bestreiten, und die neue Illustratorin taugt nichts. Ich bin bereit, über dein Verhalten hinwegzusehen und dir eine zweite Chance zu geben.«

Ich konnte nicht glauben, was ich da gerade gehört hatte. »Du gibst *mir* eine zweite Chance?«, fragte ich fassungslos.

Nadja nickte. »Angesichts der Tatsache, dass du ziemlich unverschämt warst, ist das ein faires Angebot.«

Ich fragte mich, ob irgendwo eine versteckte Kamera war. Mein Puls raste und Wut stieg in mir auf. Eine Wut, die ich seit meiner Kündigung nicht mehr gespürt hatte. Ich holte tief Luft und dachte an alles, was ich in den letzten Monaten erreicht hatte, an meinen Shop, die Aufträge in meinem Postfach, die Therapie und die harte Arbeit an mir selbst. All das hatte ich völlig ohne meine ehemalige Chefin geschafft, egal, wie häufig sie mir versucht hatte einzureden, dass ich es ohne sie zu nichts bringen würde. Und plötzlich stellte ich fest, dass da keine Wut mehr in mir war. Ich straffte die Schultern und sah Nadja fest in die Augen.

»Wenn das deine Entschuldigung gewesen sein soll, dann war sie ziemlich armselig.« Nadjas Augenbrauen schossen in die Höhe und sie öffnete den Mund, doch ich war noch nicht fertig. »Ich dachte vorhin wirklich für einen kurzen Moment, du hättest dich geändert und wenn sie ehrlich gewesen wäre, hätte ich deine Entschuldigung vielleicht sogar angenommen. Aber manche Menschen ändern sich scheinbar nie. Ich bin dir dankbar für alles, was du mir ermöglicht hast, doch heute empfinde ich einfach nur noch Mitleid für dich. Denn wenn du die Menschen um dich herum weiterhin so behandelst, wirst du vermutlich nie eine gesunde Beziehung führen. Ich wünsche dir alles Gute für die Zukunft, bin aber nicht länger bereit, Teil deiner manipulativen Machtspielchen zu sein. Ich bin nämlich auch ohne dich jemand, ob du es glaubst oder nicht.«

Nadja blinzelte und schien sprachlos, während mich eine Mischung von Stolz und Erleichterung erfüllte. Ohne auf eine Erwiderung zu warten, nickte ich ihrem verdatterten Gesicht zu und drehte mich um. Der Schnee unter meinen Schuhen knirschte und ich blickte nicht zurück.

Befreit atmete ich aus, als ich wieder am Tisch bei meinen Freunden angekommen war.

»Ist alles gut?«, fragten Ida und Benny synchron.

Mit einem breiten Lächeln hob ich meinen lauwarmen Glühwein an und hielt ihn in die Mitte. »Ja, das ist es. Auf Neuanfänge.«

Als ich wieder zu Hause ankam, schloss ich bibbernd die Tür auf und legte die drei Pakete, die ich gerade von der Post geholt hatte, auf die Kommode. Schnell schälte ich mich aus der Winterkleidung und lief in die Küche, um den Wasserkocher anzuschalten. Nichts half besser gegen die Kälte als eine heiße Wärmflasche. Nachdem ich mir dicke Socken übergezogen hatte, holte ich die Pakete und setzte mich damit auf die Couch. Vorfreudig packte ich ein Buch aus, das ich vorbestellt hatte und auf das ich mich schon ewig freute, einen neuen Apple Pencil, weil mein alter den Geist aufgegeben hatte, und dann blieb mein Herz beinahe stehen.

Der Absender vom dritten und letzten Paket war Leos Verlag.

Ich wusste sofort, was in dem Paket war, und mein Herz wechselte von Stillstand zu Marathonlauf. Der Erscheinungstermin von Leos Buch war ein wenig nach hinten verschoben worden, sodass es erst in ein paar Tagen erschien, statt schon im Herbst. Meine Hände zitterten, als ich den Pappstreifen abriss. Mit angehaltenem Atem holte ich das Buch aus dem Umschlag, eingewickelt in buntes Geschenkpapier, und es fiel ein wenig Konfetti auf den Boden. Als ich es vorsichtig aus dem Papier wickelte, stiegen mir Tränen in die Augen. In meiner Hand hielt ich eine Ausgabe von *Die Gans, die zum Zirkus wollte.* Auf dem Cover war im Hintergrund ein blauer Himmel mit weißen Zuckerwattewolken zu sehen, darunter eine Blumenwiese und eine rote Zirkustrommel. Auf der Trommel stand sie, die kleine Gans, und lächelte fröhlich.

Die kleine Gans, die ich gezeichnet hatte. Die kleine Gans, die uns zusammengebracht hatte. Die kleine Gans, die es zum Zirkus geschafft hatte. Während wir es nicht geschafft hatten.

Ich blätterte durch das Buch, das gefüllt war mit Leos Worten und meinen Illustrationen, während mir heiße Tränen über die Wangen liefen. Tränen vor Freude, vor Schmerz, vor Stolz und Liebeskummer. Es war so surreal, meine Zeichnungen in einem echten, gedruckten Buch zu sehen. Da waren sie alle, die Gans, der Frosch, die tierischen Freunde und die Zirkuszelte. Sie waren bunt schillernde wahr gewordene Träume in absolut jeder Hinsicht. Das Buch war wunderschön. Hoffentlich war Leo auch glücklich damit. Es schmerzte mich mehr, als ich zugeben wollte, dass ich ihn nicht sofort anrufen konnte, um die Freude mit ihm zu teilen. Ich blätterte noch mal ganz nach vorne, um meinen Eltern ein Foto vom Impressum zu schicken, von *meinem* Namen in einem Buch – ein überwältigendes Gefühl. Doch statt beim Impressum landete ich plötzlich bei der Seite mit der gedruckten Widmung, die mir beim ersten Durchblättern noch gar nicht aufgefallen war.

Für meine Sonnenblume
Weil du mein Leben heller und schöner gemacht hast.
Weil du an mich und meine Träume geglaubt hast.
Weil du mein Lieblingskunstwerk bist.

Weil ich dich liebe.
Ich gebe die Hoffnung nicht auf, dass unsere Geschichte besser endet als
die von Leucothoe und Apollon. Denn die Zirkusgans hat auch nicht
aufgegeben und schau – sie hat es geschafft.

Mittlerweile waren es keine Tränen mehr, die meine Wangen hinunterliefen, es waren verdammte Sturzbäche. Ich schluchzte und lachte
gleichzeitig, während mich Hoffnung, Liebe, Dankbarkeit und Erinnerungen durchfluteten. Ich strich über die Widmung, drückte das
Buch an mich, wollte es nicht mehr loslassen. Als ich es doch tat,
segelte etwas auf den Boden. Verdutzt griff ich nach dem Papier und
drehte es um.

EINLADUNG ZUR PREMIERENLESUNG

»Die Gans, die zum Zirkus wollte« von Leo Berger
mit anschließender Signierstunde

Mittwoch, 05.12. um 16:00 Uhr
Buchhandlung Willmer, Blumstedt

Mein Herz begann wieder zu rasen. Der fünfte Dezember – das war
morgen! Es war die Lesung, zu der man mich vor einigen Monaten
eingeladen hatte, um etwas zu meinen Illustrationen zu sagen, doch
ich hatte abgesagt. Der Schmerz war zu frisch gewesen und ich zu unsicher, um vor Publikum über meine Kunst zu reden. Ich hatte nicht
damit gerechnet, trotzdem noch eine Einladung zu erhalten. Sollte
ich hingehen? Traute ich mich hinzugehen? Ich musste hingehen! Es
würde das erste Mal seit sechs Monaten sein, dass ich Leo wiedersah.
Aber trotz der Widmung hatte ich Angst, Gott, ich hatte solche Angst.

Als ich am nächsten Nachmittag vor der Buchhandlung stand, war die Anspannung kaum zu ertragen. Der kalte Wind peitschte mir entgegen und ich zog meinen Teddymantel enger um mich. Meine Kopfhaut kribbelte unter der Mütze, erinnerte mich daran, dass meine Haare gleich in alle Richtungen abstehen würden, doch es war einfach zu kalt, um ohne Mütze das Haus zu verlassen. Schnell blickte ich in mein Handy, um nachzusehen, ob wenigstens Lippenstift und Lidstrich noch an Ort und Stelle waren. Dann steckte ich mein Handy wieder in die Tasche und wagte einen Blick durch das Fenster.

Die Buchhandlung war weihnachtlich geschmückt und ein warmes, gemütliches Licht schien auf die vielen Eltern mit ihren Kindern, die bereits auf Stühlen in der Mitte des Ladens saßen. Es mussten so um die fünfzig Personen sein. Etwas weiter vorne stand ein kleines Podest, hinter dem das Cover auf einem großen Banner gedruckt war. An der Seite war ein kleines Buffet aufgebaut, an dem ich Leos Agentin Tabitha entdecken konnte, die sich angeregt mit einem Mann unterhielt. Doch egal, wie sehr ich meinen Blick auch schweifen ließ, *ihn* konnte ich noch nicht entdecken. Ich musste wohl oder übel reingehen. Eine Türglocke klingelte und kündigte mein Kommen an.

»Herzlich willkommen zur Premierenlesung«, begrüßte mich eine Mitarbeiterin mit einem freundlichen Lächeln.

»Danke schön«, sagte ich, erwiderte ihr Lächeln und zeigte ihr meine Einladung.

Sie nickte und hielt mir ein Tablett mit Sektgläsern entgegen. »Wenn Sie möchten, können Sie ihren Mantel hier an der Garderobe aufhängen und sich dann einen Platz suchen.«

Ich bedankte mich und hängte meinen Mantel auf. Dann ließ ich mich mit meinem Sektglas bewaffnet auf einem Platz in der letzten Reihe nieder. Angeregte Gespräche und Kinderlachen erfüllten den

Raum, während das nervöse Gefühlschaos in mir mich fast umbrachte. Nach einer gefühlten Ewigkeit wurde das Licht plötzlich gedimmt und Tabitha trat nach vorne. Ich wischte mir die schwitzigen Handflächen an meiner Wollstrumpfhose ab und atmete tief durch. Tabitha sprach ein paar einleitende Worte und hieß alle willkommen, doch ich nahm nichts davon wahr.

»Und jetzt begrüßen Sie den Star des heutigen Abends: Leo Berger«, sagte sie schließlich und ich hielt den Atem an.

Und da war er. Verdammt, da war er.

Leo kam aus einem Nebenraum der Buchhandlung und lief auf seine Agentin zu, während Applaus und aufgeregtes Kinderquietschen ertönten. Wie hypnotisiert starrte ich ihn an, sog jeden Millimeter seines Körpers in mich auf. Er sah gut aus. Er sah wirklich richtig gut aus. Die dunklen Locken waren ein wenig länger geworden und hingen ihm wie immer in die Stirn und uff, er hatte einen Dreitagebart. Das dunkelblaue Hemd, dessen Ärmel er hochgekrempelt hatte, betonte seine Arme und den Oberkörper, der etwas muskulöser geworden war. Die Stoffhose saß wie angegossen und ich musste mich wirklich zusammenreißen, dass ich ihn nicht mit offenem Mund anstarrte. Als er Tabitha in die Arme schloss und sich dem Publikum zuwandte, um lächelnd zu winken, stach Sehnsucht in meiner Brust. Meine Wangen waren warm vom Sekt und mein Herz gehörte noch immer Leo Berger. Das war unbestreitbar. Sein Blick wanderte über das Publikum und als er meinem begegnete, blieb für einen kurzen Augenblick die Welt stehen. Da waren nur er und das strahlendste Lächeln, das ich je gesehen hatte. Es erhellte sein ganzes Gesicht und ich konnte nicht anders, als es zu erwidern. Seine Augen funkelten und brachten die Schmetterlinge in meinem Buch zum Tanzen. Dann war der Moment vorbei und er nahm auf dem Podest Platz.

Die Lesung war umwerfend. Leo war umwerfend. Er las Passagen aus der Geschichte vor, ohne sich auch nur einmal zu verhaspeln, beantwortete die zuckersüßen Fragen der Kinder mit Bravour und jeder im Publikum starrte ihn wie gebannt an. Ich starrte vor allem auf seine Lippen.

Nachdem die Lesung beendet war, sprangen alle auf und stellten sich an, um sich ihre Bücher signieren zu lassen. Ich stellte mich ans Ende der Schlange. Leo nahm sich für jedes Kind Zeit und es wurden unzählige Fotos geschossen. Meine Nervosität stieg währenddessen ins Unermessliche. Als noch eine Frau mit einem kleinen Mädchen vor mir stand, zitterte ich so sehr, dass ich kaum noch das Buch in den Händen halten konnte. Leo umarmte das kleine Mädchen, schrieb in ihr Buch und beantwortete geduldig ihre Fragen. Dann winkte sie ein letztes Mal, ging zur Seite und jetzt stand ich vor ihm.

»Hi«, sagte ich mit wackeliger Stimme.

Er musterte mich so eindringlich, dass mir schwindelig wurde. »Hey.«

Warum war ich so nervös? Es waren doch immer noch wir, Leo und Ophelia. Ich machte einen Schritt auf ihn zu und hielt ihm mein Exemplar hin. »Würdest du mir das Buch signieren?«, fragte ich im selben Moment, wie er sagte: »Es ist so schön, dass du da bist.« Wir lachten beide und plötzlich war es, als wären die letzten sechs Monate nicht passiert.

Leo griff nach dem Buch, unsere Finger streiften sich und ein Stromstoß jagte durch meinen Körper. Mit seinen Schreiberhänden signierte er schwungvoll das Buch, direkt unter der Widmung, und hielt es mir wieder hin.

»Leo, hast du noch Zeit für ein Foto und ein kleines Interview für den Instagram-Account der Buchhandlung?«, rief Tabitha von der Seite.

»Klar«, sagte er, verzog aber das Gesicht. An mich gewandt fragte er: »Können wir gleich noch sprechen?«

Ich nickte lächelnd. »Natürlich. Ich laufe nicht weg.«

Er verschwand wieder im Nebenraum, aus dem er vorhin gekommen war, und ich stöberte ein wenig durch die Buchhandlung.

Nach und nach leerte sich der Laden und als ich auf die Uhr sah, stellte ich überrascht fest, dass ich schon seit fast einer Stunde auf Leo wartete. Ich wollte gerade Instagram öffnen, als mein Handy klingelte: Clara, meine Assistentin.

»Hi, alles okay?«

»Hey, ic... br... do...«

Verwirrt sah ich auf mein Handy. »Hier ist ganz schlechter Empfang, ich geh mal kurz raus, bleib dran, ja?« Eilig lief ich zur Garderobe, zog mir Mantel und Mütze über und verließ die Buchhandlung. Es hatte wieder angefangen zu schneien, sodass Blumstedt weiterhin aussah wie von Puderzucker überzogen. »So, ich bin wieder da.«

»Ich wollte dir nur Bescheid geben, dass ich die Bestellungen vorhin zur Post gebracht habe«, erklang Claras helle Stimme. »Wir müssen morgen schon wieder neue packen, da ist einiges reingekommen.«

Ein warmes Gefühl erfüllte meinen Brustkorb, so wie immer, wenn ich hörte, dass es neue Bestellungen im Shop gab. »Super, danke. Ich schaue mal, ob ich das allein schaffe, dann kannst du morgen frei machen.«

»Sag einfach später Bescheid. Hab noch einen schönen Tag!«

Gerade als ich mich verabschiedet und aufgelegt hatte, wurde die Tür zur Buchhandlung schwungvoll aufgestoßen. Leo kam heraus, ohne Jacke oder Mütze, und sah sich hektisch um. Als sein Blick auf mich fiel, sackten seine Schultern erleichtert herab und seine Mundwinkel wanderten nach oben. Mit schnellen Schritten kam er auf mich zu und mein Herz pochte im selben Takt.

»Ich dachte, du wärst schon gegangen«, sagte er atemlos.

Er stand nun direkt vor mir, so nah, dass ich seine Sommersprossen sehen konnte. »Ich musste nur kurz telefonieren.«

Die Lichterketten des Ladens spiegelten sich in seinen Augen und brachten sie zum Leuchten. »Danke fürs Warten.«

»Danke für die schöne Widmung«, rutschte es mir heraus. Seine Grübchen erschienen und ich wollte sie so dringend küssen, dass es weh tat.

»Ich muss dringend mit dir reden«, sagte er und wurde wieder ernst. »Die letzten Monate waren nicht leicht, aber sie waren auch gut für mich. Ich habe die Zeit allein genossen, war viel mit meinem Bruder zusammen und endlich auch mal wieder mit Freunden. Ich habe eine neue Reihe angefangen, mir Hilfe gesucht und mich selbst besser kennengelernt.«

Meine Brust zog sich schmerzhaft zusammen. Ich gönnte ihm sein Glück von ganzem Herzen, aber … brauchte er mich überhaupt noch in diesem neuen, besseren Leben? »Wie schö…«

»Aber fuck, Ophelia, ich habe dich so sehr vermisst«, fuhr er dazwischen. »Es hat mich teilweise fast um den Verstand gebracht. Ich habe deine blauen Augen vermisst, dein Lachen, deine Hand in meiner. Ich habe die Gespräche mit dir vermisst und dein Talent dafür, immer die richtigen Worte zu finden. Verdammt, ich habe sogar Buchstabensuppe vermisst und wie du tanzend die Pflanzen auf deinem Balkon gießt. Dass du heute da bist … Vielleicht ist es absurd, aber ich hoffe so, dass das bedeutet, dass wir noch eine Zukunft haben. Ich will dich nicht drängen und wenn du noch mehr Zeit brauchst, warte ich natürlich. Aber wenn du mich noch willst, dann gehöre ich immer noch dir.« Er rang nach Luft, sein Hemd war mittlerweile von Schnee durchnässt.

Ohne auch nur einen Augenblick zu zögern, stellte ich mich auf die Zehenspitzen und drückte meine Lippen auf seine. Er schlang seine

Arme um mich und öffnete leicht den Mund, unsere Zungen fanden sich endlich wieder, während Strom durch meinen ganzen Körper floss. Wir küssten uns gierig und voller Sehnsucht, wir küssten uns, als seien Küsse Luft zum Atmen. Mit geröteten Wangen und wunden Lippen lösten wir uns schließlich wieder voneinander, meine Hände lagen noch immer an seinem Gesicht, seine Arme um meinen Körper.

»Ich liebe dich«, keuchte ich. »Und ich habe dich so sehr vermisst. In den letzten Monaten ist viel passiert und ich bin glücklich, aber ich habe die ganze Zeit nur daran gedacht, dass ich dieses Glück mit dir teilen möchte.« Ich öffnete meinen Teddymantel so weit, dass er auch ein wenig von Leos Körper umschloss. Er lächelte und mein Herz explodierte fast. Als wir uns ein weiteres Mal zwischen tanzenden Schneeflocken küssten, erklang von irgendwo leise Weihnachtsmusik und ich wusste, dass genau jetzt, in diesem Moment, alles war, wie es sein sollte.

Leo und ich, wir waren ein Kunstwerk in den schönsten Farben, in hellen und dunklen Schattierungen, und die Leinwand war noch lange nicht voll.

DANKSAGUNG

Die Geschichte von Ophelia und Leo bedeutet mir sehr viel und vermutlich wird sie das auch immer. Es ist mein allererster Roman und zugleich der Beweis an mich, dass ich es tatsächlich schaffen kann, eine Geschichte zu beenden. Ich hatte nämlich große Angst, dass ich das nie würde. Aber Ophelia und Leo haben mir gezeigt, dass ich es kann und wie sehr ich es liebe, eine Geschichte von Anfang bis Ende zu erzählen. Und dafür werde ich ihnen immer dankbar sein.

Das es dieses Buch hier überhaupt gibt, verdanke ich dem wundervollen Team des LAGO-Verlages, vor allem Karina Woller und Jasmin Schäfer. Danke, dass ihr von Anfang an an diese Geschichte geglaubt habt, obwohl es nicht mehr als die Idee und ein Exposé gab. Karina, ich werde dir immer dankbar dafür sein, dass du nicht nur die »Gedichteerzählerin«, sondern auch »Geschichtenerzählerin« in mir gesehen hast. Jasmin, ich danke dir, für dein Herz aus Gold, für deine Anfeuerungsrufe und dafür, dass du so viel Liebe und Herzblut in deine Arbeit steckst.

Ein riesiges Dankeschön geht an meine großartige Lektorin, Marieke Kühne, die nicht nur ein so liebenswerter Mensch ist, sondern mir auch geholfen hat, das absolut Beste aus dieser Geschichte herauszuholen. Marieke, ich bin so froh, dass ich dich kennenlernen und für mein Debüt an meiner Seite haben durfte. Danke, dass du mich so unterstützt, motiviert und vor der Verzweiflung bewahrt hast. Du wirst immer ein wichtiger Teil von Blumstedt sein und eines Tages gehen wir zusammen Keksteig essen, okay?

Mami, Papi und Mimi – für meinen Dank an euch, werden Worte nie ausreichen. Mami, danke, dass du mein allerliebster Lieblingsmensch und Fels in der Brandung bist – ohne dich geht wirklich gar nichts. Mimi, danke, dass du meine allerliebste Lieblingstante und immer für mich da bist. Papi, danke, dass du immer mein größter Fan und stolz auf mich bist, obwohl du eigentlich gar keine Bücher liest. Ich liebe euch mehr, als ich je ausdrücken könnte.

Lara, mein Twinnie, ich danke dir für einfach alles. Dafür, dass du mir gezeigt hast, dass es Seelenverwandschaft auch auf freundschaftlicher Ebene gibt, dafür, dass du immer da bist, mich immer verstehst, mir immer zuhörst, egal, was für einen Blödsinn ich von mir gebe, mich auch mal in den Hintern trittst und immer, also wirklich immer, meine allergrößte Supporterin bist. Du bist für mich, was Ida für Ophelia ist, und ich weiß, das wird immer so bleiben. Ich hab dich lieb x 3000, bis ans Ende und darüber hinaus.

Leandra, wir kennen uns jetzt seit fast drei Jahren und in dieser Zeit bist du zu einem der wichtigsten Menschen in meinem Leben geworden. Ich weiß gar nicht mehr, wie es ohne dich war und ich möchte auch niemals mehr ohne dich, unsere Freundschaft, unsere Telefonate, unsere Podcast-Memos und gemeinsamen Urlaube sein. Danke, dass du an mich glaubst, wenn ich es selbst nicht tue (also eigentlich immer), immer nur einen Anruf entfernt und immer für mich da bist. Ich trinke mit niemandem lieber Aperol in Paris und ich hoffe du weißt, wie unfassbar lieb ich dich habe und wie stolz ich auf dich bin.

Sophia, wenn ich groß bin, will ich du sein. Danke, dass du so eine unglaublich Inspiration und wertvolle Freundin für mich bist. Ohne dich hätte ich schon sehr oft aufgegeben und den Glauben an mich komplett verloren. Danke, dass du immer die beste und stärkste Version von mir zum Vorschein bringst und ich bei dir trotzdem auch die traurigste, schwächste, ängstlichste Version sein darf. Ich hab dich ganz doll lieb, bin so stolz auf dich und mehr als dankbar, dich an meiner Seite haben zu dürfen.

Jolien, ich bin so froh, dass du im letzten Jahr ein wichtiger Bestandteil meines Lebens geworden bist und mich seitdem immer unterstützt und motivierst, mir zuhörst und an mich glaubst. Danke auch für deine wertvollen Kommentare zu »To My Sunflower« und für deine ansteckende Begeisterung. Ich hab dich lieb und freu mich auf alles, was die Zukunft bringt. (P.S. Kannst du glauben, dass wir einfach Olivia Rodrigo zusammen getroffen haben?)

Lea, danke, dass du die chaotische Rohfassung gelesen und mir mit deinen Tipps, Anmerkungen und lieben Nachrichten so geholfen hast. Du machst diese Welt mit deinem Charakter und deiner Kunst zu einem so viel schöneren und bunteren Ort.

Mandy und Sarah, danke, dass ihr das Buch vorab gelesen und mich mit euren Anmerkungen, eurer Vorfreude und euren Herzen aus Gold so unterstützt habt. Ich bin so froh, dass es euch gibt und ich euch kennen darf!

Gabriella, danke für diesen allerschönsten Blurb, du weißt gar nicht, wie viel es mir bedeutet, dass die Worte meiner absoluten Lieblingsautorin hinten auf meinem Debüt stehen. Danke für deine Bücher und dafür, dass es dich gibt. Nichts als Liebe und Bewunderung an dich – infini.

Merit, danke auch dir für diesen wunderschönen Blurb. Noch eine Lieblingsautorin, die sich auf meinem Debüt verewigt hat und es bedeutet mir die Welt. Danke auch dir für deine Geschichten und deine Wortzauberei.

Ana, thank you so much for creating the cover and illustration of my dreams and simply everything. I am so in awe of your talent, your creativity and your soul, which is the kindest. So glad I got to know you & so grateful that you're a part of this journey & my life.

Elif, Ophelia und ich teilen uns die Erinnerungen an eine, zum Großteil unschöne, Schulzeit. Doch du warst in dieser Zeit immer der Beweis dafür, dass es eben auch anders sein kann. Danke, dass du mich seit dem Kindergarten lieb hast und auch die schlechten Zeiten erträglich gemacht hast.

Elle, danke, dass es dich gibt und du so eine wundervolle Freundin bist. Ich bin unglaublich froh, dass es dich gibt und hab dich sehr lieb.

Bernd und Ruwen, ihr wisst das schon, aber Benny und Raúl sind für euch. Danke, dass ihr mich so herzlich im Team willkommen geheißen und mit offenen Armen empfangen habt. Ihr (und Pepper natürlich) seid wahrlich die besten Kollegen, die man sich vorstellen kann und ich habe euch mittlerweile so in mein Herz geschlossen. Danke, dass ihr mich unterstützt, euch für mich interessiert, mich zum Lachen bringt und ich wegen euch jeden Tag gerne zur Arbeit gehe.

Danke auch dir, lieber Michael, dass du so ein verständnisvoller Chef bist, der mich unterstützt und mir dadurch ermöglicht, dass ich meine Leidenschaft, das Schreiben, verfolgen kann.

Ein Dankeschön und eine warme Umarmung auch an Tess Tjagvad, Mounia Jayawanth, Svenja Friederich, Rabia Dogăn, Agnes Basali und Emily Stopp – schön, dass es euch gibt.

Der letzte Dank geht an dich, die Person, die das hier gerade liest. Danke, dass du Ophelia und Leo eine Chance gegeben und mich dadurch unterstützt hast. Ich hoffe so, dass dir ihre Geschichte gefallen hat und dir etwas geben konnte. Und falls du dich vielleicht ab und zu so fühlst wie Ophelia, dann vergiss nicht, dass du nicht allein damit bist und dass du es verdienst, geliebt zu werden. Du und dein Körper, ihr seid ein wertvolles, wunderschönes Wunder, okay?

Auf Instagram könnt ihr mich übrigens immer unter @mariesliteratur erreichen – ich freue mich über jede Nachricht und auf den Austausch mit euch. Ich hoffe, wir lesen uns ganz bald wieder!

160 Seiten
14,00 € (D) | 14,40 € (A)
ISBN 978-3-95761-222-9

Marie Weis

Gewitterwolken und Sommernächte

Gedichte und Texte

Marie weiß, wovon sie schreibt. Die Schwierigkeiten psychischer Erkrankungen wie Angststörungen und Depressionen finden in ihrem einzigartig persönlichen Buch genauso ihren Platz wie die Hoffnung, den Sinn und all die bunten Facetten des Lebens zu entdecken. Mit ihren Texten ist sie nah dran an ihrer Zielgruppe und holt die Leser*innen mit ihrer Sehnsucht nach mehr genau da ab, wo sie sich befinden –zwischen diesem ›Wer bin ich?‹ und ›Wer will ich sein?‹ *Gewitterwolken und Sommernächte* ist ein ehrliches Buch voller bewegender Texte.

400 Seiten
14,00 € (D) | 14,40 € (A)
ISBN 978-3-95761-235-9

Marius Schaefers
Die fehlenden Worte unserer Herzen

Rics zweite Chance scheint gekommen, als seine ehemalige beste Freundin zurück in die schottische Heimat zieht, um am Theater in Glasgow zu tanzen. Damals hat er einen schrecklichen Fehler begangen und hofft nun, alles wieder gutmachen zu können und sie um Verzeihung zu bitten. Dazu gehört auch, Eliza endlich seine Liebe zu gestehen. Zwar ist Ric inzwischen als trans* geoutet und lebt nun als Mann, hat aber keine Ahnung, wie er ihr gegenübertreten soll, denn seine lässig-coole Art ist bloß aufgesetzt. In dem charmanten Davie findet er den perfekten Wingman, um ihm bei der erträumten Lovestory zu helfen.

DU BIST
DAS
Licht
IN
MEINER
WELT

Starfall Love 1

LAGO   EMILY STOPP

Auch als **E-Book** erhältlich

352 Seiten
14,00 € (D) | 14,40 € (A)
ISBN 978-3-95761-211-3

Emily Stopp
Du bist das Licht in meiner Welt

Enna freut sich auf ihr neues Leben als Studentin und genießt es, durch die verwinkelten Gässchen in ihrer neuen Heimat, dem idyllischen Starfall, zu spazieren. Als ihr jedoch plötzlich Finn gegenübersteht, weiß Enna nicht, wie ihr geschieht: Enna und Finn waren in ihrer Schulzeit ein unzertrennliches Gespann. Er war der Junge, der immer für sie da war, und sie für ihn das Mädchen, das seine Welt zum Strahlen brachte. Doch nach einem tragischen Unfall, bei dem Enna ihre Mutter verlor, wurden die beiden auseinandergerissen.

Nach fünf Jahren Funkstille treffen sie nun wieder aufeinander und sind überwältigt von den Gefühlen, die auf sie einströmen. Trotz der Freude über das Wiedersehen bleibt die Frage, wieso Finn damals, als sie ihn am meisten gebraucht hätte, aus ihrem Leben verschwunden ist. Gibt es etwas, was Enna nicht weiß?

LAGO